Über die Autorin:

Adriana Jakob ist das Pseudonym der Stuttgarter Schriftstellerin Adriana Popescu, deren Jugend- und Erwachsenenromane in verschiedenen Publikumsverlagen erscheinen.

Als **Adriana Jakob** widmet sie sich nun ihrer Leidenschaft für Krimis rund um ihren Ermittler Kommissar Rauch, der gemeinsam mit seiner Kollegin Dr. Sophie Hagen, Kriminalfälle in der schwäbischen Hauptstadt löst.

www.adriana-jakob.de

ADRIANA JAKOB

TÖDLICHES KLASSENTREFFEN

Kommissar Rauchs erster Fall

Bibliografische Information der Deutschen Nationalbibliothek:
Die Deutsche Nationalbibliothek verzeichnet diese Publikation in der Deutschen Nationalbibliografie; detaillierte bibliografische Daten sind im Internet über http://dnb.dnb.de abrufbar.

Kontakt: info@adriana-jakob.de

Umschlaggestaltung & Satz: Grace Gibson Grafikdesign
Lektorat: Annegret Gellweiler
Korrektur: Dietmar & Katharina Leitz
Herstellung und Verlag: BoD – Books on Demand, Norderstedt
ISBN: 978-3-7481-6329-9

Dieser Titel ist auch als E-Book erschienen.

Für alle, die schon im #TeamRauch waren, als er noch Commissario Brunettile hieß.

Kapitel 1

Es roch noch immer nach dem pubertären Jungenschweiß von damals. Obwohl in den letzten Jahren andere Generationen hier Bodenturnen üben oder Handball spielen mussten.

Einen Moment blieb er stehen und schloss die Augen.

Er konnte sich kaum noch an den Jungen erinnern, der er mal gewesen war. All die großen Pläne, die verrückten Träume, die die Jugend eben so mitbrachte, aber noch keine Ahnung von der Realität. Jetzt wieder hier zu stehen, wo sie laut grölend nach dem Sportunterricht noch ihre Faxen gemacht hatten. Mit zunehmendem Bartwuchs und tieferer Stimme, wurden auch die Witze derber, man verglich sich, man witzelte über die Jungs, deren Arme noch dünn und deren Oberlippen unbewachsen waren.

Kontakt hatten sie halten wollen. Alle. Und doch hatte er viele von damals erst heute Abend wieder gesehen.

Ein trauriges Gefühl mischte sich zur ohnehin herrschenden Nostalgie, die er schon den ganzen Tag verspürte. Damals hatten sie alle zu ihm aufgeschaut, sich bei ihm eingeschleimt und ihm nach dem Mund geredet. Er musste lachen und erschrak im selben Moment, als es von den Wänden widerhallte. Möglich, dass es der Alkohol war, der seine Bewegungen etwas fahrig und seine Schritte unsicher machte. Vorhin hatte er hier in der Turnhalle noch Fußball gespielt, mit den Lederschuhen, die er sonst nur im Gericht trug.

Trotzdem waren ihm zwei Tore gelungen. Talent verlernte man eben nicht. Der Jubel der anderen, der hatte gutgetan. Noch mal wie damals. Die Umarmungen und das Schulterklopfen. Für den Moment hatte er sich wieder einmal unbesiegbar gefühlt.

Seine Hand strich die Krawatte glatt, der feine Stoff fühlte sich teuer unter seinen Fingern an – und das musste auch so sein, immerhin hatte er sich heute richtig in Schale geworfen. Vielleicht, um sie alle zu beeindrucken.

Oder zu täuschen.

Er rückte den Ledergürtel zurecht und sah sich noch einmal in der Turnhalle um. Verrückt, wie viele Jahre vergangen waren und man doch nur einen vertrauten Geruch wahrnehmen musste, um sich wieder wie damals zu fühlen.

Hinter ihm waren Schritte zu hören. Er drehte sich lächelnd um, bereit die Diskussion weiterzuführen.

»Soll ich noch deutlicher werden?«

Es kam keine Antwort. Er winkte ab und drehte sich wieder in Richtung Ausgang.

»Dann sind wir hier fertig!«

Gerade als er loslaufen wollte, traf ihn ein heftiger Schlag am Hinterkopf, der ihn vollkommen überraschte und einen Schmerz auslöste, der wie ein Blitz seine Wirbelsäule hinabschoss. Er wollte etwas sagen. Er wollte noch so viel sagen. Aber all die Worte, die er formte, blieben in seinem Rachen stecken. Er verlor die Kontrolle über seine Beine, dann über den Rest des Körpers. Als er mit dem Gesicht auf dem Boden aufschlug, dachte er noch ans Aufstehen. Daran, morgen über die blauen Flecken zu schmunzeln. Daran, wie er ...

Die Dunkelheit verschluckte ihn so plötzlich, dass er seinen Gedanken nicht zu Ende bringen konnte.

Dabei hatte er noch so viele Pläne gehabt.

Kapitel 2

Benedikt Rauch nahm erst das dritte Klingeln des Telefons auf dem Nachtkästchen entfernt wahr. Es hätte auch in der Wohnung nebenan klingeln können, sicher war er sich nicht, als er langsam in die Helligkeit des Zimmers blinzelte. Doch je wacher er wurde, desto deutlicher vernahm er auch das sture Klingeln seines Handys, welches immer in Reichweite neben dem Bett lag. Er streckte den Arm danach aus und spürte erst jetzt den Körper, welcher zum Teil auf ihm lag. Lange blonde Haare verteilten sich wirr auf seiner Brust und es dauerte ein weiteres Klingeln, bis er sich daran erinnerte, Bettina gestern Nacht tatsächlich noch auf einen Kaffee zu sich nach Hause eingeladen zu haben.

Bevor weitere Erinnerungen der letzten Nacht seine Gehirnzellen überfluten konnten, nahm er endlich den hartnäckigen Anruf mit belegter Stimme entgegen.

»Rauch?«

Er bewegte sich etwas, in der Hoffnung, die Frau, die zu den blonden Haaren gehörte, würde sich auf die andere Seite rollen. Allerdings blieb sie unverändert liegen. Etwas zu viel Intimität für diese Uhrzeit und Rauchs Geschmack. Vor allem vor dem ersten Kaffee und nach dem vielen Wein des Vorabends. Langsam zog er seinen Arm unter dem warmen Frauenkörper hervor und fuhr sich damit über das Gesicht, als würde diese Geste schon dazu beitragen, etwas wacher zu klingen. So wie die Stimme am anderen Ende der Leitung, die nicht im geringsten schlaftrunken klang.

»Tut mir leid, dass ich Sie um diese Uhrzeit wecken muss, aber wir haben eine Leiche.«

Ein Blick auf die Uhr verriet ihm, dass es erst kurz nach sieben war und er unmöglich ausgeschlafen sein konnte.

»Wer hat denn Dienst?«

Denn, soviel wusste er auch im Halbschlaf, er war es nicht.

»Dörflinger hat gesagt, wir sollen Sie anrufen.«

An seinem freien Tag. Schönen Dank auch. Er schloss die Augen noch mal, lief Gefahr wieder in den Schlaf zu sinken.

»Sind Sie noch dran?«

»Mhm.«

Er spürte den Kampf gegen den Schlaf und den Restalkohol in seinem Körper. Und öffnete schließlich wieder die Augen.

»Wer hat die Leiche gefunden?«

»Die Putzfrau.«

»Wo?«

Das Schweigen am anderen Ende der Leitung war etwas länger, als er es gewohnt war, und sofort hatte er eine komische Vorahnung.

»In der Turnhalle.«

»Turnhalle?«

»Im Paul-Richter-Gymnasium.«

Schlagartig war er wach, schob die Frau unsanft von sich und schlug die Bettdecke zur Seite.

»Ich bin unterwegs.«

Doch als er sich aufsetzte, um die Beine aus dem Bett zu schwingen, spürte er die pochenden Kopfschmerzen.

»Bestellen Sie Hagen bitte auch an den Tatort.«

»Wird gemacht.«

Polizeikommissar Benedikt Rauch warf einen Blick auf seine Begleitung von letzter Nacht und spürte ein kurzes Lächeln in den Mundwinkeln, bevor er nach dem Block und dem Kugelschreiber auf dem Nachtkästchen griff und ihr schnell eine Nachricht schrieb, die sie erst lesen würde, wenn er schon am Tatort war. So musste er zum Glück nicht den ganzen Small-Talk ertragen, der nach einer gemeinsamen Nacht nun mal zum Prozedere gehörte.

Er schlich so geräuschlos wie möglich aus dem Schlafzimmer und zog leise die Tür hinter sich zu. Erst im Bad, als er etwas kaltes Wasser in sein Gesicht spritzte, schien sein Körper zu verstehen, dass das hier keine Übung, sondern ein Ernstfall war. Er betrachtete sein zerknirschtes Spiegelbild, die wilden dunkelbraunen Haare, die nach der letzten Nacht ein Eigenleben entwickelt hatten und sich kaum bändigen ließen, und die tiefen Augenringe, die jedem Beobachter verrieten, dass er weder so zeitig im Bett war, wie es sich gehörte, noch wirklich fahrtüchtig.

Der Leiche dürfte das egal sein.

Er putzte sich schnell die Zähne und schlüpfte in die Jeans und das T-Shirt vom Vortag – beides roch noch immer nach Zigaretten –, bevor er die Balkontür öffnete und seine Lungen mit frischer Frühlingsluft füllte, in der Hoffnung, einen möglichst klaren Kopf zu kriegen.

Wie jeden Morgen empfand er bei diesem Ausblick bis hoch zum Fernsehturm ein angenehmes Gefühl von Wärme. Für Benedikt Rauch gab es keinen Ort auf der Welt, an dem er sich jemals mehr zuhause fühlen konnte, als diese Stadt. Auch wenn er berufsbedingt fast täglich Bekanntschaft mit ihrer hässlichsten Seite machen musste. Widerstrebend riss er sich von diesem Ausblick los und schickte seine Gedanken zurück an die Arbeit.

Eine Leiche im Paul-Richter-Gymnasium, das keine zehn Minuten von seiner Wohnung entfernt im Stuttgarter Süden lag. Na wunderbar.

Er atmete dreimal tief durch, dann ging er los.

Als er die Haustür hinter sich ins Schloss zog, wurde ihm bewusst, dass er die Frau, die er in seinem Bett zurückgelassen hatte, eventuell verhören musste. Immerhin war auch sie gestern am Tatort.

Wie er selbst.

Auf dem Klassentreffen des Jahrgangs 1999.

Kapitel 3

Der Anblick von Polizeiautos, rot-weißen Absperrbändern und uniformierten Kollegen an seiner alten Schule in der Zellerstraße ließ Kommissar Rauch für einen Moment ein unangenehmes Gefühl im Magen verspüren, aber nur so lange, bis er unter dem Absperrband durchtauchte und nicht als ehemaliger Schüler eintrat, sondern als Kommissar einem Mord nachging. Er nickte einem Polizisten zu und zeigte ihm seinen Dienstausweis, auch wenn die zwei sich kannten und die Geste überflüssig war. Er stieg die Treppen nach oben, überquerte den Pausenhof, auf dem er als Jugendlicher zahlreiche Fußballspiele gewonnen, für verschiedene Klausuren gelernt oder die Hausaufgaben bei Freunden abgeschrieben hatte. Niemals hätte er gedacht, dass er einmal in seiner Funktion als Polizist hierherkommen müsste.

Auch wenn sich in den letzten, gefühlt hundert Jahren seit seinem Abitur einiges verändert hatte, so hatten sie etwa aus dem Brunnen in der Mitte ein Blumenbeet gemacht, verbarg doch jede Ecke eine Erinnerung an damals. Auf eine merkwürdige Art und Weise schmerzte es ihn, dass hier ein Verbrechen geschehen war. Als hätte jemand diesen unschuldigen Ort beschmutzt.

Wieder wies er sich aus und betrat durch die große Doppeltür die Aula, in der morgens unzählige Schüler den kommenden Schultag erwarteten. Direkt neben dem Kaffeeautomaten lag der Kiosk zur rechten, in dem man Brezeln, Schokoriegel und belegte Brötchen für die Pause kaufen konnte. Er war geschlossen. Es herrschte eine unangenehme Ruhe, die so gar nicht zu einer sonst mit Schülern und deren Geschnatter gefüllten Aula passte.

Nur der Anblick von Dr. Sophie Hagen, heute in einem ungewöhnlich legeren Freizeitlook, löste bei Rauch das Gefühl von Erleichterung aus. Das und die zwei Kaffeebecher, die sie in den Händen hielt. Zweifelsohne war einer davon, mit einem Schuss Milch und zwei Würfeln Zucker, für ihn gedacht. Als sie seinen Blick spürte und ihn auf sie zukommen sah, streckte sie ihm einen der Becher entgegen und erkämpfte sich ein kurzes Lächeln.

»Morgen.«

Rauch gab ein undefiniertes Grunzen von sich und nahm dankend den lebensrettenden Kaffee an. Hagen musterte ihren Kollegen, der in seinen Turnschuhen, den Jeans und dem dunklen T-Shirt eher wie ein Sportlehrer an dieser Schule als wie ein Kommissar wirkte – und noch dazu wie ein Kneipenbesucher roch. Selbst seine Haare standen etwas wirr in alle Richtungen, als hätte er in der Eile keine Zeit für eine kurze Begegnung mit einer Bürste gehabt.

»Kurze Nacht?«

Bevor er auf ihre Frage antworten konnte, gönnte er sich erstmal einen Schluck Kaffee und nickte dann schließlich, als er sich etwas mehr wie ein Mensch fühlte.

»Ziemlich.«

Hagens Blick musterte ihn wie sonst nur Verdächtige oder Zeugen, und er wusste, dass er ein offenes Buch für sie war. Nicht nur, weil sie eine ausgezeichnete Psychologin war, sondern darüber hinaus die wohl beste Fallanalytikerin, mit der Rauch jemals zusammengearbeitet hatte. Außerdem kannten sich die beiden zu lange, als dass er ihr etwas vormachen konnte.

»Wein?«

»Zu viel davon.«

»Bier?«

»Einige.«

»Und du warst nicht alleine, wie ich annehme?«

Er zog die Augenbrauen zusammen und fragte sich, woher sie das nun wusste, aber bevor er es aussprechen konnte, zog Hagen ein langes blondes Haar von seinem Shirt.

»Blond, wie ich sehe.«

»Blond, ja.«

»Alte Schulfreundin?«

Und schon befand sich Rauch im ersten Verhör des Tages, dabei hatte er noch nicht mal einen Blick auf die Leiche geworfen. Hagen, als erfahrene Kriminalistin, machte ihm das Lügen doppelt schwer.

»Ja. Bettina Koch.«

Sophie wollte sich das Augenrollen verkneifen, aber es passierte so automatisch, dass es zu spät war, und Rauch zuckte nur entschuldigend mit den Schultern.

»Ich weiß, ich weiß. Können wir das später diskutieren?«

Aber Hagen stand gar nicht der Sinn nach einer Unterhaltung über Rauchs Liebesleben oder gar Bettina Koch, sie deutete um sich auf die leere Aula und sah dann wieder zu Rauch.

»Okay, wieso bin ich hier?«

»Die haben mich angerufen, es gibt eine Leiche.«

»Gewaltverbrechen?«

Rauch nickte.

»Außerdem, hatte ich gestern etwas zu viel Alkohol und brauche jemanden, der klar denken kann.«

»Ich bin keine Kommissarin.«

Der kühle Unterton in Sophies Stimme weckte Rauch endgültig auf und er straffte etwas die Schultern.

»Ich weiß. Aber nur, weil du nicht willst, nicht weil ...«

»Falsches Thema für die Uhrzeit an einem Sonntag, Ben.«

Rauch hob entschuldigend die Hände.

»Okay. Du weißt, wie ich arbeite, und du übersiehst nichts. Genau das brauche ich bei einem frischen Tatort.«

Hagen und Rauch hatten sich in der Ausbildung kennengelernt und während seiner Zeit bei der Bereitschaftspolizei in Hamburg bereits zusammengearbeitet – sie galten als gutes Team. Es war Rauch gewesen, der Sophie schließlich hatte überzeugen können, aus dem Norden zum LKA in seine Heimat Stuttgart zu kommen. Auch wenn sie mit der Stadt und dem Süden so ihre Schwierigkeiten hatte, war sie seiner Einladung gefolgt und hatte den dringend nötigen Abstand zwischen sich und die Hansestadt gebracht. Jetzt arbeiteten sie endlich wieder miteinander – und ergänzten sich hervorragend. Was Rauch an puren Ermittlungsinstinkten mitbrachte, ergänzte Hagen mit ihrer klugen Art und ihrem glasklaren Verstand, bremste ihn aber auch immer wieder, wenn er sich in die falsche Richtung verlaufen wollte und war vor allem in Gesprächen mit Tatverdächtigen und Zeugen von unschätzbarem Wert. Außerdem verband die beiden eine langjährige Freundschaft.

Rauch vertraute ihr blind.

»Du hast was gut bei mir.«

»Benedikt, ich habe schon so viel gut bei dir, das kann ich unmöglich in einem Leben einlösen.«

»Bitte, Sophie. Ich habe gestern zu viel getrunken.«

Das hätte er nicht zusätzlich erwähnen müssen, das konnte sie auch so riechen. Und weil ihr Kollege nun mal auch ihr guter Freund war, nickte sie schließlich.

»Also gut. Die Leiche ist in der Sporthalle.«

»Wissen sie schon, wer es ist?«

»Keine Ahnung.«

Rauch warf einen Blick an die lange Bilderwand, an der auch sein junges Gesicht auf einem Klassenfoto zu sehen war. Die Vorahnung, dass einer seiner Klassenkameraden von dem Foto jetzt tot in der Turnhalle lag, jagte ihm eine Gänsehaut über den Körper.

»Bist du soweit?«

Hagen deutete in Richtung Tür, die zur Sporthalle führte, und Rauch atmete einmal tief durch, bevor er sich in Bewegung setzte.

Kapitel 4

Dr. Thomas Häberlin, der Gerichtsmediziner, kam ihnen entgegen, als Rauch mit Hagen gerade über die ihm so vertrauten Gänge ging.

»Morgen ihr zwei.«

Es wunderte Rauch immer wieder, wie jemand, der grundsätzlich gerufen wurde, um Todesursachen und -zeitpunkte festzustellen, stets so gute Laune haben konnte. Auch heute stand Häberlin ihnen mit seiner Ledertasche und einem Lächeln gegenüber, nachdem er die Leiche begutachtet hatte.

»Morgen.«

Er trug einen Jogginganzug, was darauf schließen ließ, dass auch er nicht mit einem Mordfall am Sonntag gerechnet hatte. Rauch stellte die Frage, die unausweichlich im Raum hing.

»Hast du schon ...?«

Doch er musste den Satz nicht beenden, da nickte Häberlin bereits.

»Habe ich. Todesursache vermutlich stumpfe Gewalteinwirkung auf den Hinterkopf. Mit einem ziemlich schweren Gegenstand, so wie es aussieht. Zeitpunkt des Todes und mehr kann ich sagen, wenn ich ihn auf dem Tisch hatte, aber ich schätze, er wurde gegen Mitternacht erschlagen.«

Ihn. Es handelte sich also um ein männliches Opfer. Rauch ging im Kopf all die Jungs durch, mit denen er sich in dieser Turnhalle in pubertären Spielen gemessen hatte. Viele von ihnen zählte er noch immer zu seinen Freunden.

»Wann kannst du ihn untersuchen?«

»Wie eilig ist es denn?«

Rauch wechselte einen Blick mit Hagen, räusperte sich schließlich und sah wieder zu Häberlin, den hochgewachsenen Mann mit der Brille, der stets neugierige Augen hatte.

»Gestern fand ein Klassentreffen in dieser Schule statt. Mein Jahrgang.«

Häberlin nickte langsam.

»Du kennst ihn also?«

»Ich war noch nicht drinnen, aber wenn es einer von uns ist, dann …«

»Wenn sie ihn mir heute noch bringen, weiß ich spätestens am Mittag mehr.«

»Danke.«

Häberlin klopfte ihm kurz auf die Schulter und nickte Hagen zu, bevor er sich über den Gang davon machte. Rauch zögerte einen Moment, drehte den Kaffeebecher in seiner Hand.

»Alles okay?«

So kannte Hagen ihren Kollegen nicht, der sonst immer der Erste am Tatort sein, ja keine Zeit verstreichen lassen und den Täter so schnell wie möglich dingfest machen wollte.

»Ich treffe mich jedes Wochenende mit den Jungs zum Fußball, weißt du? Wir sind zusammen aufgewachsen, und vollkommen egal, wohin sich unsere Leben entwickelt haben, wir sind Freunde geblieben.«

Sie legte ihm sanft die Hand auf den Arm.

»Ich weiß. Aber sieh es so, gerade weil du sie kennst, könnte das unser Vorteil sein. Solltest du den Fall behalten dürfen.«

Er wusste, dass sie Recht hatte. Aber der Gedanke, dass einer seiner Kollegen – womöglich Krüger – die Soko zusammenstellen würde, trug nicht gerade zur Beruhigung bei. Er spürte Hagens Blick auf sich und drehte den Kopf minimal in ihre Richtung, wo ihn ein aufmunterndes Lächeln empfing.

Als die Tür sich öffnete und einer von der Kriminaltechnischen Untersuchung nach draußen trat, war der Moment vorbei und Rauch wieder Herr seiner Gefühle.

»Dann wollen wir mal.«

Mit sicheren Schritten und von Hagen gefolgt, betrat er die Umkleide, durchquerte sie ohne die Erinnerungen übermächtig werden zu lassen und stieß die Tür zur Turnhalle auf.

Kapitel 5

»Georg Daniels.«

Ein Blick reichte, um ihn zu erkennen, selbst jetzt.

Er lag auf dem Bauch, im Mittelkreis der Turnhalle, den Kopf unnatürlich zur Seite verdreht, die leblosen Augen starrten ins Nichts. Am Hinterkopf klaffte eine ehemals blutende Wunde, die den Kragen seines Hemdes bereits deutlich rot gefärbt hatte. Neben ihm lag ein vereinsamter Fußball, allerdings ohne jegliche Blutspur, wie ein verirrtes Requisit aus dem falschen Theaterstück, das nur durch Zufall auf dieser Bühne gelandet war. Da Häberlin die Leiche bereits untersucht hatte, waren jetzt die Jungs von der KTU unter Leitung von Sarah Fuchs an der Reihe.

Rauch und Hagen waren die einzigen im Raum, die nicht in weißen Ganzkörperkondomen steckten. Zumindest ihre Schuhe steckten in babyblauen Überziehern. Sophie, die neben ihrem Kollegen stand, wartete, ob er noch mehr sagte oder zu erkennen gab, wie nahe sich die beiden Männer gestanden hatten, aber er blieb stumm, betrachtete einfach nur die Leiche. Die trug einen dunkelgrauen Anzug, der teuer aussah, auch wenn das Blut ihn sicher ruiniert hatte. Nicht, dass das jetzt noch eine Rolle spielte. An seiner rechten Hand trug er einen goldenen Ring, irgendwo da draußen gab es jetzt also eine Witwe.

»Er war damals unser Schulsprecher.«

Rauch ging in die Hocke und griff mit der gummibehandschuhten Hand in die Jackentasche des Opfers.

»War mit mir in der Fußballschulmannschaft. Die Mädels sind ihm reihenweise verfallen.«

»Kanntest du ihn gut?«

Hagen sprach die Frage endlich aus, aber statt zu antworten, zog Rauch einige kleine Visitenkarten aus der Jackentasche hervor und betrachtete sie eine Weile stumm.

»Danke, dass du uns unter die Arme greifen willst, Ben, aber das ist unser Job.«

Sarah Fuchs tauchte neben ihm auf und deutete auf die Visitenkarten in seiner Hand. Rauch sah zu ihr und wunderte sich für einen kurzen Moment, wie sie ihre wilde Lockenmähne unter dieser merkwürdigen Haube gebändigt hatte. Doch er ging nicht auf ihren deutlichen Vorwurf ein, blickte wieder auf die Karten in seiner Hand, die als Beweisstücke in eine kleine Tüte gehörten.

»Erde an Benedikt.«

Er drehte sich zu Hagen um, die noch immer auf eine Antwort wartete. Er ignorierte Fuchs weiterhin, die genervt ausatmete und die Hände in die Hüften stemmte, ihn aber mit seiner Aktion davonkommen ließ.

»Networking.«

»Ich habe dir Kaffee gebracht, da wäre es ja wohl das mindeste, wenn du mich mit ganzen Sätzen versorgst.«

Rauch nickte in Richtung Tasche der Spurensicherung, aus der er zuvor die Gummihandschuhe herausgezogen hatte. Hagen verstand die Aufforderung und besorgte sich ebenfalls ein Paar, bevor sie die Visitenkarten an sich nahm. Fuchs verdrehte die Augen.

»Falls mein Team und ich euch im Weg stehen, lasst es mich wissen!«

Rauch wandte sich Fuchs zu.

»Sorry. Wir sind ab jetzt auch still und lassen euch eure Arbeit machen.«

»Wie großzügig.«

Sie zwinkerte Rauch zu, wusste, dass er im Laufe der Ermittlungen auf ihre Hilfe angewiesen sein würde. Hagen und Rauch traten einen Schritt zurück und überließen den Tatort erstmal den weißen Männchen, die wie Ameisen um die Leiche wuselten, Fotos machten und potenzielle Spuren sammelten.

Rauch deutete auf die Karten in Sophies Hand.

»Georg hat gestern mit einigen Leuten zu tun gehabt.«

»Kneidel Buchhaltung, Marquard Architektenbüro, Blumenhaus Vogler, Reifenrath Head of Product Management ...«

Sie sah wieder zu Rauch.

»Kennst du die?«

»Ja. Alle aus meinem Jahrgang.«

»Sie hatten also gestern alle Kontakt mit ihm.«

»Und mit ihnen sollten wir uns unterhalten.«

Der Gedanke, seine ehemaligen Schulkameraden zu befragen, weckte kurzes Unbehagen. Aber er musste schnell sein, bevor Krüger Wind davon bekam und ihn abzog.

»Und verrätst du mir jetzt, wie gut du unser Opfer kanntest?«

»Wir haben während der Schulzeit zusammen Fußball gespielt, aber waren nicht besonders gut befreundet. Nach dem Abi haben wir den Kontakt verloren.«

Beide warfen einen Blick auf die Leiche, die noch immer unverändert zu ihren Füßen lag, noch immer mit dem leicht überraschten Gesichtsausdruck, als ihm hinterrücks das Leben genommen worden war. Hagen reichte Rauch eine der Visitenkarten.

»Georg Daniels. Anwaltskanzlei Brecht und Partner. Unser Opfer war also Anwalt.«

Rauch nickte wissend.

»Ja, das passt.«

Bei der nächsten Karte zögerte Hagen einen Moment lang, hielt sie aber schließlich in Rauchs Richtung.

»Die hier dürfte dich interessieren.«

Er warf einen Blick darauf und zog dann kurz die Augenbrauen zusammen, als er den Namen auf der geschmackvoll gestalteten Karte erkannte.

Grafikdesignerin Bettina Koch.

Er konnte sich nicht daran erinnern, dass sie gestern Abend mit Georg gesprochen hatte. War sie nicht, mehr oder weniger, die ganze Zeit bei ihm gewesen? Sophie erhoffte sich einen Kommentar, aber Rauchs Gedanken waren schon einen Sprung weiter.

»Schauen wir uns doch mal den Rest an.«

Damit packte Rauch alle Visitenkarten in eine kleine durchsichtige Plastiktüte und reichte sie Sarah Fuchs, die bereits die Hand danach ausgestreckt hatte.

»Die Firma dankt.«

Kapitel 6

Die Turnhalle rüttelte an den Erinnerungen von früher. Fast meinte Rauch sogar das Lachen seiner Jugend zu hören, wie er damals mit den anderen hier am Reck hing oder Basketball spielte, während Herr Weber, ihr Sportlehrer, immer wieder Anweisungen vom Spielfeldrand brüllte.

Doch jetzt war diese Halle nichts anderes als ein Tatort. Ein Tatort eines Mordes, wie es schien. Um das hintere Tor verteilt lagen noch drei weitere Bälle, die bald schon von der Spurensicherung auf Fingerabdrücke untersucht werden mussten. Rauch gab sich Mühe am Rand zu bleiben, Hagen dicht hinter ihm. Leere Bierflaschen lagen wie Fremdkörper neben einigen Matten, auf denen sonst eher Purzelbäume und Handstände trainiert wurden. Dazu ein voller Aschenbecher, den jemand hierher gebracht haben musste, denn Rauch konnte sich nicht daran erinnern, dass so ein Ding zur Grundausstattung einer Schulturnhalle gehörte.

»Sieht ganz so aus, als ob einige hier eine private Party veranstaltet haben ...«

Hagen deutete auf das für eine Turnhalle untypische Chaos. Rauch nickte nur, versuchte sich so viel wie möglich einzuprägen. Wer hatte es da vielleicht liegen lassen? Am Rand entlang ging er in Richtung des Geräteraums, wo die Matten, Bälle und Turngeräte standen, immer bedacht darauf, nichts zu verändern.

»Glaubst du, der Mord ist hier passiert?«

Hagen blieb an der Tür stehen, ließ Rauch seinen Streifzug alleine unternehmen.

»Weiß nicht. Ich habe keine Spuren gesehen, die darauf hindeuten, dass Georg an den Fundort gezogen wurde.«

»Vielleicht wurde er getragen.«

»Das würde die Anzahl der Täter erhöhen.«

»Wäre möglich.«

Rauch nickte, ohne sich zu Hagen umzudrehen.

»Hast du einen Stift?«

Hagen fischte einen Kugelschreiber aus ihrer Tasche und warf ihn Rauch zu, der den Stift lässig auffing und neben einer der Matten in die Hocke ging. Ein zerknülltes Taschentuch lag dort neben einem roten Feuerzeug. Er drehte es so, dass er die Werbebeschriftung lesen konnte.

Autovermietung Junker.

»Was gefunden?«

Hagens Frage erreichte ihn zwar, aber er war zu sehr in seinem geistigen Aktenschrank, als dass er sie wirklich wahrnahm. Sein Blick wanderte durch diesen Geräteraum, der noch immer den vertrauten Geruch von damals verströmte. Eine Mischung aus Leder, Gummi und modrigem Kellergeruch. Langsam ging er weiter, warf selbst in die hinterste Ecke einen prüfenden Blick, suchte nach etwas, ohne zu wissen, wonach. Natürlich sah es hier nicht mehr genauso aus wie in seinen Erinnerungen. Viele der Geräte waren moderner, einige kannte er gar nicht, konnte sich zumindest nicht erinnern, jemals auf dem pferderückenähnlichen Sportgerät irgendeine Übung gemacht zu haben.

Als er wieder zu Hagen kam, hatte sie inzwischen ein paar Fotos mit ihrem Handy gemacht. Das hatte sie sich angewöhnt, weil es im Verlauf der Ermittlungen eine große Hilfe sein konnte. Rauch hingegen konnte sich oft ganz ohne Fotos genau daran erinnern, wie ein Glas auf dem Tisch gestanden hatte oder in welcher Position die Leiche gefunden worden war und auch die Namen der Verdächtigen kamen ihm schnell über die Lippen. Er war, das musste sie zugeben, ein erstklassiger Beobachter. Seine Körperhaltung zeigte ihr gerade, dass er außer den einzelnen Gegenständen, denen er jetzt seine gesamte Aufmerksamkeit widmete, nichts weiter wahrnahm. Fast auf Zehenspitzen ging er zu einigen Matten, die wohl als eine Art Couchersatz zusammengeschoben worden waren, und beugte sich über den Aschenbecher, in dem er mit der Spitze des Kugelschreibers ein bisschen herumstocherte.

Gauloises. Marlboro. Gitanes.

Moment. Er beugte sich etwas weiter runter, nahm den gelblichen Zigarettenstummel genauer unter die Lupe. Wer um alles in der Welt rauchte die gelben Gitanes? Diese Zigaretten waren in Deutschland seines Wissens nach verboten.

»Was gefunden?«

Hagen wiederholte ihre Frage – und diesmal holte sie Rauch wirklich zurück in die Realität.

»Einiges. Und nichts.«

Das war die Wahrheit. Diese Zigaretten, ebenso wie der Schal und alles andere waren noch nichts weiter als Zufallsfunde, die hoffentlich im Laufe der Ermittlung entweder dabei halfen das Puzzle zusammenzusetzen oder sich als reiner Abfall entpuppten.

Rauch kam, diesmal mehr oder weniger quer, durch die Halle auf Hagen zu, den Blick fest auf den Boden gerichtet, noch immer in der Hoffnung ein Detail zu finden, das ihm den richtigen Anstoß gab. Doch als er direkt vor Hagen zum Stehen kam, hatte er außer dem klassischen Hallenfußboden nichts gesehen.

»Vermutlich kam er von hier, wollte durch die Umkleide zurück in die Aula und wurde direkt dort aufgehalten.«

Er deutete auf die Mitte der Turnhalle, wo Sarah und ihre Leute um Georgs Leiche wuselten.

»Wo der Mörder auf ihn gewartet hat?«

Rauch warf noch einen Blick zurück.

»Keine Ahnung. Was denkst du?«

»Der Täter ist ihm gefolgt. Der Angriff erfolgte von hinten. Vermutlich aus dem Affekt.«

»Nicht geplant?«

»Vermutlich nicht. Sonst hätte der Täter seinem Opfer ins Gesicht sehen wollen. Um sicherzugehen, dass er ihn sieht und weiß, wer es war.«

»Ihm dabei in die Augen sehen?«

»Sowas in der Art.«

Hagen drehte sich noch mal um, deutete auf das Chaos bei den Sportmatten.

»Vielleicht haben sie sich aber dort unterhalten, ein unangenehmes Thema angeschnitten, es kam zum Streit, Daniels wollte gehen ...«

»Und wurde niedergeschlagen.«

Hagen nickte, auch wenn sie noch nicht gänzlich überzeugt von diesem sehr wackligen Tathergang war. Rauch ging zurück zu Georg, betrachtete erneut dessen Gesicht, als würde es ihm Aufschluss geben über das, was passiert war. Oder warum es passiert war.

Fuchs und ihr Team hatten inzwischen schon ganze Arbeit geleistet. Auf dem Fußball wurde das graue Graphitpulver aus der Sprühdose verteilt, kleine Kärtchen mit Zahlen markierten mögliche Spuren und Fuchs selbst war gerade dabei die letzten Fotos zu machen, als Rauch und Hagen wieder neben sie traten.

»Wir sind hier gleich fertig, dann kann die Leiche abgeholt werden.«

Wie immer, wenn Fuchs am Werke war, ging die Arbeit schnell und professionell vonstatten. Gerade deswegen genoss sie bei ihren Kollegen einen so guten Ruf. Dabei hatte sie es zu Beginn gar nicht so leicht gehabt, wurde als Frau in einem sonst eher von Männern dominierten Bereich gerne unterschätzt und angezweifelt. Doch nach nur einem halben Jahr hatte sie sich zur Besten ihrer Abteilung gemausert.

»Dann nehmen wir uns den Rest der Turnhalle vor.«

Sie warf Rauch einen Blick zu.

»Sobald ich irgendwas Brauchbares habe, melde ich mich bei dir.«

Es klang nicht gerade hoffnungsvoll, aber Rauch nickte dennoch.

»Gerne unter der Privatnummer.«

»Nicht über den üblichen Dienstweg?«

Rauch setzte zu einem schiefen Grinsen an, seine Kollegin verstand und nickte.

»Handy, verstehe.«

»Danke.«

»Und jetzt seht zu, dass ihr hier rauskommt.«

Fuchs hasste es, wenn Ermittler während ihrer Arbeit durch ‚ihren' Tatort marschierten. Das war nichts Persönliches, aber nicht jeder verstand es so wie Rauch, die Spurensuche nicht noch unnötig zu erschweren. Er wusste von einigen Kollegen, dass sie dem Team von der KTU unwissentlich das Leben schwer machten.

So wie Krüger.

Den Gedanken vertrieb er so schnell, wie er gekommen war, indem er sich zu Hagen wandte, die noch immer auf Georgs Leiche starrte. Rauch berührte sanft ihre Schulter.

»Unterhalten wir uns erstmal mit der Putzfrau, die ihn gefunden hat.«

Hagen atmete fast erleichtert auf, folgte Rauch nach draußen, froh darüber, die Leiche hinter sich zu lassen und wieder zurück in ihr Fachgebiet zu wechseln.

Reden, beobachten, kombinieren.

Kapitel 7

Rauch war jedes Mal aufs Neue überrascht, wie einfühlsam und doch professionell Hagen mit den Befragten umging. Auch wenn er sich für einen ‚sozial talentierten' Menschen hielt, konnte er von Sophie immer noch sehr viel lernen. So wie jetzt. Sie bat einen Kollegen, für die Frau, die er auf Anfang fünfzig schätzte, einen Kaffee und ein Glas Wasser zu besorgen und bot ihr einen Stuhl an. Kleine Gesten – und doch hatte er das Gefühl, dass es ihr gelungen war, eine Art Vertrauensbasis aufzubauen. Sie stellte Rauch ohne die Nennung seines Dienstgrads vor, weil die Erfahrung sie gelehrt hatte, dass viele Menschen bei der Erwähnung des Wortes ‚Kriminalkommissar' nervös wurden. So war er nur ‚mein Kollege Rauch' und lächelte an den richtigen Stellen aufmunternd.

»Frau Liebig, um wie viel Uhr haben Sie die Turnhalle betreten?«

Geschickt vermied Hagen die Wörter ‚Leiche' oder ‚Tatort'.

»Kurz nach sechs. Ich bin immer früh dran, dann habe ich mehr vom Tag.«

»Selbst an einem Sonntag?«

Sie nickte.

»Eigentlich mache ich samstags sauber, aber gestern fand eine Feier in der Schule statt und man bat uns, ausnahmsweise sonntags zu putzen.«

»Uns? Waren Sie denn nicht alleine?«

Sie schüttelte den Kopf.

»Wir sind zu viert, die anderen haben die Umkleidekabinen und Duschen übernommen, ich wollte sehen, ob es in der Turnhalle etwas zu tun gab, aber als ich ...«

Sie brach ab und schluckte. Offensichtlich war es die Frau nicht gewohnt, tote Menschen an jenen Orten vorzufinden, die sie zu reinigen hatte.

»... als ich ihn gefunden und die Polizei gerufen habe, hat niemand mehr etwas geputzt. Um keine Spuren zu verwischen!«

Hagen warf Rauch einen Blick zu, der sich sofort geistig eine Notiz machte. Möglich, dass der Täter tatsächlich sonst noch irgendwo Spuren hinterlassen hatte.

»Das haben Sie sehr gut gemacht. Haben Sie irgendetwas Merkwürdiges entdeckt?«

»Was meinen Sie?«

In dem Moment brachte man den georderten Kaffee und das Wasser, was Rauch als Chance nutzte, den Kollegen darum zu bitten, die Spurensuche noch nicht wieder wegzuschicken.

»War zum Beispiel eine Tür offen, die eigentlich hätte abgeschlossen sein müssen?«

Frau Liebig dachte einen kurzen Moment lang nach und trank einen Schluck Wasser.

»Nun, in der Turnhalle lagen einige Bälle, die eigentlich in den Bälleraum gehören. Und der war offen.«

»Ist er das sonst nicht?«

»Nein. Und auch einige der Matten waren in der Halle verteilt, die räumen sie sonst auch weg.«

Rauch erinnerte sich daran, dass gestern einige der Jungs die Feier für ein kurzes Fußballspiel verlassen hatten. Sein alter Kumpel David war auch dabei gewesen, wenn er sich nicht irrte, und genau den würde er nachher mal anrufen müssen.

»Aber sonst war alles wie immer.«

»Haben Sie die Leiche bewegt?«

Rauchs Einwurf brachte ihm einen strafenden Blick seiner Kollegin ein, aber Frau Liebig verneinte.

»Ich habe ihn nur kurz mit dem Fuß angestupst, weil ich ja nicht wusste, ob er ... noch lebt.«

Tränen sammelten sich in ihren Augen und Rauch biss sich kurz auf die Unterlippe.

»Ich glaube, das war es erstmal, Frau Liebig. Sollen wir jemanden anrufen, der Sie abholt?«

»Mein Mann ist schon unterwegs.«

»Sehr gut. Vielen Dank für Ihre Hilfe.«

Hagen schenkte ihr zum Abschied ein warmes Lächeln, bevor Rauch sich ebenfalls verabschiedete und sie gemeinsam in Richtung Aula gingen.

»Kein gewaltvolles Eindringen also.«

Hagen wartete, bis sie außer Hörweite waren und sah Rauch dann vielsagend an.

»Was denn?«

»Der Täter könnte tatsächlich einer aus deinem Jahrgang sein.«

Obwohl ihm der Gedanke auch schon gekommen war, schüttelte er ungläubig den Kopf.

»Das kann ich mir nicht vorstellen.«

»Nun, wir haben eine Leiche. Und es sieht nicht so aus, als ob es Selbstmord gewesen wäre.«

Rauch sah sich in der Aula, in der sich gestern alle freudig begrüßt hatten, um, und fragte sich, welcher seiner ehemaligen Schulkameraden in der Lage wäre, einen Mord zu begehen.

Ihm fiel niemand ein.

Kapitel 8

Als Sophie den Wagen an der roten Ampel, unterwegs zum Revier, zum Stehen brachte, sah Rauch zu ihr hinüber, wie sie in ihrem grauen Oversizepullover und den lockeren Jeans hinterm Steuer neben ihm saß. So leger hatte er sie selten im Dienst erlebt, spontan schoss ihm eine Frage durch den Kopf, die er aussprach, ohne vorher darüber nachzudenken.

»Wovon halte ich dich eigentlich gerade ab?«

Sophie sah überrascht zu Benedikt, der den Kopf an die Scheibe gelehnt hatte und sie mit müden Augen ansah.

»Was?«

»Es ist Sonntag, ich habe dich an einen Tatort bestellt, obwohl es keinen triftigen Grund gab. Also, was hattest du eigentlich vor?«

Dabei deutete er auf ihren Aufzug. Für gewöhnlich kam sie immer im seriösen Dress zur Arbeit, nicht so. Wenn er es nicht besser wüsste, hätte er geglaubt zu sehen, wie Sophie neben ihm ein bisschen rot wurde.

»Nichts. Du kennst mich. Ein Buch und ich, das ist der perfekte Sonntag.«

Manchmal vergaß sie, wie lange sie sich schon kannten und wie schlecht sie lügen konnte. Unsicher zupfte sie an ihren kurzen braunen Haaren und konzentrierte sich wieder auf die rote Ampel vor sich.

»Ist Kai in der Stadt?«

Sophie musste nicht antworten, Rauch wusste es auch so. Und es machte ihn ein bisschen traurig.

»Ach, Sophie.«

Sie hob nur die Schultern, als könne sie nichts dafür und gab Gas, sobald die Ampel auf grün umsprang.

»Er ist gar nicht so verkehrt.«

Immer, wenn sie über Kai sprachen, hatte sie das Bedürfnis, ihn zu verteidigen. Aber vollkommen egal, was auch immer sie für Argumente vortrug, Benedikt war selten ihrer Meinung. So auch heute. Er verschränkte die Arme vor der Brust und sah wieder aus dem Seitenfenster.

»Er hat Blumen mitgebracht!«

»Toll. Lass mich raten, Rosen?«

»Ja.«

»Männer schenken immer Rosen, wenn sie Mist gebaut haben.«

Das wusste er aus eigener Erfahrung.

»Und er hat sich sogar entschuldigt.«

»Wofür denn diesmal?«

»Das geht dich nichts an, Benedikt.«

»Dafür, dass er wieder zurück zu seiner Ehefrau ist?«

Sophie erwiderte nichts, starrte auf die Straße und umklammerte das Lenkrad etwas fester. Es war nicht zu übersehen, wie sehr sie seine Bemerkung getroffen hatte. Benedikt wusste, dass er kein Recht hatte, so über sie zu urteilen, aber es fiel ihm generell schwer, die Klappe zu halten. Besonders aber bei Sophie.

»Entschuldige, aber ich verstehe einfach nicht, wieso du immer wieder auf ihn reinfällst.«

»Vielleicht, weil ich ihn liebe?«

Es klang trotzig, und er sah überrascht zu Sophie hinüber, die Ausschau nach einem Parkplatz hielt.

»Sophie, er nutzt dich aus, wann immer er in der Stadt ist und vergisst dich, sobald er wieder in Hamburg ist.«

Bei seiner Familie. Aber er verkniff sich, diesen Nachsatz auszusprechen.

»Und du bist der Richtige, um darüber zu urteilen?«

War er nicht. Vor allem nicht, wenn er daran dachte, wie er für Bettina, die vermutlich noch immer in seinem Bett lag, nur eine kurze Nachricht geschrieben hatte.

»Ich mache mir doch nur Sorgen um dich.«

Das war die Wahrheit. Er mochte Sophie zu sehr, als dass er kommentarlos dabei zusehen konnte, wie sie sich immer wieder von demselben Mann das Herz brechen ließ. Sie warf ihm einen undurchsichtigen Blick zu.

»Vielen Dank, aber ich bin durchaus in der Lage, selbst auf mich aufzupassen. Das solltest du wissen.«

Damit setzte sie nicht nur einen Punkt hinter diese Unterhaltung, sondern auch den Blinker für den Parkplatz direkt vor dem Revier auf der Theodor-Heuss-Straße.

Kapitel 9

Rauch starrte eine ganze Weile auf den Bildschirm und fragte sich, ob in der Zwischenzeit nur Minuten oder schon Stunden vergangen waren. Er hatte die Facebook-Gruppe aufgerufen, in der während der letzten Woche noch alle Planung für das Klassentreffen besprochen worden waren.

Zweiundzwanzig Mitglieder hatte er sich angeschaut und musste bei den Profilbildern das ein oder andere Mal entweder schmunzeln oder den Kopf schütteln.

Es gab zwei Sorten von Fotos. Die jener Leute, die unbedingt zeigen wollten, wie gut es ihnen in der Zwischenzeit ergangen war, die auf Urlaubsschnappschüssen vor einem Strandpanorama mit Frau und Kind im Arm posierten und die der anderen, die stolz im Anzug ihre steile Karriere zur Schau stellten.

Wo war die Zeit geblieben?

Was war aus den Teenagern geworden, die mit Zahnspangenlächeln und unreiner Haut von großen Zukunftsträumen gesprochen hatten?

Das Klopfen an der Tür holte ihn zurück in die Jetztzeit und zwang ihn dazu, den leeren Blick vom Monitor zu reißen.

»Herein!«

Eine junge Frau mit langen braunen Haaren – die sie heute zu einem kunstvollen Zopf geflochten hatte – in einer gepunkteten Bluse und einer weit geschnittenen schwarzen Stoffhose betrat sein Büro, zögerte aber dann bis Rauch auf einen der Stühle deutete.

»Frederike, wie gut, dass Sie hier sind.«

»Weil ich kein Privatleben habe, weswegen ich heute anderswo gebraucht werden könnte?«

Rauch wartete kurz, unsicher, ob es ein Witz oder nur ein bissiger Kommentar war, nickte dann aber schließlich nur etwas unschlüssig.

»Ich meine, schön, dass wir Sie nicht Zuhause anrufen mussten.«

»Schon klar.«

Es fiel ihm immer etwas schwer, seine Kollegin Frederike Jansen zu durchschauen. Sie war eine enge Freundin von Hagen und damals mit ihr aus Hamburg in den Süden gekommen – ein Umstand, der sich als Segen für das Revier entpuppt hatte. Denn es gab so ziemlich kein Computersystem, mit dem sich Jansen nicht auskannte.

»Was kann ich für Sie tun, Herr Kommissar?«

Mehrmals hatte er sie bereits darauf hingewiesen, dass sie ihn nicht mit seinem Dienstgrad ansprechen musste, und dennoch tat sie es jedes Mal. Meistens mit einem Grinsen. Sie war jünger als er, aber manchmal kam er sich in ihrer Anwesenheit wie ein Schuljunge vor.

»Ich bräuchte ein paar Informationen ...«

»Zu Georg Daniels?«

Er gab sich gar nicht erst Mühe, seine Überraschung zu verheimlichen, und sie winkte nur ab.

»Sophie meinte nur, da könnte wohl noch was auf mich zukommen.«

Er nickte nur.

»Wir waren zusammen in der Schule.«

Er konnte sich nicht erklären, wieso er ausgerechnet das sagte, aber Frederike sah nicht so aus, als fände sie das irgendwie merkwürdig.

»Wenn ich Ihnen eine Liste mit Namen gebe, könnten Sie sich mal ‚umsehen'?«

Sie wusste genau, was er damit meinte. Manchmal kam es Rauch so vor, als kannte sie sogar die dunklen Ecken des Internets, von denen er nicht mal so genau wusste, dass sie überhaupt existierten.

»Soll ich *sie* auch überprüfen?«

Rauch sah irritiert zu ihr, wie sie voller Eifer vor ihm saß und kaum darauf warten konnte, sich wieder im Internet rumzutreiben.

»Wen?«

»Bettina Koch.«

Sie sprach ihren Namen so aus, als wäre es das naheliegendste der Welt.

»Wieso sollten Sie?«

»Sie war gestern doch auch auf der Feier, oder?«

Er wurde das Gefühl nicht los, dass jemand sie bereits mit Informationen versorgt hatte, und er musste nicht besonders lange nachdenken, um zu wissen, wer das war. Erschöpft ließ er sich tiefer in seinen Bürostuhl sinken und schüttelte matt den Kopf.

»Ich denke nicht, dass Bettina zum Kreis der Verdächtigen gehört.«

»Ach nein?«

»Sie war den ganzen Abend mit mir zusammen.«

»Auch, als sie die Visitenkarten mit dem Opfer getauscht hat?«

»Woher wissen Sie das denn alles schon?«

Sie setzte zum unschuldigsten Lächeln an.

»Das ist mein Job, oder nicht?«

»Also gut, schauen Sie auch nach Frau Koch.«

Es fühlte sich merkwürdig an, seine On/Off-Partnerin bei ihrem Nachnamen zu nennen, aber es war der Situation angemessen. Frederike erhob sich bereits wieder, deutete dann aber auf Rauchs Computer.

»Wann kann ich mit der Liste rechnen?«

»Ich stelle sie Ihnen gleich zusammen, in einer halben Stunde dürfte sie fertig sein.«

»Okay, Sie wissen ja, wo Sie mich finden.«

Bevor Frederike die Tür öffnen konnte, fiel Rauch noch etwas ein.

»Ach, und wenn möglich, ohne dass Krüger davon erfährt?«

»Versteht sich von selbst, Herr Kommissar.«

Damit verließ sie das Büro, und Rauch sah wieder auf den Monitor vor sich. Solange er den Fall noch hatte, wollte er so viel wie möglich in Erfahrung bringen. War es denkbar, dass es niemandem auffiel? Vielleicht wusste Krüger nicht mal, dass er mit dem Opfer auf derselben Schule gewesen war?

Kopfschüttelnd kehrte er zu Facebook zurück. Die Gruppe hatte seit gestern Vormittag keinen neuen Eintrag, und er fragte sich, wie lange es wohl dauern würde, bis sich die Nachricht wie damals in der Schulzeit mit der Geschwindigkeit eines Lauffeuers verbreiten würde. Er tippte die Namen ab, ging im Geiste noch mal die Anwesenden durch und hoffte, niemanden vergessen zu haben.

Für eine kleine Weile schloss er die Augen und ließ den pochenden Kopfschmerz, den er bis eben ausgeblendet hatte, zu und ging darin auf.

Bis es erneut klopfte, diesmal jedoch niemand auf eine Aufforderung zum Eintreten wartete und Sophie schon vor seinem Schreibtisch stand, als er die Augen wieder öffnete.

»Du siehst schrecklich aus.«

Er lächelte nur matt.

»Ich fühle mich auch so.«

Er konnte sehen, dass sie schon die nächste Frage auf der Zunge hatte, sie aber nicht aussprach und ihm stattdessen ein weißes Hemd reichte.

»Für den nächsten Besuch solltest du dann doch etwas seriöser aussehen.«

Rauch sah an sich herab und musste ihr Recht geben. Der Teil, den er am meisten hasste und an den er sich nie gewöhnen wollte, stand an, und er erhob sich schwerfällig aus seinem Stuhl, zog das T-Shirt über den Kopf und griff nach dem frischen Hemd.

»Wer hätte auch ahnen können, dass ich am Sonntag einen Mordfall übernehmen muss.«

»Weil sich Mörder sonst ja auch an unseren Dienstplan halten.«

Sophie drehte sich nicht weg, während Benedikt sich das Hemd zuknöpfte und eine Krawatte aus der Schublade fischte. »Vielleicht sollte ich beim nächsten Mal entweder bei Bier oder bei Wein bleiben.«

Er strich das Hemd glatt und sah zu ihr hinüber, wie um sich die Bestätigung abzuholen, dass er so einem Kommissar, wie er im Buche steht, schon ähnlicher sah. Aber sie zog nur eine Augenbraue nach oben.

»Vielleicht solltest du beim nächsten Mal einfach bei Cola bleiben.«

»Du hast brillante Ideen, Sophie.«

»Zumindest bin ich heute nüchtern.«

Dem war nichts mehr hinzuzufügen.

Kapitel 10

Paula Daniels war eine attraktive Frau, die sich ihrer Schönheit vermutlich nicht bewusst war. Aber sie war genau die Art Partnerin, die sich Rauch immer an Georgs Seite vorgestellt hatte. Ebenso gut passte zu ihm die Wohnung in Halbhöhenlage im Stadtteil Diemershalde mit prächtigem Blick auf den Kessel aus bodentiefen Fenstern. Rauch musterte die Frau, die einen goldenen Ehering an ihrem Finger trug und sich erstmal setzen musste. Noch hatte er keine Zeit gehabt die ungefähre Quadratmeterzahl dieser Wohnung abzuschätzen, aber in dieser Gegend, so hieß es, zahlte man pro Quadratmeter leicht ein Monatsgehalt.

Jetzt saßen sie in dem geschmackvoll eingerichteten Wohnzimmer auf einer grauen Couch, neben den ordentlich zusammengelegten Kaschmirdecken und beruhigten Frau Daniels, die heftig weinte, so gut wie möglich.

Benedikt saß ihr gegenüber auf einem Fernsehsessel, vermutlich Georgs Stammplatz, und war froh darüber ein Hemd, anstatt eines einfachen, ungebügelten T-Shirts zu tragen. Seit einer Weile hatte niemand mehr etwas gesagt, und er wartete darauf, dass sie wieder sprechen konnte. Das dauerte, wie er aus Erfahrung wusste. Sophie saß neben der Neu-Witwe und reichte ihr ein Taschentuch – einmal mehr war er froh darüber, dass seine Kollegin ihn zu solchen Terminen begleitete.

»Ich dachte, er wäre mit seinen Kumpels irgendwo versackt, ich hatte ja keine Ahnung ...«

Ihre Stimme versagte, und Rauch nutzte die Gelegenheit, sich im Wohnzimmer umzusehen. Fotos standen auf dem Regal über dem großen Fernseher, eine Reihe Erinnerungen, die es wert waren, mit den Gästen geteilt zu werden. Die beiden im Urlaub, einmal irgendwo am Strand, einmal in den Bergen, dazwischen das obligatorische Hochzeitsfoto und ein paar

Schnappschüsse, die Momentaufnahmen ihrer gemeinsamen Zeit waren.

»Er hatte sich so gefreut. Auf seine alten Freunde. Wie ... wieso?«

Sie sah hilfesuchend zuerst zu Rauch, dann zu seiner Kollegin, die mit dem Ausdruck des Bedauerns im Gesicht nur den Kopf schüttelte.

»Wir wissen es noch nicht.«

»Georg hatte keine Feinde. Wieso sollte ihn jemand umbringen wollen?«

Rauch wartete ab, ob sie weitersprach, weil er die Erfahrung gemacht hatte, dass Menschen nicht gerne gefragt werden. Stattdessen reden sie sich nach einer kleinen Weile warm und erzählen dabei mehr, als wenn man nachgefragt hätte. Jetzt nickte er nur zustimmend, hoffte so ihren Redefluss in Gang zu halten.

»Seit Wochen hat er über nichts anderes gesprochen. Er hat extra seinen liebsten Anzug reinigen lassen.«

Zumindest war er in seinem liebsten Anzug gestorben.

»Ich kann das nicht glauben.«

»Ich verstehe, dass das alles sehr schwer für Sie ist, Frau Daniels, aber hat er in letzter Zeit vielleicht irgendwie anders auf Sie gewirkt?«

»Anders?«

»Ja, war er zum Beispiel besonders angespannt?«

»Nein. Nur voller Vorfreude auf das Treffen.«

Schwer vorstellbar, dass ein Klassentreffen ihn wirklich in so eine emotionale Begeisterung gestürzt hatte, doch diesen Gedanken sprach Rauch nicht aus.

»Mein Mann hatte keine Feinde.«

Sie betonte das so eindringlich, als würde sie Rauch davon überzeugen müssen.

»Wenn Sie ihn kennen würden, wüssten Sie, dass das die Wahrheit ist. Er ist ein guter Mensch. War ein guter Mensch.«

Erneut kamen ihr die Tränen und Hagen warf ihm einen kurzen Blick zu, aber er wiegte nur kaum merklich den Kopf.

Nein, er hatte nicht vor, die Frau davon in Kenntnis zu setzen, dass er und ihr verstorbener Ehemann sich gekannt hatten.

»Wieso haben Sie ihn nicht auf die Feier begleitet?«

Es war eine einfache Frage, denn gestern waren einige Ehemalige mit ihren Ehefrauen und -männern erschienen.

»Ich war bereits mit meinen Freundinnen verabredet. Wir waren zusammen essen.«

Somit lieferte sie ihnen auch ein Alibi, welches er noch überprüfen lassen würde, auch wenn er ihr die Trauer durchaus abnahm. Vor ihm saß eine liebende Ehefrau, die den Tod ihres Mannes nicht verstand.

»Aber wäre ich doch nur mitgegangen. Dann wäre das alles vielleicht nie passiert?«

Sophie schüttelte den Kopf.

»Tun Sie das nicht. Es ist nicht Ihre Schuld.«

»Aber wenn er getrunken hat, dann ...«

Sie brach den Satz und den Gedanken sofort wieder ab, wurde erneut von den Tränen übermannt, und schüttelte den Kopf, obwohl Rauch unbedingt wissen wollte, wie der Satz weiterging.

»Ich hatte ihm noch gesagt, er solle nicht zu viel trinken.«

»Neigte er denn dazu, zu viel zu trinken?«

»Nein! Nicht wirklich. Nur sehr selten.«

Interessant, wie sie das vehemente Nein immer weiter abstufte, bis Rauch sich nach vorne beugte und sie genau ansah. Bettina hatte ihm sanfte braune Augen bescheinigt, die sein Mitgefühl immer verrieten, und genau davon musste er jetzt Gebrauch machen.

»Frau Daniels, jedes noch so kleine Detail über Ihren Mann ist hilfreich.«

»Er war ein guter Mann.«

»Das steht außer Frage.«

Auch wenn er sich da gerade nicht so sicher war.

»Wieso wollten Sie, dass er nicht so viel trinkt?«

Sie antwortete nicht sofort, sah erst zu Hagen, der sie wohl etwas mehr vertraute, und sprach dann leise weiter.

»Manchmal, wenn er getrunken hatte, wurde er albern. Und gerade jetzt, wo er doch zum Partner in der Kanzlei gemacht werden sollte, ... da dachte ich, es wäre nicht gut, wenn irgendwelche Fotos oder Videos von ihm kursieren.«

Sie hob den Blick zu Rauch.

»Sie wissen doch, wenn es erstmal im Internet ist ...«

War das wirklich ihre Sorge? Rauch nickte verständnisvoll, aber er hatte so seine Zweifel an der Wahrheit dieser Aussage. Männer, die tranken, wurden oft laut oder aggressiv, manchmal auch anhänglich, aber was verstand Frau Daniels unter ‚albern'?

»Ich muss seine Eltern anrufen ...«

Diese Erkenntnis ließ sie wie ein Kartenhaus zusammenfallen, so tief sank sie in die Couch und starrte nur noch mit leerem Blick vor sich hin. Hagen legte ihr die Hand auf den Arm.

»Das können wir übernehmen.«

»Nein. Nein, ich muss es ihnen sagen.«

Sie stand auf und ging zurück in den langen Flur, wo vermutlich das Telefon stand. Hagen sah zu Rauch.

»Wir sollten nicht gehen, bevor jemand bei ihr ist.«

»Okay.«

Rauch warf einen Blick in Richtung Flur, um sich zu vergewissern, dass Frau Daniels außer Hörweite war, bevor er jene Frage stellte, die Sophie bereits erwartet hatte.

»Was meinst du?«

»Ich würde sagen, sie glaubt alles, was sie uns erzählt hat.«

Rauch nickte geistesabwesend, was Sophie sofort auffiel.

»Benedikt?«

»Hm?«

»Ich kenne diesen Gesichtsausdruck.«

»Es ist nichts.«

»Was stimmt nicht?«

Er sah vom Flur zurück zu seiner Kollegin.

»Er hatte Feinde.«

Kapitel 11

Sophies Vorschlag, erstmal eine Kleinigkeit zu essen, hatte Rauch dankend angenommen, nachdem sie die Wohnung verlassen hatten. Frau Daniels' Schwester war sofort gekommen, als sie von der schrecklichen Nachricht gehört hatte, und bat die Polizisten, doch bitte zu gehen. Rauch hatte sie allerdings bereits vorgewarnt, dass sie sich sicherlich noch mal bei ihr melden würden.

Jetzt studierte er die Speisekarte des Restaurants *Lässig* in der Nähe des Eugensplatzes und konnte sich kaum entscheiden. Alles klang verlockend. Das Loch in seinem Magen war im Laufe des Tages immer größer geworden und verlangte nun nach dem Schweinenacken mit Pflaumen-Speck-Soße und gebackenen Kartoffeln. Sophie als Vegetarierin entschied sich für das Shiitakepilz-Risotto mit Petersilienwurzeln und sah Rauch fragend an, sobald der Kellner verschwunden war.

»Was passt nicht zusammen?«

Sie kannte ihren Kollegen gut genug, um zu wissen, dass er bereits seine Puzzlestücke zusammensetzte.

»Ich weiß es nicht. Aber irgendwas passt nicht.«

»Sie machte einen sehr erschütterten Eindruck.«

Nickend lehnte er sich etwas weiter über den Tisch in Sophies Richtung.

»Wärst du auch, wenn dir jemand die Nachricht vom Tod deines Ehemanns überbringen würde.«

»Du glaubst ihr also?«

Er nickte.

»Aber du sagst, er hatte Feinde?«

»Na ja , je länger ich über ihn nachdenke, desto mehr Geschichten fallen mir ein. Aber die sind alle aus der Schulzeit.«

Sophie beobachtete ihn genau, ließ ihn bei seinen Ausführungen keine Sekunde aus den Augen.

»Er hat jedes Mädchen gekriegt. Vor allem die, auf die seine Kumpels standen.«

»Deswegen hat man Feinde?«

Rauch schüttelte nachdenklich den Kopf.

»Ich denke nicht, dass ihn deswegen jemand umbringen würde.«

Aber Sophies Interesse an den alten Geschichten war geweckt.

»Was für Gründe gab es noch, ihn nicht zu mögen?«

»Nun, er hat einige der unsportlichen Schüler gerne öffentlich bloßgestellt. Und Gerüchte besagen, seine Noten waren nicht immer seinen schulischen Leistungen geschuldet.«

»Ich nehme an, er war nicht bei allen beliebt?«

»Das kommt darauf an, wen du fragst.«

»Ich frage dich.«

»Georg wollte eben immer ans Ziel, die Mittel spielten dabei keine ausgesprochen große Rolle.«

»Ein Jahrgang voller Verdächtiger.«

»Unsinn, das ist ewig her, Sophie. Wer sollte ihn deswegen jetzt umbringen wollen?«

»Keine Ahnung. Sag du es mir.«

Doch Benedikt schwieg, ging im Geiste die Liste seiner Freunde durch und kam immer wieder zum selben Ergebnis: Keiner von ihnen hatte das Zeug zum Mörder.

»Sag schon, kennst du jemanden, der einen Grund haben könnte, ihn nicht zu mögen?«

Sofort musste er an einige Schulkameraden denken, die damals Zielscheibe von Georgs gemeinen Attacken waren, aber er wollte sie nicht zu Tatverdächtigen machen.

»Mhm, möglich.«

»Traust du denen einen Mord zu?«

Auf Rauchs Antwort musste Sophie warten, bis der Kellner die Salate brachte und wieder verschwunden war.

»Seine Frau hat gesagt, er wird albern, wenn er viel trinkt.«

»Du weichst meiner Frage aus.«

»Ich weiß.«

Rauch starrte auf den Salat hinunter, der mit einem dunklen Dressing serviert worden war und wich somit auch Sophies Blick aus.

»Ich kenne die meisten Jungs, seitdem ich sechs Jahre alt war.«

Er schüttelte den Kopf und nahm einen großen Schluck Wasser, als könne das seine Gedanken ordnen.

»Aber keiner von ihnen ist ein Mörder.«

»Weißt du das oder hoffst du das?«

Er griff nach der Gabel und erstach eine Cherry-Tomate mit etwas mehr Wucht als nötig. Sophie beobachtete ihn dabei genau, so wie sie es mit den Verdächtigen tat, wenn sie bei einem Fall hinzugezogen wurde.

»Benedikt, wir sollten uns alle, die gestern auf der Feier waren, mal genauer ansehen.«

»Vielleicht sollten wir uns erst in seinem beruflichen Umfeld umschauen.«

Erst jetzt sah er sie wieder an, und sie bemerkte den trotzigen Blick, den sie schon lange nicht mehr an ihm gesehen hatte.

»Ben.«

»Hm?«

»Ich sage ja nicht, dass einer von ihnen der Täter ist.«

»Aber du schließt es auch nicht aus!«

»Vielleicht führt uns einer oder eine von ihnen ja doch zum Täter.«

»Ich kenne diese Leute, Sophie!«

Für einen langen Moment sahen sie sich einfach nur an, und Benedikt fühlte sich wie ein Tatverdächtiger, den Dr. Hagen gerade unter ihrem persönlichen Mikroskop genauestens untersuchte. Er wandte den Blick ab.

»Benedikt, du bist zu nah dran.«

»Willst du, dass Weindl mir den Fall wegnimmt?«

Er wusste genau, dass sie das nicht tun musste, das würden schon andere übernehmen.

»Wenn du so emotional mit der Sache umgehst, ja.«

»Emotional?«

Auch wenn er sicher kein Gefühlskühlschrank war, sah sich Rauch selbst nicht gerade als den emotionalsten aller Menschen. Zumindest nicht, wenn andere dabei waren.

»Du bearbeitest einen Mord. Mit Verdächtigen. Entweder du machst das professionell oder du kümmerst dich wieder um die Jungs, die auf dem *Kombe* ihre Drogen verkaufen.«

Eine *never ending story*. Der Kombe, ein Spiel- und Bolzplatz in der Zellerstraße, war inzwischen zu einem belieben Ort für Drogendealer geworden. Jedes Mal, wenn sie einen der oft minderjährigen Dealer geschnappt hatten, stand wenige Wochen danach schon der nächste an seiner Stelle. Rauch wusste auch, dass Hagen Recht hatte. Wenn er auch nur die kleinste Chance wollte, an diesem Fall mitarbeiten zu dürfen, musste er seine persönlichen Gefühle in den Griff kriegen. Schließlich nickte er, was Sophie als Triumph verbuchte.

»Also schauen wir uns mal die an, die letzte Nacht mit unserem Opfer in Kontakt waren.«

»Bin ich auch verdächtig?«

Er wusste, dass er sich kindisch benahm, aber dieses unangenehme Gefühl in seinem Magen verdarb ihm fast den Appetit. Sophie setzte zu einem sanften Lächeln an.

»Nein.«

»Wieso ich nicht?«

»Ich kenne dich. Du bist zu vielen Dingen fähig, aber nicht zu einem Mord.«

Es war die Art und Weise, wie sie es sagte, die Benedikts Wut mit einem Mal verpuffen ließ.

»Siehst du das nicht zu emotional?«

Sophie hielt viel von Rauch. Sie konnte nicht genau sagen, wieso, aber sie vertraute diesem Mann mehr, als den meisten anderen Menschen in ihrem Leben.

»Ich sage es wie Paula Daniels: Du bist ein guter Mann.«

Der folgende Blickkontakt dauerte eine Sekunde länger als er sollte. Vielleicht sogar als er durfte, und gerade als Benedikt etwas erwidern wollte, trat der Kellner mit den Hauptspeisen an ihren Tisch und zerstörte, was auch immer das gerade gewesen war.

Kapitel 12

Zurück im Revier erwartete Rauch ein Zettel auf seinem Schreibtisch, er möge sich doch bitte bei Frau Jansen melden, sobald er etwas Zeit habe. Er konnte nur hoffen, dass sie keine schlechten Nachrichten aus Krügers Ecke hatte.

»Du brauchst mich ja nicht mehr, oder?«

Hagen lehnte im Türrahmen, bereit, wieder zu verschwinden, da ihre Arbeit für heute tatsächlich getan war. Dennoch zögerte Rauch einen Augenblick.

»Ich weiß nicht.«

Er wedelte mit dem Zettel, auf dem Sophie die Handschrift ihrer Freundin erkannte.

»Vielleicht brauche ich dich ja noch mal.«

»Dann ruf mich an.«

»Im Ernst ...«

»Morgen besuchen wir mal die Kanzlei, da komme ich gerne mit, aber jetzt ...?«

Sie warf einen Blick auf die Uhr und machte schon Anstalten zu gehen.

»... bin ich weg.«

Rauch sollte sie ziehen lassen, sich bei ihr für die Unterstützung bedanken und sie bis morgen in Ruhe lassen. Aber er konnte nicht.

»Ab zu Kai?«

Sie stockte kurz, hielt in ihrer Bewegung inne und wandte sich fast in Zeitlupe zu ihm um.

»Ich lasse dir das durchgehen und verbuche es unter Berufskrankheit, dieses ständige Nachfragen, was mein Privatleben angeht. Denn ehrlich gesagt geht es dich nichts an.«

Er hätte gerne noch etwas gesagt, aber Sophie verließ sein Büro und achtete darauf, ihren Abgang mit einem lauten Türschlagen zu unterstreichen. Rauch wusste, dass sie Recht hatte. Dennoch passte es ihm nicht, dass sie zu Berthold fuhr.

Er ging um seinen Schreibtisch und ließ sich auf seinen angestammten Platz fallen, schaltete den Monitor wieder ein und wurde von der zuletzt besuchten Internetseite begrüßt. Nämlich der Facebook-Gruppe zum Klassentreffen. Inzwischen gab es über zwanzig neue Beiträge, und er ahnte, wieso.

Konnte es sich wirklich so schnell herumsprechen?

Konnte es.

Es reichte ein Blick auf sein Handy: sieben verpasste Anrufe, immer die gleiche Nummer, immer der gleiche Name.

Wenn Laura ihn an einem Sonntag, an dem ein Mord in seiner alten Schule passiert war, so dringend sprechen wollte, konnte es dafür nur einen Grund geben:

Die Presse musste, kurz nachdem Hagen und er den Tatort verlassen hatten, aufgetaucht sein – sie hatten sich also zum Glück verpasst. In der Facebook-Gruppe wurde nun gerätselt, um wen es sich beim Opfer wohl handeln könnte, weil noch kein Name veröffentlicht worden war.

Er scrollte durch die Nachrichten, die meisten Gruppenmitglieder zeigten sich schockiert, andere warfen ihre Vorschläge und Ahnungen in den Raum.

Wieder klingelte sein Handy. Wieder ignorierte er es.

Jemand schrieb, wenn es den erwischt hatte, den er im Kopf habe, wäre es nicht schade drum.

Rauch griff nach einem Stift und begann damit, sich einige der Namen aufzuschreiben, doch gerade, als er die Nachrichten in chronologischer Reihenfolge lesen wollte, wurde ihm der Zugriff auf die Gruppe verweigert. Er stutzte. Doch auch der zweite Versuch sich wieder in die Gruppe einzuloggen, scheiterte, weil er kein Mitglied mehr war.

Der Admin hatte ihn also entfernt. Natürlich, alle wussten – zumindest seit gestern – was für einen Beruf er ausübte.

Allerdings sollte das für Frau Jansen kein Problem darstellen. Er wollte gerade nach dem Telefon greifen, als seine Bürotür aufgeschleudert wurde und Hagen erschien.

»Du magst ihn nicht, weil du ihn nicht kennst. Ich bin aus Hamburg nach Stuttgart gekommen, weil du dachtest, es wäre eine gute Idee. Weil wir beide gut zusammen arbeiten. Aber

Stuttgart ist nicht mein Zuhause. Du kennst dich hier überall aus, hast alte Freunde und deine ganze Familie hier. Hast du dich jemals gefragt, wie es für mich ist, wenn ich nach Feierabend in meine Wohnung komme und dort niemand ist?«

Sie gab ihm gar keine Chance zu antworten, selbst wenn er es gewollt hätte, kam auf seinen Schreibtisch zu und blieb direkt davor stehen.

»Also verurteile mich nicht, wenn ich mir manchmal etwas nehme, was mir guttut! Und ob du es nun hören willst, oder nicht, Kai tut mir verdammt gut!«

Benedikt schwieg, sortierte all die Antworten, die er ihr geben konnte, und entschied sich dann für ein schlichtes: »Okay.«

Was Sophie nur noch mehr in Rage brachte.

»Du kannst dir dein hämisches *Okay* sonst wohin stecken, Benedikt.«

»Ich meine es ernst.«

»Oh.«

»Wenn er dir guttut, dann bin ich zufrieden.«

Es überraschte ihn selber, wie wahr seine Worte waren. Sophie Hagen, eine seiner engsten Vertrauten, glücklich zu sehen, das war ihm wichtiger, als er zugeben wollte.

»Okay.«

»Dann solltest du ihn jetzt nicht länger warten lassen.«

Sie nickte, noch immer etwas irritiert über Rauchs Reaktion, und ging schließlich wieder in Richtung Tür.

»Wir sehen uns dann morgen.«

»Bis morgen.«

Er wartete, bis die Tür wieder ins Schloss gefallen war – diesmal um einiges leiser – seufzte und sah dann wieder zum Monitor, wo Facebook ihm noch immer den Zugang zur Gruppe verwehrte.

Kapitel 13

Frederike Jansen warf ihm einen enttäuschten Blick zu, als er mit seiner Bitte in ihrem Büro aufkreuzte.

»Das ist alles?«

»Ich habe Sie gerade darum gebeten, mich wieder in eine Facebook-Gruppe zu bringen, reicht das denn nicht?«

Sie verdrehte kurz gelangweilt die Augen und zog dann eine ihrer kabellosen Tastaturen etwas näher an sich heran.

»Eines Tages wünsche ich mir eine richtige Herausforderung, das ist alles.«

Rauch, der von all dem Zeug nicht viel verstand, konnte nur bewundernd zusehen, wie sie mit einigen schnellen Befehlen loslegte, dabei waren ihre Augen fest auf den Monitor gerichtet, als müsste sie gar nicht überprüfen, was ihre Finger da taten.

»Wieso sind Sie eigentlich bei uns?«

Eine Frage, die ihn jedes Mal aufs Neue beschäftigte und auf die Frederike für gewöhnlich nur mit einem Grinsen antwortete.

»Spielt es denn eine Rolle, von wo aus ich mich ins System hacke?«

»Das Landeskriminalamt würde Sie doch mit Handkuss nehmen.«

»Die haben dort aber furchtbar unbequeme Stühle.«

Mit einer fließenden Handbewegung drehte sie den Monitor in Rauchs Richtung.

»Und Sie sind wieder Mitglied.«

Er wagte es nicht, einen Blick auf die Uhr zu werfen, um zu checken, wie lange sie dafür gebraucht hatte.

»Ich habe Ihnen aber gar nicht mein Passwort genannt.«

Frederike musste schmunzeln.

»Ich bitte Sie, *KickersFan77* ... das ist das wohl schwächste Passwort, das mir in diesem Revier untergekommen ist.«

Er wollte lieber nicht fragen, wie viele Passwörter sie kannte. Frau Jansen tippte kurz auf ihrer Tastatur, hatte dabei offensichtlich Spaß und nickte dann zufrieden.

»Ich habe das mal gescreenshoted.«

Sie machte sich gar nicht erst die Mühe es genauer zu erklären, war schon wieder mit der Tastatur und dem Monitor beschäftigt.

»Und ich habe die Mitgliederliste auf anonym gestellt. Damit der Admin nicht sofort checkt, dass Sie wieder dabei sind. Falls er Sie trotzdem wieder rausschmeißt ...«

Sie sah wieder zu Rauch.

»Melden Sie sich wieder, okay?«

»Wie machen Sie das immer?«

»Wenn ich es verrate, dann brauchen Sie mich hier doch nicht mehr.«

Zum frechen Lächeln griff sie nach einer dünnen Mappe, die sie ihm reichte. Dabei warf sie einen flüchtigen Blick in Richtung Tür.

»Und vielleicht sollten Sie Krüger aus dem Weg gehen.«

Konstantin Krüger, Polizeioberkommissar auf dem Revier und nicht gerade Rauchs größter Fan. Die Antipathie beruhte allerdings auf Gegenseitigkeit.

»Weiß er von dem Fall?«

»Hm. Gerüchte besagen, er will ihn haben.«

»Ach was.«

»Und Sie wissen ja, wie das läuft.«

»Weiß ich das?«

Er nahm die Mappe an und hielt sie möglichst unauffällig, als wäre sie gefüllt mit für ihn belastendem Material.

»Er will etwas, er kriegt es. Und wenn er ihnen dabei ein paar Steinchen in den Weg legen kann, wird er das tun. Und bevor Sie sich versehen ...«

Sie schnippte mit dem Finger.

»Sitzen Sie am *Kombe* und beschatten eine Parkbank.«

Rauch wusste zu genau, dass sie mit ihrer Prognose Recht hatte. Krüger könnte, wenn er wollte, verlangen, dass ihm der Fall übertragen wurde.

»Ist er heute denn im Büro?«

»Heute Morgen habe ich ihn gesehen, aber im Moment ist er unterwegs.«

»Gut. Ich nehme diese Mappe mit nach Hause. Wir sehen uns morgen.«

Frederike nickte zustimmend, und Rauch konnte sich, wie immer, darauf verlassen, dass sie – zumindest vor Krüger – die Ahnungslose gab.

Kapitel 14

Statt direkt nach Hause zu gehen, legte Rauch noch einen kurzen Zwischenstopp in seiner Stammkneipe *'s Eckle* im Lehenviertel ein, wo er um diese Uhrzeit einige seiner Freunde erwartete.

Und er wurde nicht enttäuscht. Die meisten Tische der urigen Kneipe waren besetzt, leise Musik im Hintergrund, die durch die Gespräche und das Gelächter übertönt wurde. Er winkte dem Besitzer Karl kurz zu und bedeutete ihm, er wolle ein Bier, bevor er sich in den hinteren Teil aufmachte, wo er Philipp und David schon von weitem erkannte. Als die beiden ihn kommen sahen, wechselten sie einen schnellen Blick, und Benedikt kam es so vor, als würden sie das Gesprächsthema wechseln.

»Hi.«

Er zog sich den Stuhl zurück und nahm Platz, spürte aber, dass er heute nicht einfach nur ein Kumpel am Tisch war.

»Ausgeschlafen?«

David, sein ältester Freund, grinste ihn breit an und nahm dann schnell einen Schluck seines Biers.

»Geht so.«

Er wollte nicht zuerst fragen, hoffte darauf, dass Philipps Neugier ihn dazu bringen würde, direkt die Frage nach dem Stand der Ermittlungen zu stellen. Doch sein Gegenüber spielte nur mit dem durchweichten Bierdeckel zwischen seinen Fingern.

»Wo ist denn Bettina?«

Eine geschickte Themenwahl, denn so konnten sie über gestern sprechen, ohne den rosa Elefanten im Raum anstupsen zu müssen. Zu dumm nur, dass Benedikt erst jetzt einfiel, dass er sich noch gar nicht bei ihr gemeldet hatte, seitdem er heute früh die Wohnung so still und heimlich verlassen hatte.

»Zuhause.«

Die beiden anderen Männer nickten nur.

»Wirst du sie wiedersehen oder ...?«

David, verheiratet und Vater zweier Jungs, hatte die Hoffnung auf ein großes Happy End für Benedikts Liebesleben noch immer nicht aufgegeben. Sein Freund mochte vielleicht so tun, als wäre er mit seinem Singleleben zufrieden, aber David wusste, dass er an manchen Abenden einsam war.

»Ehrlich gesagt haben wir darüber nicht gesprochen.«

Philipp beugte sich etwas zu ihm rüber.

»Ihr habt sowieso nicht so viel gesprochen, wie es scheint.«

In diesem Moment brachte Karl das Bier und legte Benedikt in einer väterlichen Geste die Hand auf die Schulter.

»Schlimme Sache mit dem Georg. Habe gehört, er wurde hinterrücks erstochen.«

Erschlagen, wollte Benedikt sofort korrigieren, nickte aber nur und ließ seine Freunde dabei nicht aus den Augen.

»Ich hoffe, ihr findet den Kerl schnell, der das getan hat.«

»Wir sind dran.«

Mehr konnte und wollte er nicht zu dem Thema sagen, war aber dankbar, dass Karl das Thema – zusammen mit einem kühlen Dinkelacker Kellerbier – auf den Tisch gebracht hatte. Sobald er sich wieder in Richtung Theke aufmachte, holte Benedikt tief Luft.

»Was erzählt man denn so darüber?«

»Nicht viel.«

»Na ja, alle zeigen sich betroffen, auch wenn die meisten nur am Tratsch interessiert sind. Niemand weiß irgendwas Genaues.«

Die Bierdeckel schienen jetzt für alle am Tisch interessanter als das Gespräch, und Rauch wartete auch jetzt, dass jemand das Schweigen brach. Es war schließlich David.

»Du weißt, dass ich so meine Probleme mit ihm hatte, aber ich würde sowas nie machen. Egal, was ich damals gesagt habe. Das weißt du, oder?«

Rauch warf David einen fragenden Blick zu.

»Dass ich ihn am liebsten totschlagen würde.«

»Das hast du gesagt?«

Davids Gesicht bekam einen panischen Ausdruck, als er schnell und heftig den Kopf schüttelte.

»Ich habe es aber doch nicht so gemeint!«

»Ich erinnere mich nicht mal daran.«

Philipp half Benedikt etwas auf die Sprünge.

»In der Oberstufe, als Georg was mit Marie hatte, obwohl er wusste, dass David auf sie stand.«

»Auf der Kursfahrt nach Italien?«

»Ja.«

Inzwischen sah David so aus, als würde er in einem Kreuzverhör auf dem Revier und nicht in seiner Stammkneipe sitzen. Zu gerne wüsste Benedikt, was Sophie wohl aus diesem Verhalten schließen würde.

»Sei nicht albern, das ist ewig her.«

»Aber ihr geht doch jetzt sicher alle durch, die gestern auf der Feier waren.«

Eigentlich wollte Rauch möglichst wenig über den Stand der Ermittlungen preisgeben, auch wenn er den beiden Männern am Tisch grundsätzlich vertraute.

»Wir stehen noch ziemlich am Anfang.«

Sie nickten, als ob sie genau wüssten, was er meinte, dabei hatte er da so seine Zweifel. David, der sich Mühe gab, normal zu wirken, gab schließlich auf.

»Ich weiß nur, dass ein paar Jungs gestern auf ein Fußballspiel in die Turnhalle sind.«

Benedikt nahm erst einen Schluck Bier, bevor er die nächste Frage stellte. Er wollte nicht das Gefühl vermitteln, dass er hier als Polizist am Tisch saß.

»Welche Jungs?«

»Wir.«

Philipp wurde etwas blass um die Nase, warf David einen Seitenblick zu, den dieser mit einem kurzen Achselzucken beantwortete. Rauch versuchte, sich nichts anmerken zu lassen, blieb stumm hinter seiner Bierflasche, bis David weitersprach.

»Wir, Uwe, Sascha und Georg.«

Die Namen speicherte er sofort ab und musste an die Mappe in seiner Tasche denken. Ob einer der anderen Männer von Frederike überprüft worden war? Die beiden waren auch Teil seines Freizeitfußballteams, mit dem er am Wochenende kickte.

»Und Christian, der war auch dabei.«

»Ihr habt wohl einen Torhüter gebraucht.«

Kurz lachten sie, als wäre das hier nur ein weiterer Sonntagabend in ihrer Kneipe bei einem Bier und ein bisschen Spaß.

»Habt ihr irgendwas gefunden?«

Philipp stellte die Frage zwischen zwei Schlucken Bier.

»Eine Leiche, ja.«

Philipp lief beinahe rot an.

»Nein, ich meine in der Turnhalle. Irgendwas ...«

Er suchte nach den richtigen Worten, aber da die Polizeiarbeit so gar nicht sein Metier war, sah er schließlich hilfesuchend zu David.

»Er meint Spuren.«

»Das werde ich euch bestimmt erzählen.«

Sie waren lange genug befreundet, um zu wissen, dass es auch in dieser Freundschaft Grenzen gab. Und die waren jetzt erreicht.

»Also, ich hoffe, dass ihr den Täter schnappt. Ich mochte Georg ja auch nicht besonders, aber sowas hat niemand verdient.«

Rauch konnte nur nicken. Die meisten Opfer hatten einen gewaltsamen Tod nicht verdient – auch wenn es immer jemanden gab, der das anders sah.

Mit einem großen Schluck exte er das Bier, welches ihm heute einfach nicht schmeckte, und klopfte auf den Tisch.

»Männer, wir sehen uns, aber ich bin ziemlich müde.«

Die anderen nickten wissend und deuteten an, dass auch sie nur noch dieses Getränk leeren und dann nach Hause gehen würden. Kaum hatte Rauch sich erhoben, konnte sich David einen Kommentar dann doch nicht verkneifen.

»Grüß Bettina von uns.«

Kapitel 15

In der Küche lag ein kleiner Zettel, auf dem Bettina ihm einen schönen Tag wünschte und ihn darauf hinwies, dass sie ein paar Maultaschen für ihn im Kühlschrank deponiert hatte. Er zog sich einen Stuhl zurecht und ließ sich darauf nieder, warf die Mappe zusammen mit dem Hausschlüssel auf den Tisch und betrachtete die kleine Nachricht, die sie ganz klassisch mit einem Lippenstiftkussmund verziert hatte. Er konnte sich ein kleines Lächeln nicht verkneifen. Bettina, die er seit der Schulzeit kannte, die ihn aber nie besonders interessiert hatte. Die Bettina, mit der er letzte Nacht im Bett gelandet war. Die Bettina, die ihm Maultaschen gemacht hatte, obwohl er sie mit einer recht kurzen Erklärung heute früh alleine gelassen hatte. Kein Anruf, keine Entschuldigung. Er ging einfach davon aus, dass sie es schon verstand, wo sie ihn doch lange genug kannte und um seine beruflichen Pflichten wusste.

Dennoch griff er jetzt nach seinem Handy, das inzwischen fünfzehn verpasste Anrufe anzeigte, und tippte ein einfaches *Dankeschön* in ihren gemeinsamen Chatverlauf, bevor er nach der Mappe griff und sie aufschlug.

Frederike hatte im Polizeiarchiv nach seinen Schulfreunden gesucht und ihm einige Details zu ihren Verstößen aufgelistet. Falschparken, Geschwindigkeitsüberschreitungen, einer von ihnen war mal in eine Schlägerei an Silvester auf dem Schlossplatz verwickelt, aber niemand von ihnen – zumindest meinte er das auf den ersten flüchtigen Blick festzustellen – war jemals ernsthaft mit dem Gesetz in Konflikt geraten. Ehrlich gesagt hatte er nichts anderes erwartet.

Dann suchte er die Namen, die sein Kumpel David vorhin genannt hatte.

Uwe, Sascha und Christian. Die Jungs, mit denen Georg wohl am Abend seines Todes noch einmal Fußball gespielt hatte. Wie in den guten alten Zeiten.

Uwe Wilke war verheiratet, hatte aber keine Kinder, und lebte inzwischen in Sillenbuch, weil es dort ruhiger war als im Stuttgarter Süden, wo er aufgewachsen und zur Schule gegangen war. Wenn er sich richtig erinnerte, arbeitete er in der Firma seines Vaters, irgendwas mit Bodenbelägen.

Sascha Nowak, Vater zweier Kinder, lebte inzwischen getrennt von seiner Frau und arbeitete bei Bosch im Vertrieb. Ab und an war er Mitglied der Skat-Runde im *Eckle*, wenn es sich einrichten ließ.

Christian Tuschke, der etwas ungelenke Mann, den sie immer ins Tor stellten, weil er es nahezu ausfüllte und sich voller Leidenschaft in jeden Zweikampf warf. Christian lebte alleine in der Dachgeschosswohnung seiner Eltern, weil er nicht auf die warmen Mahlzeiten seiner Mutter verzichten wollte.

Er kannte sie alle. Keinem traute er einen Mord zu. Und doch wusste er zu genau, dass er sich mit allen unterhalten musste. Und das nicht als Freund oder Sturmpartner, sondern als Kommissar.

Hinzu kamen die Namen von den Visitenkarten, Leuten mit denen Georg auf jeden Fall auch Kontakt gehabt hatte.

Kneidel Buchhaltung, das konnte nur Julia sein, die zusammen mit ihrem Mann ein Büro in der Innenstadt hatte.

Marquard Architekturbüro – Luise, die selbst nach der Heirat mit Michael Dover ihren Namen behalten hatte, weil sie ihn bereits auf Visitenkarten wie die in Georgs Jacketttasche hatte drucken lassen.

Blumenhaus Vogler, nicht weit von Rauchs Wohnung. Das musste wohl Thorsten Vogler gewesen sein. Er führte inzwischen das alteingesessene Familienunternehmen und versorgte nicht nur das Viertel mit frischen Blumen, sondern auch einige der großen Firmen mit der passenden Weihnachtsdeko.

Reifenrath Head of Product Management, Matthias Reifenrath, der als Klassenbester abgeschlossen und eine Karriere in einem Bereich gewählt hatte, von dem Rauch nicht mal wusste, um was es sich dabei eigentlich handelte.

Müde stützte er den Kopf in die Hände und schloss die Augen. Viele Namen, aber keine Verdächtigen. Man müsste sie aufteilen. Vielleicht wäre es nicht dumm, wenn Sophie die übernahm, mit denen Rauch gut befreundet war. Er hingegen würde sich die anderen vornehmen, die nach dem Abitur nur noch selten seinen Weg gekreuzt hatten.

Ein lautes Magenknurren riss ihn aus seinen Gedanken und er stellte überrascht fest, dass es von ihm kam. Obwohl er zu Mittag ordentlich gegessen hatte, verlangte sein Körper nach Nachschub. Doch gerade als er sich zum Kühlschrank begeben wollte, ließ der Piepton seines Handys ihn innehalten.

Eine Nachricht von Bettina.

Gern geschehen. Habe von Georg gehört. Schrecklich, ich hoffe, du findest den Täter. Ich habe mich mit ihm gestern noch unterhalten. Falls du Fragen dazu hast, ich bin immer erreichbar, Herr Kommissar.

Es wunderte ihn nicht, dass es sich herumgesprochen hatte, es wunderte ihn nicht mal, dass die Leute davon ausgingen, er würde den Fall übernehmen. Es wunderte ihn nur ein bisschen, wie seine Freunde reagierten. David und Philipp konnten nicht wie sonst mit ihm scherzen oder plaudern, sahen nur den Kommissar und nicht mehr ihren Freund vor sich. Und selbst Bettina sah jetzt offenbar den Polizisten in ihm.

Er musste an das denken, was Frederike vorhin gesagt hatte, dass Krüger den Fall haben wollte und er selbst als befangen angesehen werden könnte. War es vielleicht besser, wenn er ihn abgeben würde? Vielleicht hatten sie Recht und er war zu nah dran?

Allerdings neigte er ja nun nicht gerade dazu, seinen Gefühlen übermäßig viel Aufmerksamkeit zu widmen. Weder im Beruf noch im Privatleben. Und er beschloss, es auch dabei zu belassen. Sonst hätte er sich auch damit auseinandersetzen müssen, wieso es ihn wurmte, dass Sophie Hagen just in diesem Moment vermutlich in Kai Bertholds Armen lag.

Kapitel 16

Nach einer unruhigen Nacht voller Fragen, die Rauch am Einschlafen gehindert hatten, war er jetzt frisch geduscht und wartete mit zwei Kaffee in der Hand auf den Stufen vor dem Revier auf Sophie Hagen. Auf dem Weg hierher hatte er nur einen flüchtigen Blick auf die Zeitung von heute geworfen und zumindest auf der Titelseite nichts von dem Mord gelesen, allerdings war er auch noch nicht bis zum Innenteil vorgedrungen. Hauptsächlich, weil er den wilden Spekulationen entgehen wollte, die bei solchen Fällen immer angestellt wurden. Es ärgerte ihn, dass zwischen gut recherchierten Artikeln auch reißerische Texte ohne Hand und Fuß auftauchten. Selten wurden sie von Lara verfasst, aber er neigte dazu, den meisten Journalisten gegenüber eine gesunde Portion Misstrauen zu hegen. Aber darum müsste er sich erst später kümmern, erstmal standen andere Dinge auf dem Tagesplan. Er nickte einem uniformierten Kollegen zu, der pünktlich zum Dienstbeginn die Treppe nach oben hetzte.

Manchmal, wenn er sich umsah, konnte er sich ein Kopfschütteln nicht verkneifen. 2016 hatten sie allen Ernstes dieses Revier auf der ‚Theo', Stuttgarts Ausgehmeile schlechthin, eröffnet. Direkt zwischen den angesagtesten Clubs der Stadt und dem *Burger King*, auf jener Straße, auf der es am Wochenende immer mal wieder zu Autorennen kam. Unter der Woche fiel es vielleicht nicht besonders auf, aber ab Freitagabend wurde das Gebäude zum unübersehbaren Fremdkörper.

Und doch hatten sich inzwischen alle daran gewöhnt – ebenso wie an die Geschwindigkeitsbegrenzung ab 22 Uhr.

Hagen, die pünktlich wie immer aufs Revier zukam, unterbrach seine Gedanken. Sie erkannte Rauch schon von weitem, wie er auf sie wartete. Heute trug er zwar wieder Jeans, dazu aber ein Hemd und ein Jackett, auf die Krawatte hatte er wie immer verzichtet.

»Morgen.«
»Guten Morgen.«
Er reichte ihr einen Kaffeebecher.
»Dein Lieblingskaffee. Mit zu viel Zucker und noch mehr Sojamilch.«
»Du bist heute Morgen extra im *Kantinchen* gewesen? Für meinen Lieblingskaffee?«
Das *Kantinchen*, ein Café unweit von Rauchs Wohnung im Lehenviertel, lag mehr oder weniger auf seiner Route und bedeutete keinen Umweg, aber er nickte dennoch.
»Womit habe ich das verdient?«
Sie zog misstrauisch eine Augenbraue nach oben, nahm den Kaffee aber dankend an.
»Sieh es als Entschuldigung für mein Verhalten von gestern an.«
Er beließ es bei dieser sehr groben Erklärung und sagte nicht explizit dazu, welchen Teil seines Verhaltens er meinte. Aber Sophie konnte auch so darauf schließen, dass es um seine Reaktion bezüglich Kai ging, auch wenn er das nie so aussprechen oder zugeben wollte.
»Dir sei verziehen.«
Sie lächelte und nahm einen Schluck, alles unter Beobachtung ihres Kollegen. Er hatte genau die richtige Zuckerdosis für den perfekten Kaffee nach ihrem Geschmack erwischt. So wie immer.
»Wollen wir nicht reingehen?«
Rauch schüttelte den Kopf.
»Ich dachte, wir schauen direkt mal in der Kanzlei vorbei.«
»Du willst Krüger aus dem Weg gehen, nicht wahr?«
»Auch. Je später er mich zu fassen kriegt, desto länger gehört der Fall mir. Jedenfalls, bis ich etwas anderes höre.«
Sie nickte in Richtung Parkplatz, aber Rauch war nach einem kleinen Spaziergang. Er hatte sich die Adresse der Kanzlei Brecht und Partner angesehen und sie lag nur einen kleinen Fußmarsch vom Revier entfernt.
»Lass uns laufen.«

Hagen wusste inzwischen, dass ihrem Kollegen die besten Einfälle für gewöhnlich im Gehen kamen, also gab sie nach und folgte ihm.

»Ich habe ein paar Namen von Klassenkameraden, mit denen wir uns unterhalten sollten.«

Zufrieden nahm Hagen zur Kenntnis, dass ihre Standpauke gestern im Restaurant offensichtlich nicht ohne Wirkung geblieben war.

»Bevor Krüger dazwischen grätscht.«

»Im Idealfall.«

»Freunde von dir?«

Er schenkte ihr einen Seitenblick, den sie unschuldig annahm, und nickte.

»Einige, ja. Es wäre mir lieb, wenn du die übernehmen könntest. Du gehst tatsächlich etwas offener an die Geschichte ran.«

Sophie nahm einen weiteren Schluck Kaffee.

»Ich nehme an, es gibt keinen Grund, wieso sie mich nicht als psychologische Beraterin bei dem Fall akzeptieren sollten.«

»Krüger wird einwerfen, dass wir beide befreundet sind.«

»Du bist mit halb Stuttgart befreundet, wenn es danach geht, dürftest du hier keinen einzigen Fall annehmen und müsstest nach Hamburg auswandern.«

Beim Gedanken daran seine geliebte Kesselstadt verlassen zu müssen, schauderte Rauch kurz und schüttelte entschlossen den Kopf.

»Die Zeit in Hamburg hat gereicht. Ich habe immer noch Regenwasser von damals in den Schuhen.«

»Hamburg ist gar nicht so verkehrt.«

Sie als waschechte Hanseatin musste das natürlich so sehen, auch wenn Rauch die Ansicht nicht teilte.

»Niemals wieder weg aus dem Süden.«

Sie bogen in die Calwerstraße, an deren Ende sich die Anwaltskanzlei befand.

»Nicht mal, wenn ich dich darum bitten würde?«

Sophie schenkte ihm eines ihrer seltenen im Dienst zu sehenden, ehrlichen Lächeln, und er wusste, dass es nur wenige

Menschen gab, für die er seine Heimat verlassen würde. Aber falls Sophie ihn eines Tages ernsthaft darum bitten würde, könnte er nicht garantieren, ihr nicht doch zu folgen.

»Wer weiß.«

Er nuschelte es eher in seinen Dreitagebart, als es laut auszusprechen. Doch Sophie hatte es deutlich gehört.

»Gut zu wissen.«

Ihm fiel ihre gestrige Ansprache wieder ein, und er blieb kurz stehen.

»Du willst doch nicht etwa zurück nach Hamburg?«

Sophie sah ihn überrascht an.

»Was?«

»Ob du zurück nach Hamburg willst?«

Sie antwortete nicht sofort, was Antwort genug war. Rauchs Magen zog sich zu einem steinharten Knoten zusammen. Doch schließlich schüttelte sie langsam und bedacht den Kopf.

»Nicht im Moment, nein.«

Ein Gefühl von Erleichterung schoss durch Rauchs Körper, als er sich wieder in Bewegung setzte, obwohl er natürlich auch die Aussage zwischen den Zeilen sehr deutlich gehört hatte.

Nicht im Moment.

Das klang nicht wie ein endgültiges Nein oder gar eine Liebeserklärung an seine Stadt. Aber er nahm, was er kriegen konnte.

»Auch wenn Kai mir eine Wohnung in Hamburg angeboten hat.«

Rauch widerstand dem Impuls erneut stehenzubleiben und fixierte stattdessen das Ende der langen Straße voller Geschäfte, Cafés und Restaurants, die parallel zur Königstraße und dem Schlossplatz verlief.

»Hat er?«

Unbeteiligt wollte er klingen, aber seine Stimme war so angespannt wie sein Magen.

»Nur für den Fall, dass ich ihn mal besuchen will. Eine Zwei-Zimmer-Wohnung an der Alster, schöne Lage, guter Ausblick.«

»Wow. Was hast du ihm gesagt?«

Sie nahm wieder einen Schluck Kaffee und Rauch ahnte, dass sie sich noch etwas Bedenkzeit verschaffen wollte, bevor sie etwas erwiderte.

»Ich habe gesagt, dass ich darüber nachdenken werde.«

Zum ersten Mal während ihrer inzwischen jahrelangen Zusammenarbeit wurde Rauch bewusst, dass er Sophies Gegenwart schon viel zu lange als selbstverständlich genommen hatte. Sie war immer da, wenn er sie brauchte, half ihm bei den komplexesten Fällen und brachte einen eigenen Blick auf den Tatverlauf ein. Sicher, es gab auch andere Fallanalytiker, die mit der hiesigen Polizei zusammenarbeiteten, aber er verlangte immer nach Dr. Sophie Hagen.

Bevor er etwas dazu sagen konnte, erreichten sie Hausnummer elf und damit die Kanzlei, in der Georg Daniels gearbeitet hatte.

Kapitel 17

Manfred Brecht hatte deutlich ergrautes Haar und einen dichten Schnauzer, er trug einen edlen Anzug mit blauem Einstecktuch, welches das Eisgrau seiner Augen betonte. Er hatte sie in das Konferenzzimmer mit dem langen dunklen Holztisch gebeten und die Tür hinter ihnen geschlossen, bevor er etwas zu trinken anbot, was beide dankend abgelehnt hatten.

Jetzt saß er an seinem vermutlich angestammten Platz am Ende des Tisches und schüttelte noch immer ungläubig den Kopf. Man hatte ihn heute Morgen über den Tod seines Mitarbeiters informiert und noch immer fiel es ihm schwer, das zu glauben.

»Georg war einer unserer besten Anwälte, es ist so unwirklich.«

Sophie Hagen beobachtete ihn genau, ohne den Eindruck zu erwecken, sie würde es tun. Das faszinierte Rauch immer wieder aufs Neue und es war einer der Gründe, wieso er hoffte, sie würde in Stuttgart bleiben.

»Wann haben Sie Herrn Daniels das letzte Mal gesehen?«

Brecht musste nicht nachdenken.

»Freitag gegen sechzehn Uhr. Ich kam gerade vom Gericht, er war auf dem Weg in den Feierabend. Wir haben uns kurz unterhalten und dann verabschiedet.«

Er fuhr sich über das Gesicht, als könnte er es nicht glauben, dass es das letzte Mal gewesen sein sollte, als er seinen Angestellten lebendig gesehen hatte.

»Kam er Ihnen in irgendeiner Weise anders vor? Vielleicht etwas nervös oder angespannt?«

»Nicht im geringsten. Ganz im Gegenteil, er machte einen sehr gelösten, zufriedenen Eindruck.«

»Worüber haben Sie sich unterhalten?«

Brechts Blick huschte von Hagen zu Rauch und schließlich wieder zu der Frau, die ihn offen ansah. Auch wenn sie die

Frage nicht hatte. Diese Erfahrung machte Rauch immer wieder. Die meisten Befragten wandten sich grundsätzlich ihr zu, wenn sie antworteten oder etwas erzählten.

»Er hatte gerade einen Fall abgeschlossen und ich habe ihm dazu gratuliert. Außerdem habe ich angedeutet, dass wir uns für ihn als neuen Partner entschieden haben. Und nicht für Herrn Jacobs.«

Rauch hob fragend eine Augenbraue in die Höhe, was Brecht bemerkte und woraufhin er die Bemerkung aufklärte.

»Mein bisheriger Partner Dr. Lange geht in Rente, und wir haben uns dazu entschieden, einen unserer jüngeren Anwälte zum Partner zu ernennen. Herrn Frank Jacobs oder Herrn Daniels, wir hatten uns für Letzteren entschieden.«

Rauch griff in die Innentasche seines Jacketts, dort wo er auch sein Handy aufbewahrte, und griff nach einem kleinen schwarzen Notizblock.

»Wusste Herr Jacobs, dass er in der engeren Wahl war?«

»Ja. Beide Herren waren darüber informiert.«

»Und wusste Herr Jacobs auch, dass die Wahl auf Herrn Daniels gefallen war?«

Hier zögerte Brecht das erste Mal überhaupt, legte die Hände auf den Tisch vor sich und nahm eine aufrechtere Sitzposition ein.

»Ich vermute, er wusste es.«

»Von Ihnen oder Ihrem Partner?«

»Nein.«

Er ließ den Blick von Sophie zurück zu Rauch wandern.

»Mein Kollege hat mir diesbezüglich eine Nachricht auf den Schreibtisch gelegt. Jacobs sollte die Akte zu einem Klienten aus meinem Büro holen und hat die Nachricht vermutlich gesehen. Nehme ich an.«

»Aber Sie wissen es nicht?«

»Nein.«

»Was lässt Sie das vermuten?«

»Nun, Herr Jacobs war an dem Tag etwas ... verschnupft.«

»Aber er hat es Ihnen gegenüber nicht angesprochen?«

»Nein. Aber wissen Sie, wenn man jahrelang zusammen arbeitet, dann merkt man, wenn etwas nicht stimmt. Und ich würde sagen, er hatte die Nachricht gesehen.«

Wieder machte sich Rauch ein paar Notizen, auch wenn er sich nicht sicher war, ob er sie zu einem späteren Zeitpunkt noch entziffern konnten. Aber es ließ das Gegenüber für gewöhnlich denken, er oder sie habe etwas Wichtiges gesagt, das die Ermittlungen voranbrachte. Meistens sprachen sie dann unaufgefordert weiter.

So auch diesmal.

»Meine Sekretärin erzählte mir, Jacobs habe darauf hin ein ziemlich lautstarkes Telefonat geführt. Worum es dabei ging, konnte sie nicht hören.«

Wieder notierte sich Rauch ein paar unleserliche Worte.

»Wo ist Herr Jacobs denn gerade?«

»Er hat heute frei. Am Wochenende war er in Südtirol, wandern. Das ist wohl sein Hobby.«

Aus den Worten war zu hören, dass Brecht kein Verständnis für Wandern als Hobby hatte und er seine Freizeit wohl lieber mit anderen Dingen verbrachte.

»Vielen Dank, Sie haben uns sehr geholfen.«

Noch so eine Floskel, der man sich gerne bediente, wenn ein Gespräch beendet war.

»Selbstverständlich. Wenn ich noch etwas tun kann, lassen Sie es mich wissen.«

»Möglich, dass wir zu einem späteren Zeitpunkt noch einmal Fragen haben.«

»Jederzeit.«

Brecht erhob sich von seinem Stuhl, führte seine Gäste zur Tür, wo er zuerst Hagen, dann Rauch die Hand reichte.

»Es ist wirklich eine Schande. Daniels hatte das Zeug einer der wirklich herausragenden Strafverteidiger zu werden.«

»Würden Sie sagen, er hatte aufgrund seines Berufs irgendwelche Feinde?«

Falls Rauchs Frage Brecht in irgendeiner Weise irritierte, ließ er sich nichts anmerken und setzte zu einem Lächeln an.

»Jeder Anwalt hat Feinde, Kommissar Rauch. So wie wohl jeder Polizist nicht nur Freunde hat.«

Touché.

Kapitel 18

»Glaubst du, dieser Jacobs hat was damit zu tun?«

Die Art und Weise, wie Sophie die Frage im Fahrstuhl stellte, machte deutlich, dass sie es für unwahrscheinlich hielt und damit Rauchs Meinung teilte.

»Wohl kaum. Aber er war zumindest kein Fan von Georg, wie ich das sehe.«

Sie nickten unisono.

»Warten wir ab, bis wir wissen, wo er am Samstagabend war.«

Rauch warf einen Blick auf seine Uhr.

»Mit etwas Glück kriege ich bald den Obduktionsbericht, vielleicht hat Thomas irgendwas gefunden.«

»Wir tappen ziemlich im Dunkeln.«

Im Erdgeschoss angekommen stiegen sie aus dem Fahrstuhl und traten zurück auf die Calwerstraße, die inzwischen um einiges belebter war als noch vor einer Stunde. Rauch musste Sophie Recht geben, aber sie waren auch erst knapp einen Tag an der Sache dran. Er wusste, was sie als nächstes sagen würde und holte schon mal tief Luft.

»Wir müssen mit den Leuten reden, die ihn als letzte Mal lebend gesehen haben.«

»Ich weiß.«

Und weil er das so genau wusste, zog er eine Liste mit Namen aus der Jackentasche, die er gestern Abend bei Maultaschen an seinem Küchentisch geschrieben hatte.

»Am besten, du schnappst dir Dörflinger und ihr zieht zusammen los.«

Er reichte ihr die Liste.

»Ich habe dir die Adressen aufgeschrieben.«

»Wow, ich bin beeindruckt.«

Sie überflog kurz die Namen und stolperte über den letzten auf der Liste.

»Ist das dein Ernst?«

Rauch zuckte die Schultern und setzte sich in Bewegung, dicht gefolgt von Sophie.

»Ist es. Sie wird dir mehr erzählen als mir.«

»Wieso glaubst du das?«

Er blieb an der nächsten Kreuzung stehen und sah zu Sophie hinüber. Wollte sie wirklich, dass er es aussprach?

»Ich habe Samstagnacht mit ihr geschlafen. Wie viel ‚befangener' kann ich noch sein?«

Sophie schluckte entweder den Kaffee oder etwas anderes herunter und nickte.

»Stand sie dem Opfer nahe?«

»Während der Schulzeit hatten sie vielleicht mal was, ich bin mir nicht sicher. Man kam nicht immer hinterher, mit wem Georg gerade was laufen hatte.«

»Der Kerl scheint ja ein wahnsinnig sympathischer Geselle gewesen zu sein.«

»Georg war der Typ, den man gerne als Kumpel gehabt hätte, weil er der Coole war und weil einem das einen besseren sozialen Status verpasst hätte. Deswegen mochte man ihn aber nicht unbedingt. Aber das ist über zwanzig Jahre her. Wir müssen rausfinden, wer jetzt einen Grund hätte, ihn hinterrücks zu erschlagen.«

»Lass mich raten, du besuchst diesen Jacobs?«

Rauch klopfte auf seine Brusttasche, in der sich sein Notizblock – samt der Privatadresse Adresse von Frank Jacobs – befand.

»Ich ruf dich an.«

Damit machte er sich auf den Weg zur U-Bahn-Station, um mit der U5 in Richtung Killesberg zu Georg Daniels Ex-Kollegen zu fahren. Bevor er abbog, drehte er sich noch einmal um und sah Sophie Hagen mit selbstbewussten Schritten in die andere Richtung marschieren.

»Hey, Sophie!«

Sie blieb stehen und warf ihm einen Blick zu.

»Hm?«

»Geh bitte nicht so schnell zurück nach Hamburg.«

Er hätte schwören können, dass sie lachte, bevor sie weiterging. Und doch hoffte er, sie wüsste irgendwie, wie ernst es ihm war.

Kapitel 19

In der U-Bahn, die ihn ruckelnd aus der Innenstadt schaukelte, hoffte er auf eine gute Verbindung und rief Thomas Häberlin, den Gerichtsmediziner an.

»Benedikt, ich wollte dich gerade anrufen.«

»Da war ich schneller. Was hast du rausgefunden?«

»Nun, nicht sehr viel mehr, als ich bereits vermutet hatte. Zeitpunkt des Todes war gegen Mitternacht, er hatte eine beachtliche Menge Alkohol im Blut, keine Hinweise auf Drogen oder ähnlichem. Keine gesundheitlichen Probleme; das war der Körper eines Mannes, der noch mindestens vierzig Jahre vor sich gehabt hätte.«

Vierzig Jahre.

»Erschlagen wurde er mit einem schweren Gegenstand. Es war ein ziemlich heftiger Aufprall und zumindest ging es schnell.«

»Unfall ist auszuschließen?«

Es war eine Standardfrage, nur um sicherzugehen.

»So wie die Putzfrau ihn gefunden hat, ja. Es gab nichts, wo er sich den Kopf hätte anschlagen können ... oder habt ihr was gefunden?«

»Die Fuchs von der KTU wertet noch aus, aber es sieht nicht so aus.«

»Es riecht alles nach einem Totschlag. Zumindest von meiner Warte aus.«

»Sonst irgendwas Besonderes?«

Rauch hoffte auf irgendein Detail, irgendwas, was ihm zeigte, in welcher Richtung er suchen musste.

»Er muss kurz vor dem Tod recht viel geschwitzt haben.«

Rauch musste an das von David erwähnte Fußballspiel denken.

»Danke, Thomas.«

Rauch wollte nicht zugeben, dass er etwas enttäuscht war. Auch wenn er natürlich wusste, dass der Mediziner ihm nicht den Täter liefern konnte, hätte er sich irgendwelche Anhaltspunkte gewünscht.

»Tut mir leid, dass ich dir nicht mehr bieten kann.«

»Du hast mir schon geholfen.«

Damit legte er auf, bevor er in einen Tunnel fuhr und die Verbindung sowieso abgerissen wäre.

Zumindest wusste er jetzt, dass jeder in Frage kam, der um Mitternacht noch in der Schule gewesen war. Das grenzte die Namen ein bisschen ein. Er selbst hatte mit Bettina um halb zwölf die Feier verlassen, und sie hatten sich ein Taxi mit Thorsten Vogler geteilt. David war schon früher gegangen, weil seine Frau mit den Kindern zu Hause auf ihn wartete, und Philipp war kurz nach Mitternacht schon wieder zuhause, was er auf Facebook mit einem Selfie von der Couch dokumentiert hatte.

War es albern, dass er erleichtert war, seine engsten Freunde von der Liste der Tatverdächtigen streichen zu können? Sicher ließen sich noch einige andere Namen streichen.

Kaum tauchte die U-Bahn auf der anderen Seite wieder auf, wählte er Sophies Nummer, bekam aber nur ihre Mailbox. Bei seinem Glück war sie bereits bei Bettina.

»Ich bin's, solltest du das hier noch rechtzeitig abhören, könnt ihr euch den Gang zu Bettina sparen. Ich habe mit Thomas telefoniert. Auch den Vogler kannst du streichen, der war zum Tatzeitpunkt mit mir unterwegs. Ich melde mich wieder, sobald ich mit Jacobs fertig bin.«

In seinem Kopf bohrte noch immer die Frage, wer einen Mann wie Georg umbringen wollte. Er griff wieder nach seinem Handy und öffnete den Browser, gab den Namen Frank Jacobs ein und bekam einige Einträge inklusive Fotos angezeigt. Jacobs war ein durchschnittlich attraktiver Mann Anfang vierzig, der souverän in die Kamera lächelte. Es gab einen Verweis zu der Homepage der Kanzlei und einen auf seine LinkedIn Seite. Ein kurzes Interview hatte er vor drei Jahren mal der Stuttgarter Zeitung gegeben, welches Rauch jetzt aber nur überflog, weil es um einen alten Fall ging, der mit einem Bierzeltbetreiber des Frühlingsfests zu tun hatte. Zumindest hatte er jetzt eine optische Vorstellung von dem Mann, mit dem er gleich sprechen würde.

Davor rief er noch mal bei seinem Kumpel David an, erreichte aber auch dort nur die Mailbox.

»David, wenn du es heute Abend auf ein Bier ins *Eckle* schaffen könntest, wäre ich dir echt dankbar. Vielleicht vergisst du mal, dass ich Polizist bin, und sprichst mit mir als deinem Freund. Ich zahle auch.«

Er legte ohne Verabschiedung auf, weil die nächste Station seine war. Sophie zog ihn gerne damit auf, dass er kein Auto hatte, aber etwas, was er an Stuttgart so sehr liebte, war die Tatsache, dass man mit den Öffentlichen – den sogenannten gelben Blitzen – so gut wie überall hinkam, und er einen kleinen Fußmarsch noch nie gemieden hatte. So auch jetzt, als er sich an der Straßenkarte neben der Haltestelle kurz orientierte und dann wusste, wohin ihn seine Schritte führen mussten, auch wenn er selber eher selten hier am Killesberg unterwegs war – zumindest seitdem er aus dem Clubbing-Alter raus war und nicht mehr in den Perkins Park zum Feiern ging. Doch schon nach wenigen Minuten war ihm wieder bewusst, dass es kein Zufall war, dass er nicht hier wohnte.

Denn er hätte sich keinesfalls eines der Häuser hier leisten können.

Kapitel 20

Frank Jacobs war reichlich überrascht, als Rauch ihm seinen Dienstausweis unter die Nase hielt und um ein paar Minuten seiner Zeit bat. Jacobs trug kurze Sporthosen und ein weißes Unterhemd, nicht gerade der Aufzug, in dem man gerne einen Polizisten zuhause empfing. Trotz des Freizeitlooks erkannte Rauch den Mann von den Internetfotos wieder.

Nach kurzem Zögern und Rauchs Vorschlag, später noch mal mit einer gerichtlichen Verfügung aufzutauchen, führte er den Kommissar ins Wohnzimmer, wo eine schwarze Ledercouch neben einem flachen Glastisch stand.

»Entschuldigen Sie bitte die Unordnung, aber ich war gerade ein paar Tage in Österreich und habe noch nicht wieder ausgepackt.«

Von welcher ‚Unordnung' Jacobs sprach, wusste Rauch nicht, denn außer einer aufgeschlagenen TV-Zeitschrift, einem halbvollen Glas und einem Paar Turnschuhe neben der Couch auf dem grauen Flokati, in dem ein kleiner Hund problemlos hätte verschwinden können, schien alles an seinem vorbestimmten Platz zu stehen. Kein Staubkorn, kein Ladekabelsalat lugte unter der Couch hervor, und auf dem Glastisch fand sich kein Abdruck eines nassen Glases oder ähnliche Spuren menschlicher Anwesenheit. Mit anderen Worten, Rauch hatte den Eindruck, er wäre zu Gast in einem Möbelhaus.

»Kann ich Ihnen etwas zu trinken anbieten?«

»Ein Glas Wasser wäre nett.«

Und schon – so glaubte Rauch – bereute Jacobs das Angebot, denn es bedeutete, dass er ihn einen kurzen Moment lang alleine lassen musste und, was ihm nicht recht zu sein schien. So standen sich die beiden Männer wie bei einem Duell in einem Western gegenüber, wobei nur Rauch eine Waffe trug. Schließlich erinnerte sich Jacobs daran, was die Pflichten eines guten Gastgebers waren, und lächelte so charmant, als wäre ihm das eisige Schweigen gar nicht weiter aufgefallen.

»Kommt sofort.«

Rauch lächelte zurück und nahm schon mal auf der Couch Platz, sah sich kurz um, entdeckte aber auf den ersten Blick wenig Persönliches wie Fotos oder sonstige Erinnerungsstücke, mit denen die Menschen für gewöhnlich ihr Zuhause etwas wohnlicher machten. Außer einer gerahmten Urkunde an der Wand, die Frank Jacobs als besten seiner Gruppe in irgendwas auszeichnete, fand Rauch keine Hinweise darauf, dass er wirklich hier lebte. Das halbvolle Glas – welches bei genauerem Betrachten nur einen kleinen Rest beinhaltete – auf dem Tisch weckte Rauchs Interesse und er beugte sich vor, um daran zu riechen.

Whiskey.

Es war noch nicht mal Mittag.

»Ihr Wasser.«

Jacobs, inzwischen in einem dunklen T-Shirt und Jeans, aber noch immer nur in Sportsocken, reichte Rauch sein Glas und nahm ihm gegenüber auf einem Sessel Platz.

»Verraten Sie mir jetzt, was der Grund Ihres Besuchs ist?«

»Es geht um Georg Daniels.«

Jacobs gab sich größte Mühe, sich nichts anmerken zu lassen, aber es war nicht zu übersehen, dass die Nennung dieses Namens nicht gerade die beste Laune in ihm weckte.

»Was hat er diesmal angestellt?«

Rauch zog eine Augenbraue nach oben und stellte das Glas unberührt auf den Tisch, nah genug am Whiskeyglas, um nun auch Jacobs Aufmerksamkeit darauf zu lenken.

»Wieso gehen Sie davon aus, dass er etwas angestellt hat?«

»Wieso sonst sollten Sie hier sein?«

Natürlich, er hatte es mit einem Anwalt zu tun. Wie sehr wünschte Benedikt sich jetzt, dass Sophie ihn doch begleitet hätte. Jacobs Mienenspiel verriet Rauch nur, dass er dieses Gespräch nicht sonderlich gerne führte.

»Weil ich einige Fragen an Sie habe.«

»Sie nehmen doch nicht den Weg auf sich, um mir nur einige belanglose Fragen zu stellen, oder, Kommissar Rauch?«

Jacobs war vermutlich einige Jahre älter als Rauch selbst, hatte sich aber sehr gut gehalten. Ob durch Sport oder irgendwas anderes, vermochte Rauch nicht zu entscheiden.

»Richtig. Wie ich von Herrn Brecht erfahren habe, wussten Sie, dass Daniels der neue Partner der Kanzlei werden sollte, ist das korrekt?«

»Sollte? Hat sich denn an der Entscheidung etwas geändert?«

Interessant, dass er von den Dingen, die Rauch gesagt hatte, ausgerechnet diese Information aufgriff. Rauch lächelte unbeteiligt und wiederholte den letzten Teil seiner Frage.

»Wussten Sie es denn?«

»Mir ist eine Nachricht aufgefallen, ja.«

Es fiel Jacobs schwer, seine Neugier unter Kontrolle zu halten. Sein Blick wanderte unbewusst zu dem Glas auf dem Tisch.

»Bevor es offiziell war?«

Jacobs leckte sich über die Lippen, nickte und sah wieder zu Rauch.

»Ja.«

Sofort schaltete er wieder in seinen Berufsmodus, das Lächeln kehrte zurück und er hielt den Blickkontakt mit einer entspannten Selbstverständlichkeit, was ihn vor Gericht sicher einen ziemlich souveränen Eindruck machen ließ.

»Waren Sie enttäuscht?«

»Natürlich.«

»Haben Sie Daniels darauf angesprochen?«

Jacobs lehnt sich zurück und schlug lässig die Beine übereinander.

»Wie Sie doch wissen, Kommissar Rauch, wusste ich davon auf inoffiziellem Weg. Wie hätte ich ihn also darauf ansprechen können?«

»Und nachdem es offiziell war?«

»Da habe ich ihm selbstverständlich gratuliert.«

»Waren Sie vielleicht der Meinung, Sie wären die bessere Wahl gewesen?«

»Das war und bin ich noch immer.«

Angenehm, die unverblümte Wahrheit zu hören, keine Ausflüchte oder Behauptungen, die gewollt klangen. Das rechnete Rauch ihm hoch an, machte ihn aber nicht zwingend sympathischer.

»Würden Sie sagen, Ihr Verhältnis war danach etwas angespannter?«

»Nicht mehr, als vorher.«

»Wie kam es dazu?«

»Wir wollten beide den Job, sowas nennt man Konkurrenz, auch wenn wir gut zusammenarbeiten. Aber privat haben wir nicht viel miteinander zu tun.«

Bevor Rauch nachfragen konnte, antwortete Jacobs bereits auf seine potenzielle nächste Frage.

»Sehr unterschiedliche Interessen.«

Benedikt nickte kurz und griff dann in sein Jackett, um das Notizbuch zu befreien. Er ließ sich beim Blättern viel Zeit, als suche er eine freie Seite oder eine bestimmte Information. Schon jetzt konnte er die Notizen des Morgens nicht mehr problemlos lesen.

»Zu Beginn des Gesprächs sagten Sie: Was hat er diesmal angestellt? Was genau meinten Sie damit?«

Er sah wieder zu seinem Gesprächspartner, der erneut seinen Blick abwandte und zum Whiskeyglas wandern ließ.

»Wenn ich mich nicht irre, stand sein Abi-Jubiläum an. Zumindest redete er die ganze Zeit davon. Und auf Feiern war er eben immer gerne vorne mit dabei.«

Wieder sah er zu Rauch und zuckte die Schultern, konnte aber nicht ahnen, dass der Kommissar ganz genau wusste, was er meinte.

»Nicht die beste Publicity für unsere Kanzlei.«

»Ich verstehe.«

Es passte auch zu dem, was Georgs Frau gesagt hatte.

»Hat er sich denn schon früher mal peinlich auf einer Feier verhalten?«

Jacobs lachte kurz auf.

»Machen Sie Witze? Wir hatten alle Hände voll damit zu tun, dieses Video aus dem Internet löschen zu lassen.«

»Welches Video?«

»Weihnachtsfeier vor zwei Jahren. Er hat oberkörperfrei auf dem Tisch getanzt. Recht anzüglich. Nicht gerade die Art Video, die man von einem zukünftigen Partner im Internet finden möchte.«

Rauch machte sich einen deutlich leserlichen Vermerk, damit er Frederike im Revier sagen konnte, wonach sie suchen musste. Denn nur, weil Jacobs dachte, es wäre aus dem Web verschwunden, bedeutete das noch lange nicht, dass Frau Jansen es nicht wiederfinden konnte.

»Wie haben die anderen auf das Video reagiert?«

»Welche anderen?«

»Dr. Brecht? Dr. Lange?«

Jacobs schien etwas überrascht davon zu sein, dass Rauch seine Hausaufgaben gemacht hatte. Dennoch hatte der Kommissar den Eindruck, dass dies Jacobs' Antipathie nur weiter verstärkte.

»Ich nehme an, sie haben davon gewusst. So wie Brecht Georg zurechtgewiesen hat.«

»Hat er?«

»Natürlich. Und wenn Sie das Video gesehen hätten, dann wüssten Sie auch, wieso.«

Er klang ziemlich überzeugt davon, dass Rauch das Videomaterial niemals zu Gesicht bekommen würde.

»Ich danke Ihnen sehr für Ihre Hilfe, Herr Jacobs.«

Damit stand er auf.

»Verraten Sie mir denn nun auch, was er angestellt hat, Herr Rauch?«

Er ließ den Dienstgrad sicher nicht zufällig weg, aber Rauch kannte solche Provokationen und sie konnten ihm nichts mehr anhaben. Dennoch ließ er Jacobs nicht aus den Augen.

»Er wurde ermordet.«

Kapitel 21

Sophie hatte sich noch nicht gemeldet, was wohl bedeutete, dass sie noch immer unterwegs war, und so blieb Rauch nichts anderes übrig, als wohl oder übel ins Revier zurückzukehren und sich dem zu stellen, was ihn dort erwartete.

Doch gerade, als er die Stufen nach oben steigen wollte, entdeckte er eine ihm sehr vertraute Gestalt, den Rucksack zwischen den Beinen eingeklemmt, die Kopfhörer in den Ohren, den Blick aufs Handy gerichtet.

Kopfschüttelnd kam er auf sie zu und blieb erst zwei Stufen vor ihr stehen. Sie hob den Blick und lächelte.

»Hi.«

»Hallo. Was machst du hier?«

Er konnte sich nicht daran erinnern, dass sie eine Brille tragen musste, aber dennoch hatte sie eines dieser modernen Exemplare auf der Nase, die bereits vor zwanzig Jahren ‚in' gewesen waren. Nur galten sie damals nicht als cool.

»Du gehst nicht ans Handy.«

»Hast du denn versucht mich anzurufen?«

Vor einiger Zeit hatte er ihr nämlich einen eigenen Klingelton zugeteilt, damit er vorgewarnt wurde, wenn sie ihn anrief. Aber er konnte sich nicht erinnern, diesen Ton heute gehört zu haben.

»Nicht direkt.«

Er verstand, atmete tief ein und sah weg, damit sie das Augenrollen nicht zu sehen bekam.

»Stimmt es, was man so hört?«

Jeden anderen Menschen hätte Rauch einfach weggeschickt. Doch jetzt nahm er neben ihr Platz und stellte erneut fest, wie groß und erwachsen sie inzwischen wirkte.

»Was hört man denn?«

»Im Richter-Gymnasium ist einer ermordet worden.«

»Dann stimmt wohl, was man so hört.«

Sie sah ihn aus großen Augen von der Seite an und er konnte sich ein Lächeln einfach nicht verkneifen.

»Das ist so krass.«

»Ist es.«

»Hast du den Fall?«

»Ja.«

Sie sah auf ihr Handy, welches durch einen schrillen Piepton eine eingehende WhatsApp-Nachricht gemeldet hatte.

»Alle in meiner Klasse drehen so durch. Ist es ein Serienkiller?«

»Anna, ich bitte dich.«

»Nee, im Ernst! Was, wenn der als nächstes an meiner Schule metzelt?«

Sie ließ das Handy wieder sinken.

»Vielleicht sollte ich erstmal nicht mehr in die Schule, bis ihr den Mörder gefasst habt!«

»Ich glaube nicht, dass du diesen Mordfall als Rechtfertigung für dein Blaumachen nutzen kannst.«

Das wusste sie und ließ resigniert die Schultern hängen.

»Trotzdem schlimm, dass sowas passiert. Ich meine, hallo, wir sind in Stuttgart und nicht in New York oder so.«

»Bist du deswegen hergekommen? Damit ich dir eine Entschuldigung für die Schule schreibe?«

Sie schüttelte heftig den Kopf und lehnte sich dann an Rauchs Schulter.

»Mama schickt mich.«

Das hatte er sich schon gedacht.

»Ich rufe sie an, sobald ich etwas weiß.«

»Es geht nicht um den Fall!«

Die Empörung über Rauchs Annahme war deutlich in ihrer Stimme zu hören.

»Kann ich ab Mittwoch bei dir übernachten? Mama ist auf einem Seminar in Berlin und will nicht, dass ich alleine zuhause bin.«

»Du bist sechzehn.«

»Danke! Das habe ich ihr auch gesagt! Aber sie mag Timo nicht besonders.«

Timo. Den hatte er bis eben recht erfolgreich verdrängt.

»Und wenn ich bei dir bin, dann passt du auf mich auf und ich bin nicht mit ihm alleine. Oder sowas.«

»Hat sie deswegen versucht mich anzurufen?«

Sie sah zu ihm hoch und nickte.

»Aber du gehst ja nicht dran, also bin ich hergekommen. Die haben mir gesagt, dass du unterwegs bist, also habe ich gewartet.«

Der Ansatz eines schlechten Gewissens schlich sich in Rauchs Magengrube und er musste sich wohl oder übel eingestehen, dass er Laura manchmal Unrecht tat.

»Klar kannst du bei mir bleiben.«

»Hast du Dienst?«

Die Hoffnung in Annas Stimme ließ ihn stutzen und er löste sich aus ihrer kuscheligen Halbumarmung.

»Wieso? Damit du Timo einladen kannst?«

»Er ist echt nicht verkehrt.«

»Mhm.«

»Und nein, ich wollte wissen, ob wir vielleicht zusammen kochen und einen Film anschauen.«

»Du und ich?«

Jetzt war sie es, die die Augen verdrehte und schließlich frech grinste.

»Habe gehört, das machen Väter und Töchter manchmal.«

Das wüsste Rauch wohl auch, wenn er ein besserer Vater wäre. Wenn er mehr Zeit für seine Tochter hätte und wüsste, was in ihrem Leben aktuell so vor sich ging.

»Okay.«

»Cool! Aber ich suche den Film aus! Noch eine Doku über Gorillas überlebe ich nicht.«

»Es waren Schimpansen.«

Sie drückte ihm einen Kuss auf die Wange.

»Affen halt.«

Damit stand sie auf, schulterte ihren Rucksack und strahlte ihn durch das Fensterglas ihrer hippen Modebrille ohne Funktion an.

»Rufst du Mama an und sagst es ihr?«

Natürlich. Einen Haken gab es schließlich immer. Doch solange seine Tochter ihn so anstrahlte, würde er alles tun.

»Sicher.«

»Danke, Papa.«

Sie zog ihn in eine Umarmung, drückte ihr Gesicht an seine Brust und hielt ihn eine kurze Weile fest. Irgendwann, das wusste Rauch genau, würde sie ihn in der Öffentlichkeit nicht mehr so umarmen, weil sie zu cool oder er zu uncool geworden sein würde. Schnell legte auch er die Arme um sie und drückte ihr einen Kuss auf den Scheitel und prägte sich dieses Gefühl genau ein.

Immerhin hatte er schon viele solcher Momente verpasst.

Kapitel 22

»Mehr Infos haben Sie nicht?«

Frederike Jansen war ihm sofort in sein Büro gefolgt, bevor ihn wirklich jemand bemerken konnte und hörte ihm nun aufmerksam zu, während er vom Video der Weihnachtsfeier erzählte.

»Leider nicht. Ich weiß, es ist vermutlich so gut wie unmöglich, aber …«

Frederike unterbrach ihn mit einer wedelnden Handbewegung und sah ihn fast etwas pikiert an.

»Unmöglich? Ich bitte Sie, Menschen sind zum Mond geflogen!«

Irritiert versuchte Rauch ihr zu folgen, fand aber den Zusammenhang nicht.

»Und deswegen können Sie das Video finden?«

»Nein, ich kann das Video finden, weil ich gut bin.«

An Selbstbewusstsein mangelte es ihr offenbar nicht.

»Ich kann aber nicht sagen, wie lange es dauert. Dafür muss ich ein paar meiner ‚Internetfreunde' anschreiben …«

Sie malte die Anführungszeichen in die Luft.

»… und die sind oft ziemlich beschäftigt.«

»Woher kennen Sie solche Leute?«

»Das werde ich Ihnen nicht verraten, Kommissar.«

Und vielleicht wollte Rauch das auch gar nicht so genau wissen. Das Internet war für ihn noch immer ein schwarzes Loch, in dem Dinge verschwanden und irgendwann doch wieder auftauchten – bevorzugt dann, wenn man es am wenigsten gebrauchen konnte. Außerdem hatte er dem Netz gegenüber eine gewisse Grundskepsis, weil er nie wusste, wer wo was mitlas.

»Ich setze mich gleich dran.«

»Und wenn Sie schon dabei sind, schauen Sie doch mal, was Sie über einen gewissen Frank Jacobs herausfinden können.«

»Den Anwalt?«

Inzwischen sollte ihn so etwas eigentlich gar nicht mehr überraschen, aber jedes Mal, wenn Frederike etwas schon wusste, bevor er überhaupt ein Wort dazu gesagt hatte, sah er sie völlig entgeistert an.

»Woher wissen Sie das denn nun schon wieder?«

»Er war in der Freundesliste von Georg Daniels.«

»Freundesliste?«

»Bei Facebook.«

»Ach. Könnten Sie mir vielleicht ...«

Sie deutete hinter ihn.

»Die Namensliste mit den Leuten, mit denen er in den letzten sechs Monaten Kontakt hatte, liegt auf Ihrem Schreibtisch, wenn Sie mehr brauchen, melden Sie sich.«

»Sie sind schnell.«

Frederike deutete eine kleine Verbeugung an.

»Dr. Häberlin hat übrigens den Obduktionsbericht geschickt. Liegt auch schon auf dem Schreibtisch.«

»Was würde ich nur ohne Sie machen, Frau Jansen?«

»Sehr viel länger brauchen, das steht fest.«

Sie drehte sich in Richtung Tür, weil ihre Pflicht getan war, blieb dann aber noch mal stehen.

»Ach, und Weindl hat gesagt, Sie sollen sich bei ihr melden, wenn Sie wieder da sind.«

Er wusste, was das bedeutete. Diana Weindl, die Revierleiterin des Polizeireviers 1, in dem Rauch tätig war, bat Benedikt selten zu sich. Und das, obwohl sie sich gut verstanden und hohe Meinungen voneinander hatten.

»Neues von Krüger?«

Jansen schüttelte den Kopf und öffnete die Tür.

»Krüger ist beschäftigt. Machen Sie sich um den erstmal keine Sorgen.«

Und auch wenn sie ihm nicht erzählte, was Krüger so sehr beschäftigte, dass er nicht schon in Rauchs Büro aufgetaucht war, wurde er das Gefühl nicht los, dass Frederike da ihre Finger im Spiel hatte.

Bevor er sich auf den Weg zu seiner Chefin machte, ließ er die Liste vom Schreibtisch in der Tasche verschwinden und warf einen Blick auf den Bericht, den der Gerichtsmediziner aufgesetzt hatte.

Der Tod war durch das gewaltsame Einwirken eines stumpfen Gegenstandes verursacht worden, soviel wusste er schon. Da sich die tödliche Wunde am rechten Bereich des Hinterkopfs befand, schloss Häberlin auf einen rechtshändigen Täter. Großartig, das grenzte die Verdächtigen nicht wirklich ein. An der Wunde hatte Häberlin Partikel gefunden, die er für Filz oder ähnliches hielt, dazu war aber die Untersuchung noch nicht abgeschlossen, das Ergebnis würde nachgereicht werden. Rauch überflog die lateinischen Fachbegriffe im Text und las schließlich den letzten Absatz. Georg Daniels war mit hoher Wahrscheinlichkeit gegen Mitternacht ums Leben gekommen, der Fundort der Leiche stimmte mit dem Tatort überein, die Leiche wurde nicht bewegt und es gab keine Hinweise auf einen vorausgegangenen Kampf.

Rauch fragte sich, ob Daniels den Täter hatte kommen sehen oder hören? Ob er zu betrunken war, um sich zu wehren? Ob er schließlich wusste, dass er in der Turnhalle seiner alten Schulsporthalle seinen letzten Atemzug machen würde?

Doch bevor er sich zu sehr mit diesen Fragen beschäftigte, beschloss er, zu Weindl zu gehen und sich dem zu stellen, was da auch immer auf ihn zukam.

Kapitel 23

»Rauch, da sind Sie ja, kommen Sie rein, setzen Sie sich.«

Weindl trug ihr blondes Haar offen bis auf die Schultern des dunklen Blazers, dazu eine weiße Bluse. Ihr Lächeln war freundlich, doch die Mundwinkel kündeten zugleich auch immer von der nötigen Strenge, die sie stets umgab. Ihre klaren Augen musterten jeden ganz genau, was Rauch auch nach all den Jahren noch nervös machte. Dabei der entspannte Gesichtsausdruck, als könnte nichts sie aus der Ruhe bringen. Noch nie hatte er Weindl laut werden hören, und wenn sie wütend war, nahm ihre Stimme maximal eine eisige Kälte an. Doch auch davon war Rauch bisher verschont geblieben. Er nahm auf dem Besucherstuhl ihr gegenüber Platz, die Mappe mit dem Obduktionsbericht in der Hand.

»Sie sind dran an dem Mord in der Turnhalle?«

»Ja.«

»Schon eine Spur?«

»Zu viele, um etwas zu sagen. Wir haben uns mit einigen Leuten unterhalten, die das Opfer kannten.«

»Sie kannten den Toten auch?«

Rauch würde nicht lügen, nicht vor ihr.

»Wir waren zusammen in der Schule.«

»Hatten Sie danach denn noch Kontakt?«

»Nein. Ich habe ihn am Samstag auf dem Klassentreffen zum ersten Mal nach dem Abitur wiedergesehen.«

Weindl nickte, stützte dann das Kinn in Zeige- und Mittelfinger ihrer rechten Hand und musterte Rauch, der sich wie bei einer Prüfung fühlte. Was dies, genau genommen, auch war. Sie würde ihn durchleuchten und entscheiden, ob er den Fall behalten durfte.

»Krüger hat seine Bedenken ausgedrückt, ob ich Ihnen den Fall überlassen sollte.«

»Das dachte ich mir.«

»Aber ich denke, Sie sollten dranbleiben.«

Rauch verlor die Kontrolle über seine Gesichtsmuskeln, so überrascht war er, und beugte sich ein bisschen vor.

»Sind Sie sicher?«

»Wie Sie wissen, gilt die Befangenheitsregel nicht für uns Polizisten. Wir ermitteln nur, die Entscheidungen treffen dann andere.«

»Aber vor Gericht könnte man das anders sehen ...«

»Eine kleine Soko dürfte reichen, oder was meinen Sie?«

Seinen Einwand wischte sie mit dem Themenwechsel einfach so vom Tisch, lehnte sich in den großem, schwarzen Bürostuhl, der sie fast verschluckte, zurück und lächelte leicht.

»Ich empfehle Dörflinger, der hat ein ganz gutes Gespür. Und vielleicht Hagen, wenn Sie nicht weiterkommen?«

»Das ist alles?«

»Es sei denn, Sie sind der Meinung, dass Sie nicht der Richtige für den Fall sind, weil Sie sich emotional nicht in der Lage fühlen ...«

»Nein, absolut nicht. Ich möchte den Fall behalten.«

»Gut. Und könnten Sie vielleicht was für die Pressestelle aufsetzen? Eine Leiche in einer Schule, das ist wie ein gefundenes Fressen für die Presse, da würde ich die Spekulationen gerne so gering wie möglich halten.«

»Wird erledigt.«

Mit der Aufgabe im Hinterkopf erhob sich Rauch und wollte gerade gehen, als Weindl noch etwas einfiel.

»Sie wissen nicht zufällig, wieso Dr. Hagen um ein Arbeitszeugnis gebeten hat?«

Die Frage traf Rauch wie ein Schuss in den Rücken, er blieb wie angewurzelt stehen und drehte sich langsam wieder zu ihr um.

»Ein Arbeitszeugnis?«

»Sie verlangte beim LKA nach einem Zwischenzeugnis. Ich dachte, vielleicht wissen Sie mehr. Ob sie bei uns unzufrieden ist oder ähnliches ...?«

Unter anderen Umständen hätte Weindl niemals solche Interna mit Rauch besprochen, da diese Information ihn eigentlich nichts anging und er nichts davon hätte wissen dürfen, aber man wusste auf dem Revier, dass Hagen und er befreundet waren.

»Nicht, dass ich wüsste.«

Die Zwei-Zimmer-Wohnung an der Alster mit großartigem Ausblick verschwieg er natürlich.

»Nun, es wäre sehr schade, wenn wir Sie verlieren würden.«

Da sprach Weindl Rauch aus dem Herzen.

Kapitel 24

Mit der offiziellen Erlaubnis für den Fall im Rücken bewegte sich Rauch wieder deutlich selbstsicherer auf dem Weg zurück in sein Büro – bis wohin er die Gedanken an Sophie abschütteln musste.

Auch wenn sich das gar nicht so einfach gestaltete. Er nahm sich vor, sie heute nach Feierabend darauf anzusprechen, bis dahin musste er seine Konzentration aber voll und ganz auf den Fall richten. Vor allem, nachdem Weindl ihm ihr Vertrauen ausgesprochen hatte. Jansen fand er nicht an ihrem Platz hinter dem mit drei Monitoren bestückten Schreibtisch wieder, also ging er direkt in sein Büro und nahm dort als erstes die Mappe wieder aus seiner Tasche, klappte sie auf und sondierte die Namen, die Frederike ihm aufgelistet hatte. Keiner sagte ihm etwas, nur einer klang merkwürdig bekannt. Jemand, der vielleicht mit ihm auf derselben Schule, aber nicht im selben Jahrgang gewesen war? Er kreiste den Namen Florian Wichtle ein und wollte gerade schauen, was er über ihn im Internet finden konnte, als sein Telefon klingelte.

Er hatte eine Ahnung, wer der Anrufer sein konnte, atmete tief durch und nahm den Hörer ab.

»Rauch?«

»Den Papst kriege ich leichter an den Apparat!«

Er musste schmunzeln.

»Hallo Laura.«

»Oh gut, du weißt also noch, wer ich bin.«

Den Hintergrundgeräuschen zufolge war sie gerade unterwegs.

»Was kann ich für dich tun?«

»War Anna bei dir?«

»Ja, wir haben das geklärt, sie kann zu mir.«

»Gut. Und wenn dieser Timo auftaucht, wird er nicht übernachten, verstanden?«

Lauras Anmerkungen zur Erziehung ihrer gemeinsamen Tochter klangen für Rauch immer nach knallharten Befehlen, so als hätte er keinerlei Mitspracherecht.

»Verstanden.«

»Kannst du ihn nicht überprüfen lassen?«

Fast musste er lachen.

»Weswegen? Weil er der Freund unserer Tochter ist?«

»Weil ich ihm nicht traue.«

Sie traute keinem Jungen, der mit Anna ausgehen wollte – und da waren sie sich endlich mal wieder einig. Was er aber nicht aussprach, stattdessen kreiste er geistesabwesend den Namen Florian Wichtle immer und immer wieder ein.

»Und wann verratet ihr uns endlich, was ihr über den Mord in der Schule wisst?«

Es hätte ihn auch gewundert, wenn Laura, Journalistin mit Leib und Seele, diese Frage nicht gestellt hätte.

»Sobald wir etwas wissen.«

Schweigen am anderen Ende der Leitung.

»Wenn ihr was wisst, würdest du mir einen kleinen Vorsprung geben?«

Morde kamen in Stuttgart vor, aber in der schwäbischen Metropole war man sich bewusst, dass man Glück hatten. Überfälle, Körperverletzung, Drogenmissbrauch solche Dinge passierten. Häufiger, als es Rauch lieb war. Aber Morde? Die waren zum Glück rar gesät.

Vielleicht lag es an seinem Beruf, aber es überraschte ihn immer wieder, woher diese Sensationslust der Zeitungen und deren Leser kam. Wollten sie alle auch ein bisschen Detektiv spielen und mitspekulieren?

»Ich denke darüber nach.«

»Danke, Benedikt.«

Hier endete das Gespräch zwischen Kommissar und Journalistin, Laura wechselte schon bei ihrer nächsten Frage den Ton und erinnerte Rauch so daran, dass sie einmal zusammen glücklich gewesen waren.

»Kanntest du das Opfer?«

Sie würde nichts von dem, was er ihr verriet, in einem Artikel verwenden, dafür kannte er sie zu gut.

»Wir waren nicht befreundet, aber ja.«

»Das tut mir leid.«

Er nickte, obwohl sie es nicht sehen konnte.

»Ich hoffe sehr, du findest den, der sowas tut.«

Das hoffte Rauch auch, obwohl er im Moment keine Ahnung hatte, wer alles in Frage kam.

»Und wenn du irgendwas über Timo erfährst …«

»Du bist unglaublich, Laura.«

»Ich weiß. Deswegen hast du mich mal geheiratet.«

Kapitel 25

Sophie Hagen stellte eine duftende kleine Box vom Chinesen aus dem Königsbau auf Rauchs Schreibtisch und zog ein Paar Essstäbchen aus der Tasche.

»Oder hast du schon gegessen?«

Rauch rieb sich kurz die Augen, schüttelte den Kopf und wagte einen Blick auf die Uhr. Es war bereits Nachmittag, und er hatte die ganze Zeit hier in seinem Büro vor dem Rechner oder am Telefon verbracht. Die Leute, die annahmen, als Kriminalkommissar würde man ständig nur Action erleben, hatten noch keinen Tag mit ihm bei der Ermittlung im Revier verbracht.

»Habe ich nicht. Du bist mal wieder meine Rettung.«

Hühnchen in Curry-Kokosnuss-Soße mit Reis. Beim Anblick des Gerichts knurrte sein Magen wie eine Aufforderung, endlich mit dem Essen anzufangen. Sophie zog sich einen Stuhl zurecht und nahm ihm gegenüber Platz.

»Was habe ich verpasst?«

Rauch kaute zuerst zu Ende, schluckte und antwortete dann – wie es sich gehörte – mit leerem Mund.

»Ich habe den Fall, Jacobs wusste nicht, dass Daniels tot ist, und ich würde sagen, er hofft jetzt auf den Partnerjob. Und bei dir?«

»Hatten alle Alibis, die Dörflinger gerade checkt, aber mein Gefühl sagt, wir können die hier von der Liste streichen.«

Sie ließ den von Rauch geschriebenen Zettel mit den Adressen und Namen auf den Tisch segeln. Auch Bettinas Name war durchgestrichen.

»Wer bleibt noch übrig?«

»Florian Wichtle.«

Sophie, die den Namen zum ersten Mal hörte, zog irritiert die Augenbrauen zusammen.

»Wer?«

»Ich weiß nicht, woher ich den Namen kenne. Georg hatte mit ihm bei Facebook Kontakt, und ich werde das Gefühl nicht los, dass ich ihn von irgendwoher kenne.«

»Willst du ihn aufs Revier laden?«

Auf manche Leute wirkte das Polizeigebäude einschüchternd, sie gaben dann Dinge preis, die sie unter anderen Umständen womöglich für sich behalten hätten. Doch Rauch vertrat die Meinung, dass ein überraschender Besuch eines Kommissars oft schneller zum Ziel führte. Wenn die Befragten wenig Chancen hatten, sich auf potenzielle Fragen vorzubereiten.

»Ich glaube, wir sollten ihn besuchen.«

Hagen hatte damit schon gerechnet und warf einen kurzen Blick auf ihr Handy, bevor sie nickte.

»In zwei Stunden habe ich einen Termin, aber bis dahin wäre ich zu haben.«

Rauch fiel das Arbeitszeugnis wieder ein und er war versucht, sie danach zu fragen. Aber dann müsste er zugeben, dass Weindl mit ihm darüber gesprochen hatte – und das wollte er vermeiden.

»Weindl meinte, es wäre gut, wenn du mich bei dem Fall unterstützt. Objektivität und so.«

Genau genommen hatte Weindl Dörflinger *und* sie vorgeschlagen, aber diese Information verschwieg er ebenso. Hagen zuckte die Schultern.

»Ich bin jetzt sowie mit den meisten Dingen vertraut, wieso also nicht.«

Um ihrem Kollegen die Chance zu geben, erstmal was zu essen, griff sie nach der Mappe mit dem Obduktionsbericht, lehnte sich zurück und las sich in der Zwischenzeit Häberlins Zusammenfassung durch.

»Schließt er eine Täterin aus?«

Ihre Frage unterbrach Rauchs gefräßiges Schweigen, er hob den Blick von der Box zu ihr und gab nur ein fragendes Geräusch von sich, da er den Mund voll hatte.

»Wäre es möglich, dass es eine Täterin war?«

Er vergaß seine guten Manieren einen Moment lang, weil die Neugier ihn trieb.

»Wie kommst du darauf?«

Hagen sah wieder auf den Bericht, wich seinem fragenden Blick aus.

»Es braucht eine gewisse Kraft für eine solche Wunde.«

Sie tippte auf das beigelegte Foto.

»Viel Wut. Es wäre möglich, nach all dem, was ich über ihn gehört habe.«

»Was hast du denn gehört?«

»Frau Koch hatte keine sehr hohe Meinung von ihm und schien auch nicht besonders berührt von seinem plötzlichen Ableben.«

Rauch schluckte.

»Du warst bei Bettina?«

»Sie stand auf der Liste.«

»Ich habe dir auf die Mailbox gesprochen.«

»Das habe ich wohl zu spät abgehört.«

Noch immer sah sie nicht zu ihm hinüber, dabei wusste Rauch, dass der Bericht nicht länger als eine Seite war und sie unmöglich noch immer lesen konnte.

»Sie war mit mir zusammen.«

»Sie sagt etwas anderes.«

Rauch schob die halbleere Essensbox von sich, der Appetit war ihm urplötzlich vergangen.

»Wie bitte?«

»Sie hat sich mit ihm in der Turnhalle unterhalten.«

»Unterhalten?«

»Sie sprach von einem Streit.«

»Die beiden haben sich gestritten?«

Wieso hatte Rauch davon nichts mitbekommen? Wo war er zu dem Zeitpunkt?

»Es ging wohl um etwas, das ewig zurück lag, wie sie behauptet. Sie nannte ihn einen arroganten Idioten, der es nicht besser verdient hat.«

»Ach ja?«

»Dörflinger war dabei, wenn du mir nicht glaubst.«

»Ich glaube dir.«

»Ich behaupte nicht, dass sie es war, falls du das befürchtest. Aber sie sagte, dass einige der Frauen aus dem Jahrgang so ihre Gründe hätten, ihn nicht zu mögen. Weißt du, was sie damit meinen könnte?«

Rauch fielen einige Geschichten ein.

»Hat sie irgendwelche Namen genannt?«

»Nein.«

»Hm.«

»Fällt dir vielleicht jemand ein?«

»Mir nicht. Aber ich weiß, wen wir fragen könnten.«

Er stand auf, griff nach seinem Jackett und wartete darauf, dass Hagen ihm folgte.

»Wir machen einfach einen kleinen Umweg, bevor wir zu Wichtle gehen.«

»Und verrätst du mir auch wohin?«

Er öffnete die Tür und hielt sie ihr auf, bis sie vor ihm hindurch trat, dabei musterte er ihre Haare.

»Müsstest du nicht mal wieder zum Friseur?«

Kapitel 26

Jule Schneider, heute mal wieder blond, küsste Rauch auf beide Wangen, während sie Sophie die Jacke und die Handtasche abnahm und Rauchs Kollegin in Richtung des Haarwaschbeckens führte.

Ihr Friseurladen im Stuttgarter Westen war minimalistisch und sehr stilvoll eingerichtet. Alles passte zu Jule, die in ihrer schwarzen engen Hose und der cremefarbenen Bluse locker fünf Jahre jünger aussah als Rauch, mit dem sie in der Schule gewesen war.

Sophie wurde gar nicht lange gefragt, ein fachmännischer Blick auf ihre Haare reichte, und Jule bat sie, den Kopf weit nach hinten ins Becken zu lehnen. Der Spülvorgang dauerte genauso lange, wie sie brauchten, um sich auf den aktuellen Stand des Lebens zu bringen. Sophie, die eher als stummer Gesprächszeuge eine Kopfhautmassage auf Kosten des Hauses bekam, war verblüfft, wie leicht es Jule gelang, sie zu entspannen, dabei mit Rauch zu flirten und zu erklären, dass sie von Georgs Tod gehört hatte. Ob sie das besonders mitnahm oder schockierte, konnte Sophie aus ihrer Tiefenentspannungsphase geradeheraus nicht hundertprozentig sagen.

»Es ist natürlich tragisch, aber ... na ja.«

Sie zuckte mit den Schultern und wandte sich wieder Sophie zu.

»Haarkur?«

»Wieso nicht.«

Lächelnd ging Jule ans Regal, pickte eine blassrosa Shampooflasche heraus und kehrte damit zurück.

»Nach dem Abitur hatte ich keinen Kontakt mehr zu ihm. Aber Lisa ist ja während der Studienzeit noch ein paar Mal mit ihm ausgegangen.«

Sie warf Rauch einen Blick zu, als wüsste er ja, wie das sei. Rauch nickte, obwohl ahnungslos.

»Er hat in Mannheim studiert und dort das abgezogen, was er schon während der Schulzeit gemacht hat. Dieses Arschloch.«

Sie beugte sich zu Sophie.

»Sorry, über Tote spricht man ja bekanntlich nicht schlecht, selbst wenn sie es verdient haben.«

Damit sah sie wieder zu ihrem ehemaligen Klassenkameraden.

»Hast du nicht auch Jura studiert?«

Rauch erinnerte sich nur sehr ungenau an die Zeit als Student. Damals in Tübingen, wo er auch Laura kennengelernt hatte. Er nickte nur knapp, brachte das Gespräch wieder auf das Opfer.

»Du bist doch damals auch mal mit Georg gegangen, oder?«

»Erinnere mich nicht daran. In der zehnten. Er hat überall herumerzählt, ich hätte meine Jungfräulichkeit an ihn verloren.«

Mit dem handlichen Duschkopf spülte sie die Haarkur aus Hagens Haar.

»Zu warm?«

»Nein, genau richtig.«

Sophie hatte Mühe, nicht einfach die Augen zu schließen und diese Prozedur nur zu genießen, immerhin sollte sie dem Gespräch folgen.

»Nach zwei Monaten hat er mich abgeschossen und ist mit Lisa Gärtner zusammengekommen.«

Diese Information galt wieder Rauch.

»Nix gegen Lisa, aber würdest du mich für sie verlassen?«

Rauch wusste, dass es auf solche Fragen nur eine Antwort gab, und es spielte keine Rolle, ob sie der Wahrheit entsprach. Schnell schüttelte er den Kopf und beobachtete Jule dabei, wie sie ein schwarzes Handtuch mit überraschender Schnelligkeit um Sophies Kopf wickelte und sie höflich aufforderte, ihr zu einem Stuhl vor dem großen Spiegel zu folgen.

»Natürlich hat er dann überall herumerzählt, dass Lisa noch besser im Bett war als ich und noch viel schmutzigere

Dinge mit ihm gemacht hätte. Auf einer Kellerparty von Felix wurde sie als Schlampe beschimpft. Georg sei Dank ...«

Ihr Gesicht veränderte sich, das freundlich-professionelle Lächeln verschwand, und Rauch konnte sehen, dass die Erinnerung an damals ihr noch immer zusetzte.

»Er hat all diese Bett-Geschichten natürlich überall erzählt. Sogar die Jungs vom Mörike-Gymnasium haben davon gewusst. Wir hatten irgendwann alle den Ruf weg, Flittchen zu sein. Während Georg der tolle Typ war, dem alle Jungs nacheifern wollten.«

Rauch erinnerte sich nur zu gut daran, wie Georg mit seinen Sexgeschichten im Sportunterricht geprahlt hatte und sie alle ganz eifersüchtig zu ihm aufgeschaut hatten, weil die meisten von ihnen sexuell noch ziemlich unerfahren waren.

»Sie hätten ihn aber doch bitten können, damit aufzuhören. Es war doch privat.«

Sophie erwachte aus ihrer Entspannungstrance und sah Jule über den Spiegel hinweg an. Diese lachte nur kurz bitter.

»Das haben wir natürlich alle getan. Aber das war ihm egal. Es war wichtiger, cool zu sein. Unsere Gefühle spielten keine Rolle.«

Sie schüttelte noch immer fassungslos den Kopf, auch wenn es schon zwanzig Jahre her war.

»Ich habe meine Jungfräulichkeit erst nach dem Abi-Ball an meinen damaligen Freund verloren. Der mich ganz verdutzt anschaute, weil auch er geglaubt hatte, was Georg erzählte. So lief das damals.«

Rauch wollte widersprechen, bemerkte aber beim Durchforsten seiner Erinnerung, dass auch er damals einiges davon geglaubt hatte. Weil es von Georg kam und man ihm einfach glaubte. Rauch kam sich dumm vor.

Jule, die ihr Lächeln wiedergefunden hatte, fuhr mit den Fingern durch Sophies Haare.

»Einfach wieder nur etwas kürzer oder wollen Sie etwas neues wagen?«

»Nur etwas die Spitzen, bitte.«

Da Sophie einen recht frechen Kurzhaarschnitt trug, war das keine große Sache.

»Sie haben das perfekte Gesicht für diese Frisur, Frau Hagen. Sieht sie nicht umwerfend aus, Benedikt?«

Rauch, noch immer in Gedanken versunken, nickte viel zu knapp, was Sophie natürlich bemerkte. Jule, mit Schere bewaffnet, sprach mit Benedikt, ohne ihn anzusehen.

»Wenn du mich fragst, haben fast alle Mädels von damals einen Grund ihn nicht zu mögen. Aber umbringen würde ich ihn deswegen nicht. Es heißt, er sei inzwischen glücklich verheiratet.«

»Verheiratet, ja.«

Ob glücklich oder nicht, wollte Rauch nicht entscheiden.

»Kann man sich kaum vorstellen, so häufig wie er immer die Freundinnen gewechselt hat. Vielleicht ändern sich Menschen ja doch.«

Rauch machte sich nur ein paar flüchtige Notizen, ohne zu wissen, ob sie von Bedeutung waren.

»Weißt du, was komisch ist?«

Rauch hob den Blick in Richtung Jule, die ihre Arbeit an Sophies Haaren nur kurz unterbrach.

»Er hat ... wie soll ich sagen ...«

Sie legte die Schere zurück auf den kleinen Tisch mit Rollen und betrachtete für eine kleine Weile ihr Spiegelbild. Jule Schneider war eine attraktive Frau, das konnte jeder sehen.

»Er hat mit all diesen Frauen geschlafen, aber bei mir hat er keinen hoch gekriegt. Damals empfand ich das als beschämend. Jetzt bin ich froh darüber.«

Dann schüttelte sie den Kopf, als wollte sie eine hässliche Erinnerung vertreiben, und war wieder in ihrem Element bei Sophie.

»Strähnen würden Ihnen auch ausgesprochen gut stehen, Frau Hagen!«

Kapitel 27

Florian Wichtle, so verriet Frederike Jansen ihnen, arbeitete bei Daimler in Untertürkheim, was bedeutete, dass Rauch Hagens Angebot, mit dem Wagen zu fahren, annahm. Vielleicht eine gute Gelegenheit, um noch mal die bisherigen Fakten zusammen durchzugehen.

»Seine Frau hält ihn für einen ganz wunderbaren Mann. Möglich also, dass er sich in den letzten Jahren verändert hat.«

»Möglich.«

»Oder aber, er hat sich gar nicht verändert.«

»Ebenfalls möglich.«

»Vielleicht hat er ja auf der Party eine der Frauen bedrängt und es war Notwehr.«

Hagen sprach erneut Rauchs Gedanken laut aus, und er nickte, während er die graue Landschaft, die sich immer mehr von Wohngegend in Industriegebiet verwandelte, an sich vorbeiziehen ließ.

»Notwehr von hinten?«

»Stimmt auch wieder.«

»Hat Häberlin irgendwas gesagt, was auf Sex vor dem Tode hindeutet?«

»Nicht, dass ich wüsste. Im Bericht steht davon nichts.«

An der nächsten roten Ampel drehte sich Rauch zu seiner Kollegin.

»Würdest du jemanden zwanzig Jahre nachdem er sich wie ein Arschloch benommen hat, umbringen?«

»Kommt ganz darauf an, wie weit er damals gegangen ist.«

»Soll heißen?«

Da die Ampel noch immer rot war, sah sie zu Rauch.

»Was wenn er eines der Mädchen damals vergewaltigt hat?«

»Damals?«

Sophie zögerte mit der Antwort.

»Damals. Heute. Spielt es eine Rolle?«

Rauch nickte nachdenklich. Er wusste aus Erfahrungen in seinem Job, dass viele der Frauen auch Jahre später noch mit den Nachwirkungen einer solchen Tat zu kämpfen hatten. Wer wusste schon, was gestern in der Turnhalle passiert war. Hagen parkte, zog die Autoschlüssel ab und wandte sich noch mal zu ihm.

»Ich halte es nicht für eine geplante Tat. Eher für eine Affekthandlung. Dazu würde auch die Attacke von hinten passen.«

»Du meinst, er hat jemanden verärgert und der ...«

»Oder die ...«

»Oder die hat dann zugeschlagen?«

»Die Frage ist nur: womit?«

»Laut Häberlin war es ein schwerer Gegenstand.«

Hagen zog eine Augenbraue nach oben.

»Ich habe die Wunde gesehen, schwer und heftig.«

»Um jemanden den Schädel einzuschlagen, braucht man Kraft.«

»Oder jede Menge Wut.«

Rauch verstand, worauf sie hinauswollte und fischte das Notizbuch aus der Jackentasche.

»Okay, ich werde gleich nachher Jule nochmal anrufen und fragen, ob es damals diesbezüglich irgendwelche Gerüchte gab. Ob jemand mal was erwähnt oder gehört hat.«

»Sexuelle Übergriffe werden für gewöhnlich nicht gerne besprochen.«

»Wenn jemand was in Erfahrung bringen könnte, dann Jule.«

»Sie hat wirklich mit vielen Mädchen von damals Kontakt gehalten, oder?«

Die Verwunderung in Hagens Stimme verwunderte nun wiederum Rauch selbst.

»Ja, sie war schon immer so. Jedes Jahr kriege ich eine Weihnachts- und Geburtstagskarte. Und nicht nur ich.«

»Ich habe mit keinem aus meiner Schulzeit noch Kontakt.«

»Wieso denn nicht?«

»Nicht jeder hatte eine schöne Schulzeit, Benedikt.«

Es klang wie ein versteckter Vorwurf, auch wenn er wusste, dass Sophie es nicht als solchen gemeint hatte. Oft bekam er zu hören, dass er so viel Glück habe, noch immer die Freunde von damals zu seinen besten zu zählen. Es weckte in ihm immer die Ahnung, dass andere ihn darum beneideten und sich ein ähnliches Verhältnis wünschten. Doch Benedikt konnte gar nicht sagen, wie ihm das gelungen war. Glück, so glaubte er, spielte aber durchaus eine Rolle. Zwei seiner Kumpels wohnten noch immer im selben Viertel, David hatte den Zeitungsladen seines Vaters übernommen, Philipp arbeitete zwar in Bad Cannstatt, würde das Lehen aber niemals verlassen. Noch immer verband sie die Leidenschaft für Fußball, die Kickers und die Erinnerungen von früher. Jetzt, da er so bewusst darüber nachdachte, bemerkte er, wie glücklich er sich schätzen konnte.

»Willst du abends vielleicht mal mit ins *Eckle*?«

Es rutschte ihm eigentlich mehr so raus, aber jetzt war es zu spät, das Gesagte zurückzunehmen. Hagen zog eine Augenbraue nach oben und parkte perfekt zwischen zwei der neuesten Mercedes-Modelle ein.

»Mit dir?«

»Klar.«

»Bittest du mich gerade um ein Date?«

Ein süffisantes Lächeln hatte sich auf Hagens Lippen geschlichen, aber er schüttelte schnell den Kopf.

»Nein! Ich meine, damit du nicht immer alleine zuhause sitzt. So lernst du ein paar meiner Kumpels kennen.«

»Skatrunde und Bier mit den Jungs bei Fußballgesprächen?«

»Wir sprechen auch über Politik.«

»Genau danach steht mir der Sinn nach Feierabend.«

Sie löste den Sicherheitsgurt und machte Anstalten auszusteigen, als Benedikt nachhakte.

»Wonach steht dir denn nach Feierabend der Sinn?«

Sie hielt inne, überrascht von seinem konkreten Interesse an ihrem Privatleben – wobei er sie doch gut genug kannte, um von ihren Hobbys zu wissen.

»Ich lese, bevorzugt in der Badewanne. Manchmal koche ich. Oder gehe mit Frederike ins Kino. Wieso willst du das alles wissen, erstellst du ein Profil von mir?«

»Nein. Das ist dein Job. Ich dachte nur, es wäre doch ganz schön, wenn du dich hier noch wohler fühlen würdest.«

Hier. Damit meinte er Stuttgart ebenso wie die Arbeit auf dem Revier. So sehr er sich auch Mühe gab, Weindls Kommentar über das Zeugnis zu vergessen, es wollte ihm nicht aus dem Kopf gehen.

»Danke, Benedikt, wirklich. Aber ich komme schon alleine klar.«

Sie tätschelte seine Hand und stieg aus und ließ ihn mit einem miesen Gefühl im Bauch zurück.

Kapitel 28

»Herr Wichtle?«

Florian Wichtle, im perfekt angepassten Anzug, mit glatt rasiertem Gesicht und klaren braunen Augen, sah überrascht auf, als sein Abteilungsleiter Rauch und Hagen zu ihm führte.

»Die Herrschaften sind von der Polizei und möchten sich mit Ihnen unterhalten.«

»Mit mir?«

»Keine Sorge, es geht nicht direkt um Sie. Wir erhoffen uns nur ein bisschen Aufklärung in einem aktuellen Fall.«

Wichtle stand auf, rückte die – bereits perfekt sitzende – Krawatte unnötigerweise zurecht und kam auf Rauch zu, der ihm die Hand entgegenhielt.

Fester Händedruck, sympathischer Eindruck.

»Ich bin Kommissar Rauch. Das ist meine Kollegin Dr. Hagen. Haben Sie ein paar Minuten für uns?«

»Selbstverständlich. Worum geht es denn?«

Sie warteten, bis sein Chef das Büro verlassen hatte, und klärten den Mann dann auf. Auf die Nachricht, dass Georg Daniels verstorben sei, musste er sich erst einmal setzen.

»Aber ... wieso?«

»Genau das versuchen wir herauszufinden.«

Wichtle schüttelte den Kopf, starrte leer in den Raum, nahm für kurze Zeit keinen der beiden Beamten mehr wahr.

»Wir wollten uns morgen zum Laufen treffen.«

Es klang so, als würde er das eher zu sich selbst sagen.

»Haben Sie sich denn häufig getroffen?«

»Regelmäßig, ja. Wir kennen uns seit der Schulzeit.«

Rauch betrachtete das Gesicht des Mannes, der in seinem sein musste, aber er konnte ihn noch immer nicht einordnen. Möglich, dass er ihn schon mal gesehen hatte, aber er wusste nicht, wo und wollte nicht zu früh verraten, dass auch er das

Opfer von früher kannte. Wichtle sah zu Hagen, als hätte sie die Antworten auf all seine Fragen.

»Wann ist es passiert?«

»Am Samstag.«

»Auf dem Klassentreffen?«

Rauch und Hagen wechselten einen kurzen Blick, dann nickte sie.

»Haben Sie es nicht in der Zeitung gelesen?«

Immerhin waren die meisten Tageszeitungen geradezu auf den Mordfall gestürzt, hatten ihm sogar die ganze Titelseite gewidmet.

»Ich lese keine Zeitung.«

Er hob entschuldigend die Schultern, nur um sie kurz darauf wieder hängen zu lassen, als würde die ganze Last der Welt auf ihm ruhen.

»Sie wirken sehr betroffen.«

»Georg war mein Freund, von seinem Tod zu erfahren, schockt mich eben.«

Kurz klang Wichtle fast aggressiv, aber Rauch ließ es ihm durchgehen, weil seine Erklärung absolut nachvollziehbar war.

»Er hatte noch so viele Pläne. Er fing quasi erst an zu ...«

Den Satz beendete er nicht und kämpfte stattdessen kurz mit den Tränen, was ihm ohne Zweifel peinlich war. Er wandte sich ab, suchte in der obersten Schublade seines Schreibtisches nach einer Packung Taschentüchern, was Rauch Zeit gab, sich umzusehen.

Neben dem Rechner stand kein obligatorisches Familienfoto, stattdessen erkannte er dort einen Bilderrahmen, aus dem ihn ein Hundewelpe anschaute. An Wichtles Finger gab es keine Ringe, nur ein schlichtes silbernes Armbändchen baumelte neben der Uhr um sein linkes Handgelenk, sonst suchte man Schmuck an ihm vergeblich.

»Ich habe ihm gestern noch eine Mail geschickt ...«

Er drehte sich wieder den Ermittlern zu und sah noch immer sehr mitgenommen aus.

»Wer würde sowas nur tun?«

»Genau das wollen wir herausfinden.«

Ein Anflug von Panik zuckte durch seine Augen.

»Sie denken doch nicht etwa, dass ich etwas damit zu tun habe, oder?«

»Wir versuchen uns ein Bild von Herrn Daniels zu machen, deswegen sprechen wir mit den Menschen, die eine Rolle in seinem Leben gespielt haben.«

Das schien Wichtle fast zu schmeicheln, ein kurzes Lächeln kam und verschwand sofort wieder.

»Er hat viel von seiner Arbeit gesprochen, dem Neid seines Kollegen ... äh, Jacobs?«

»Frank Jacobs?«

»Genau! Der schien ihn wohl nicht zu mögen. Ich will nicht sagen, dass er ihn umgebracht hat, aber in letzter Zeit sprach er viel darüber, dass dieser Jacobs ihn ...«

Er suchte das richtige Wort.

»Ich weiß nicht, aber er wollte ihn ständig vor dem Chef schlecht dastehen lassen.«

»Inwiefern?«

Rauch zückte wieder sein Notizbuch, diesmal um sich tatsächlich diese Informationen zu notieren.

»Er hob Fehler, die Georg passiert waren, gerne hervor. Waren sie auch noch so klein. Jede Verspätung wurde von ihm aufgeschrieben und kommentiert. Oder auch, wenn Georg mal etwas zu spät von der Mittagspause zurück ins Büro kam.«

»Darf ich fragen, bei welchen Gelegenheiten er Ihnen davon erzählt hat?«

Sophie stellte genau die Frage, die Rauch auch im Kopf umherschwirrte.

»Wie gesagt, wir haben uns regelmäßig getroffen. Dienstags sind wir immer zusammen gelaufen, manchmal waren wir auch gemeinsam essen, haben uns auf den aktuellen Stand gebracht.«

»Sie sind zusammen gelaufen?«

»Und haben trainiert, ja.«

»Im Fitness-Studio?«

»Nein, Georg hielt nichts von diesen überteuerten Läden. Wir sind oft in den Outdoor Fitness Park nach Vaihingen gefahren. Kennen Sie den?«

Rauch nickte, da er davon gehört hatte, selbst war er allerdings noch nicht dort gewesen.

»An der frischen Luft, kostenlos und meistens ungestört in Form kommen, das war ganz nach Georgs Geschmack.«

Die Erinnerung an seinen Freund trieb erneut Tränen in Wichtles Augen.

»Wer würde sowas nur tun?«

Genau das war die Frage.

»Sie sagten, Sie kennen sich seit der Schulzeit. Waren Sie Klassenkameraden?«

Rauch stellte sich unwissend, hoffte, dass Wichtle ihn nicht aus einer potenziell gemeinsamen Vergangenheit erkannte.

»Nein. Ich war auf dem Mörike, er auf dem Paul-Richter-Gymnasium. Aber wir haben damals oft gegeneinander Fußball gespielt.«

So oft kann das nicht gewesen sein, denn sonst hätte Rauch Wichtle entweder erkannt – oder er ihn. In seinen Erinnerungen suchte Rauch nach dem passenden jugendlichen Gesicht seines Gesprächspartners und meinte, sich ganz vage an einen schmächtigen Jungen entsinnen zu können, der aber offenbar keinen bleibenden Eindruck hinterlassen hatte.

»Verstehe.«

Rauch notierte sich ein paar Worte, wollte Frederike um einige Infos zu Wichtle bitten und Dörflinger mal nach Vaihingen schicken.

»Wenn ich Ihnen noch irgendwie helfen kann ...«

»Möglich, dass wir Sie aufs Revier bitten müssen.«

Ob das wirklich so war, wusste Rauch noch nicht, aber er wollte die Reaktion auf diese Ankündigung sehen. Florian Wichtle nickte entschlossen, hielt Rauchs Blick stand.

»Selbstverständlich. Jederzeit, bitte.«

Kapitel 29

Es war schon zu spät, um noch einmal aufs Revier zu fahren, also entschied sich Rauch, auf dem Nachhauseweg bei seinem Kumpel David in dessen Zeitungsladen vorbeizuschauen, da der sich noch immer nicht auf Rauchs Nachricht gemeldet hatte. Hagen hatte angeboten, ihn zu fahren, aber er hatte dankend abgelehnt, saß jetzt in der Bahn bis zum Marienplatz und würde von dort aus den kurzen Fußmarsch auf sich nehmen. Bei der Gelegenheit könnte er seine Gedanken sortieren und ein bisschen für sich sein.

Hagen war, ebenso wie er selbst, über die emotionale Reaktion von Florian Wichtle überrascht gewesen. Die beiden Männer verband offenbar eine Freundschaft, die Rauch so nicht ganz fremd war. Hätte es einen seiner Jungs erwischt, wäre es ihm auch sehr schwergefallen, die Tränen zurückzuhalten. Wie Georgs Ehefrau war Wichtle davon überzeugt, dass Georg ein guter Mensch gewesen war. Keinem von beiden war ein Grund für diesen Mord eingefallen, Feinde – so bescheinigten sie ihm beide – hatte er nicht.

Obwohl inzwischen wohl das Gegenteil bewiesen war, wieso sonst lag sein toter Körper in der Pathologie des Robert-Bosch-Krankenhauses?

Rauch musste an Jules Bemerkungen denken. Georg hatte die Mädchen benutzt und sie dann fallen gelassen. Das war alles andere als nett, aber noch immer fiel es ihm schwer, sich eines der Mädchen von damals als kaltblütige Täterin vorzustellen. Kurzentschlossen griff er nach dem Telefon und wählte Häberlins Nummer, wurde aber vertröstet, der Arzt sei nicht mehr im Krankenhaus und erst ab morgen früh wieder dort erreichbar.

Der Marienplatz war um diese Uhrzeit und bei dem sonnigen Wetter mit Jugendlichen gefüllt, die auf den Treppen saßen, sich etwas vom Burger King gönnten oder ein Bierchen tranken, sich dabei wahnsinnig cool vorkamen und Fotos für die sozialen Netzwerke machten. Doch das war hier nicht immer so gewesen. Er erinnerte sich noch lebhaft an seine Teenagerzeit, als man von Zuhause immer die Warnung ‚Am Marienplatz ja gut aufpassen!' mitbekommen hatte. Damals, bevor die Hipsterjugend hier im Sommer in den Cafés saß, als hier noch Bäume standen und die Junkies sich herumtrieben. Als die Mädchen einen großen Bogen um die Endhaltestelle der Zacke gemacht hatten und auch Rauch lieber zügigen Schrittes vorbeiging. 2003 dann die ‚Neueröffnung'. Die Bäume waren weg, die Junkies auch. Groß als ‚Arena des Südens' angepriesen, nannten die Anwohner es weniger liebevoll die ‚Betonwüste'. Doch Rauch hatte sich daran gewöhnt, kam inzwischen gerne hier vorbei, trank einen Kaffee im *Kaiserbau* oder besuchte im Sommer das Marienplatz-Fest im Sommer. Jetzt ging er an den Tischtennisplatten vorbei, wo gerade ein paar Jungs bei einem Spiel die Mädels beeindrucken wollten. Er ging an der Haltestelle der Zacke, Stuttgarts Zahnradbahn, vorbei und überquerte die große Kreuzung am Heslacher Tunnel, an der gerne mal die Ampeln ausfielen, in Richtung Lehenviertel. Vielen war Stuttgart zu spießig, zu kleinbürgerlich, nicht ‚hip' genug, aber Rauch konnte nicht verstehen, wie man sich nicht in seine Kesselstadt verlieben konnte. Berlin, the place to be. Das hörte er immer wieder, auch von Anna, die damit liebäugelte, nach der Schule ihr Glück in der Hauptstadt zu suchen. Dabei war Stuttgart eben the place to stay. Zumindest, wenn es nach ihm ging.

Möglich, dass es die emotionalen Erinnerungen waren, die Rauch mit den zahlreichen Straßenecken oder eben Orten wie dem Marienplatz verband, die ihn für immer an Stuttgart banden. Er hatte sich gewünscht, dass auch seine Tochter hier Wurzeln schlagen würde, sah sich aber schon nach Berlin fahren, um ihr beim Einrichten ihrer ersten WG zu helfen.

Seine erste WG hatte er damals mit David, den er jetzt hinter dem Tresen seines Ladens antraf, wie er neue Zeitschriften sortierte und nur kurz aufsah, als Rauch eintrat.

»Schon Feierabend?«

»Genau genommen noch nicht.«

»Ist das hier also ein offizieller Besuch oder suchst du die neue Ausgabe vom *Kicker*?«

»Ich nehme den *Kicker* und eine Unterhaltung mit meinem Kumpel.«

Außer ihnen beiden war niemand im Laden, also konnte sich David auch nicht damit herausreden, dass er so viel zu tun habe.

»Ich helfe auch beim Einsortieren.«

»Du bringst mir doch nur wieder alles durcheinander.«

David kam mit einem Stapel Zeitschriften unter dem Arm um den Tresen herum und machte sich daran, die alten Ausgaben aus den Regalen zu räumen.

»Du bist wegen Georg hier, ja?«

»Ja.«

»Ich war es nicht.«

»Das weiß ich.«

Er wusste es nicht wirklich, aber er wusste es eben doch. Rauch wurde im Laufe seiner Karriere immer eine gute Menschenkenntnis nachgesagt und er hätte sich die vergangenen Jahre schon sehr täuschen müssen, wenn der Mann vor ihm zu einem Mord fähig sein könnte.

»Ihr habt mit ihm Fußball gespielt, ja?«

»Ja. Weil er ganz großkotzig behauptet hat, er könnte uns noch immer schwindelig spielen.«

»Konnte er?«

»Ja.«

Georg war schon damals ein guter Fußballer gewesen, manche Dinge verlor man mit dem Alter eben nicht.

»Und war jemand davon genervt?«

»Das waren wir alle. Aber keiner wollte ihn umbringen.«

David reichte Rauch Zeitschriften, die er aussortiert hatte.

»Einige der Jungs waren schon angefressen. Die ganze Zeit hat er rumgeprahlt. Er war eben ein Angeber.«

Er bedeutete Rauch, ihm in den hinteren Bereich des Ladens zu folgen.

»Wie er da rumgetanzt hat, jedes Mal, wenn er ein Tor gemacht hat. Cristiano Ronaldo ist nichts dagegen. Sein Ego hat kaum noch in die Turnhalle gepasst.«

Rauch ließ die Zeitschriften in einen Karton fallen, auf den David gezeigt hatte und beobachtete seinen Freund die ganze Zeit über.

»Dann ist er mit dem Pokal eine Ehrenrunde gelaufen und hat uns seinen blanken Arsch gezeigt.«

»Welchen Pokal?«

David wirkte kurz ertappt, sah auf seine Füße, als wären sie jetzt in diesem Augenblick interessanter als Rauchs Gesicht.

»Na, einen Pokal halt.«

»David ...«

Er atmete schwer aus, ließ den Kopf in den Nacken fallen und zögerte so lange, bis Rauch einen kleinen Schritt auf ihn zu machte.

»Wir haben den Pokal aus dem Schrank in der Aula geklaut.«

»Was?«

»Ja, du weißt doch, da stehen die ganzen blöden Pokale der Schulmannschaften der letzten Saison.«

Natürlich erinnerte sich Rauch, immerhin standen in diesem Glasschrank damals auch einige, an deren Gewinn er nicht gerade unbeteiligt gewesen war.

»Stand der offen?«

»Nee, Philipp hat ihn aufgeknackt. Aber das habe nicht ich dir erzählt.«

Rauch schloss einen Moment die Augen, was David als sicheres Zeichen dafür ansah, dass sein Freund – und Kriminalkommissar – ziemlich sauer war.

»Wir wollten ihn zurückstellen! Es sollte nur ein bisschen ... ach, es war ein dummer Streich! Wir haben ihn nicht wirklich geklaut!«

Rauch schüttele den Kopf.

»Es tut mir leid, Ben. Wir wollten ihn zurückstellen.«

»Wer hat den Pokal jetzt?«

David zuckte die Schultern.

»Keine Ahnung. Georg hatte ihn mitgenommen. Wieso ist das wichtig?«

Rauch fuhr sich über das Gesicht und sah seinen Freund an, der ahnungslos vor ihm stand.

»Weil es sich beim Pokal höchstwahrscheinlich um unsere Tatwaffe handelt.«

Kapitel 30

Thomas Häberlin klang etwas außer Atem, als er Rauchs Anruf annahm.

»Störe ich etwa?«

»Ein bisschen. Ich hätte nicht mehr mit deinem Anruf gerechnet, ich habe schon Feierabend.«

»Ich will gar nicht lange stören. Aber ich habe eine Frage.«

»Nur raus damit.«

Häberlin atmete noch immer schwer und Rauch horchte einen Moment lang auf die Hintergrundgeräusche – Berufskrankheit.

»Wobei störe ich dich denn gerade?«

»Spinning-Kurs.«

Rauch musste kurz schmunzeln, weil er den Gerichtsmediziner nicht gerade für den typischen Teilnehmer eines Sportkurses gehalten hatte.

»Was für eine Frage?«

»Die Filz-Partikel in der Wunde von Daniels ... ?«

Er gab seinem Gesprächspartner kurz Zeit, sich an das Detail zu erinnern, bevor er weitersprach.

»... Weißt du schon, ob es wirklich Filz ist?«

»Ich kriege morgen die Ergebnisse von der Analyse. Wieso?«

»Könnten die vom Filz am Sockel eines Pokals stammen?«

Die meisten Pokale hatten am Boden einen Filzbezug, das wusste Rauch ganz sicher. Auch sein Pokal auf dem Schreibtisch in seiner Wohnung hatte den typischen grünen Filz als Schutz.

»Möglich, ja. Es würde passen. Wieso? Hast du etwa die Tatwaffe gefunden?«

»Sozusagen. Ich weiß nur noch nicht, wo sie ist.«

Rauch hörte, wie eine Tür geschlossen wurde, dann verstummten die Hintergrundgeräusche.

»Ich schaue mir morgen alles noch mal an, dann kann ich dir mehr sagen.«

Rauch nickte, aus Gewohnheit.

»Und du hast wirklich keine Anhaltspunkte gefunden, die darauf schließen lassen, dass er Sex vor seinem Tod hatte?«

»Nein. Wieso zweifelst du daran?«

Er musste an Hagens Kommentar und Jules Erzählungen denken. Was, wenn er tatsächlich jemanden in der Turnhalle bedrängt hatte?

»Ich weiß nicht. Hagen hat da so ein Gefühl.«

»An seiner Kleidung waren keine Spuren, die darauf schließen lassen.«

»Möglich, dass wir uns irren.«

»Mit *wir* meinst du Hagen?«

»Ja.«

Gelächter am anderen Ende der Leitung.

»Sie irrt sich selten, wenn sie auf ihr Bauchgefühl hört.«

Da musste er seinem Kollegen Recht geben.

»Wir brauchen trotzdem ein Indiz dafür, dass es stimmen könnte.«

»Ich schaue ihn mir morgen noch mal an.«

»Danke, Thomas.«

»Nein, ich danke dir. Jetzt hatte ich eine Ausrede und kam um den Spinning-Kurs herum.«

Die beiden Männer verabschiedeten sich, und Rauch hatte wenig Hoffnung, dass Häberlin noch irgendetwas finden würde. Er war einer der gewissenhaftesten Kollegen, mit denen er je zusammengearbeitet hatte. Die Wahrscheinlichkeit, dass ihm etwas durch die Lappen gegangen sein mochte, war äußerst gering.

Kapitel 31

Im *Eckle* fand er weder David noch Philipp an ihrem angestammten Tisch, dafür aber Markus Allgöwer, der ein Tannenzäpfle vor sich stehen hatte und damit wohl gerade mal den Feierabend einläutete, als Rauch auf ihn zukam.

»N'Abend.«

Rauch nickte, ließ sich auf den Stuhl fallen und war froh, für heute die Gedanken an Georgs Mord hinter sich zu lassen. Wie jedes Mal, wenn er in seiner Stammkneipe war, spürte er dieses entspannende Gefühl, einfach nur Benedikt zu sein.

»Siehst müde aus.«

Markus musterte das Gesicht seines Freundes und es machte keinen Sinn, etwas anderes zu behaupten. Er sah nicht nur so aus, er fühlte sich auch etwas platt.

»Bisschen turbulente Zeit gerade.«

Markus nickte verständnisvoll und hob die Flasche an seine Lippen.

»Wir werden eben auch nicht jünger.«

»Zumindest siehst du heute jünger aus als ich.«

Grinsend musste Markus ihm Recht geben.

»Bist du denn an dem Fall dran?«

Eigentlich hatte Benedikt gehofft, dass er jedenfalls für heute nicht mehr daran denken musste. Er nickte knapp, bekam von Karl sein Dinkelacker Kellerbier gebracht und bedankte sich bei dem Mann, der mit dieser Eckkneipe in seinem Viertel eine Art familiären Rückzugsort erschaffen hatte. Hier traf man auf alte Freunde, neue Gesichter – die dann oft zu Freunden wurden – und feierte zusammen Weihnachten, den Sieg der bejubelten Fußballmannschaft oder man beweinte gemeinsam den Abstieg des VfBs. So manche Geburtstags- oder Hochzeitsfeier fand hier entweder den Anfang oder den Absacker. Rauch spürte förmlich, wie er sich entspannte, zumindest so lange, bis Markus seine Frage wiederholte.

»Also, suchst du den Typen, der Georg auf dem Gewissen hat?«

»Ja. Allerdings nicht jetzt. Jetzt habe ich Feierabend.«

Wie zum Beweis nahm er einen Schluck Bier, aber Markus' Neugier ließ sich nicht so schnell stillen wie Rauchs Durst.

»Schon eine schlimme Sache. So nah an uns dran, hm?«

Rauchs Taktik bestand zum größten Teil aus Schweigen und dem Drehen der kühlen Flasche in seiner Hand. Und der Hoffnung auf das baldige Auftauchen von David oder Philipp.

»Wir haben uns noch unterhalten. Über Fußball und Autos. Er hat ein bisschen angegeben, hat ja einen neuen Mercedes GLC.«

»Mhm.«

»Da war er wie immer. Du kanntest ihn ja auch, bisschen überdreht. Er kam mir so vor, als wollte er noch mal sechzehn sein.«

»Mhm.«

»Wenn er gesoffen hat, wurde er immer so ... kindisch, bisschen weibisch irgendwie, deswegen bin ich gar nicht erst mit in die Turnhalle, der hätte ja doch wieder nur die Georg-Show abgezogen.«

Inzwischen hatte er das so oft über Georg gehört, dass er fast meinte, sich ebenfalls daran erinnern zu können, ihn so erlebt zu haben. Auch wenn die Wahrheit ein bisschen anders aussah. Denn auch er hatte auf der Kursfahrt nach Amalfi betrunken in der letzten Reihe des Reisebusses in einen Eimer gekotzt, und so würde er sich auch im Rückblick nicht als besonders reif beschreiben. Aber lag das nicht am Alter? Waren damals nicht alle kindisch – nicht nur, wenn sie getrunken hatten?

»Na ja, schade ist es natürlich trotzdem.«

»Mhm.«

Vielleicht merkte Markus ja irgendwann, dass Rauch wirklich keine Lust mehr auf das Thema hatte. Auch wenn er natürlich ein bisschen verstehen konnte, dass ein gesteigertes Interesse an eben gerade diesem Fall unter seinen Kumpels herrschte.

»Wisst ihr denn schon, wer es gewesen sein könnte?«

Markus lehnte sich über den Tisch vor, seine Augen ganz aufgeregt funkelnd. Aber Rauch hatte auch für so hartnäckige Typen eine Strategie.

»Wie geht es eigentlich Lea?«

Die Nachfrage nach seiner Tochter brachte Markus kurz aus dem Tritt, holte ihn dann aber endlich wieder an den Stammtisch ihrer Kneipe.

»Gut. Vierzehn, du weißt ja, wie sie dann sind. Alles ist ihnen peinlich, sie sperren sich stundenlang im Bad ein und finden Typen süß, die man nicht mal kennt, weil man kein Instagram hat.«

Fast schon erschöpft nahm er einen großen Schluck Bier und schüttelte dann den Kopf.

»Wird es je wieder besser?«

Nur weil Anna knapp zwei Jahre älter als Lea war, sah sich Rauch eigentlich nicht als Experte in Sachen Kindererziehung oder gar als Teenagerfachmann, aber er wollte Markus aufmuntern.

»Auf jeden Fall. Irgendwann finden sie nicht mehr die Typen von Instagram gut, sondern den Jungen aus der Schule.«

»Lass mich raten, genau den, den wir Väter nicht gut finden.«

»Genau den.«

Sie stießen gerade miteinander an, als sich hinter ihnen jemand räusperte. Rauch drehte sich um. Vor Überraschung ließ er das Bier sinken und starrte mit offenem Mund in das Gesicht seiner Kollegin Sophie Hagen.

»Hi.«

Es dauerte noch einige Sekunden, bis er die Sprache wiederfand.

»Hi. Was machst du denn hier?«

Sie sah sich kurz unsicher um, zupfte dann an ihren frisch geschnittenen Haaren und zuckte schließlich die Schultern.

»Du hast mich eingeladen.«

Kapitel 32

Als auch David und Philipp dazu kamen, war Sophie schon viel entspannter, lachte über die Geschichten von Rauch als Schulkind oder seine peinlichen Aktionen im Fußballtrikot. Benedikt bemerkte, wie leicht es ihr fiel, sofort mit seinen Freunden ins Gespräch zu kommen. Seine Jungs waren dabei zuerst etwas förmlicher als sonst gewesen, wurden aber lockerer sobald Sophie sie mit ihrem Charme außer Gefecht setzte.

»Und du arbeitest also mit unserem Kommissar hier Tag für Tag zusammen, ja?«

»Na ja, nicht täglich.«

Sie warf Benedikt einen kurzen Blick zu.

»Zum Glück.«

»Oh, hey!«

»Du färbst sonst noch mehr auf mich ab! Am Ende gehe ich noch als waschechte Schwäbin durch.«

Sie zwinkerte frech, nahm einen Schluck Bier, und Benedikt spürte ein kurzes Zucken in seinem Brustkorb. Bedeutete das etwa, dass sie doch nicht nach Hamburg zurückkehren wollte?

»Und was machst du die ganze Zeit dazwischen?«

»Ich arbeite im Moment nur Teilzeit.«

Sie machte eine Pause und Rauch wusste, dass sie nicht über die wahren Gründe für diese Entscheidung sprechen würde. Nicht in einer Kneipe.

»Und wenn ich nicht an einem Fall mitarbeite, dann bin ich als freiberufliche Psychologin tätig.«

»Du bist aber doch Polizistin?«

»Natürlich.«

Sie verschwieg ihr Medizin- und Psychologiestudium, ihren überdurchschnittlich hohen IQ und ihre steile, viel zu rasante Karriere, die vor einigen Jahren in Hamburg fast in einer Katastrophe geendet hätte.

»Und arbeitest du jetzt auch an dem Mordfall mit?«

Markus konnte es einfach nicht lassen und sah entschuldigend zu Rauch, der nur die Augen verdrehte. Sophie fand er ganz offensichtlich wahnsinnig interessant und Rauch konnte diese Faszination verstehen, dennoch war ihm diese Fragerei irgendwie unangenehm. Sophie hingegen sah keinen Grund, die Frage nicht zu beantworten.

»Ich bin quasi in einer beratenden Position tätig, ja.«

»Ach, du bist also ein echter *Profiler*, ja?«

Sophie zog eine Grimasse und schüttelte nur den Kopf.

»Nein. Es läuft nicht so wie in den ganzen TV-Versionen. Es ist komplexer, aber vermutlich nicht so spannend wie im Fernsehen.«

»Aber du erstellst Täterprofile.«

»Ich sammele Informationen und setze sie dann zusammen. Ich höre meistens nur zu.«

Markus stützte das Kinn auf die Hand und beobachtete Sophie ganz genau.

»So, als könntest du Gedanken lesen?«

»Ich wünschte, das könnte ich. Dann wäre es viel leichter, die Täter zu finden.«

»Und ich wäre dann arbeitslos.«

Doch Rauchs Einwurf wurde komplett ignoriert. Seine Freunde hingen an Sophies Lippen, als hätten sie noch nie eine Frau gesehen.

Oder eine Fallanalytikerin.

»Aber du checkst, ob jemand lügt oder so?«

Markus, bekennender Fan verschiedener amerikanischer Krimi-Serien, kam Rauch ein bisschen wie ein Fanboy vor, und Sophie lächelte geduldig, während sie Frage um Frage beantwortete – ohne wirklich etwas preiszugeben.

»Das kann ich nicht pauschal beantworten. Es sind viele kleine Indizien, die Unsicherheiten oder Lügen verraten. Es ist die Summe der Beobachtungen, der Ermittlungen, die den Tathergang erklären. Aber das ist von Fall zu Fall unterschiedlich.«

»Zum Beispiel?«

Sie überlegte kurz, deutete auf David, der unter ihrem Blick sofort zu Stein wurde.

»David, du hast Georg am Abend seines Todes doch auch gesehen, oder?«

David nickte.

»Und ihr alle habt mit ihm an dem Abend Fußball gespielt?«

Alle drei Männer nickten.

»Wer von euch hat ihn als Letzter lebend gesehen?«

Sie tauschten unsichere Blicke aus, zuckten nacheinander die Schultern, also lehnte sich Sophie etwas weiter vor, setzte ihr strenges Gesicht auf und deutete auf Philipp.

»Wo warst du denn gegen Mitternacht?«

»Zuhause, ich habe mir am Marienplatz noch einen Hamburger geholt, weil ich großen Hunger hatte, aber danach bin ich heimgegangen.«

Allerdings klang Philipps Stimme stockend.

»Was für einen?«

Philipp sah zu Rauch, der nur grinste, als wäre das alles hier nichts weiter als eine Spielrunde ‚Cluedo'.

»Einen Chili Chicken Burger.«

»Und dann bist du nach Hause?«

Philipp warf einen hilfesuchenden Blick zu David, der allerdings damit beschäftigt war, das Etikett auf seiner Bierflasche auswendig zu lernen.

»Ja, klar.«

»Alleine?«

Philipp schluckte hart.

»Ja.«

Sophies Blick wanderte zu David.

»Und du?«

»Ich habe mich vor Mitternacht irgendwann von allen verabschiedet und bin dann nach Hause.«

»Ohne Umwege?«

»Ja. Meine Frau war noch wach, sie kann das bezeugen.«

»Und du?«

Sie deutete auf Markus, der breit grinste und das Spiel offensichtlich durchschaut hatte.

»Meine Frau hat mich abgeholt, weil ich zu viel getrunken hatte und nicht mehr fahren konnte.«

»Alle Anwesenden haben ein Alibi.«

Die Jungs bejahten wie ein Knabenchor.

»Hatte jemand von euch an dem Abend Sex?«

Die Frage überraschte alle Anwesenden, sogar Rauch, obwohl er kurz die Gesichter seiner Freunde studierte.

»Nein!«, war die einstimmige Antwort des nun etwas panischen Kinderchors und Sophie lehnte sich zurück und erlöste ihre Gegenüber mit einem charmanten Lächeln.

»Seht ihr, so ungefähr funktioniert es, ich stelle Fragen und höre zu.«

Sie log natürlich, weil die anderen diese Beschreibung ihrer Arbeit leichter glaubten als der viel komplexeren Wahrheit, dem scheinbar endlosen Sammeln von Beweisen, dem Vergleichen der Indizien und dem Versuch, eine Tat zu verstehen. Das heute, das war nur reine Show für das Publikum.

»Ich finde das irre spannend. Das bräuchten wir bei uns auch manchmal.«

Markus setzte sich wieder etwas aufrechter hin und konnte den Stolz in seiner Stimme nicht verheimlichen.

»Ich arbeite für die SSB. Manchmal kommen Leute, die behaupten, ihr Monatsabo nur daheim vergessen zu haben ...«

Er sah verschwörerisch zu Sophie, als könne nur sie ihn verstehen, als wären sie quasi Kollegen.

»... aber ich weiß, dass sie lügen. Ein Blick – *zack* – durchschaut!«

Sophie nickte beeindruckt, und das war offenbar genau die Reaktion, die Markus sich erhofft hatte, denn sein Gesicht wurde durch sein breites Lächeln fast gesprengt.

»Vielleicht könnt ihr Sophie ja auch mal eine kleine Pause gönnen ...«

Rauch war versucht, den Arm schützend um Sophie zu legen, verkniff es sich dann aber doch, weil sie das wohl kaum nötig hatte.

»Schon okay.«

Sie nahm einen letzten Schluck Bier, bevor sie nach ihrer Handtasche griff, um den Geldbeutel hervorzuziehen. Doch alle anwesenden Männer waren schneller und diskutierten kurz, wer denn jetzt ihr Getränk bezahlen – und sie somit einladen – durfte. Obwohl Rauch die ganze Situation ein bisschen peinlich war, erkannte er noch immer ein zufriedenes Lächeln auf Sophies Gesicht und ließ schließlich Philipp den Vortritt, der ganz Gentleman den Geldschein auf den Tisch legte.

»Sophie, es war wirklich eine Freude, dich kennengelernt zu haben. Vielleicht stößt du ja mal wieder zu unserer illustren Runde?«

»Wieso nicht?«

Jetzt war Rauch doch etwas überrascht, hatte er doch nicht damit gerechnet, dass Sophie nach einer solchen Fragestunde wirklich noch einmal Lust auf einen Feierabend im *Eckle* hatte.

»Oder komm' Mittwochabend zu unserem kleinen Fußballspiel.«

Das hatte Rauch gar nicht mehr auf dem Schirm.

»Mittwoch?«

»Red' dich nicht raus, Ben. Wir spielen gegen die Jungs von meiner Arbeit.«

Er erinnerte sich jetzt dunkel und erneut wurde ihm bewusst, dass er sich wirklich einen Terminkalender zulegen sollte, wenn er nicht jedes Mal aufs Neue überrascht werden wollte.

»Das klingt spaßig. Dann sehe ich endlich mal, ob Benedikt übertreibt, wenn er mit seinen Fußballkünsten angibt.«

Sie klopfte ihm kurz auf die Schulter und er spürte, wie der Druck schon jetzt stieg.

»Dann freue ich mich, wenn wir uns wiedersehen.«

David streckte ihr die Hand entgegen, die Sophie kurz schüttelte.

»Danke für diesen amüsanten Abend, die Herrschaften.«

Damit drehte sie sich zu Rauch, drückte ihm einen Kuss auf die Wange und stand dann auf.

»Bis bald.«

Doch gerade, als sie in Richtung Ausgang gehen wollte, fiel ihr noch etwas ein.

»Ach, hast du es ihnen schon gesagt?«

Rauch hob fragend eine Augenbraue nach oben und sie wandte sich wieder an seine Freunde.

»Wir brauchen von allen, die auf dem Klassentreffen waren, eine DNA-Probe. Kommt einfach auf dem Revier vorbei, geht ganz schnell.«

Die folgende Pause war perfekt gesetzt, ebenso wie das darauf folgende Lächeln.

»Ist natürlich freiwillig.«

Die drei Männer nickten steif.

»Spitze. Bis Mittwoch.«

Damit drehte sie sich endgültig um und marschierte selbstsicher zur Tür, bis wohin ihre alle Blicke folgten. Erst dann verstand Rauch, was da gerade passiert war. Und was Sophie mit ihrem Besuch hatte bezwecken wollen.

»Die ist definitiv eine Zehn.«

Es fehlte nur noch, dass Markus durch die Zähne pfiff, aber das konnte er sich zum Glück gerade noch verkneifen.

»Ist echt `ne taffe Frau, deine Kollegin.«

Rauch nickte, wurde das Gefühl aber nicht los, dass ihnen das wichtigste Detail entgangen war. Ein stolzes Lächeln legte sich auf sein Gesicht.

»Und so verdammt clever.«

Kapitel 33

Rauch stieg überpünktlich die Stufen zum Revier hinauf, gewillt, vor dem großen Ansturm des Tages Frederike Jansen mit ein paar Aufgaben zu beschäftigen, als eine tiefe Männerstimme seinen Namen rief. Er spürte, wie der Elan aus seinen Bewegungen wich und blieb stehen.

»Sie haben sich in den letzten Tagen in ein Phantom verwandelt, kann das sein?«

Er wartete, bis das Gesicht zur Stimme neben ihm auftauchte. Konstantin Krüger, gut zwei Köpfe größer als Rauch, in einem schicken schwarzen Poloshirt und feinen beigen Hosen mit Bügelfalte. Er war ein paar Jahre älter als Rauch, hatte grau meliertes Haar – auf das er unglaublich stolz war – und ein gewinnbringendes Lächeln im Gesicht.

»Ich habe eben sehr viel zu tun.«

»Habe schon gehört, dass Weindl Ihnen den Fall Georg Daniels gegeben hat.«

Rauch nickte, wartete auf die ersten kritischen Äußerungen seines Kollegen, der ihm laut Dienstgrad als Oberkriminalkommissar überlegen war.

»Ich hoffe sehr, Sie fahren das nicht an die Wand.«

»Wieso sollte ich?«

»Persönliche Verwicklungen.«

Gemeinsam setzten sie sich wieder in Bewegung und Rauch hatte es längst satt, dass Krüger gerne immer wieder an seiner Kompetenz zweifelte, seitdem er aus Hamburg nach Stuttgart zurückgekehrt war.

»Das habe ich im Griff, danke.«

Er schob die Tür auf und ließ Krüger zuerst durchtreten. Dieser blieb auf der Türschwelle stehen und musterte Rauch ausgiebig.

»Sie sind jung und haben viel Motivation, das gefällt mir.«

Ein Lob aus Krügers Mund? Rauch zog irritiert die Augenbrauen zusammen und wartete auf den Nachsatz, der sicherlich alles relativieren würde.

»Aber bilden Sie sich nur nicht ein, etwas Besonderes zu sein, nur weil Sie von hier sind …«

Richtig. Krüger hatte seit seiner Versetzung aus München noch immer so seine Probleme, sich die Sympathien auf dem Revier zu sichern. Nicht gerade Rauchs Problem – oder gar dessen Schuld, aber es schien seinem Kollegen nicht zu passen, dass manche Dinge für Rauch etwas schneller erledigt wurden als für ihn.

»Danke für den Hinweis, Krüger.«

Er schob sich an ihm vorbei, grüßte zwei uniformierte Beamte, die von Krüger ignoriert wurden, und wunderte sich schon längst nicht mehr über Krügers Arroganz, wenn es um dessen Mitarbeiter ging.

Als Rauch um die Ecke bog, stieß er fast mit Frau Jansen zusammen, die heute eine knallrote Bluse mit einer aufwendigen Schleife am Kragen und schwarze Jeans trug.

»Hoppla.«

»Ach, genau der Mann, den ich gesucht habe.«

Sie hakte sich ungefragt bei ihm unter und bugsierte ihn so in ihr Büro, wo sie erst die Tür schloss und ihn dann ernst ansah.

»Daniels hatte zwei Handys.«

Obwohl er bereits eine Quarktasche und einen Kaffee intus hatte, war er offensichtlich noch nicht wach genug, um Frederikes Gedankensprüngen zu folgen.

»Wie bitte?«

»Nun, wir haben sein Handy auseinander genommen, nichts Besonderes, Nachrichten mit seiner Frau, Einkaufslisten, Telefonate mit Eltern, seiner Sekretärin etc.«

Rauch nickte, hörte der jungen Frau mit dem ausgesprochen guten Modegeschmack aufmerksam zu.

»Aber das alles passt nicht recht zu den Nachrichten, die er bei Facebook mit Freunden ausgetauscht hat.«

»Weil …?«

»Dort ist häufiger die Rede von Telefonaten ...«

Sie griff über ihren Schreibtisch hinweg nach einigen bedruckten Blättern Papier und reichte sie Rauch.

»Ich glaube, unser Opfer hatte noch ein Handy. Aber ich bin keine Expertin in Sachen Doppelleben.«

Rauch überflog einige der Nachrichten. Immer wieder stand dort, sie würden später oder morgen via Handy in Ruhe sprechen. Terminabsprachen für Treffen oder Essenstermine würden per Telefonat gemacht werden. Auch mit Florian Wichtle führte Georg solche Gespräche. Manche der Unterhaltungen waren schon Wochen oder gar Monate her.

»Hm. Vielleicht hatte er früher ein anderes Handy und eine andere Nummer?«

Frederike nickte.

»Möglich. Allerdings waren keine dieser Kontakte ...«

Sie tippte auf die Blätter in Rauchs Händen.

»... in seinem aktuellen Handy gespeichert.«

»Ich glaube, ich muss mich noch mal mit seiner Frau unterhalten.«

Frederike ging zurück an ihren Schreibtisch und ließ sich zufrieden auf ihren Stuhl sinken. Er kannte diesen Gesichtsausdruck an ihr.

»Sonst noch etwas?«

»Vielleicht wollen Sie auch Frank Jacobs noch mal besuchen.«

Sie grinste vielsagend, und Rauch warf erneut einen Blick auf die Blätter.

»Seite acht.«

Dank Frederikes Einwurf sparte er sich die Suche und blätterte direkt an die betreffende Stelle. Dort war eine Unterhaltung von Jacobs und Daniels zu lesen, in der Jacobs ihn auf das besagte Weihnachtsvideo aufmerksam machte.

»Haben Sie das Video schon gefunden?«

»Noch nicht, aber ich bin dran. Wobei, Jacobs scheint das Video ja noch zu haben ...«

Wieder sah Rauch auf den Ausdruck.

Frank Jacobs

Ich frage mich, wie du Brecht das Wiederauftauchen des Videos erklären willst.

»Danke, Frederike. Sie sind wirklich ...«

Er suchte fieberhaft nach dem richtigen Adjektiv, welches seine junge Kollegin ausreichend würdigen würde und wie so oft nahm sie ihm auch diese Suche ab.

»Spitze? Großartig? Einmalig?«

»Alles davon, ja.«

»Danke.«

Die leicht geröteten Wangen ließen ihn wissen, dass ihr sein Lob mehr bedeutete, als sie zugeben würde. Mit den neuen Informationen in der Hand machte er sich auf den Weg in sein Büro.

Kapitel 34

»Rauch?«

Er hatte es gerade noch so geschafft, die Tür mit dem Fuß hinter sich zuzuschlagen, war fast über den Schreibtisch gehechtet und hatte sich den Telefonhörer geschnappt.

»So außer Atem?«

Er erkannte die Frauenstimme am andere Ende sofort.

»Nur für dich, Sarah.«

Sarah Fuchs von der KTU lachte kurz, und Rauch nutzte die Chance, um zu seinem Bürostuhl zu gehen.

»Was hast du für mich?«

»Nicht besonders viel. Zahlreiche Schuhabdrücke Schuhgröße 33 bis 45, da könnte von Schülern bis zum Täter alles dabei sein.«

»Mhm.«

Er hatte sowas befürchtet.

»Ähnlich sieht es mit den Fingerabdrücken aus. In der Turnhalle war es fast unmöglich, was Vernünftiges zu finden. Einige Bierflaschen, da checken wir die Fingerabdrücke noch, ein Kondom inklusive Verpackung im Mülleimer vom Bälleraum und eine Socke.«

»Das klingt ein bisschen nach Partykeller.«

Er dachte an seine Freunde, die vermutlich das ein oder andere Teil – ob Fingerabdrücke oder mehr – dazu beigetragen hatten.

»Benutztes Kondom?«

»Jap.«

»Von unserem Opfer?«

»Nein. Wir lassen alles durch die DNA-Analysedatei laufen, aber wir werden DNA-Proben von allen männlichen Gästen brauchen.«

»Wir machen uns gleich dran Futter für eure DAD zu finden. Sonst irgendwas?«

»Wir haben einige brauchbare Schuhabdrücke, die eigentlich nur zu den Partybesuchern gehören können. In der Turnhalle hat irgendjemand Bier verschüttet, und da sind wohl einige durchgelaufen. Unser Glück.«

»Wie praktisch.«

»Dachten wir uns auch. Das Opfer hatte das gleiche Bier am Schuh.«

»Also kam der Täter wohl auch aus der Turnhalle.«

»Oder die Täterin.«

»Wie kommst du darauf?«

»Wir haben Abdrücke von Herrenschuhen *und* von Damenschuhen gefunden.«

Rauch horchte auf.

»Damenschuhe?«

»Sieht ganz danach aus, Schuhgröße 39.«

»Könnte auch ein Teenager gewesen sein?«

»In Schuhen mit Absatz zum Sportunterricht? Wohl kaum.«

»Verstehe.«

»Sobald ich mehr weiß, kriegst du alle Infos.«

»Ich nehme alles, was du finden kannst.«

»So schlimm?«

»Irgendwas kriege ich einfach nicht zusammen.«

»Vielleicht finden wir ja das Puzzlestück, das dir fehlt.«

Er nickte, weil er so langsam, aber sicher einen kleinen Hint brauchte, um zu wissen, in welcher Richtung er weitersuchen sollte.

»Du kriegst das schon noch raus, Ben. So wie immer, wenn du dich festbeißt.«

Sarah Fuchs legte auf, bevor er einen passenden Abschied erwidern konnte. Er las die komplette Unterhaltung zwischen Jacobs und Daniels noch einmal in Ruhe durch.

Ein bisschen wunderte er sich, dass sie diese Art der Unterhaltung – via Facebook Chat – gewählt hatten. Allerdings fing es ganz harmlos mit einigen geteilten Fotos einer Feier an, auf der beide Männer offensichtlich anwesend gewesen waren. Dann herrschte einige Monate lang Funkstille, bis Jacobs sich mit einem Link wieder bei Daniels meldete. Er schrieb über das Video und ob ihm so ein Verhalten nicht peinlich sei.

Frank Jacobs

Schon das Video gesehen?
youtube.com/watch?89nQ&t

Georg Daniels

Ach du Scheiße!
Wer hat das denn
gefilmt? Ich war betrunken!

Frank Jacobs

Deine Interpretation von Last Christmas
war einfach zu gut, um es nicht zu
filmen.

Georg Daniels

Du hast das gefilmt?
Du warst doch auch
nicht mehr ganz nüchtern!

Frank Jacobs

Ich habe mich zumindest nicht
ausgezogen und mich so peinlich
verhalten. Wir sollten uns unterhalten,
wie wir das Video aus dem Netz kriegen.

Georg Daniels

So ein Mist. Wenn meine Frau das sieht, kriege ich wieder Ärger.

Frank Jacobs

Ich würde mir eher Sorgen um Brecht machen ... Lass uns beim Mittagessen darüber sprechen.

Frank Jacobs

Wir sollten wieder mal zusammen essen.

Georg Daniels

Was willst du diesmal?

Frank Jacobs

Nur reden.

Das hätte eine normale Unterhaltung sein können. Wäre da nicht Rauchs Bauchgefühl. Immer dieses verdammte Bauchgefühl.

Jacobs und Daniels, das waren keine Freunde. Das hatte Jacobs sogar zugegeben. Er würde sich noch mal mit ihm unterhalten und diesmal Hagen mitnehmen. Mit nur zwei Klicks wählte er ihre Nummer und klemmte das Handy zwischen

Ohr und Schulter ein. Noch so eine Sache, die immer schwieriger wurde, je kleiner und flacher diese Telefone wurden.

»Hier ist die Mailbox von Sophie Hagen. Leider bin ich im Moment beschäftigt und kann Ihren Anruf nicht annehmen. Hinterlassen Sie mir eine Nachricht und ich rufe Sie umgehend zurück.«

Der folgende Piepton hallte wie eine Alarmglocke in Rauchs Kopf wider. Sicherlich hatte es in den letzten Jahren immer mal wieder Situationen gegeben, in denen Sophie verhindert war, wieso also machte es ihn dann jetzt so nervös?

Er entschied sich, ihr keine Nachricht zu hinterlassen und steckte das Handy stattdessen ein, während er aufstand und sich aufmachte, Frau Paula Daniels einen weiteren Besuch abzustatten.

Kapitel 35

Sie sah aus, als hätte sie seit Rauchs letztem Besuch keine Sekunde geschlafen und einige Kilo abgenommen. Sie trug einen schwarzen Strickpullover und graue Jeans, die weit um ihre dünnen Beine hingen. Diesmal trug sie kein Make-up, ihre Haare waren nicht gerichtet – und dennoch leuchtete ihre natürliche Schönheit noch immer durch die Maske der Trauer. Sie führte Rauch ins Wohnzimmer, wo heute halb geschlossene Rollläden den wunderschönen Ausblick behinderten, als wollte Frau Daniels die Außenwelt aussperren.

»Haben Sie etwas herausgefunden?«

Sie ließ sich auf die Couch fallen, vermutlich auf eben jenen Platz, den sie die letzten Stunden nicht verlassen hatte. Eine Packung Taschentücher stand auf dem Tisch, daneben eine Tasse mit Tee oder Kaffee und ein gerahmtes Foto von ihr und ihrem Mann aus glücklichen Tagen.

»Wir sind noch dran. Es tut mir sehr leid, dass ich Sie noch mal mit einigen Fragen behelligen muss.«

Doch sie zuckte nur die Schultern, als wäre das alles jetzt ohnehin egal.

»Wir müssen aktuell davon ausgehen, dass Ihr Mann ein zweites Handy hatte. Wissen Sie vielleicht etwas darüber?«

Er konnte nur erahnen, dass Paula Daniels ihm noch immer zuhörte, denn ihr Blick war starr auf das Foto auf dem Tisch gerichtet. Er wartete einen Augenblick, bevor er sich leise räusperte und sie daran erinnerte, dass er noch immer anwesend war. Mit einer fahrigen Geste strich sie eine lose Haarsträhne aus dem Gesicht.

»Verzeihung, was haben Sie gesagt?«

»Wissen Sie vielleicht, ob Ihr Mann ein Geschäftshandy hatte?«

Er entschied sich, die Frage etwas unverfänglicher und harmloser zu formulieren. Die Frau, die vor wenigen Tagen noch freundlich lächelnd die Tür geöffnet hatte, sah ihn fast so leblos an, wie Georg das auf dem Boden der Turnhalle in der Schule getan hatte.

»Möglich. Ich weiß es nicht so genau. Georg hat die Arbeit nie mit heim genommen.«

»Wie meinen Sie das?«

»Es war ihm wichtig, hier sein Zuhause zu haben und es nicht mit dem Stress seines Berufes zu belasten.«

Das konnte Rauch nun wieder sehr gut nachvollziehen, ging es ihm doch ganz ähnlich.

»Vielleicht hatte er es im Büro, für seine Klienten. Das weiß ich nicht.«

»Wissen Sie, ob er Probleme mit seinem Kollegen hatte?«

»Jacobs?«

Rauch nickte.

»Soviel ich weiß, war Jacobs eifersüchtig auf Georg. Auf seinen Erfolg und sein gutes Verhältnis mit Dr. Brecht.«

Die Erinnerungen an ihren verstorbenen Mann zauberten, wenn auch nur für kurze Zeit, ein Lächeln auf ihr Gesicht.

»Viele haben Georg beneidet. So ist das, wenn man erfolgreich ist.«

Rauch nickte, war sich aber nicht so sicher, ob er diese Meinung wirklich teilte.

»Sagt Ihnen der Name Florian Wichtle irgendwas, Frau Daniels?«

Sie sah Rauch an, schien angestrengt nachzudenken, schüttelte aber schließlich den Kopf.

»Nein.«

»Er hat sich wohl mit Ihrem Mann zum Sport getroffen.«

Sie nickte wissend.

»Vermutlich im Fitness-Studio.«

»War Ihr Mann denn in einem Fitness-Studio angemeldet?«

»Ja, es war ihm wichtig, gut in Form zu sein. Zweimal, manchmal dreimal die Woche war er dort. Unter professioneller Anleitung machte er gerne Sport. Wenn er wusste, dass er es richtig machte.«

Sie lächelte kurz.

»Er war gerne der Beste, wissen Sie. Bei allem.«

Rauch nickte und verkniff sich erneut, die Frau auf der Couch von einer möglichen anderen Version des Geschehens in Kenntnis zu setzen.

»Wissen Sie, um welches Studio es sich handelte?«

Sie dachte kurz nach, wobei Rauch ahnte, dass sie unter anderen Umständen schneller an diese Erinnerung gekommen wäre als jetzt in diesem Gefühlszustand.

»Bei dieser Kette, die hier überall in der Stadt auftaucht. Mir fällt der Name nicht ein.«

Sie griff sich an den Kopf, als hätte sie eine heftige Migräne-Attacke, und Rauch entschied sich, dass es keinen Sinn machte, sie weiter zu drängen.

»Schon okay, das ist für den Moment nicht wichtig.«

»Ich kann Ihnen die Unterlagen raussuchen, wenn Sie wichtig sind.«

»Das wäre sehr nett. Alles, was Sie finden, könnte für uns von Interesse sein.«

Auch wenn er noch nicht mit Sicherheit sagen konnte, wie wichtig das alles war, schien es Frau Daniels doch zumindest eine Aufgabe zu geben.

»Manchmal musste er allerdings lange arbeiten, da schaffte er es nicht mehr zum Sport.«

»Und kam das häufig vor?«

»Ja. In seinem Beruf, wenn man so erfolgreich ist wie er, dann ist das eben so.«

Das klang fast so, als hätte sie das aus einem Handbuch für Ehefrauen von Anwälten auswendig gelernt. Oder von ihrem Mann vorgesagt bekommen. Vermutlich hatte Georg sich immer so erklärt und dargestellt. Als erfolgreicher, viel beschäftigter Anwalt, der von allen Seiten beneidet wurde.

Ja, das klang nach ihm.

»Verstehe.«

Sie nickte, überhörte den Zweifel in Rauchs Antwort.

»Wenn Sie ihn gekannt hätten ...«

Sie brach ab, wurde von Tränen übermannt, und Rauch wusste, dass es Zeit wurde zu gehen. Außer den endlosen Wiederholungen über Georg Daniels Großartigkeit würde er von dessen Frau nichts weiter zu hören bekommen.

Er stellte sich unweigerlich die Frage, wie gut sie ihren Mann tatsächlich gekannt hatte.

Kapitel 36

»Kommissar Rauch. So schnell hätte ich mit einem erneuten Besuch nicht gerechnet.«

Frank Jacobs, heute im Anzug und in seinem Büro in der Kanzlei, hatte nur ein schmallippiges Lächeln für Rauch übrig, als er ihn in sein Büro führte. Es war ihm offensichtlich unangenehm, dass sowohl die Sekretärin als auch Brecht Rauchs Besuch mitbekamen.

»Wie kann ich Ihnen heute helfen?«

Er ließ sich auf seinen Stuhl hinter dem massiven Schreibtisch fallen und überließ Rauch den unbequemen Besucherstuhl auf der anderen Seite. Rauch blieb stehen und blickte auf seinen Gesprächspartner herab.

»Ich würde mir gerne das besagte Weihnachtsfeiervideo ansehen.«

Jacobs reagierte so überrascht, dass man ihn auf der Stelle mit einer Oscarnominierung beehren hätte sollen.

»Nun, es ist aber aus dem Internet entfernt worden.«

»Richtig. Aber ich gehe davon aus, dass Sie es noch haben.«

Jacobs musterte Rauch, prüfte wohl, mit wieviel Lügen er davon kommen würde, bevor der Kommissar ihn zu einem Gespräch aufs Revier laden würde.

»Wie kommen Sie denn darauf?«

Rauch atmete schwer aus und sah sich in Jacobs Büro um, nahm sich ordentlich Zeit, bevor er auf die Frage antwortete.

»Sie haben es schließlich auch hochgeladen. Mein Bauchgefühl sagt mir, Sie werden die Originaldatei nicht vernichtet haben.«

Das war ein sehr gewagter Schuss ins Blaue. Er hatte keine Ahnung, ob seine Vermutung der Wahrheit entsprach, er hatte nur besagtes Bauchgefühl. Und jetzt hoffte er einfach, dass er sich damit nicht zum Vollidioten machte.

Jacobs sah schließlich weg, zupfte die Ärmel seines Hemds zurecht.

»Es sollte nur ein Scherz sein.«

»Sicher.«

»Gut, vielleicht sollte es auch eine Warnung sein.«

»Natürlich.«

Jacobs lehnte sich über den Schreibtisch, wobei Rauch auffiel, dass seine Hände leicht zitterten.

»Ich habe ihn nicht umgebracht!«

»Bisher hat das noch niemand behauptet. Ich stelle lediglich fest, dass Sie wohl noch die Originaldatei des Videos haben.«

»Habe ich.«

»Ich würde es gerne sehen.«

»Ich habe es natürlich nicht hier. Es ist auf einer Speicherkarte bei mir zuhause.«

»Die sie heute nach Feierabend bitte auf das Revier in der Theodor-Heuss-Straße bringen werden.«

Jacobs' Gesichtsfarbe nahm einen äußerst unnatürlichen Rotstich an und seine rechte Hand umklammerte die Kante des Schreibtisches so fest, dass sich die Knöchel weiß färbten.

»Falls das allerdings zu viele Umstände macht, kann ich natürlich auch einen Streifenwagen mit einigen uniformierten Kollegen zu Ihnen nach Hause schicken und ...«

Jacobs schüttelte den Kopf. In dieser Nachbarschaft am Killesberg würde ein Streifenwagen vor der Haustür sicher für Gesprächsstoff sorgen. Und Gerüchte verbreiteten sich für gewöhnlich unabhängig vom Mietpreis in allen Vierteln gleich schnell.

»Ich bringe es Ihnen heute Abend noch vorbei.«

Rauch schenkte ihm ein strahlendes Lächeln.

»Danke, Herr Jacobs.«

Dieser nuschelte nur irgendetwas und erlöste den armen Schreibtisch endlich aus seinem Klammergriff.

»Und sagen Sie, wissen Sie zufällig, ob Daniels über ein Geschäftshandy verfügte?«

»Er hatte ein soviel ich weiß Ersatzhandy, ja.«

»Für Klienten und Geschäftliches?«

»Das weiß ich nicht.«

»Dabei haben auch Sie mit ihm über das Zweithandy kommuniziert.«

Das war keine Frage, nur eine kühle Feststellung, was Jacobs keinesfalls entging – oder gar gefiel.

»Ja. Er hat mir diese Nummer gegeben, angeblich hatte er öfter Probleme mit dem anderen Handy. Aber ich glaube, er wollte keine Probleme mit seiner Frau.«

Rauch nickte, wurde aber das Gefühl nicht los, dass es noch einen anderen Grund für den Einsatz des Handys gab.

»Würden Sie mir die Nummer geben?«

Jacobs starrte ihn eine ganze Weile an, aber Rauch hatte keineswegs vor, sich von Jacobs, wie er hinter dem mächtigen Schreibtisch saß, einschüchtern zu lassen.

»Und wenn es keine Umstände macht, würden Sie mir auch Daniels' Büro zeigen?«

Kapitel 37

Da Rauch keinen Durchsuchungsbefehl hatte und Jacobs wartend in der Tür stand, sah er sich erst einmal einfach nur um. Das Büro war ordentlich, alles stand an seinem Platz, der Schreibtisch hätte ebenso gut auch noch nie benutzt worden sein können. Alles wirkte wie eine Filmkulisse für eine Anwaltsserie, in der die Hauptfigur immer viel beschäftigt am Schreibtisch saß, ohne jemals wirklich irgendwas zu tun.

Er ging einige Schritte weiter ins Innere des Raums, spürte Jacobs' Blick in seinem Rücken, ließ sich davon aber nicht aufhalten.

»Wenn Sie mir sagen, was Sie suchen, finde ich es für Sie.«

»Ich suche nichts, ich schaue mich nur um.«

Und tatsächlich hatte Rauch, außer vielleicht dem Auffinden des zweiten Handys, keine rechte Ahnung, was er sich vom Blick ins Büro wirklich erhoffte. Manche neigten dazu, Dinge auf dem Schreibtisch abzulegen und sie dort zu vergessen, Dinge, die von Interesse für jemanden wie Rauch sein könnten. Georg Daniels zählte nicht zu diesen achtlosen Menschen.

»Hat er den Schreibtisch vor Kurzem aufgeräumt?«

»Nein, Ordnung war schon immer seine Art.«

Das war allerdings auch schon mal anders gewesen.

Rauch ging um den Schreibtisch herum, öffnete die erste Schublade und wartete, ob Jacobs ihn aufhielt. Doch dieser lehnte noch immer etwas gelangweilt im Türrahmen.

Doch auch der Inhalt der Schublade war wenig erhellend. Einige Stifte, die endlich mal für ein bisschen Unordnung sorgten, unbeschriftete Umschläge, Visitenkarten und leere Klarsichthüllen. Für Rauch sah das nicht so aus, als hätte hier jemals jemand gearbeitet. Nicht, wenn er an seine Schublade im Revier dachte. In deren Untiefen befand sich irgendwo noch immer eine Dose Heringsfilet in Paprikasoße, die das

Mindesthaltbarkeitsdatum entweder schon lange überschritten hatte und vielleicht sogar Rauch und einen nuklearen Winter überleben würde.

Rauch beugte sich etwas vor, hielt den Kopf etwas schief, um den Werbetext auf einem der Kugelschreiber lesen zu können.

Fit with Friends – Fitness-Studio.

Rauch nickte und griff nach seinem Notizbüchlein, was Jacobs Aufmerksamkeit weckte.

»Was gefunden?«

Rauch machte sich eine flüchtige Notiz und schubste die Schublade wieder zu.

»Wann sagten Sie, können Sie die Videodatei im Revier abgeben?«

Jacobs kniff kurz die Augen zusammen, die Beantwortung der simplen Frage kostete ihn offensichtlich einige Anstrengung.

»Nicht vor sieben Uhr.«

»Wunderbar.«

Damit kam Rauch um den Schreibtisch herum, auch wenn er Lust hatte, sich noch ein bisschen weiter in Daniels' Büro umzusehen, so wollte er das doch nicht tun, solange Jacobs ihn dabei beobachtete.

»Und wenn Sie schon mal auf dem Revier sind, würde es Ihnen etwas ausmachen, eine DNA-Probe dazulassen?«

Auch wenn Jacobs nicht auf dem Klassentreffen war, wollte Rauch doch zumindest seine Reaktion sehen, aber er verzog keine Miene.

»Wozu?«

»Wir wollen uns nur in alle Richtungen absichern. Natürlich ist es freiwillig.«

Jacobs zeigte den Ansatz eines kühlen Lächelns.

»Ich verzichte dankend.«

»Natürlich.«

An der Tür reichte Rauch ihm schließlich die Hand, die sein Gegenüber für ein eisiges Händeschütteln annahm und ihn dann zum Ausgang führte. Das souveräne Lächeln und die plötzliche Freundlichkeit in seiner Stimme galten nicht wirklich Rauch, sondern waren Teil der Show, die er für die Empfangsdamen der Kanzlei aufführte.

»Falls wir Ihnen sonst irgendwie behilflich sein können, lassen Sie es uns wissen.«

Rauch spielte mit.

»Danke. Ich melde mich.«

Er verließ die Kanzlei und trat zurück in den Hausflur, wo es kaum kühler war als in Jacobs' Anwesenheit. Kaum war er auf dem Flur, griff er nach dem Handy und wählte Frederike Jansens Nummer noch bevor er in den Fahrstuhl stieg.

Es klingelte anderthalbmal.

»Jansen?«

»Ich brauche Ihre Hilfe.«

Er konnte sie am anderen Ende der Leitung lächeln hören.

»Ich hoffe, Sie haben diesmal eine *echte* Aufgabe für mich, Kommissar.«

Er war versucht sie nach Hagens Verschwinden zu befragen, aber da wäre wohl die Freundinnen-Loyalität stärker als ihre Jagd nach einer Herausforderung.

»Georg Daniels war wohl Mitglied bei *Fit with Friends*. Ich wüsste gerne, in welcher Filiale er das Abo abgeschlossen hat.«

»Kriegen Sie.«

»Danke.«

»Sonst noch was?«

Jetzt vielleicht doch mal nach Hagen fragen ...?

»Das wäre dann alles.«

Kapitel 38

Rauch beschloss, dass es Zeit für einen Happen zum Mittag war. Stuttgarts Stadtzentrum lieferte ihm und zahlreichen anderen Arbeitstätigen genug Auswahl für eine kleine Stärkung. Aber wie immer, wenn Sophie nicht dabei war, um ihn auf eine gesunde Ernährung hinzuweisen, entschied er sich für einen Besuch bei Udo Snack, dem besten Burgerladen der Stadt. Auch wenn es um diese Uhrzeit ziemlich voll sein dürfte. Gut, das war bei nur 15 Quadratmeter Imbissfläche auch kein Wunder. Touristen, so glaubte Rauch, liefen einfach an dem kleinen Laden, der versteckt zwischen den Geschäften des gehobenen Einzelhandels lag, einfach vorbei, weil er zu unscheinbar war – wenn man von der gewöhnlichen Menschenschlange vor dem Eingang mal absah. Seit über 40 Jahren versorgte Udo Snack die Gäste mit allem, was das Fast-Food-Herz begehrt. Und jetzt war ihm nach einem Cheeseburger und einer Cola. Schon als Schüler war er immer wieder hierhergekommen. Er mochte lieber nicht darüber nachdenken, wie lange das genau her war, auch wenn er natürlich an dem ein oder anderen grauen Haar merkte, dass er nicht mehr der Jüngste war. Auch wenn Anna ihm noch immer bescheinigte, ein ganz ‚cooler Papa' zu sein. Rauch grinste in sich hinein, als er die Calwer Straße entlang in Richtung Lieblingsburger ging. Vielleicht hatte es ja doch einen Vorteil, dass Sophie jetzt nicht dabei war. Obwohl auch sie dem Vega Burger verfallen war. Udo Snack kriegt sie eben alle. Wie prognostiziert musste er sich geduldig dort angekommen in die Schlange einreihen und warten. Die Zeit vertrieb er sich mit einem weiteren Versuch, Hagen zu erreichen. Doch selbst jetzt bekam er wieder nur ihre Mailbox zu hören. Diesmal nutzte er sie.

»Sophie, wo steckst du? Ich war noch mal bei Daniels' Frau und bei Jacobs. Außerdem habe ich eine Ahnung, dass unser

Opfer einiges verheimlicht hat. Melde dich bitte, sobald du das hier abhörst.«

Er klang genervter als er tatsächlich war. Und vermutlich alles nur, weil Weindl ihn mit der Info zum Zeugnis versorgt und ihm damit einen überaus aufdringlichen Zweifelfloh ins Ohr gesetzt hatte. So lange er denken konnte, hatte es für ihn immer nur Stuttgart gegeben. Für Sophie aber eben nicht.

Sein Telefon klingelte und er nahm den Anruf so schnell an, wie sein Gehirn reagieren konnte. Alles in der Hoffnung, Hagen würde sich endlich melden.

»Rauch?«

»Eigentlich sollte ja der Mann die Frau anrufen. Aber ich mache eine Ausnahme, weil ich das Warten satt habe.«

Er schloss die Augen.

»Bettina.«

»Schön, du erinnerst dich noch an mich.«

»Entschuldige bitte ...«

»Wofür?«

Er suchte nach den richtigen Worten, die sie zumindest für den Moment besänftigen, ihr aber nicht das Gefühl vermitteln würden, er wäre an einer festen Beziehung interessiert. Zumindest nicht aktuell.

»Nun, wofür auch immer ich mich entschuldigen sollte ...«

Er biss sich auf die Unterlippe und hoffte, mit dieser Version nah genug am Ziel gelandet zu sein. Sie half ihm schließlich etwas auf die Sprünge.

»Dafür, dass du dich aus dem Bett schleichst und dich selbst nachdem ich für dich gekocht habe nicht meldest.«

»Ich habe mich bedankt.«

»Via WhatsApp!«

»Ja und?«

»Du bist keine siebzehn mehr!«

Auch wenn es sich gerade noch mal so anfühlte.

»Damals gab es gar kein WhatsApp.«

»Sei kein Klugscheißer, Ben. Du schickst deine Kollegin, um mich auszufragen, statt selber aufzutauchen?«

Verdammt. Das hatte er bisher recht erfolgreich verdrängt.

»Und eines kann ich dir sagen, diese Hagen hat Haare auf den Zähnen!«

Er verkniff sich jeden weiteren Kommentar, weil er Bettina kannte und wusste, dass dieses Gespräch ein Minenfeld war, bei dem er mehrere Gliedmaßen verlieren konnte, wenn er etwas Falsches sagte.

»Ich habe Georg nicht umgebracht.«

»Ich weiß.«

»Wieso kam ich mir dann wie eine Verdächtige im Kreuzverhör vor?«

»Es tut mir leid, wir checken wirklich nur alle Details und Möglichkeiten.«

Sie schwieg einen Moment lang und Rauch sah, dass ihm der junge Mann vor ihm in der Schlange einen mitleidigen Blick zuwarf. Vermutlich kannte er solche Gespräche – minus die Leiche, um die es in diesem Fall auch noch ging.

»Ich kann leider im Moment nicht so ausführlich reden, Bettina.«

»So leicht kommst du also davon, ja?«

Ihre Stimme hatte diesen schrillen Unterton angenommen, der nur eines bedeuten konnte: wütende Vorwürfe. Er musste intervenieren.

»Nein. Was hältst du davon, wenn wir morgen zusammen essen?«

Das war vielleicht keine besonders gute Idee, aber es war das Erste, was ihm einfiel. Und es klang nach etwas, womit er Bettina besänftigen konnte.

»Okay. Ich komme zu dir. Wir könnten was kochen, du hast die schönere Küche.«

Alle weiblichen Besucher lobten, neben seinem Ausblick vom großzügigen Balkon, immer zuerst die Küche.

»Perfekt. Ich freu mich.«

Nicht unbedingt die Wahrheit, aber er war erleichtert, dass ihre Stimme wieder versöhnlicher klang.

»Noch mal Glück gehabt, Ben.«

Dabei war er sich darüber gerade gar nicht so sicher – verkniff sich aber auch diesen Kommentar.

Kapitel 39

Auf einer Bank auf dem Schlossplatz aß er seinen Burger und genoss die Mittagspause in der Sonne, mit Blick auf das neue Schloss. Die Vorstellung, dass es vor Jahrhunderten tatsächlich mal als Wohnschloss gedient hatte, war für den bescheidenen Schwaben Rauch noch immer unbegreiflich. Herzog oder König, vollkommen egal, niemals würde er seine Wohnung für sowas eintauschen. Aber eine herrliche Ansicht boten das Schloss und die Jubiläumssäule allemal. Er ließ den Blick den knapp dreißig Meter hohen Granitschaft nach oben wandern, wo die Statue der römischen Göttin Concordia auf dem Säulensockel einen sicherlich wunderschönen Blick auf ganz Stuttgart hatte. Manchmal beneidete er sie darum. Seufzend legte er das Jackett ab, lockerte die Krawatte und nutzte die Pause als kleinen Kurzurlaub. Er wünschte nur, er könnte auch seinen Gedanken eine kleine Pause verschreiben. Doch wie immer, wenn er so tief in einen Mordfall abgetaucht war, fand sein Gehirn nicht so leicht Ruhe.

Das war auch einer der Gründe für die Trennung von Laura. Die ständigen Gespräche beim Abendessen über Leichen, Fundorte, Waffen und Einschusslöcher. Zuerst, so hatte er jedenfalls angenommen, war das kein Problem, weil ja auch sie als Journalistin über ihren Tag sprach. Und manchmal sah Laura Dinge, die auch nicht gerade das perfekte Thema zum Gaisburger Marsch auf dem Essenstisch waren. Anfangs hatte es dennoch funktioniert. Die große Liebe, da war er sich sicher, würde das alles aushalten. Bis der Ton zwischen ihnen kühler und schließlich eiskalt wurde. Anna, damals noch ein kleines Kind, litt unter den zunehmenden Streitereien ihrer Eltern.

Trotzdem, das musste er zugeben, war die Trennung dann zu schnell gekommen. Bevor sie eine Paartherapie auch nur in Betracht hätten ziehen können, bevor die wirklich bösen Worte gefallen waren und bevor er wirklich verstanden hatte, was wann wo schiefgelaufen war. Laura zog zu ihren Eltern, nahm Anna natürlich mit und verwandelte das liebevoll zusammen gestaltete Nest binnen drei Tagen wieder in eine Junggesellenbude mit zu viel Platz und noch mehr Leere.

Aus der Sehnsucht nach seiner Familie und der Trauer über das Scheitern ihrer Beziehung wurde dann schnell Wut. Und aus Wut erwuchsen Vorwürfe. Immerhin hatte er damals das Jurastudium nur ihretwegen nicht beendet! Weil sie schwanger wurde und sie Geld brauchten. Zwar hatte er das erste Staatsexamen in der Tasche, aber als Jurist hatte er nicht einen Tag praktiziert. Seinen Traum hatte er für seine kleine Familie aufgegeben. Laura selbst beendete das Journalismus-Studium mit Bravour. Noch so eine Sache, mit der Rauch eher schlecht klarkam. Er war kein Polizist aus Überzeugung geworden, wollte nie am Tatort stehen oder gar Leichen aus Flüssen ziehen. Er wollte Anwalt werden und als dieser Traum geplatzt war, kam der Umweg zur Polizei ganz ungeplant.

Jetzt, da er hier in der Sonne saß und den Sommer schon irgendwo am Horizont spüren konnte, fand er seinen Lebenslauf gar nicht mehr so verkehrt wie damals. Die meisten seiner Kollegen hielten ihn für einen ziemlich guten Kommissar und er konnte nur hoffen, dass sie damit Recht hatten.

Schade nur, dass er während er an seiner ungewollten Karriere gebastelt hatte, verpasst hatte, auch ein guter Vater zu sein.

Das Klingeln seines Handys unterbrach seine Gedanken und er war darüber sehr dankbar.

»Rauch.«

»Ich bin es, Häberlin.«

Sofort nahm Rauch eine aufrechtere Sitzposition ein.

»Hast du was gefunden?«

»Keine direkten Hinweise auf sexuelle Aktivitäten. Keine Spuren am Körper. Wie ich schon in meinem ersten Bericht geschrieben hatte.«

»Alles klar.«

»Wieso kamst du darauf?«

Rauch musste an das Kondom am Tatort denken.

»Ach, ich weiß auch nicht. Ich wollte nur sichergehen.«

»Nun, jetzt kannst du sicher sein.«

»Danke. Bis dann.«

Sie verabschiedeten sich und mit dieser neuen Erkenntnis knüllte er die Aluverpackung seines Burgers zusammen und warf sie mit mehr Wucht als nötig in den Mülleimer neben sich.

»Kein schlechter Wurf.«

Ertappt fuhr er herum und erkannte Sophie Hagen mit Sonnenbrille und frechem Grinsen hinter ihm.

»Wusste ich doch, dass ich dich hier finde.«

»Ich bin wohl nicht besonders spannend.«

Sie zuckte nur die Schultern und kam um die Bank herum zu ihm, wo sie sich neben ihn setzte.

»An deinen guten Tagen bist du sogar sehr spannend.«

Sie lächelte so gelöst, wie Rauch sich seit Wochen nicht mehr gefühlt hatte.

»Hattest du gerade eine Massage?«

Sie lachte nur und schüttelte den Kopf.

»Ich wünschte es. Aber nein.«

Sie wollte also nicht darüber sprechen, wo sie sich den ganzen Morgen und Vormittag herumgetrieben hatte. Und wenn er sie so betrachtete, wie sie in einer hellblauen Bluse, den Jeans und mit ihrer braunen Ledertasche neben ihm saß, das Gesicht lächelnd in die Sonne hielt, wollte er es vielleicht auch gar nicht wissen. Zumindest nicht, wenn Kai Berthold in der Geschichte eine Rolle spielte.

»Was habe ich inzwischen verpasst?«

»Daniels hat seine Frau belogen. Und zwar nicht zu knapp.«

»Doppelleben?«

»Möglich.«

Er wollte so gerne wissen, wem dieses strahlende Lächeln zu verdanken war, aber er brachte die Frage einfach nicht über die Lippen.

»Was hast du jetzt vor?«

Er wollte gerade antworten, als das Piepen einer WhatsApp-Nachricht ihn unterbrach und er nach seinem Handy griff.

Fit with Friends. Feuerbach, Sieglestraße.

F.J.

Kapitel 40

»Den habe ich noch nie hier gesehen.«

Der junge Mann, der hinter dem Tresen am Empfang des Fitness-Studios stand, sah sich das Foto auf Rauchs Handy genau an.

»Arbeiten Sie denn oft hier?«

»Ja, also, ich kenne die Stammkunden alle.«

Das sagte er nicht ohne Stolz und so hackte Hagen, die Rauch begleitete, direkt nach.

»Wenn jemand hier trainiert, wie läuft das?«

»Sie kommen her, zeigen Ihren Mitgliedsausweis, ich checke das im PC ein, Sie kriegen einen Spindschlüssel und können loslegen.«

Er deutete auf einen Schrank voller Hängeregister hinter sich, der neben dem Schreibtisch mit dem Computer stand.

»Sie haben also eine Übersicht, wie oft jemand in einem Monat hier trainiert hat?«

»Klar.«

»Kann man denn in all Ihren Filialen trainieren?«

»Natürlich. Sie zeigen einfach nur Ihren Mitgliedsausweis. Egal ob in München, Berlin oder sonst wo. Überall, wo es uns gibt, können Sie trainieren.«

Das Funkeln in seinen Augen ließ Rauch erahnen, dass er hoffte, einer der beiden würden sich nach dem Gespräch hier anmelden. Und tatsächlich fand Rauch das Fitnessequipment ziemlich überzeugend, aber es fehlte ihm die Zeit. Er war ja schon froh, wenn er es zum Fußballtraining mit den Jungs schaffte.

»Wenn Sie wollen, kann ich Ihnen beiden den Partner-Tarif anbieten.«

»Wie bitte?«

»Sie melden sich an, schließen ein Abo für ein Jahr ab und Ihre Freundin kann für sechs Monate kostenlos mittrainieren.«

»Ich bin nicht seine Freundin.«

Sophie behielt ihr professionelles distanziertes Lächeln und dem jungen Mann war diese Verwechslung offensichtlich peinlich.

»Sorry.«

Er sah sich kurz um und beugte sich dann über den Tresen zu ihnen rüber.

»Das muss ja niemand wissen. Sie füllen einfach den Bogen aus und ich ...«

»Herr Lupatsch.«

Rauch hatte einen Blick auf das Namensschild an dem dunkelblauen Polo-Shirt des Mannes geworfen und erinnerte ihn daran, dass sie eigentlich mit einer ganz anderen Frage hier aufgetaucht waren.

»Könnten Sie für uns nachsehen, wie oft ein gewisser Georg Daniels bei Ihnen trainiert hat.«

»Aber die DSGVO ...«

Rauch, der den Dienstausweis bereits bei der Vorstellung gezeigt hatte, legte ihn jetzt noch mal gut sichtbar auf den Tresen vor sich.

»Wir ermitteln in einem Mordfall, ich bin mir sicher, Sie werden eine Ausnahme machen.«

Lupatsch sah auf den Ausweis, dann zu Hagen, die ihm aufmunternd zunickte und gab schließlich nach.

»Nur einen Moment.«

»Danke.«

Er machte sich am PC zu schaffen und Hagen trat etwas näher an Rauch heran, ihre Stimme ein Flüstern.

»Wäre es gegen die Berufsehre, wenn wir sein Angebot annehmen?«

»Was?«

Sie sah so unschuldig aus, dass Rauch sich zu hundert Prozent sicher war, dass sie einen Scherz machte.

»Na ja, ein bisschen Bewegung würde mir nicht schaden. Und dir übrigens auch nicht.«

»Ich mache Sport!«

Sie ließ ihren Blick über seine Arme wandern und er spannte sie unnötigerweise an, was sie dank des Jacketts und ohne Röntgenblick natürlich nicht sehen konnte.

»Es würde uns beiden dennoch nicht schaden, Ben. Außerdem machst du dir doch immer Sorgen, dass ich nach Feierabend vereinsame.«

»Ist das dein Ernst?«

Sie zog nur eine Augenbraue hoch und Rauch wollte gerade etwas erwidern, als Lupatsch mit einem bedruckten Blatt Papier zu ihnen kam.

»Also, Herr Daniels war genau zwei Mal bei uns. Einmal zur Anmeldung und einmal beim Einführungstraining. Allerdings hat er zwei Mal sein Abo verlängert.«

»Verlängert es sich denn nicht automatisch?«

»Nein. Das muss man per Mail beantragen. Wir haben mit den automatischen Abo-Verlängerungen nur Ärger gehabt.«

»Wieviele Jahre war er hier schon Mitglied?«

Lupatsch warf kurz einen Blick auf das Papier.

»Drei Jahre.«

Kapitel 41

»Er hatte also ein Zweithandy.«

»Wohl eher ein Zweitleben.«

Hagen manövrierte ihren Wagen so gut wie möglich durch den stockenden Stuttgarter Verkehr, an unzähligen Baustellen vorbei, in Richtung Innenstadt. Ein Unterfangen, das um diese Uhrzeit eine Menge Geduld verlangte.

»Wie auch immer, er nannte es wohl *Ersatzhandy* ...«

Hagen nickte wissend, war sich aber sicher, dass es genau das nicht war. Daniels schien es nicht nur in Notfällen oder bei technischen Problemen an seinem üblichen Handy zu benutzen. Es schien viel mehr als das zu sein.

»Und er hat sich die Mühe gemacht, sich für seine Abwesenheit von zuhause drei Jahre lang ein Alibi zu verschaffen.«

»Seine Frau hat von all dem nichts mitgekriegt?«

Der Zweifel in Sophies Stimme klang deutlicher als das Hupen des Audis neben ihnen.

»Da bin ich mir eben nicht sicher.«

»Wenn die Sache wirklich drei Jahre lang ging, wie kann sie das nicht mitgekriegt haben? Wenn man seine Vorgeschichte bedenkt ...«

»Davon wusste sie vermutlich nichts, nehme ich an.«

Rauch sah aus dem Fenster auf den Stau, der dafür sorgte, dass sie sich nur schleichend bis gar nicht vorwärts bewegten.

»Du denkst also, Sie wusste davon?«

»Wissen das die Betrogenen nicht immer irgendwie?«

Er wagte einen kurzen Seitenblick zu seiner Kollegin, die ihn aber nicht ansah, sondern nach vorne starrte. Rauch wollte nicht unsensibel sein, denn es war ein Thema, womit man sich auf sehr dünnes Eis begab.

»Ich denke, sie wusste es. Sie hat es nur nicht wahrhaben wollen.«

Auch wenn er sich Mühe gab, seiner Stimme einen belanglosen Ton zu verpassen, konnte er sehen, wie angespannt Sophie auf dem Fahrersitz saß. Sie selbst befand sich in einer Affäre, auch wenn sie nicht gerade die Betrogene war.

»Willst du noch mal mit ihr reden?«

Sie behielt ihren professionellen Ton und Gesichtsausdruck bei, was wohl auch als Schutzmantel für ihre wahren Gefühle dienen sollte.

»Ja, aber nicht heute. Ich habe sie bereits heute Morgen besucht und sie machte auf mich keinen besonders stabilen Eindruck, wenn ich ihr jetzt diese Frage nach einer potenziellen Affäre stelle ...«

»Soll ich beim nächsten Mal mitkommen?«

»Ich bitte darum.«

Sie nickte nur.

»Ich hätte dich ja heute schon gerne dabei gehabt ...«

Die folgende Pause gab ihr die Chance sich zu erklären, wenn sie wollte. Aber Sophie Hagen, die es vermochte, so viele Menschen mit nur einem Blick zu durchschauen, ließ sich nicht in die eigenen Karten schauen. Nicht mal von Rauch. Vor allem nicht von ihm.

»Willst du gleich morgen früh zu ihr?«

Sie warf den Gesprächsball einfach nur wieder in Rauchs Spielhälfte und konzentrierte sich weiter auf den Stau vor sich. Rauch drehte sich auf seinem Sitz ganz zu ihr.

»Wenn es sich für dich zeitlich einrichten lässt?«

»Morgen früh habe ich Zeit für dich.«

»Wie nett.«

»So bin ich eben.«

Zumindest ein Augenzwinkern hatte sie für ihn übrig.

»Und was sagt dieser Jacobs?«

Einfach so wechselte sie das Thema, legte mehr Professionalität an den Tag als er selbst und brachte ihn so zurück zur eigentlichen Sache.

»Er hat das Video von Georg hochgeladen. Ich nehme an, nicht als pure Unterhaltung.«

»Meinst du, er hat ihn erpresst?«

»Dafür müsste ich erst wissen, was auf dem Video zu sehen ist, und ob es sich für eine Erpressung eignet. Frederike checkt gerade seine Mails, vielleicht finden wir da ja weitere Hinweise.«

»Sie checkt Jacobs' Mails?«

»Georgs'. Aber ich werde das Gefühl nicht los, dass wir da auch was zu Jacobs finden.«

»Glaubst du, er hat was mit dem Mord zu tun?«

Rauch schloss einen Moment lang die Augen, rief sich Jacobs noch einmal bewusst ins Gedächtnis, sein Lächeln, seine Augen, die zitternden Hände und die unterschwellige Aggression.

»Er wusste, wo Daniels sich an dem Abend aufhalten würde und er war offensichtlich nicht sein größer Fan.«

Doch Rauch schüttelte den Kopf.

»Hätte ihn nicht jemand bemerken müssen? Ein Fremder auf einem Klassentreffen, sowas fällt doch auf.«

»Man hätte ihn für den Partner einer Schulkameradin halten können.«

Sophie hatte Recht, aber Jacobs passte trotzdem nicht so recht in das Bild des Mordes. Er schien eher jemand zu sein, der die Drecksarbeit jemand anderen machen ließ. Was nicht bedeutete, dass er nichts damit zu tun haben konnte.

»Jacobs behalte ich im Auge. Auch wenn ich seine Rolle in dem Ganzen noch nicht ganz verstanden habe.«

»Wessen Rolle hast du denn schon verstanden?«

Er öffnete wieder die Augen und warf einen Blick auf die digitale Uhr an Sophies Armaturenbrett, die ihm die genaue Zeit verriet.

»Was hältst du von einer kleinen Joggingrunde an der frischen Luft?«

Kapitel 42

Die Fahrt hierher dauerte länger als Rauch angenommen hatte, umso erfreuter war er jetzt, endlich aussteigen und sich strecken zu können. Hagen beobachtete ihn über das Autodach hinweg amüsiert bei seinen Übungen.

»Du stellst dich vielleicht an. Das waren gerade mal vierzig Minuten.«

»Plus die Stunde im Stau in Stuttgart! Wie kannst du nur so gerne Auto fahren?«

Hagen zuckte die Schultern und lehnte sich gegen ihren Wagen.

»Ich bin gerne unabhängig.«

»Das bist du zu Fuß auch.«

»Wieso bist du dann nicht gelaufen?«

Rauch drehte sich zu ihr.

»Weil ich dann vor dir hier gewesen wäre.«

»Du bist manchmal so ein Spinner. Wieso sträubst du dich so sehr gegen ein Auto?«

»Feinstaub.«

»Ausreden.«

Rauch setzte sich in Bewegung, in dem Wissen, dass Hagen ihm folgen würde – was sie auch tat. Zusammen machten sie sich auf den Weg zu den Übungsgeräten, die sie bereits aus der Ferne entdeckt hatten und an denen sich glücklicherweise gerade noch niemand versuchte. Rauch nutzte die Gelegenheit und sah sich die Stationen etwas genauer an. Man hatte die freie Auswahl zwischen verschiedenen Klimmzugstangen, Geräten, die an ein Reck erinnerten, und Metallstangen, an denen die Sportler wohl nach oben klettern mussten. Bei der Vorstellung fühlte sich Rauch in seine Jugend zurückversetzt, wobei er im Geräteturnen nicht die beste aller Figuren gemacht hatte. Alle Stationen standen in einem guten Abstand zueinander, was flotte Workouts ermöglichte. Hagen, die sich ebenfalls umsah, schien von der Ausstattung dieses Trimm-dich-Pfades nicht besonders begeistert.

»Hier oben hat man zumindest seine Ruhe, nicht wahr?«

Er nickte zustimmend.

»Man joggt eine Runde, dann ein bisschen Geräteturnen und weiter geht es. Wenn man seine Route gut plant, wird man hier sicher fit.«

Hagen trat neben ihn und warf einen Blick auf die Uhr.

»Und man hat seine Ruhe. Anders als in einem Fitness-Studio, in dem man auf die Geräte warten muss.«

»Und gesehen wird.«

Sie nickten, denn noch immer war keine Menschenseele weit und breit zu sehen.

»Wieso schließe ich drei Jahre lang eine Mitgliedschaft ab, wenn ich kein Interesse habe, sie zu nutzen?«

Rauch ging zu einer der Klimmzugstangen.

»Weil ich meine Ruhe haben will.«

»Ruhe vor wem?«

Er griff nach oben, umschloss die kühle Metallstange und ließ sich daran hängen.

»Vor dem Stress bei der Arbeit, vor meinem lästigen Kollegen, vor meinem Chef ...«

»Und vor Zuhause.«

»Vor dem Leben, das ich vorgebe zu leben.«

»Und vor der Frau, die ich vorgebe zu lieben.«

Er zog sich nach oben, bis sein Kinn die Stange passierte und Hagen einen kurzen Pfiff ausstießen.

»Nicht schlecht in Form, Herr Kommissar.«

Er ließ sich wieder nach unten sinken, bevor sie ihn auffordern konnte, das Ganze zu wiederholen, denn er war sich nicht sicher, wieviele weitere Klimmzüge er so problemlos hinkriegen würde.

»Wir haben keine Beweise für unsere Vermutung. Nicht, solange wir das andere Handy nicht haben und es untersuchen können.«

»Glaubst du, Jacobs wusste hiervon ...?«

Hagen deutete auf all die Geräte und noch viel mehr.

»Er hatte wohl eine Ahnung. Aber ich nehme an, es ging ihm mehr um den Job, als darum, Georgs Privatleben zu ruinieren. Er wollte Partner in der Kanzlei werden, da kam ihm so ein Wissen natürlich gerade recht.«

»Bleibt die Frage, wer Interesse daran haben könnte, ihn umzubringen?«

Rauch nahm auf einer der Holzstangen Platz, über die man wohl mit einem guten Gleichgewichtssinn balancieren sollte und dachte an die Ehefrau.

»Was würde dir durch den Kopf gehen, wenn du erfährst, dass dein Mann eine Affäre hat?«

»Arschloch.«

»Und wenn es keine Affäre, sondern eine dreijährige Beziehung ist?«

Hagen kam auf Rauch zu, ließ den Gedanken sacken und setzte sich schließlich neben ihn.

»Dann hätte er mich nicht nur betrogen, sondern auch jahrelang belogen.«

»Ein hinreichendes Motiv für einen Mord?«

Hagen schüttelte den Kopf.

»Nein. Aber eines für eine Scheidung und eine hohe Abfindung. Das wäre einfacher als ein Mord.«

»Paula Daniels scheint mir zu schockiert von seinem Tod. Ich glaube nicht, dass sie irgendwas weiß. Keine Details über sein Doppelleben.«

»Wenn es denn eines war. Noch haben wir keine Beweise.«

Natürlich, der Kopfmensch Sophie wollte auf Nummer sicher gehen, bevor er sich in eine Richtung verrannte. Oder verirrte.

Aber Rauchs Bauchgefühl sagte ihm, dass er auf dem richtigen Weg war. Zu dumm nur, dass Sophie Recht hatte. Ohne Beweise war seine ganze Theorie nichts weiter als genau das: eine Theorie.

Sophie stieß ihn sanft von der Seite an und deutete in Richtung des Parkplatzes, wo gerade ein Mann aus einem Wagen stieg, einige Aufwärmübungen absolvierte und sich dann auf den Weg machte. In einem blauen Funktionsshirt und einer schwarzen engen Laufhose rannte er los. Feste Schritte, Kopfhörer auf den Ohren, eine Sportuhr am Handgelenk und den Blick aus den traurigen Augen nach vorne gerichtet, bewegte er sich in Richtung des Joggingpfads.

»Er ist pünktlich.«

Rauch nickte.

»Aber ab jetzt muss Herr Wichtle wohl alleine joggen.«

Kapitel 43

Das Klingeln des Handys riss Rauch aus dem Traum, dass seine geliebten Stuttgarter Kickers den Aufstieg in die erste Liga geschafft hatten. Als er verschlafen nach seinem Telefon auf dem Nachtkästchen tastete, warf er die halbvolle Flasche Wasser um und wurde durch deren geräuschvollen Aufprall endgültig wach.

»Rauch.«

Seine Stimme klang so, wie er sich fühlte und es der Uhrzeit angemessen war.

»Guten Morgen, Herr Kommissar.«

Es war halb acht und Frederike Jansen war so wach wie ein Erdmännchen auf Red Bull.

»Morgen.«

»Es tut mir leid, wenn ich Sie geweckt habe ...«

Rauch schlug die Decke zur Seite und stand auf. Wenn Jansen ihn zuhause anrief, gab es keine Hoffnung mehr auf eine weitere Runde Schlaf, also konnte er genauso gut schon mal in die Küche schlurfen und den dringend nötigen Kaffee aufsetzen. Er klemmte sein Handy zwischen Schulter und Ohr ein, während er die Balkontür öffnete.

»Ich bedanke mich für Ihren Weckruf, Frederike.«

Barfuß trat er auf den kühlen Holzboden und atmete tief ein. Es war sein Morgenritual, an dem er sogar im tiefsten Winter festhielt. Doch jetzt, da man auch abends länger draußen sitzen konnte, empfing ihn morgens eine angenehme Frische, die längst die Kühle des vorangegangenen Winters abgeschüttelt hatte.

»Wenn Sie wollen, kann ich das täglich machen.«

Der Fernsehturm reckte sich in den klaren blauen Himmel, ein Zeichen für einen sonnigen Tag.

»Ein verlockendes Angebot. Aber deswegen rufen Sie doch sicher nicht an, oder?«

»Ich wollte Ihnen nur sagen, dass Jacobs gestern das Video auf einem USB-Stick bei uns abgeben hat. Dörflinger hat es in Empfang genommen. Er sagt, Jacobs war unfassbar höflich. Falsch, aber höflich.«

»Das überrascht mich kaum. Haben Sie es sich angesehen?«

»Bin gerade dabei.«

»Und?«

»Es ist knapp fünf Minuten lang. Ein Mann strippt zu einem Partysong, während die anderen Partygäste lachen.«

Rauch wartete, ob Frederike mehr sagte, aber sie schien sich erst das Video in aller Ruhe anzusehen. Er hingegen wurde auf seinem Balkon so langsam richtig munter.

»Mhm. Ein jähes Ende.«

»Wieso?«

»Bevor sich der Mann gänzlich entkleiden kann, hört das Video auf.«

»Das ist alles?«

»Na ja, er tanzt noch etwas ungelenk dazu und singt sehr falsch mit, aber das ist alles.«

Es wurde Zeit für einen Kaffee.

»Sie klingen etwas enttäuscht, Herr Kommissar.«

»Ich weiß nicht, was ich erwartet hatte.«

Er nahm auf einem der Holzstühle Platz und fragte sich, was um alles in der Welt dieses Video beweisen sollte.

»Wollen Sie es sich vielleicht mal ansehen?«

»Das werde ich heute noch machen.«

»Warten Sie einen Moment ...«

Es raschelte, als ob jemand die Hand über die Sprechmuschel hielt, danach klang alles wie unverständliches Genuschel.

»Soll Sophie Sie abholen? Sie steht gerade vor mir.«

So verlockend das Angebot auch klang, er lehnte es ab. Morgens brauchte er immer ein paar Minuten, um seine Gedanken zu sortieren. Ein Spaziergang wäre genau das Richtige.

»Sagen Sie ihr, wir treffen uns bei Daniels zu Hause. Und sie soll sich das Video ebenfalls ansehen.«

»Wird gemacht.«

»Danke.«

»Das war's?«

»Für den Moment. Sobald mir mehr einfällt ...«

»Melden Sie sich einfach.«

Sie kannte ihn einfach zu gut.

»Haben Sie sich schon Daniels' Mails angesehen?«

»Habe ich allerdings. Irgendwas Brauchbares habe ich noch nicht gefunden. Er war bei unzähligen Newslettern angemeldet, die er kaum alle gelesen haben kann.«

»Irgendwelche Mails von Florian Wichtle?«

»Nein.«

Es hätte ihn auch gewundert. Wenn jemand ein Zweithandy besaß, dann doch sicher auch ein zusätzliches Mailkonto.

»Das ist merkwürdig. Bei unserem Besuch gab Wichtle an, er hätte vor kurzem eine Mail an Daniels geschickt.«

»Interessant. Ich suche weiter.«

Und wenn Frederike erstmal mit ihrer Internetsuche begann hatte, dann gab es noch Hoffnung. Es gab wenig, was sie nicht irgendwo ausgraben konnte. Er legte auf und öffnete die Augen wieder. Wenn das Video wirklich so vergleichsweise harmlos war, wie es nach Frederikes Kommentar klang, wieso hatte Jacobs dann so eine große Sache daraus gemacht?

Rauch legte das Handy auf den Holztisch, den er erst letzte Woche von dem winterlichen Plastikschutz befreit hatte und legte seine Füße auf den Stuhl ihm gegenüber ab. Anna bezeichnete den Stil seiner Balkonmöbel gerne als Berliner-Café-Flair. Heute, das wusste er, würde er mit Georgs Frau eingehender sprechen, ihr unangenehme Fragen stellen müssen. Sophie hatte vollkommen Recht, bisher hatte er nur Vermutungen, nichts weiter. Er stütze das Kinn in seine Hand, schloss wieder die Augen und ließ den Frühlingswind ein bisschen sein Gesicht streicheln. Gerade, als er wieder in den Schlaf abzudriften drohte, erklang der Piepton seines Handys und er riss ertappt die Augen auf.

Eine neue Nachricht.

Anna Handy

Komme wohl so gegen drei.
Hast du was im Kühlschrank
oder muss ich einkaufen?

Ach, richtig. Heute hatte er ja seine Tochter zu Besuch. Mit einigen Schritten überquerte er den großzügigen Balkon ganz oben auf dem vierstöckigen Altbau und schlüpfte zurück in die Küche. Der Blick in den Kühlschrank bot ein erbärmliches Bild seines guten Vorsatzes von Neujahr. Gesunde Ernährung sah wahrlich anders aus. Er könnte aber ja in der Mittagspause schnell zum Rewe gehen und ein paar Sachen kaufen.

Noch immer starrte er in die gähnende Leere seines Kühlschranks und spürte die Kälte, die langsam, aber sicher nach seinem Herzen griff, als ihn die Erkenntnis traf.

Er wusste nicht mal, was Anna gerne zu Abend aß.

Ben Handy

Vielleicht kaufst du einfach ein
paar Sachen, die dir schmecken.
Freu mich!
Papa.

Es kam ein Emoji mit Herzchenaugen zurück. Und das tat irgendwie noch viel mehr weh. Wieso um alles in der Welt liebte diese Mädchen ihn so sehr, wobei er in der Vergangenheit nun wirklich nicht besonders viel getan hatte, um diese Zuneigung zu verdienen.

Mit diesem finsteren Gedanken im Kopf stellte er seine Kaffeetasse halb ausgetrunken ab und nahm nur eine kurze Dusche, bevor er merkwürdig gekauft die Wohnung verließ.

Ein perfekter Start in einen miesen Tag.

Kapitel 44

»Ich habe Ihnen doch schon alles gesagt.«

Paula Daniels blieb in der Tür stehen und schien Rauch und Hagen damit den Zutritt in ihrer Wohnung zu verwehren.

»Wir haben noch einige wenige Fragen.«

Sophie schenkte ihr ein mitfühlendes und entschuldigendes Lächeln, Rauch hielt sich eher im Hintergrund.

»Was wollen Sie denn noch wissen?«

Gute Frage. Wie fragt man nach etwas, von dem man nicht weiß, ob es die Wahrheit ist.

»Das würden wir wirklich lieber nicht hier draußen besprechen.«

Paula und Hagen wechselten einen dieser Blicke, die mehr sagten, als Rauch verstand. Eine Art weibliche Superpower, bei der sich Männer immer etwas abseits fühlten. Doch jetzt gerade hatte Rauch damit gar kein Problem, denn Frau Daniels trat schließlich einen Schritt zur Seite und ließ die beiden eintreten.

Drinnen war es dunkel, obwohl draußen die Sonne schien. Die Rollläden waren noch nicht hochgezogen und gelüftet wurde offensichtlich auch nicht mehr. Das und die verschiedenen Kaffeetassen auf der Anrichte in der Küche, die sie auf dem Weg ins Wohnzimmer passierten, verrieten Rauch, dass die Nachricht vom Tod ihres Mannes Frau Daniels' Leben in bisher unbekanntes Chaos gestürzt hatte. Rauch stolperte über einige Schuhe, die achtlos im Flur lagen und hob sofort entschuldigend die Hände, bevor Hagen ihm einen strengen Blick zuwerfen konnte.

»Ich kann Ihnen nur Kaffee anbieten.«

Frau Daniels zog den blauen Morgenmantel etwas enger um ihren Körper, der Rauch wieder so zerbrechlich vorkam. Hagen schüttelte den Kopf.

»Nein, danke. Wir wollen keine Umstände machen und Sie nicht länger als nötig belästigen.«

Einige Schubladen im Wohnzimmer waren aufgezogen, Formulare, Briefe und etliche weitere Blätter Papier lagen herum. Paula Daniels bemerkte die Verwunderung des Kommissars und zuckte nur die Schultern.

»Ich habe seine Anmeldung für das Fitness-Studio gesucht.«

Rauch, der alle nötigen Informationen dazu bereits hatte, nickte und setzte zu einem Lächeln an.

»Haben Sie sie gefunden?«

Paulas Blick wurde etwas abwesend, während sie über das Dokumentenchaos auf dem Couchtisch und dem Boden daneben sah. Sie schwieg so lange, dass Rauch versucht war, seine Frage zu wiederholen. Schließlich schüttelte sie den Kopf und kehrte zu ihren Gästen zurück.

»Nein.«

»Haben Sie vielleicht sonst etwas gefunden, was für uns wichtig sein könnte?«

Hagens Stimme klang leise, sanft und freundlich. Ganz anders, als wenn es Rauch formuliert hätte. Wieder zögerte sie, starrte ins Leere und verneinte schließlich wieder abwesend. Dabei sah sie weder Hagen noch Rauch an, ihre Stimme tonlos, ihr Blick glasig.

»Ich habe viele Erinnerungen gefunden, aber keine Anmeldung.«

»Was für Erinnerungen?«

Rauch wollte sich noch auf die Zunge beißen, aber da hatte die Frage seinen Mund bereits verlassen.

»Urlaubserinnerungen.«

Sie deutete auf einige ausgedruckte Fotos, die neben einer halbvollen Tasse Tee auf dem Tisch lagen. Hagen beugte sich etwas nach vorne, sah dann zu Paula.

»Darf ich?«

Es war nur ein angedeutetes Nicken, aber es reichte als Erlaubnis. Sophie betrachtete einige der Fotos des Paars mit glücklich lachenden Gesichtern an einem Strand. Sie hielten sich im Arm, küssten sich oder posierten vor Touristenattraktionen auf einer exotischen Insel.

»Ich kann es noch immer nicht fassen ...«

Sie ließ sich auf die Armlehne der Couch sinken.

»Neulich war er noch hier, alles war in Ordnung, mein Leben hatte einen Sinn.«

Als sie zu Rauch sah, einen Hauch Hoffnung im Blick, fiel ihm auf, dass ihre Augen auch heute wieder gerötet waren.

»Haben Sie schon Verdächtige?«

»Leider nein.«

Er hätte gerne etwas anderes gesagt, aber er sah keinen Grund sie anzulügen.

»Aber wir haben einige Spuren und verfolgen diese.«

Das war keine echte Lüge und gab ihr vielleicht ein bisschen Hoffnung.

»Und dabei kann ich helfen?«

»Möglich.«

Rauch nahm auf dem Sessel ihr gegenüber Platz, schwieg aber, weil es besser war, wenn Hagen die kritischen und sehr privaten Fragen stellte.

»Frau Daniels ...«

»Hm?«

Sie sah fast überrascht aus, als Sophie sie ansprach. Ganz so, als hätte sie vergessen, dass sie auch noch hier war.

»Wie war die Beziehung zwischen Ihnen und Ihrem Mann in den letzten Monaten?«

»Was meinen Sie?«

»Haben Sie viel Zeit zusammen verbracht? War er so liebevoll zu Ihnen, wie Sie es gewohnt waren ...?«

Rauch konnte nur staunen. Wie schaffte Sophie es immer wieder genau die Dinge zu fragen, die sie wissen wollte, ohne es direkt anzusprechen?

»Er hatte viel zu tun. Manchmal war er etwas abwesend. Aber ja, er war noch immer *mein* Georg.«

Sophie nickte und wartete, hoffte sie würde weitersprechen.

»Wieso fragen Sie?«

»Wir gehen nur alle möglichen Dinge durch und versuchen uns ein genaues Bild vom Umfeld Ihres Mannes zu machen.«

»Dann sollten Sie mal in seiner Kanzlei nachfragen. Sein Kollege hat ihm das Leben zur Hölle gemacht.«

»Wieso haben Sie das nicht schon beim letzten Mal erwähnt?«

Wieder war Rauchs Sprachzentrum schneller als die Geduld. Hagen schoss ihm nur einen kurzen Blick zu, aber der war deutlich.

»Ich habe erst jetzt eine Notiz gefunden …«

Sie deutete auf die Papiere auf dem Tisch, schien sich aber nicht mehr ganz sicher zu sein, wo sie genau waren.

»Was für eine Notiz?«

»Irgendwo hier …«

In diesem wilden Blätterwald tauchte auch ein grüner Taschenkalender auf, der einzige Farbtupfer.

»Sein Kollege, dieser Herr Jacobs wollte sich wohl mit ihm treffen.«

Eine Information, die sicher von Bedeutung war, die Rauch aber kaum wahrnahm, da er den Blick vom Kalender nicht abwenden konnte.

»Ist das hier der Kalender Ihres Mannes?«

Er zeigte auf den Tisch. Paula Daniels, deren Bewegungen und Auffassungsgabe sich in den letzten Tag verlangsamt haben mussten, folgte seiner Frage verzögert. Sie sah auf den Tisch, entdeckte erwähnten Kalender und ihre Mundwinkel zuckten.

»Ja.«

»Können wir uns den mal ansehen?«

Darauf antwortete Frau Daniels, indem sie aufstand und einige der Papiere achtlos zur Seite wischte, wodurch der kleine grüner Taschenkalender deutlicher sichtbar wurde.

»Der lag in der Schublade in seinem Bürozimmer.«

Sie reichte ihn Rauch, der nur mit sehr viel Mühe nicht sofort losblätterte.

»Wenn ich die Anmeldung zum Fitness-Studio finde …«

»Das ist nicht mehr so wichtig, machen Sie sich keine Umstände.«

Sie nickte etwas irritiert, und Rauch wusste, dass jetzt kein gutes Timing für die folgende Frage war. Es gab gar kein gutes Timing dafür und er hatte das Gefühl, Frau Daniels würde sie bald bitten zu gehen.

»Wie war Ihr Liebesleben in den letzten Monaten, Frau Daniels?«

Diesmal überging er Hagens warnenden Blick, sah sie nicht einmal an, sondern blieb mit seinem Fokus bei Paula.

»Was geht Sie das an?«

»Es könnte wichtig für die Ermittlungen sein.«

»Unser Sexleben? Meinen Sie nicht, dass mir wenigstens etwas Privatsphäre bleiben sollte? Leide ich denn nicht schon genug?«

Sie deutete um sich herum, als wäre das Chaos hier ein Ebenbild zu dem Gefühlschaos in ihrem Inneren.

»Hatte Ihr Mann irgendwelche besonderen sexuellen Präferenzen?«

Paula Daniels starrte Rauch mit offenem Mund an.

»Ich wüsste nicht, was Sie das angehen sollte!«

»Was Kommissar Rauch meint …«

Doch Hagens Versuch zu retten, was noch zu retten war, kam zu spät. Paula Daniels erhob sich.

»Ich muss Sie jetzt bitten zu gehen, ich habe Ihnen alles gesagt, was ich weiß.«

Kapitel 45

Sie schwieg.

Sie schwieg so laut, dass Rauch es kaum aushalten konnte. An der ersten roten Ampel sah er Sophie an.

»Okay, ich habe es vermasselt, ich weiß, du bist sauer.«

Sie schwieg noch immer.

»Ja, ich hätte es dich fragen lassen sollen ...«

»Du meinst, so wie wir es besprochen hatten?«

»Ich hatte den Eindruck ...«

»Vielleicht brauchst du mich ja gar nicht mehr. Vielleicht kannst du das alles auch alleine.«

»Sophie ...«

»Nein, wirklich. Ich verstehe das. Du bist Kommissar, du weißt wie es läuft. Ich? Ich bin eine Analytikerin, die nicht schnell genug mitdenkt.«

Er ahnte, worauf das Gespräch hinauslaufen würde und wappnete sich für das Schlimmste.

»Unsinn. Du bist nicht zu langsam, ich bin zu schnell. Und ich brauche dich.«

»Es wundert mich, dass du überhaupt noch mit mir arbeiten willst. Mein Ruf eilt mir selbst hier voraus.«

»Sophie ... es tut mir leid, okay? Sie sah aus, als ob sie reden würde, ich dachte, ich versuche es mal.«

Sophie schlug wütend mit der Hand aufs Lenkrad und drehte sich endlich zu Rauch um.

»Sie sah gar nicht aus, als ob sie reden wollte. Sie sah aus wie eine Frau, die ihren Lebenspartner verloren und kaum geschlafen hat. Und du fragst nach sexuellen Präferenzen?«

»Ich dachte, das wollten wir rauskriegen?«

»Und wenn du willst, dass ich mit dir zu Befragungen gehe, dann gehe ich davon aus, du vertraust mir und meiner Erfahrung – trotz meiner früheren Fehler!«

»Das tue ich!«

»Ja, das habe ich gesehen!«

»Es tut mir leid!«

Doch so leicht nahm Hagen das nicht hin, schüttelte energisch den Kopf und sah wieder nach vorne.

»Ich hatte gestern ein Vorstellungsgespräch.«

Rauch spürte, wie sich sein ganzer Körper anspannte und er nicht in der Lage war, seinen Kopf in ihre Richtung zu drehen. Stocksteif saß er neben ihr und wünschte sich das laute Schweigen zurück.

»Und es lief gut. Dann bin ich bald weg.«

»Sophie ...«

»Ich denke, das ist das Beste.«

»Das Beste?«

»Für mich, ja.«

»Aber wir brauchen dich.«

»Nein, Benedikt. Du ziehst Dinge gerne alleine durch. Weil du denkst, dass du keine Hilfe brauchst. Du rufst irgendeinen deiner Freunde an, der dann irgendwas über irgendwen weiß. Mit dem Wissen arbeitest du dann weiter und der Rest von uns kann sich glücklich schätzen, wenn du uns ab und an in deinen Kopf wenigstens ein bisschen hineinschauen lässt. So funktionierst du.«

»Das ist nicht wahr.«

»Ach nein? Du nimmst weder Dörflinger noch sonst einen Uniformierten mit.«

»Dörflinger verhört jetzt gerade ...«

»Du nimmst sie nicht mit!«

»Ich nehme dich mit.«

»Nicht wirklich, ich bin nur Beiwerk.«

Es war die Art, wie Sophie mit ihm sprach, wie sie ihn ansah, wie wütend ihre Augen funkelten, die ihn so erschreckten. Rauch wollte erneut widersprechen, auf all die Fälle aufmerksam machen, die sie erfolgreich zusammen bearbeitet hatten. Fälle, die sie nur gemeinsam gelöst hatten. Sexualstraftaten, gewaltsame Verbrechen, brutale Morde.

Doch er schwieg.

»Vielleicht war es ein Fehler, nach Stuttgart zu kommen.«

»Sophie, es tut mir leid. Aber das eben hat doch nichts damit zu tun!«

»Vielleicht kann ich es einfach nicht mehr.«

Er wartete, ob ihr noch mehr Dinge einfielen, die sie ihm an den Kopf schleudern konnten, aber sie fuhr einfach weiter. Hektischer als sonst fädelte sie sich in den Verkehr ein und hupte sich genervt ihren Weg durch die verstopften Straßen. Vollkommen egal, was Rauch jetzt sagte, sie würde ihm weder zuhören noch glauben.

Es dauerte eine Viertelstunde, bis sie wieder in der Innenstadt waren und sie das Auto auf dem Parkplatz vor dem Revier abstellte, allerdings keine Anstalten machte, auszusteigen.

»Kommst du nicht mit rein?«

»Ich bin für heute fertig.«

In seinen Ohren klang das viel endgültiger, als sie es hoffentlich gemeint hatte.

»Sophie, es tut mir leid.«

Sie sah ihn nicht an, und er wusste, dass es schlauer war, einfach zu gehen. Langsam löste er den Sicherheitsgurt, gab ihr eine Chance, seine Entschuldigung anzunehmen oder noch etwas zu sagen, aber sie schwieg. Noch langsamer öffnete er die Tür, während sie erneut nach dem Zündschlüssel griff und den Motor startete.

Rauch schloss die Tür wieder.

»Weißt du, wenn du eine Ausrede suchst, die es leichter macht, zu gehen und dich zu verstecken, nur zu.«

Er drehte sich zu ihr.

»Wenn du einen Grund brauchst, um dein Gewissen zu beruhigen, weil du hinschmeißt, dann ist das okay. Nimm mich, meine eigenartige Art zu ermitteln oder mein zu großes Ego. Nenn mich Arschloch, wenn es dir hilft zu gehen.«

Sophie, überrascht von der Ruhe in seiner Stimme, starrte ihn lauschend an.

»Lüg mich an. Lüg dich an. Lüg Weindl an.«

Er schaffte ein mattes Lächeln, auch wenn es wenig überzeugend wirkte.

»Aber glaube ja nicht, auch nur einen winzigen Augenblick, dass ich dich hier nicht brauche oder du nicht gut genug wärst.«

Bevor sie antworten konnte, schlüpfte er aus dem Wagen, schlug die Tür hinter sich zu und ging mit großen Schritten die Treppe nach oben ins Revier.

Er drehte sich nicht mehr um, wusste aber, dass sie ihm nachsah, so brennend spürte er ihren Blick in seinem Rücken.

Kapitel 46

Die wenigen Kollegen, denen Rauch im Flur begegneten gingen ihm – und seiner Laune – lieber aus dem Weg. Erst als er sein Büro betrat, holte er tief Luft und versuchte das Gespräch, wohl eher den Streit, mit Sophie vor der Tür zu lassen. Es hatte nichts damit zu tun, dass er die falsche Frage gestellt hatte. Hier ging es um etwas ganz anderes, und es machte ihn traurig, dass sie noch immer so sehr an der Vergangenheit hing. Aber er hatte aktuell keine Gehirnkapazitäten mehr frei, um sich jetzt auch noch damit zu beschäftigen – er würde es auf einen anderen Zeitpunkt verschieben müssen.

Also stapfte er zu seinem Bürostuhl, zog den grünen Taschenkalender hervor und warf ihn auf den Tisch.

Bevor er sich setzen konnte, klopfte es an der Tür und die leise Hoffnung, es wäre Sophie, die den Streit klären wollte, wurde durch das Auftauchen von Dörflinger, einem großgewachsenen Mann mit dunkelblonden Haaren, jäh zerstört. Sein jungenhaftes Aussehen passte nicht so recht zu seiner Statur, mit der er so manchem Kampfsportler Konkurrenz machen konnte.

»Ist es gerade unpassend?«

Rauchs düstere Miene ließ ihn an der Tür innehalten.

»Nein, kommen Sie rein.«

Er ließ sich auf den Stuhl fallen und wartete, bis sein Kollege die Tür hinter sich geschlossen hatte.

»Ich habe mich heute mit einigen von Ihrer Liste unterhalten. Sie haben alle Alibis, die wir bereits überprüft haben.«

Rauch nickte.

»Und sie haben uns alle sofort und ohne Widerrede DNA-Proben gegeben, die wir jetzt mit denen vom Tatort vergleichen lassen.«

»Hat keiner gezögert?«

»Keiner.«

»Sonst irgendwas Auffälliges?«

»Die meisten haben sich sehr betroffen gezeigt, aber auch betont, dass sie mit dem Opfer eigentlich nichts zu tun hatten.«

»Wie immer also.«

»Ja.«

»Sobald die Alibis gecheckt sind und wir grünes Licht von der KTU bezüglich der DNA-Proben bekommen haben, streichen wir sie von der Liste.«

Dörflinger nickte und wusste, dass sein Besuch bei Rauch damit beendet war. Bevor er die Tür erreichte, räusperte sich sein Vorgesetzter lautstark.

»Ist noch etwas?«

»Ich würde Sie gerne bei den weiteren Ermittlungen etwas mehr einbinden. Wenn sich das mit Ihrem Dienstplan vereinbaren ließe.«

Dörflingers Überraschung war deutlich zu sehen, als er freudig nickte und sich gerade so noch ein Lächeln verkneifen konnte.

»Sehr gerne. Ich stehe bereit.«

»Gut. Danke.«

Vielleicht bildete Rauch sich das auch nur ein, aber Dörflinger – ohnehin ja mit einer ziemlich beeindruckenden Körpergröße gesegnet – erschien ihm beim Verlassen des Büros noch einige Zentimeter größer.

Kaum war er wieder alleine, wollte er gerade nach dem Kalender greifen, als sein Telefon klingelte. Es gab wenige Dinge, die Rauch so sehr hasste wie Telefonate.

»Rauch?«

Und seine Stimme verriet es jedes Mal.

»Störe ich gerade?«

Lauras Stimme holte ihn aus dem Revier und katapultierte ihn zurück in ihre gemeinsame Wohnung während der Studienzeit, als sie allen erzählten, es wäre nur eine weitere WG.

»Ich suche nur einen Mörder, aber das hat Zeit.«

»Sehr witzig. Hat Anna sich bei dir gemeldet?«

»Ja. Sie kommt gegen drei.«

Er warf einen Blick auf die Uhr und stellte fest, dass es langsam Zeit für ein Mittagessen wurde.

»Okay.«

Doch sie klang wenig überzeugt.

»Laura, sie hat den Schlüssel zu meiner Wohnung, sie ist sechzehn und wird durchaus klar kommen, bis ich nach Hause komme.«

»Das weiß ich doch.«

Er rieb sich die Nasenwurzel und hielt das Telefon ans andere Ohr.

»Okay, was ist los?«

»Dieser Timo.«

»Was ist mit ihm?«

»Ich traue ihm nicht.«

»Er ist ein sechzehnjähriger Kerl, niemand traut ihm.«

»Achtzehn.«

Rauch wäre fast der Hörer aus der Hand gerutscht.

»Achtzehn?«

»Ja. Er hat einen Führerschein, einen ‚Job' und ...«

»Moment. Wieso weiß ich davon nichts?«

Laura atmete tief aus und Rauch bereute die Frage sofort.

»Kannst du nicht früher Schluss machen und ein bisschen Zeit mir ihr verbringen? Dir erzählt sie immer mehr als mir.«

Fast musste er lachen. Alleine die Erinnerung an die Suche für das letzte Geburtstagsgeschenk für seine Tochter bewies wohl genau das Gegenteil. Sophie hatte helfen müssen, weil er sonst mit seiner Auswahl komplett daneben gelegen hätte.

»Ben, ich bitte dich selten um etwas.«

»Ja, okay. Ich schaue, ob ich früher weg kann.«

»Danke.«

Es war eine Ewigkeit her, dass seine Ex-Frau sich bei ihm für irgendwas bedankt und es nicht ironisch gemeint hatte.

»Und hast du sonst noch eine Info für mich ...?«

Es war immer wieder erstaunlich, wie schnell sich ihre Stimme veränderte, wenn sie von der Privatperson zur Journalistin wechselte.

»Laura ...«

»Ich weiß, ihr habt die Pressemitteilung veröffentlicht, aber die liest sich so 0815.«

»0815?«

Er spürte, wie sein Magenbrennen zurückkam. Ein viel zu vertrautes Gefühl. Die letzten Ehejahre waren fast durchgehend von diesem Brennen begleitet worden.

»Ja. Leiche, keine Tatwaffe, keine Spur.«

»Entschuldige, wenn der Mord für dich und deine Zunft nicht aufregend genug ist. Oder die Ermittlungen nicht spektakulär genug sind. Was kann ich tun, um dich glücklich zu machen? Eine weitere Leiche auftauchen lassen? Einen Serienkiller daraus machen?«

»So war das doch gar nicht gemeint.«

»Ich habe keine Zeit, mich mit Journalisten rumzuschlagen, die eine aufregende Story suchen, bei der die Fakten eine untergeordnete Rolle spielen. Ich muss einen Mörder finden.«

Er wusste, dass seine Wut sich auf die falsche Person richtete, aber Laura kam ihm gerade recht.

»Wisst ihr denn schon, wer es sein könnte?«

Wenn man mal verheiratet gewesen war, kannte man einander wohl zu gut. Seine Wut prallte an ihr und der Gleichgültigkeit ihrer Stimme ab. Er war versucht, einfach aufzulegen. Wäre da nicht dieser flüchtige Gedanke …

»Wir haben eine Spur.«

»Verdächtiger?«

»Ja.«

»Irgendwas Brauchbares?«

»DNA, wir checken sie gerade.«

»Vom Täter?«

»Vermutlich. Aber das ist vertraulich, Laura.«

Irgendwo zwischen Stuttgart und Berlin veränderte sich diese Aussage zu etwas wie ‚*Schreib unbedingt als Erste darüber und scheuch' den Täter auf*'. Oft genug hatte er Journalisten etwas ‚im Vertrauen' erzählt und sah es keine halbe Stunde später in allen Onlineausgaben der Zeitung, bei Twitter und Facebook. Diesmal, so hoffte er, wäre es keine Ausnahme. Genau genommen war seine Aussage eine Lüge, aber seit wann interessierte das die Klatschblätter?

»Verstehe. Natürlich. Ich muss los! Und hab' ein Auge auf die Sache mit Timo, ja?«

So hastig wie sie auflegte, war sie vermutlich schon dabei, einen Tweet in die Welt zu setzen, mit dem sie als Erste die brandneue Information – ohne konkrete Nennung einer Quelle – teilte.

Mit einem Lächeln im Gesicht legte Rauch den Hörer auf. Wenn der Mörder die Ermittlungen verfolgte, und das taten sie nach Rauchs Erfahrung immer, würde ihn diese kleine Info hoffentlich nervös machen.

Und zu einem Fehler verleiten.

Kapitel 47

Frederike Jansen, in einer Jeanslatzhose, einem schlichten weißen T-Shirt und roten Turnschuhen, stand hinter Rauch, während das Video lief, das Jacobs gestern noch aufs Revier gebracht hatte.

Georg, deutlich angetrunken, tanzte recht wild und ziemlich neben dem Takt, zog sich dabei immer weiter aus und wurde – zumindest zu Beginn – von den anderen Gästen angefeuert. Bis die Stimmung etwas kippte und einige versuchten, ihn vom Ausziehen der Hose abzuhalten. Doch Georg ließ sich nicht beirren, sah das wohl eher als Herausforderung und machte ungeniert weiter.

Dann endete das Video sehr abrupt, bevor er die Hose bis zu den Knien gezogen hatte.

»Das ist alles?«

Jansen nickte.

»Jap, das ist alles.«

»Ich hatte mehr erwartet. Jacobs hat so getan, als wäre dieses Video die größte Blamage für die Kanzlei. Es mag für Georg Daniels peinlich gewesen sein, aber es ist nichts, was eine Karriere oder einen Ruf komplett ruinieren könnte.«

Jansen sagte nichts.

»Damit lässt sich niemand erpressen.«

Wieder schwieg Jansen, dabei hatte er sich entweder Zu- oder Widerspruch erhofft. Ihr Blick war allerdings an dem grünen Kalender hängen geblieben.

»Ist das Ihrer?«

»Was? Nein. Georg Daniels'.«

Er griff danach und blätterte zum ersten Mal einfach quer durch. Dabei fiel ihm auf, dass einige Seiten fehlten. Jansen beugte sich etwas weiter nach vorne.

»Unvollständig?«

»Scheint so.«

Fast drei Wochen im Juni fehlten, ebenso wie einige im Januar.

»Hat er Seiten rausgerissen?«

»Möglich. Aber wieso?«

»Um bestimmte Termine zu vertuschen?«

Er reichte Jansen den Kalender.

»Vergleichen Sie doch mal die Tage mit den Nachrichten bei Facebook und in seinen Mails.«

»Wird gemacht.«

»Haben wir schon eine Ahnung, wie die zweite Mailadresse lautet?«

»Ich könnte mal in Wichtles Mailbox stöbern ...«

Rauch nickte nur knapp und gab ihr damit sein Okay, sich als Passwortknackerin zu betätigen.

»Haben wir schon was zu Florian Wichtle?«

»Wenig. Er hat kein besonders aktives Profil in den Sozialen Netzwerken. Die meisten nutzt er für private Kontakte, kaum irgendwelche Kollegen in der Freundesliste, hier und da mal ein Foto aus dem Urlaub, von Events mit Freunden, er hält sich eher bedeckt.«

Das machte ihn sympathisch, auch Rauch hielt nicht besonders viel von dem ganzen Mitteilungswahn, der ihm bei Facebook und co. entgegenschlug.

»Allerdings habe ich mal bei seinen Freunden geschnuppert. Die sind weniger zurückhaltend mit ihren Fotos.«

»Und?«

Sie schob sich an Rauch vorbei, zog die schnurlose Tastatur etwas näher an sich heran und suchte nach der betreffenden Seite bei Facebook, tippte den Namen Dennis Köhler ein und öffnete schließlich dessen Profil. Wenige Klicks später füllte ein Foto fast den gesamten Bildschirm aus.

Es zeigte einen jungen Mann mit frecher Igelfrisur, der den Arm um eine jüngere Version von Florian Wichtle legte, die beiden Männern küssten sich.

»Es gibt noch einige mehr, die beiden waren wohl vor knapp vier, fünf Jahren ein Paar.«

Sie deutete auf das Datum, als das Foto hochgeladen wurde. Rauch nickte.

»Danke, Frau Jansen.«

»Ein bisschen Recherche, nichts weiter.«

Und doch war es ein winziges Puzzlestück mehr bei der Suche nach dem Gesamtbild. Frederike klopfte auf den Kalender, den sie sich geschnappt hatte und wollte sich schon in Richtung Tür aufmachen.

»Frau Jansen?«

Sofort blieb sie stehen und drehte sich schwungvoll zu ihm um.

»Oh, das klingt nach einer Herausforderung. Was brauchen Sie?«

»Einen kleinen Gefallen.«

»Ich höre?«

Rauch zeigte ihr ein anderes Browserfenster, wo das Facebookprofil eines jungen Mannes bereits geladen war. Es war einfacher gewesen, Timo Hannemann unter den Freunden seiner Tochter ausfindig zu machen, als er geglaubt hatte. Vielleicht war er doch nicht so untalentiert, was diese ganze Social-Media-Recherche anging.

»Könnten Sie mir ein paar allgemeine Infos zu diesem Mann besorgen?«

Das war nicht erlaubt und außerdem auch nicht besonders nett. Wenn Anna davon erfahren würde, gäbe es mächtig Ärger. Das zarte Band des Vertrauens, das sich in den letzten Monaten zwischen innen gefestigt hatte, wäre in großer Gefahr. Frederike nickte nur zögerlich.

»Timo Hannemann. Hat er was mit dem Mord zu tun?«

»Nein.«

»Sondern?«

»Er ist der Freund meiner Tochter.«

»Und ihr Vater ist neugierig?«

»Ihr Vater ist besorgt.«

»Wenn Sie wollen, kann ich was über ihn herausfinden. Aber wenn Sie meine Meinung hören wollen ...?«

Frederike war zwar älter als Anna, aber jünger als Rauch. Sie hatte die Ausstrahlung einer ‚großen Schwester' oder ‚coolen Freundin'. Rauch nickte, jetzt nahm er also schon Erziehungstipps von Frau Jansen an.

»Tun Sie das nicht. Fragen Sie Ihre Tochter einfach selbst.«

»Und wenn Sie mir nicht alles erzählt?«

»Und wenn doch?«

Kapitel 48

»Wenn mich jemand braucht, ich bin auf dem Handy erreichbar.«

Jansen nickte, als Rauch sich verabschiedete und das Revier verließ. Er hatte einen Knoten im Kopf und im Magen, kam keinen Zentimeter weiter und entschied sich, einen Spaziergang durch die Stadt zu machen. Auf dem Weg zum Schlosspark nahm er wenig von seiner Umgebung wahr, schob sich durch eine Gruppe Schüler, die entweder die Mittagspause oder das Ende des Schultages auf der Königstraße verbrachten. Ein Blick auf sein Handy ließ ihn wissen, dass er keinen Anruf in Abwesenheit hatte (wie auch, wenn er es die ganze Zeit bei sich hatte), keine WhatsApp-Nachricht und auch sonst kein Kontaktversuch von Sophie.

»Ben?«

Er blieb überrascht stehen, als Philipp vor ihm auftauchte.

»Was machst du denn hier?«

Seinen Freund, der in Cannstatt arbeitete, erwartete er eigentlich nicht um diese Uhrzeit in der Innenstadt.

»Ich kaufe ein Geschenk für Saskia.«

»Geburtstag?«

»Nein, einfach nur so.«

Sie lächelten sich an, weil beide wussten, wie schwer es war Geschenke für die Partnerin zu kaufen. Auch wenn die Tüte vom Juwelier in Philipps Hand darauf schließen ließ, dass er sich dabei besser anstellte als Rauch bei seinen bisherigen Versuchen.

»Musst du los, für Recht und Ordnung sorgen?«

»Nein, ich habe es gerade nicht eilig. Ich gehe nur spazieren.«

»Als Zivilist oder Kommissar?«

»Hm. Beides, nehme ich an.«

»Brauchst du Gesellschaft?«

Philipp, neben David Rauchs ältester Freund, kannte ihn gut genug, um zu wissen, dass er manchmal stundenlang spazieren ging, ohne auch nur ein Wort zu sagen.

»Musst du nicht zurück in die Firma?«

»Habe mir den Nachmittag freigenommen.«

Die beiden Männer gingen nebeneinander her, wichen Frauen mit Kinderwägen aus, passierten Straßenmusiker, die mit ihrer Interpretation von Ed Sheerans größten Hits ihr Taschengeld aufbessern wollten und hingen dabei ihren eigenen Gedanken nach. Rauch erinnerte sich daran, wie er damals als Teenager mit Philipp und David durch diese Straße gegangen war. Nach der Schule oder wenn sie die verhasste Doppelstunde Französisch schwänzten. Damals sah es hier noch anders aus. Weniger große Modeketten, die vor allem die jungen Läufer mit Sonderangeboten lockten, mehr Einzelhandel, mehr Ruhe, weniger Stress. War Rauch etwa schon in dem Alter, in dem man von der ‚guten alten Zeit' sprach und ganz versonnen der festen Überzeugung war, damals wäre alles besser gewesen?

»Ich habe gelesen, ihr habt eine heiße Spur?«

Philipps Frage riss Rauch aus seinem spontanen Gedankenausflug in die Vergangenheit und er blinzelte vor Überraschung darüber, dass sie bereits auf einer Bank im Park Platz genommen hatten.

»Wo hast du das gelesen?«

Sein Freund zündete sich eine Zigarette an und blies den blauen Dunst zwischen ihnen in die Luft.

»Online.«

Laura war schneller als er gedacht hatte, und Rauch nickte nur knapp. Es fiel ihm schwer, Philipp in die Augen zu sehen, während er log.

»Wir haben DNA am Tatort gefunden und sind auf einem ziemlich guten Weg.«

»Ja? Das ist doch gut, oder?«

»Sicher.«

»DNA überführt den Täter schnell, oder?«

Rauch, der seinen Freund nicht gerade als jemanden in Erinnerung hatte, der sich ausdrücklich für die Forensik interessierte, sah ihn verständnislos an.

»Willst du umschulen?«

»Nein! Ich frage mich nur, wie sowas immer funktioniert.«

Er lächelte.

»Ist ja schon spannend.«

»Allerdings. Ich hoffe, wir finden bald einen Treffer.«

Philipp nickte zustimmend.

»Je früher der Täter geschnappt wird, desto besser. Fühlt sich irgendwie merkwürdig an, dass da einer rumläuft, der einen von uns auf dem Gewissen hat.«

»Einen von uns?«

Georg gehörte nicht gerade in die Clique von Rauchs besten Freunden.

»Du weißt schon. Aus unserem Jahrgang.«

Rauch ertappte sich dabei, wie er seinen Freund studierte: Die Augenringe, die bei ihm fast schon zum Look gehörten und auf seinen stressigen Job in einer Firma für Internetsicherheit hindeuteten, das freche Grinsen, welches sich in den letzten zwanzig Jahren kaum verändert hatte und die hellen Augen, die aufmerksam die Umgebung wahrnahmen. Ihm fiel auch die Zigarettenschachtel in Philipps Hand auf. Er rauchte für gewöhnlich nur abends oder auf Partys.

»Welche Marke rauchst du eigentlich?«

Philipp verstand die Frage zwar, sah Rauch aber dennoch irritiert an.

»Wie bitte?«

»Welche Zigarettenmarke du rauchst.«

»Gauloises. Die Roten.«

Wie zum Beweis zog er noch mal die Schachtel aus der Jackentasche und hielt sie Rauch entgegen.

»Kennst du jemanden, der die gelben Gitanes raucht?«

Philipp dachte kurz nach.

»Die kriegt man legal nur in Frankreich, oder?«

»Mhm.«

»Keine Ahnung, ich rauche jedenfalls die hier.«

Rauch konnte das merkwürdige Gefühl in seinem Inneren nicht genau beschreiben, aber er wurde unruhig, drehte sich etwas weiter zu Philipp und stellte die nächste Frage mit einem Kloß im Hals.

»Mochtest du Georg?«

Philipp dachte einen kurzen Moment über die Frage nach, bemerkte Rauchs Verhörton offenbar nicht und zuckte schließlich nur nichtssagenden mit den Schultern.

»Ich hatte kein Problem mit ihm, wenn du das meinst.«

»Bist du nicht am Abiball mit ihm zusammengerasselt?«

Philipp lachte kurz auf.

»Stimmt. Er hatte mir Bier über den Anzug geschüttet. Aus Versehen, wie er behauptete.«

»Dabei wusste er, dass du ihn nur geliehen hattest.«

»So ein Anzug war damals verdammt teuer.«

»Das sind sie heute noch.«

Er zupfte kurz am Kragen von Philipps blütenweißem Hemd, welches er unter dem grauen Jackett trug.

»Ja, aber inzwischen kann ich sie mir leisten.«

Philipp kam nicht aus der reichsten Familie, manchmal hatte er sich von seinen Freunden einen Pullover einer bestimmten Marke ausgeliehen, um nicht als Außenseiter abgestempelt zu werden. Das war eine gefühlte Ewigkeit her. Jetzt saß er in einem schicken Anzug mit gelockerter Krawatte und Zigarette in der Hand neben Rauch auf der Bank, die Tüte vom Juwelier zwischen seinen Beinen abgestellt und um einige Falten im Gesicht reicher.

Die Erinnerung an den Jungen von damals reichte keine gefühlte, sondern eine *tatsächliche* Ewigkeit zurück.

»Auch wenn Georg ein Idiot war, ich hoffe, du findest den Typen, der das getan hat.«

Rauch hoffte das auch.

»Wir sind dran, versprochen.«

Philipp nickte, betrachtete eine kleine Weile die Leute im Park, die hier joggen oder einfach nur spazieren gingen, die Jugendlichen, die neben ihren Schulrucksäcken im Gras lagen und aus einer tragbaren Box Musik hörten.

»Manche Dinge ändern sich nie, oder?«

Rauch musste ihm Recht geben, diese Gruppe Schüler vor ihnen, das hätten auch sie damals sein können. Jungs, die mit einem Fußball jonglierten, bedacht darauf, die Aufmerksamkeit der Mädchen auf sich zu ziehen, jenen Mädchen, die alles kichernd beobachteten oder knutschend mit ihrem Freund im Gras lagen.

So wie dieses Mädchen da vorne.

Rauch wollte nicht hinsehen, kam er sich dabei doch immer wie ein Voyeur vor, aber irgendetwas an ihr kam ihm sehr bekannt vor.

»Ist das nicht ...?«

Noch bevor Philipp den Satz beenden konnte, stand Rauch auch schon auf.

Kapitel 49

»Timo, das ist mein Vater. Papa, das ist Timo.«

Der Typ lächelte so selbstbewusst wie es eben möglich war, wenn eine ganze Gruppe Schüler und der Vater deiner neuen Freundin einen anstarren, und reichte Rauch die Hand.

»Schön Sie kennenzulernen, Herr Rauch.«

Er sah gut aus, trug ein weißes T-Shirt und schlichte Jeans, nichts von diesem lächerlichen Modezeugs, das gerade so angesagt war bei der Jugend. Auch die Haare waren nicht so gestylt wie das der anderen fünf Jungs, die aussahen, als wären sie miteinander verwandt und als hätten sie heute Morgen den gleichen Kleiderschrank geplündert. Das machte ihn Rauch fast schon sympathisch. Endlich nahm er Timos Hand an: fester, guter Händedruck, nicht übertrieben.

»Was machst du denn hier, Papa? Musst du kein Verbrechen aufklären?«

Anna lächelte ihn mit geröteten Wangen an und hoffte offensichtlich inständig, dass ihr Vater ihr nicht hier und jetzt eine peinliche Szene machen würde.

»Mittagspause.«

Er sprach zwar mit seiner Tochter, sah aber noch immer zu Timo, suchte noch immer irgendwas an ihm, dass ihn störte. Außer der Tatsache natürlich, dass er volljährig und der Freund seiner minderjährigen Tochter war.

»Dann wollen wir dich gar nicht länger aufhalten. Ich gehe nachher noch mit Timo einkaufen. Soll ich irgendwas besorgen?«

»Hm.«

»Hast du Toast? Marmelade?«

»Hm.«

»Erde an Papa.«

»Kauf, worauf du Lust hast.«

»Okay.«

Rauch nickte, ein bisschen erleichtert und enttäuscht zugleich, dass er auf den ersten Blick nichts an Timo auszusetzen hatte.

»Es ist doch kein Problem, wenn Timo heute Abend vorbeikommt, oder?«

War es ein Problem oder die Chance ihn etwas besser kennenzulernen? Er musste an Frederikes Worte denken.

»Kein Problem.«

Überraschung zuckte über Timos Gesicht, bis er schließlich erleichtert lächelte, was ihn jünger und weniger markant erscheinen ließ.

»Siehste, ich habe dir doch gesagt, dass er in Ordnung ist.«

Anna lehnte sich gegen ihren Freund, der automatisch den Arm um sie legte, und Rauch spürte den kurzen Stich der Eifersucht in seinem Magen. Seine Tochter hatte einen Freund. Sie wurde erwachsen – und Rauch konnte das nicht verhindern oder die Zeit zurückdrehen. Zurück zu der Zeit, als sie noch ein kleines Mädchen gewesen war und ihren Vater mit großen Augen angehimmelt hatte. Bis zu dem Zeitpunkt, als die Trennung von Laura kam und er zu viel Zeit mit Anna verpasst hatte.

»Spielst du Fußball?«

Die Frage galt Timo, der kurz irritiert war, aber nickte.

»Gut. Bring deine Sportsachen mit.«

Rauch beugte sich vor, küsste Anna auf die Wange und bekam eine Blitzumarmung und ein geflüstertes ‚danke' zurück.

»Wir sehen uns dann zuhause.«

Er sah noch mal in die Runde, in der die meisten in Annas Alter waren und bemüht unauffällig ihre alkoholischen Getränke versteckten. Für heute würde er es dabei belassen, nickte nur und machte sich davon.

Während der Ausbildung hatte er gedacht, ein guter Polizist und später Kommissar zu werden, wäre die schwerste Aufgabe in seinem Leben.

Jetzt wusste er, dass er sich geirrt hatte.

Ein guter Vater zu sein, das würde er bis ans Ende seines Lebens üben müssen.

Kapitel 50

Der Hunger trieb Rauch zurück auf die Königstraße, nachdem er sich von Philipp verabschiedet hatte. Große Lust auf das lange Warten in einem Restaurant hatte er nicht, auch wenn ihm der Sinn nach etwas Leckerem aus der italienischen Küche stand. Die Food Lounge in der Königsbaupassage klang da vielleicht nicht unbedingt verlockend, aber gegen Linsen und Spätzle vom Tobi's hatte er auch nichts einzuwenden.

Zu seinem Glück war die Schlange nicht besonders lang, und er hatte gerade seine Bestellung abgegeben, als sein Handy in der Jackentasche klingelte. Es war natürlich absurd zu glauben, dass sich der Klingelton je nach Dringlichkeit des Anrufs veränderte, aber Rauch bildete sich ein, erkennen zu können, wann es nur ein einfacher Anruf, und wann es wichtig war. Jetzt schien es wichtig zu sein.

»Rauch?«

»Hallo, Herr Kommissar, wenn es nicht zu viele Umstände macht, schlage ich vor, Sie kommen noch mal aufs Revier.«

Frederike Jansen klang aufgeregt und doch geheimnisvoll.

»Haben Sie was gefunden?«

»Allerdings.«

Er wusste, dass sie es ihm nicht verraten würde, wenn er danach fragte, versuchte sein Glück aber dennoch.

»Was gibt es denn?«

»Das müssen Sie sich ansehen.«

»Sie produzieren da einen guten Cliffhanger, Frau Jansen.«

»Ich weiß.«

»Ich bin quasi unterwegs.«

Während er auflegte, änderte er seine Bestellung doch zum Mitnehmen, bezahlte und hetzte dann mit der orangefarbenen Papiertüte, aus der es herrlich schwäbisch duftete, über die Calwerstraße zurück zum Revier, wo er zwei Stufen auf einmal nahm und den direkten Weg zu Frederikes Büro nahm.

»Wow. Das war flott.«

»Sie haben es eben gut angeteased. Also?«

Ihr Blick fiel auf die Tüte in seiner Hand.

»Spätzle und Linsen?«

»Ja.«

»Das wäre doch nicht nötig gewesen.«

Sie streckte die Hand nach der Tüte aus und Rauch, dessen leerer Magen gerade rebellieren wollte, wusste zu genau, dass es einige Personen auf dem Revier gab, mit denen man es sich besser nicht verscherzte. Frederike Jansen hielt die Pole Position auf dieser Liste.

Er reichte ihr die Tüte mit seinem Mittagessen und lächelte tapfer.

»Ich hoffe, Ihre Entdeckung ist das hier wert.«

Sie nickte und deutete auf einen der Computermonitore vor sich.

»Ich habe das Video gefunden.«

»Welches Video?«

Frederike zog eine Plastikgabel aus der Tüte und sah Rauch streng an.

»Plastik?«

»Die packen die einfach so dazu!«

»Das nächste Mal sagen Sie einfach: *nein, danke*!«

Kopfschüttelnd zog sie ihre Schreibtischschublade auf und fischte eine handelsübliche Gabel heraus.

»Sie sollten etwas umweltfreundlicher denken, Herr Kommissar.«

»Ich benutze den Bambus-To-Go-Becher, den Sie mir zu Weihnachten geschenkt haben.«

»Löblich. Wollen Sie das Video jetzt sehen?«

»Ich dachte, ich habe es schon gesehen.«

Frederike öffnete die Kartonbox, aus der ein herrlicher Dürft strömte und spießte genüsslich einige Spätzle auf.

»Nein, Sie haben das Video schon gesehen, das Jacobs uns vorbeigebracht hat.«

»Ich bin verwirrt. Von welchem Video sprechen Sie denn?«

Sie schob sich die volle Gabel in den Mund und kaute erstmal in aller Ruhe, während Rauch hungrig und aufgeregt vor ihr stand. Schließlich erbarmte sie sich seiner und drehte einen Monitor in seine Richtung, drückte auf eine Taste und spielte das Video von der Weihnachtsfeier ab.

»Das kenne ich doch schon.«

»Nun, das hier ist der Directors Cut.«

Wieder sah Rauch, wie Georg Daniels zu tanzen begann, die Anfeuerungsrufe der anderen, das Ausziehen, das Gejohle, mehr Haut, etwas mehr Stille im Zuschauerblock und schließlich der Griff nach dem Gürtel und das Öffnen der Hose. Bis hierhin konnte Rauch keine Abweichung zum anderen Video erkennen. Frederike Jansen, die sein Mittagessen aß, sah ebenfalls auf den Monitor – auf den sie jetzt mit der Gabel deutete.

»Jetzt wird es spannend.«

Georg streifte sich die Schuhe von den Füßen, zog die Hose aus, verlor dabei das Gleichgewicht und fiel lachend zu Boden. Diesmal lachten auch die anderen Gäste, die leider außerhalb des Bildausschnitts standen und die Rauch nicht sehen konnte. Kaum hatte Daniels sich wieder auf die Beine gerappelt, tanzte er hüftschwingend weiter, zog den Bund seiner Boxershorts immer weiter runter, bis er schließlich seinen nackten Hintern in die Kamera hielt. Mit einem Ruck zog er sich die Unterhose komplett runter, drehte sich um und bekam lautes Gelächter als Reaktion. Tanzend, betrunken und nackt ging er nun auf einen der Herren im Anzug zu und tanzte ihn äußerst lasziv an, rieb sich quasi an ihm. Der glasige Ausdruck in seinen Augen verriet, dass er sich morgen, Dank des Katers, wohl nicht mehr an alle Details seiner Aktion erinnern würde. Der Mann im Anzug schubste ihn entschlossen von sich und fand das nicht ganz so lustig wie Georg, der einen zweiten Versuch startete, plötzlich nach dem Gesicht des Mannes griff und ihn auf die Lippen küsste.

»Dieses winzige Detail hat uns Jacobs in seiner Version unterschlagen.«

Jansen nickte kauend.

»Und es kommt noch mehr.«

Eine Frau in einem blauen Abendkleid stürzte ins Bild, riss Georg zu sich herum und verpasste ihm einen schallende Ohrfeige. Von den anderen Gästen war nun nichts mehr zu hören, dafür klang die Stimme der Frau umso lauter:

»Muss das schon wieder sein? Zieh dich an, wir fahren sofort nach Hause. Jetzt!«

Damit drehte sie sich weg, wobei Rauch Paula Daniels' Gesicht bestens sehen konnte, und marschierte davon.

Georg blieb verloren der Mittelpunkt des Videos. Als hätte die Ohrfeige ihn mit einem Schlag nüchtern werden lassen, bedeckte er sein Gemächt mit beiden Händen und blickte beschämt zu Boden.

Dann erst endete das Video.

Kapitel 51

»Haben Sie schon wieder Sehnsucht nach mir?«

Jacobs ließ sich auch nicht durch Dörflingers uniformierte Anwesenheit beeindrucken und lächelte Rauch und seinen Kollegen nur selbstsicher an.

»Wieso haben Sie gelogen, Herr Jacobs?«

Da Dörflinger noch immer recht formatfüllend in der Tür stand, blieb diese offen. Und wenn Rauch eine Eigenschaft von Empfangsdamen kannte, dann ihre natürliche Neugier. Jetzt würden sie sich hoffentlich weit über den Tresen im Eingangsbereich lehnen, um jedes Wort aus Jacobs' Büro zu hören.

»Ich verstehe nicht, was Sie meinen.«

Auch wenn er sich wünschte, sie hätte seinen Anruf angenommen oder zumindest auf seine WhatsApp-Nachricht geantwortet, er brauchte Dr. Sophie Hagen jetzt nicht an seiner Seite, um zu wissen, dass Jacobs nicht die Wahrheit sagte.

»Danke für das Video.«

Jacobs entglitt nur für den Bruchteil einer Sekunde sein Lächeln, dann fing er es wieder auf und nickte.

»Sie wollten es haben, ich habe es wie versprochen aufs Revier gebracht.«

»Mhm.«

Rauch machte einen weiteren Schritt ins Büro, gab Dörflinger damit die Chance, ihm zu folgen und endlich die Tür hinter ihnen zu schließen.

»Wie schade nur, dass Sie uns nicht das richtige Video gebracht haben.«

Jacobs sagte nichts, dachte aber höchst angestrengt über Rauchs Worte nach. Eine brillante schauspielerische Leistung. Schließlich schüttelte er ahnungslos den Kopf.

»Das ist das Video, das ich habe. Haben wir womöglich nicht über das gleiche Video gesprochen?«

Manchmal genoss Rauch dieses Spiel. Wenn der Befragte log und er ihm bewusst immer mehr Platz für das Netz aus Lügen überließ, nur um ihm am Ende dabei zuzusehen, wie er sich hoffnungslos verhedderte. Doch diesmal stand ihm nicht der Sinn danach.

»Das von Ihnen abgegebene Video geht ...«

Rauch drehte sich zu Dörflinger, der bisher mehr oder weniger nur ein beeindruckendes Accessoire war, und sah ihn fragend an. Ein Blick auf seinen Notizblock reichte, um Rauch mit der korrekten Antwort zu versorgen.

»Fünf Minuten achtundzwanzig.«

»Nun, ich habe die Zeit nicht gestoppt.«

Rauch machte noch einen Schritt auf den Schreibtisch zu.

»Aber Sie haben das Ende rausgeschnitten, oder?«

Jetzt war er gespannt, wie Jacobs sich rausreden, welche Lüge er ihm auftischen wollte. Doch so schnell schien ihm keine einzufallen, denn er starrte durch Rauch hindurch, als könne er dort irgendwo die Antwort auf die Frage finden.

»Woher wissen Sie das?«

Seiner Stimme fehlte jegliche Emotion, ebenso wie seinen Augen, die jetzt Rauchs Blick suchten.

»Nun, wir haben es mit dem Video aus dem Internet verglichen.«

»Das Video ist nicht mehr im Internet.«

Rauch hielt das Grinsen in seinen Mundwinkeln versteckte dachte an Frederike, die sich sein Mittagessen hatte schmecken lassen, und legte den Kopf ein bisschen schief.

»Sie glauben das doch nicht wirklich, oder?«

»Wir haben ein Vermögen ausgegeben, damit es verschwindet.«

»Und wir haben es wiedergefunden.«

Rauch nahm auf dem Stuhl auf seiner Seite des Schreibtisches Platz, schlug die Beine übereinander und lehnte sich zurück.

»Wieso haben Sie gelogen?«

Jacobs kaute auf seiner Unterlippe, suchte entweder nach der nächsten Lüge oder den richtigen Worten. Zu gerne wollte

Rauch seine Frage wiederholen, aber ihm fiel sein Fehler von heute Morgen wieder ein und er verkniff es sich, wartete stattdessen einfach ab und wünschte sich, Hagen wäre hier, um seine Geduld zu erleben.

»Sie würden es mir ja doch nicht glauben, Kommissar Rauch.«

Einige Sekunden waren vergangen, als Jacobs endlich wieder sprach. Dabei klang er nicht wütend oder ertappt, sondern einfach nur müde.

»Fordern Sie mich heraus.«

Dörflinger wurde mit einem kritischen Seitenblick bedacht, was ihn aber nicht im Geringsten aus der Ruhe brachte. Rauch wusste, dass Polizeibeamte in Uniform viele verunsicherten, und genau deswegen hatte er seinen jungen Kollegen mitgenommen. Jacobs schien das Lügen aufgegeben zu haben, er atmete schwer aus und sah zu Rauch.

»Ich wusste, dass er sich noch nicht geoutet hatte.«

»Daniels?«

Jacobs nickte.

»Ja. Wir waren vor ein paar Jahren zusammen auf einem Kongress in San Francisco. Es wurde spät und wir haben an der Hotelbar noch etwas getrunken.«

Jacobs zuckte die Schultern.

»Also *er* hatte noch etwas getrunken. Und dann wurde er ... anders.«

»Anders?«

»Als hätte er sich Mut angetrunken so zu sein, wie er wirklich war.«

»Wie war er denn wirklich?«

»Schwul.«

Das überraschte Rauch inzwischen nicht mehr. Seine Gedanken wanderten zurück zu Florian Wichtle.

»Hat er das so gesagt?«

»Mehr oder weniger, ja. Aber er war verheiratet und ...«

Er deutete zur Tür.

»Brecht ist kein besonders, sagen wir, liberaler Mensch. Georg wusste, wenn er davon Wind bekäme ...«

Jacobs machte eine winkende Handbewegung.

»... Georg wäre schneller hier rausgeflogen, als er schwul buchstabieren könnte.«

»Netter Vergleich.«

»Wie auch immer. Er wollte diesen Job, dieses Leben nicht aufgeben. Also behielt er es für sich und bat mich, das Gleiche zu tun. Aber wie immer, wenn man etwas unterdrückt, sucht es sich Wege.«

»Wenn er getrunken hatte?«

»Ja.«

»Sie haben ihn mit dem Video erpresst?«

Jacobs wich Rauchs Blick aus, spielte stattdessen nervös mit dem Kugelschreiber auf seinem Schreibtisch.

»Ich wollte ihm eine Entscheidungshilfe geben. Falls Brecht ihm den Partnerjob anbietet.«

»Damit er ablehnt?«

»Ja.«

»Damit Sie die Position angeboten bekommen?«

»Ja.«

Sie alle wussten, wie die Geschichte ausgegangen war. Sein Plan musste also eine Schwachstelle gehabt haben.

»Aber es hat nicht funktioniert, nehme ich an?«

»Nein.«

Rauch lehnte sich etwas weiter nach vorne, musterte Jacobs eingehend, seine Körperhaltung, seine nervösen Hände, die Schweißperlen auf der Stirn.

»Wieso?«

Jacobs wischte sich kurz über die Stirn.

»Georg wusste auch etwas über mich, von dem ich nicht wollte, dass es die Runde macht. Und ich will es noch immer nicht!«

Er schoss einen warnenden Blick in Rauchs Richtung, der aber keine Gründe sah, wieso er das hier Gesagte nicht für sich behalten sollte, solange es nichts mit dem Mord an Georg Daniels zu tun hatte.

»Er hat auf ihre Erpressung seinerseits mit einer Erpressung reagiert?«

Jacobs nickte.

»Wo waren Sie Samstagnacht zwischen dreiundzwanzig und ein Uhr, Herr Jacobs?«

»Sie denken doch nicht wirklich, dass ich Georg umgebracht habe?«

»Beantworten Sie einfach die Frage.«

Jacobs' Blick, den er Rauch mitten ins Gesicht warf, traf ihn härter als ein Faustschlag.

»Ich war auf einem Treffen der Anonymen Alkoholiker in Südtirol.«

Kapitel 52

Die vielen neuen Infos ließen immer noch Rauchs Kopf schwirren, als sie schließlich die Anwaltskanzlei verließen und in den warmen Frühlingstag traten. Dörflinger, der sich die ganze Zeit über fleißig Notizen gemacht hatte, tippte mit dem Stift auf seinen Block.

»Ich lasse sein Alibi direkt mal checken.«

Rauch nickte geistesabwesend. Er war bereits einen Schritt weiter. Wenn Jacobs von Georgs sexuelle Orientierung wusste, dann sicher auch Paula Daniels, die noch immer die trauernde Ehefrau gab. Rauch zog sein Handy aus der Tasche und wählte erneut Hagens Nummer, wurde aber nur von der inzwischen bestens vertrauten Mailbox begrüßt.

»Sophie, wenn du das abhörst, wir sind gerade bei Jacobs raus. Ich würde gerne noch mal zu Frau Daniels. Diesmal überlasse ich alles dir, aber wir müssen rauskriegen, was sie weiß. Melde dich bei mir.«

Dörflinger stand in Hörnähe, aber das spielte keine Rolle.

»Bitte, Sophie.«

Erst dann legte er auf und holte tief Luft.

»Soll ich noch was checken?«

»Ja. Paula Daniels hat angegeben, sie wäre am Samstag mit Freundinnen essen gewesen. Jansen hat die Adresse des Restaurants. Könnten Sie da mal vorbeischauen und sich erkundigen, wie lange die Damen da waren?«

Dörflinger machte sich wieder ganz pflichtbewusst ein paar Notizen und dabei wirkte der Block in seiner großen Hand wie eine Miniaturausgabe seiner selbst.

»Sagen Sie mal, wie groß sind Sie eigentlich?«

Der junge Mann sah überrascht zu seinem Vorgesetzten, dann überzog eine feine Röte sein Gesicht.

»Ein Meter achtundneunzig.«

Das war um einiges größer als Rauch mit seinen ein Meter fünfundachtzig.

»Spielen Sie Fußball?«

»Selten. Wieso?«

»Ach, nur so ein Gedanke. Halten Sie mich auf dem Laufenden, bezüglich Ihrer Befragungen. Ich muss noch was erledigen.«

»Jawohl.«

Es fehlte nur noch, dass er hackenschlagend salutierte, bevor er sich umdrehte und in Richtung Revier davon marschierte. Rauch wollte zwar am liebsten sofort noch mal mit Paula Daniels sprechen, wusste aber auch, dass das keine besonders gute Idee war. Also entschied er sich, noch mal sein Glück bei Florian Wichtle zu probieren. Weil er den Mann aber nicht erneut in seinem Büro überraschen wollte, wählte er seine Nummer, während er sich in Bewegung setzte.

»Wichtle?«

»Kommissar Rauch hier, entschuldigen Sie bitte, falls ich störe.«

»Nein, nein, Sie stören nicht. Haben Sie schon was rausgefunden?«

Die Hoffnung und gleichzeitig die Traurigkeit in Wichtles Stimme ergaben jetzt so viel mehr Sinn und es traf Rauch irgendwie unvorbereitet in die Magengrube. Das war kein Gespräch für ein Telefonat.

»Würde es Ihnen etwas ausmachen, mich auf dem Revier zu besuchen?«

»Jetzt?«

»Wann immer es Ihnen passt.«

Es entstand eine kurze Pause.

»Ich kann in einer Dreiviertelstunde bei Ihnen sein.«

Eine Dreiviertelstunde. So lange blieb Rauch, um Hagen zu erreichen und sie davon zu überzeugen, dass er sie bei dem Gespräch mit Wichtle dringend brauchte.

»Gehen Sie einfach zur Anmeldung, man wird Sie dann in mein Büro bringen.«

Sie verabschiedeten sich und Rauch legte auf, spürte wie sein Magen immer weiter in Richtung Kniekehle wanderte und ihn sehr deutlich aufforderte, etwas zu essen.

Eine WhatsApp-Nachricht lenkte ihn zumindest für den Moment von seinem Hunger ab. Doch es war nicht wie erhofft Sophie, sondern Anna.

Ein Foto eines ziemlich grün behaarten Joghurts erreichte ihn mit der Frage:

Anna Handy

Züchtest du heimlich Penizillin?
Wir entsorgen Harry,
den Joghurt, mal lieber.
XoXo

Auch wenn sie keine Antwort erwartete, tippte er dennoch schnell eine für sie im Gehen.

Ben Handy

Wie rührend du dich um meinen Kühlschrank kümmerst! Wenn du schon dabei bist, wirf auch die Plastikschüssel im Gemüsefach weg. Ungeöffnet. Zu deiner eigenen Sicherheit.

Dann ließ er das Handy in seiner Tasche verschwinden und machte sich aus alter Gewohnheit auf den Weg zum *Udo Snack*. Wenn die Dinge zu schnell die Richtung wechselten, brauchte Rauch einen Fixpunkt am Horizont. Und sein geliebter *Udo Snack* war genau so etwas.

Kapitel 53

Florian Wichtle sah ein bisschen so aus wie Paula Daniels bei Rauchs letzten beiden Besuchen: übermüdet, gerötete Augen, sogar möglich, dass er abgenommen hatte. Heute wirkte sein dunkelblauer Anzug eine Nummer zu groß an seinem schmächtigen Körper, als er Rauch begrüßte und auf dem Stuhl ihm gegenüber Platz genommen hatte.

»Bitte sagen Sie mir, dass Sie wissen, wer Georg umgebracht hat.«

Rauch wünschte, dass er diese Frage mit einem ‚Ja' beantworten könnte und dabei nicht mal lügen müsste. Doch jetzt schüttelte er nur den Kopf.

»Aber wir sind dran und werden den Täter finden.«

Das hoffte er zumindest, ignorierte das Wissen über die vielen ungelösten Fälle im Archiv einige Etagen unter seinem Büro. Es gab eine ziemlich realistische Chance, dass auch Georg Daniels' Fall da unten landete.

»Was wollten Sie denn mit mir besprechen?«

Rauch wünschte sich das Fingerspitzengefühl einer Dr. Sophie Hagen. Er stellte sich vor, sie wäre hier und könnte ihm ein bisschen helfen. Sie waren oft genug zusammen bei Verdächtigen oder Betroffenen gewesen und er erinnerte sich daran, wie sie solche Gespräche führte.

»Wir haben einige Dinge über Herrn Daniels in Erfahrung gebracht, die Klärungsbedarf haben.«

Damit sagte er die Wahrheit und dabei auch irgendwie nichts. Wichtle, der mit dem silbernen Band an seinem Handgelenk spielte, ließ Rauch keine Sekunde aus den Augen.

»Im Moment gehen wir davon aus, dass ...«

Wie sagte man sowas, ohne dass es wertend klang? Rauch suchte die richtigen Worte, stellte den Satzbau in seinem Kopf immer wieder um und wurde schließlich von Wichtle erlöst.

»Sie meinen, dass wir eine Beziehung hatten?«

Die Erleichterung in Rauchs Gesicht, als Wichtle ihm die Formulierung abnahm, war sicherlich nicht zu übersehen. Zwar hatte er für diese Vermutung bisher noch keine Beweise gehabt, aber auch das klärte Wichtle gerade unversehens auf.

»Entspricht das der Wahrheit?«

Wichtle zögerte, kaute auf der Innenseite seiner Wange und zwar so heftig, dass es Rauch nicht entgehen konnte. Schließlich nickte er.

»Ja.«

»Wie lange ging Ihre Affäre bereits?«

»Affäre?«

Wichtles Stimme klang schriller als bisher, die Augenbrauen zusammengezogen musterte er den Kommissar.

»Natürlich. Zwei Männer, es muss sich also um eine Affäre handeln, nicht wahr?«

»So habe ich das nicht gemeint.«

»Das war keine Affäre. Wir hatten eine Beziehung.«

»Wie lange waren Sie bereits in einer Beziehung mit Herrn Daniels?«

Wichtle lehnte sich etwas nach vorne, die Anspannung war ihm deutlich anzusehen.

»Wieso ist das wichtig?«

»Alles ist wichtig.«

»Seit drei Jahren, drei Monaten und zwei Wochen.«

Es klang nicht wie eine Provokation, sondern einfach so, als ob er sich den besonderen Tag gemerkt hatte. Rauch gab sich Mühe, die Überraschung über die Dauer der Beziehung nicht anmerken zu lassen. Es passte allerdings zur abgeschlossenen Fitness-Studio-Mitgliedschaft, zum Alibi, das Daniels so genau aufgebaut hatte.

»Ich nehme an, Sie wussten, dass er verheiratet war?«

»Natürlich. Aber Sie verstehen das nicht.«

Die Tränen in Wichtles Augen konnten der Wut in seiner Stimme geschuldet sein.

»Sie wissen ja nicht, wie es ist, wenn man sich verstecken muss, weil es von Ihrem Chef oder der Gesellschaft, in der Sie sich bewegen, noch lange nicht akzeptiert wird!«

Nein, das wusste Rauch wahrlich nicht und würde es sich auch nicht anmaßen, es zu behaupten. Er sah einfach nur zu Wichtle, wie dieser sich in Rage redete.

»Zuerst sein Vater, der ihn als echten Kerl erzogen hatte. Der stolz war, wenn er mit wechselnden Freundinnen nach Hause kam! Der ihm beim Fußball zujubelte, ihn aufforderte, sich nicht wie eine Memme zu benehmen, wenn er gefoult wurde! Dann während des Studiums, die ‚Freunde', die bei einem Bier über die *Schwuchteln* lachten, die im Pathologie-Seminar umkippten. Und dann sein feiner Chef, der offen zu seiner Homophobie steht und von den Kollegen dafür sogar beklatscht wird!«

Seine Stimme zitterte inzwischen, ebenso wie seine Unterlippe.

»Wir mussten in fremde Städte fahren, wenn wir uns mal wie normale Menschen bewegen wollten. Wir fuhren bis nach Spanien, um dort zusammensein zu können! Können Sie sich das vorstellen, Kommissar Rauch?«

»Nein.«

Die Ehrlichkeit in Rauchs Antwort brachte Wichtle kurz aus dem Tritt. Er sank ein bisschen in seinen Stuhl zurück.

»Er wollte sich outen. Wir hatten so oft darüber gesprochen. Es hat ihn krank gemacht. Körperlich, verstehen Sie? Er bekam Angstzustände im Gericht, er hatte starke Magenschmerzen, er konnte nicht mehr länger lügen. Er *wollte* nicht mehr länger lügen. Er hatte so vieles geplant. Für uns.«

Hier brach seine Stimme, und die Tränen gewannen. Sofort verbarg er sein Gesicht in den Händen, die angestauten Emotionen überfielen ihn in der Sicherheit von Rauchs Büro.

»Wir wollten ganz neu anfangen.«

»Wann waren Sie gemeinsam im Urlaub?«

»Spielt das eine Rolle?«

Rauch antwortete nicht, griff nur nach einem Bleistift und klappte sein Notizbuch auf.

»Wir waren im Juni einige Wochen zusammen auf Gran Canaria.«

Rauch notierte sich die Daten.

»Und im Januar in Finnland.«

»Wusste seine Frau davon?«

»Wovon?«

Wichtle wischte sich die Tränen vom Gesicht und starrte Rauch an.

»Davon, dass er sich von Ihr trennen wollte, um mit Ihnen zusammenzuleben.«

»Nein.«

»Aber er wollte es ihr sagen?«

Wichtle zuckte die Schultern.

»Sie wissen es nicht?«

»Doch. Er hatte einen Brief für sie, in dem er wohl alles erklärt hat.«

»Wissen Sie, ob er ihr den Brief gegeben hat?«

»Keine Ahnung. Er hat Paula sehr gemocht und wollte ihr nie wehtun. Aber ... man kann sich selbst nur bis zu einem bestimmten Punkt verleugnen, dann geht man entweder kaputt oder ...«

Rauch erfuhr nicht, wie dieser Satz zu Ende gehen sollte, stattdessen griff Wichtle einen anderen Gedanken auf.

»Ich hatte ihn immer darum gebeten, nicht zu viel zu trinken. Jedes Mal, wenn er stark angetrunken war, fühlte er sich unbesiegbar.«

Wichtles Beschreibung seines Freundes weckten auch in Rauch die Erinnerungen an damals, als sie in der Schulzeit geglaubt hatten, alt genug zu sein, um ein Bier über den Durst zu trinken. Wenn Georg getrunken hatte, spielte er sich immer auf.

»Ich wusste, dass er sich auch mit anderen Männern traf. Aber es ging dann immer nur um Sex.«

Das war eine neue Information für Rauch, eine, die nicht so recht ins Bild zu passen schien.

»Er hat sich mit anderen Männern getroffen?«

»Manchmal.«

»Wo?«

Wichtle lächelte bitter.

»Im Internet und dann irgendwo. In einem Hotel. Einem Auto. Einem Park. Immer war er dabei betrunken.«

Auch jetzt noch war die Enttäuschung darüber zu hören, als Wichtle davon erzählte.

»Er wusste, dass er mir damit wehtut, aber er sagte immer, er könnte nicht anders. Er redete sich ein, so leichter damit umgehen zu können. Er müsse Dinge nachholen, sich ausleben und ausprobieren.«

Es wunderte Rauch ein bisschen, dass Wichtle dennoch mit Georg zusammen sein wollte. Solche Taten waren für die meisten Beziehungen pures Gift.

»Dinge, die er mir nicht antun wollte.«

Rauch konnte ihm nicht ganz folgen.

»Das müssen Sie nicht verstehen, Kommissar Rauch. Ich verstehe es auch nicht. Möglich, dass Liebe eben doch blind macht.«

Dennoch: Er zuckte die Schultern, saß mit seinem traurigen Lächeln zusammengesunken da und trauerte um seinen Liebsten, mit dem er trotz allem sein Leben geplant hatte.

»Ich hoffe so sehr, dass Sie den finden, der das getan hat. Und ich hoffe, er wird dann bestraft!«

Das hatte er bereits gesagt – und dennoch traf es Rauch diesmal anders.

»Das werden wir.«

Kapitel 54

Frederike Jansens Büro erinnerte Rauch immer ein bisschen an die Kommandobrücke des Raumschiffs Enterprise. Einige der technischen Geräte waren ihm gänzlich fremd, obwohl sie eine entfernte Ähnlichkeit mit seiner Stereoanlage zu Hause aufzuweisen schienen. Möglich, dass Frederike nach Feierabend ihr Büro als Studio an eine Band vermietete. Als er jetzt eintrat, sah sie von ihrer Tastatur auf.

»Kaum denke ich an Sie, tauchen Sie auch schon auf, Herr Kommissar.«

Wenn das nur immer so klappen würde. Dann wäre Hagen heute bereits um die dreißigmal in sein Büro spaziert.

»Haben Sie die Daten verglichen?«

Sie nickte triumphierend.

»Und direkt mal nachgeschaut. Im Mai hat Florian Wichtle eine Reise für Juni nach Gran Canaria über ein Reiseportal gebucht. Zwei Personen. Abgestiegen sind sie im Garden Hotel in Maspalomas. Alles lief über Wichtle. Es sind genau die Wochen im Juni, die in diesem Kalender fehlen.«

Dabei tippte sie mit ihren rotlackierten Fingernägeln auf das grüne Büchlein.

»Wieso hat er die Seiten rausgerissen?«

»Vielleicht, weil er nicht wollte, dass jemand seinen Eintrag findet.«

»Falls er es eingetragen hat.«

Jansens Lächeln wurde breiter.

»Hat er. Und Georg Daniels hat eine ziemlich kräftige Handschrift.«

Sie schlug eine Seite im Kalender auf und schob sie Rauch hin, damit er sie betrachten konnte. Tatsächlich konnte man den Durchdruck seiner Notizen bestens erkennen.

»Die Jungs und Mädels im Labor sollten Ihnen davon mit Leichtigkeit eine leserliche Kopie erstellen können.«

»Ich denke, das ist nicht nötig. Wir wissen jetzt, dass er sich die Treffen mit Wichtle eingetragen hat.«

Rauch sah noch immer auf das Büchlein, versuchte zu verstehen, wieso jemand – der nicht erwischt werden wollte – einen Kalender mit den Daten führte, die es zu vertuschen galt.

»Da ist mehr.«

Jansen blätterte im Kalender ans Ende, wo nach der letzten Dezemberwoche noch Platz für Notizen war. Einige der Seiten waren beschrieben.

»Was könnte das sein?«

Sie drehte es so, dass Rauch es besser sehen konnte. Dieser beugte sich vor und erkannte eine klare, schnörkellose Handschrift.

»Initialen.«

»Und Zahlen zwischen 1 und 10.«

»Ist ein System zu erkennen?«

Jansen schüttelte den Kopf.

»Keines, das ich verstehe. Noch nicht.«

Rauch fischte sein Handy aus der Hosentasche, machte zwei Fotos von den Seiten und schob den Kalender dann wieder zu Jansen.

»Ich denke auch mal darüber nach. Vielleicht können wir die Initialen zuordnen. Wichtle erwähnte, dass Georg sich auch mit anderen Männern getroffen hat.«

»Hat er Namen genannt?«

»Nein. Was kam bei den Telefonnummern raus?«

»Die meisten sind PrePaid-Telefone, die es nicht mehr gibt. Einige sind öffentliche Telefonzellen.«

»Wissen wir, wo?«

Sie legte ein Blatt Papier vor ihn.

»Die Telefonzelle an der U-Bahn am Charlottenplatz hat er regelmäßig angerufen. Immer zur gleichen Uhrzeit.«

»Gut, dann lassen wir doch um genau diese Uhrzeit ein paar Leute vorbeischlendern. Vielleicht wartet ja noch jemand auf seinen Anruf.«

»Werde ich gleich veranlassen. Ach, und Daniels hatte übrigens nicht nur zwei Konten, sondern auch zwei Kreditkarten.«

»Woher wissen Sie das?«

Jansen, an der ein mysteriöser Magier verloren gegangen war, lächelte undurchschaubar und deutete nur auf den Bildschirm vor sich.

»Ich dachte eben, das könnte Sie interessieren, also habe ich mal recherchiert.«

»Ob seine Frau davon wusste?«

»Ich denke nicht.«

»Können Sie rauskriegen, wofür er das Geld von seinem zweiten Konto ausgegeben hat?«

Mit einer fließenden Bewegung griff Jansen nach einem Blatt Papier, welches wie zufällig neben ihrer Tastatur lag und reichte es Rauch.

»Hauptsächlich für Einkäufe bei Amazon und Hotelbuchungen. Manchmal ein Flugticket hier, ein Restaurantbesuch da.«

»Nichts Auffälliges?«

»Nein. Es sind normale Ausgaben, wie wir sie alle tätigen.«

Natürlich. Daniels hatte zwei Leben geführt, also brauchte er zwei Konten, zwei Handys, zwei Identitäten.

»Er ist allerdings ziemlich erfinderisch, was seine Passwörter angeht. Ich habe sein zweites Mail-Konto gefunden, aber ich komme nicht rein.«

»Probieren Sie es bitte weiter.«

Es wollte Rauch noch immer nicht in den Kopf gehen, dass in der heutigen Zeit jemand größtenteils so fernab seiner wahren Identität hatte leben müssen. Wann immer der CSD in der Stadt zu Gast war und die LGBTQ+ Community sich bunt durch die Stadt treiben ließ, war die gute Laune spürbar. Abgesehen von einigen pöbelnden Menschen blieb es meistens friedlich. So friedlich, dass Rauch sich zu der Annahme hatte hinreißen lassen, dass es in der heutigen Zeit kein großes Problem mehr war, sich als homosexuell zu outen.

Wie sehr er sich doch geirrt hatte.

All die großen Sprüche von Georg damals in der Schule, im Umkleideraum, in der Pausenhalle und auf dem Fußballplatz. All die Geschichten über Mädchen und seine sexuellen Abenteuer. Und die ganze Zeit hatte dahinter ein verunsicherter Junge gesteckt, der sich aus Angst all die Jahre versteckte.

Aus Angst entdeckt zu werden.

Und jetzt, da er sein Leben endlich frei hatte führen wollen – zumindest wenn Wichtle die Wahrheit gesagt hatte – endete er tot in der Turnhalle seiner verlogenen Jugend.

»Ob ich die Handyrechnungen checken soll, habe ich gefragt.«

Rauch blinzelte die Gedanken zur Seite und richtete seinen Fokus wieder auf Frederike Jansen, die ihn abwartend anlächelte.

»Checken Sie alles, was Sie können.«

Er warf einen Blick auf die Uhr.

»Wann können Sie mir etwas Neues liefern?«

»Nicht vor morgen, denke ich. Die meisten meiner ‚Freunde' haben bereits Feierabend.«

»Morgen wird reichen. Danke.«

Weil auch er jetzt Feierabend machte. Auch wenn er jetzt am liebsten noch zu Sophie nach Hause gefahren wäre, um ihr zu sagen, dass sie sich kindisch verhielt, er hatte versprochen, heute etwas früher zu Hause zu sein. Für Laura.

Nein, eigentlich für Anna.

»Ich bin wie immer auf dem Handy zu erreichen.«

Jansen nickte, war aber bereits wieder in ihre Recherche vertieft. Dinge, von denen Rauch nicht viel verstand.

Kaum war er auf den Flur getreten, kam ihm auch schon Dörflinger entgegen.

»Ich habe Jacobs' Alibi gecheckt.«

Er wedelte mit einem Blatt Papier in der Hand.

»Tatsächlich war er bei einer Art Seminar der Anonymen Alkoholiker in einem SPA-Hotel in Südtirol, genauer gesagt in Meran, anwesend. Die nehmen das mit ‚anonym' übrigens sau ernst. Zuerst wollten sie mir gar keine Auskunft geben.«

»Verständlich. Wie haben Sie die Info dann bekommen?«

»Ermittlungen in einem Mordfall. Da haben sie mir bestätigt, dass Frank Jacobs da war.«

Rauch nickte.

»Danke Dörflinger, gut gemacht.«

Das Lob seines Chefs schien seinem Mitarbeiter viel zu bedeuten, denn er wurde wieder fast rot.

»Wir sehen uns dann morgen, falls Sie Dienst haben.«

»Habe ich. Werden Sie mich denn wieder brauchen?«

»Möglich. Sind Sie anderweitig eingeteilt?«

»Krüger wollte, dass ich am Kombe ein bisschen Streife fahre. Da wird wohl mal wieder gedealt.«

Leider war das inzwischen zur Normalität geworden, und es störte Rauch auch deswegen so sehr, weil es in seinem Viertel, quasi direkt vor seiner Haustür, passierte und sie offensichtlich nichts dagegen unternehmen konnten.

»Dafür lässt sich bestimmt jemand anderes finden. Sie kommen morgen mit mir.«

Dörflinger nickte lächelnd – wohl eher strahlend – und Rauch wurde das Gefühl nicht los, dass Sophie tatsächlich Recht gehabt hatte. In letzter Zeit war er oft alleine unterwegs gewesen, nicht nur bei diesem, sondern auch beim vorherigen Fall.

Er wusste, dass sie Recht hatte. Jetzt gestand er es sich endlich auch ein.

Kapitel 55

Blaue Trikots. Er hatte damals darauf bestanden, dass sie blau sein mussten. Und nicht weiß oder rot. Oder rot-weiß. Er wollte deutlich machen, dass sein Fußballherz den Kickers gehörte und er keinerlei Sympathie für den VfB Stuttgart übrig hatte – was Markus, Besitzer einer Dauerkarte beim VfB, so gar nicht gefallen hatte. David war es schließlich, der mit dem lächerlichen Namen ‚*Kombe Kickers*' ankam, und mit jedem Bier hatten sie mehr über seinen Vorschlag gelacht, bis die letzte Runde mit ein paar Kurzen ergänzt wurde und sie sich sicher waren: Es gab keinen besseren Namen für ihre Hobby-Mannschaft als *Kombe Kickers*. Sogar Markus war damals betrunken genug, um die Namenswahl abzunicken.

Der Kombe hatte eine ähnliche Geschichte wie der ‚*Monte Scherbelino*'. Trümmerschutt aus dem Zweiten Weltkrieg war hier aufgeschüttet worden, bis die Kinder es später als Komposthaufen und irgendwann nur noch als *Kombe* bezeichneten. Inzwischen kannte jedes Kind im Lehenviertel den Spielplatz unter diesem Namen. Auch Rauch hatte hier einen großen Teil seiner Kindheit verbracht. Und jetzt, da er sich das Trikot mit der Nummer Sieben über den Kopf streifte, kam er sich wieder wie eben dieser Junge von früher vor. Er sah zu den heutigen Gegnern hinüber, die allesamt Markus' Arbeitskollegen waren. Sie trugen gelbe T-Shirts – nicht mal echte Trikots hatten sie – mit dem SSB Logo.

»Wenn Walter nicht aufkreuzt, heißt es drei gegen vier. Das ist unfair!«

Eines der Gelb-Shirts schien sich jetzt schon beim nichtvorhandenen Schiedsrichter beschweren zu wollen. Rauch schüttelte nur den Kopf. Dieses ganze Diskutieren war nicht seine Welt. Wenn Fußball gespielt wurde, hielt man sich an die Regeln, schoss Tore und am Ende gab es meistens einen klaren Sieger.

»Also drei gegen vier ist blöd, dann können wir es auch gleich sein lassen.«

David, der neben Rauch saß und sich gerade die Fußballschuhe schnürte, verdrehte die Augen.

»Wenn die spielen, wie sie reden ...«

Markus, dem das Verhalten seiner Kollegen offensichtlich peinlich war, trat neben Rauch.

»Können wir noch jemanden anrufen, der mitspielt? Die ziehen sonst echt wieder ab.«

»Manuel hat heute Schicht, der kann nicht.«

Rauch sah zu der Tischtennisplatte, die außerhalb des Fußballkäfigs stand. Dort saß Anna im Schneidersitz auf der Platte, trank ihren Eistee und lächelte glücklich.

Der Grund für das glückliche Lächeln lehnte lässig neben ihr an der Platte. Timo erzählte ihr gerade irgendwas, und sie schmachtete ihn aus verliebten Augen an.

»Timo!«

Der junge Mann zuckte so erschrocken zusammen, als wäre er gerade auf frischer Tat bei einem Verbrechen ertappt worden. Möglich, dass Rauchs Stimme etwas zu sehr nach Drill Instructor geklungen hatte.

»Fußballschuhe dabei?«

Er wechselte einen unsicheren Blick mit Anna und nickte schließlich.

»Super, du spielst nämlich mit.«

Damit drehte Rauch sich zu Markus, der erleichtert aufatmete.

»Markus, wir leihen dich für heute ausnahmsweise an die SSBler aus. Aber denk ja nicht, dass du das Blau einfach ablegen kannst.«

Markus reichte ihm das blaue Trikot und schlüpfte selber in eines der gelben T-Shirts.

»Beim nächsten Spiel bin ich wieder blau. Nur nicht im Stadion.«

David musterte Rauch kurz von der Seite, was diesem nicht besonders gefiel.

»Was denn?«

»Ist das ein Test für den Schwiegersohn in spe?«

»Wir brauchen einen Mann, wir haben einen.«

»Bist du heute irgendwie mies drauf?«

Rauch, der tatsächlich nach dem heutigen Tag nicht die beste Laune hatte, schüttelte den Kopf und stand auf.

»Alles gut. Ich bin bereit fürs Spiel.«

»Stress im Revier?«

Philipp, der den Ball bis eben ein paar Mal mit dem Torhüter der anderen Mannschaft hin und her gespielt hatte, wurde hellhörig und kam zu seinen Kumpels, die noch immer am Rand gegen den Käfig gelehnt standen.

»Schon was Neues?«

»Nein. Und selbst wenn, könnte ich mit euch nicht darüber sprechen, das wisst ist!«

Philipp hob entschuldigend die Hände.

»Okay, okay, ich wollte nur höflich sein und Interesse an deinem Job bekunden.«

David, dem die angespannte Körperhaltung seines Mitspielers und Freundes nicht entgangen war, klopfte ihm aufmunternd auf die Schulter.

»Wir sind deine Freunde, wir verstehen das.«

»Gerade weil ihr meine Freunde seid, kann ich nicht darüber sprechen.«

David zog die Augenbrauen zusammen.

»Wie schade. Ich dachte, dafür sind Freunde da.«

Einen kurzen, schwachen Moment überlegte Rauch tatsächlich, ihnen alles zu erzählen. Von Georg Daniels Doppelleben und den verheimlichten Gefühlen, von Wichtle und seinem Schmerz. Aber er schüttelte nur den Kopf und deutete auf den Ball, der vereinsamt in der Mitte des Spielfelds lag.

»Lasst und einfach eine Runde kicken, okay?«

Timo, inzwischen in kurzen Shorts, Fußballschuhen und Markus' blauem Trikot mit der Nummer Neun tauchte neben Rauch auf.

»Okay, was ist meine Aufgabe?«

Rauch fiel jetzt erst auf, wie groß der junge Mann war und wieviel fitter als die anderen er wirkte. Gut, er war auch knapp zwanzig Jahre jünger.

»Schieß einfach ein paar Tore für uns.«

Timos Lächeln wurde breiter und er nickte, machte ein paar Dehnübungen und folgte dann David und Philipp aufs Spielfeld. Rauch wollte ihnen gerade folgen, als ihn von hinten zwei Arme umklammerten und ihn fest drückten. Er drehte den Kopf zu Anna, die sich auf die Zehenspitzen stellte und ihm einen Kuss auf die Wange drückte.

»Danke, Papa.«

Vielleicht würde er ja doch noch ein guter Vater werden.

Kapitel 56

Timo, soviel stand fest, war schneller mit dem Ball am Fuß als ohne. Ein Übersteiger hier, eine Finte da und schon war er frei vor dem Tor und musste die Kugel nur noch einschieben. Seine Pässe zu Rauch waren präzise und im perfekten Moment gespielt. Und so führten die *Kombe Kickers* vier zu eins gegen die Gelb-Shirts.

»Nicht schlecht.«

Rauch hielt Timo die Hand zum Highfive hin und dieser schlug bestens gelaunt ein. Das Jubeln vom Spielrand kam jedes Mal ein bisschen lauter, aber das sah man verknallten sechzehnjährigen Mädchen sicher nach.

»Spielst du im Verein?«

»Habe ich mal, aber jetzt fehlt dazu die Zeit.«

Timo schwitzte auch nicht so sehr wie die anderen Jungs, seine Haare saßen noch immer perfekt, und Rauch wunderte sich, wieso er kein bisschen außer Atem war.

»Hast du vielleicht Lust, ab und an mit uns zu trainieren?«

Timo, der noch immer höflich lächelte, zögerte, warf einen kurzen Blick zu Anna, die neben den Sporttaschen der Männer saß und Fotos mit ihrem Handy machte. Vermutlich für Instagram. Sicherheitshalber zog Rauch seinen Bauch etwas ein, obwohl er eigentlich ziemlich zufrieden mit seiner sportlichen Figur war.

»Ähm. Also. Verstehen Sie das jetzt bitte nicht falsch, Herr Rauch …«

Timo kratzte sich am Hinterkopf, aber selbst das konnte seine Frisur nicht durcheinander bringen.

»… aber meine Jungs fänden das irgendwie komisch.«

»Deine Jungs?«

»Meine Kumpels.«

»Dass du mit dem Vater deiner Freundin Fußball spielst?«

»Mit einem Kommissar.«

Rauch lachte kurz, aber Timos Blick bliebt ernst.

»Das wäre ein Problem?«

»Die meisten von ihnen halten nicht sooo viel von den Bull... der Polizei.«

Gerade, als Rauch nachfragen wollte, wo genau das Problem mit seinem Berufsstand lag, stupste David ihn gegen die Schulter.

»Kicken, nicht quatschen!«

Und das Spiel hatte ihn wieder.

Sicherlich hatte es nichts weiter zu bedeuten. Jungs in Timos Alter fanden die Polizei bestimmt aus Prinzip scheiße und nannten sie Bullen. Das war alles. Das waren eben Jugendliche.

Oder?

Timos Pässe kamen nicht mehr so häufig zu ihm, sondern mehr zu David, der vor dem Tor zwar nicht ganz so kaltschnäuzig war, aber immerhin auf fünf zu eins erhöhte. Rauch ertappte sich dabei, wie er Timo etwas genauer musterte. Hatte Laura doch Recht? Was für Kumpels waren das? Hing Anna auch mit ihnen ab?

»Oha. Hoher Besuch.«

David deutete in Richtung Seitenlinie, wo jetzt nicht nur Anna saß, sondern auch Sophie.

Ihr Anblick brachte Rauch imm wahrsten Sinne des Wortes aus dem Tritt, er stolperte fast über den Ball, spielte ihn gerade noch rechtzeitig zu David, bevor er heftig gegen Markus prallte, der ihn auffing.

»Hoppla, Herr Kommissar.«

Er grinste ihn frech an.

»Damenbesuch?«

Rauch berappelte sich schnell wieder und sah zu Hagen, die in einer weit geschnittenen Boyfriendjeans und einem schlichten weißen Top neben seiner Tochter Platz genommen hatte. Eine Sonnenbrille schützte ihre Augen, und so wusste Rauch nicht, ob sie zu ihm sah. Kurz hob er die Hand, sie erwiderte seinen Gruß.

»Was macht sie denn hier?«

Philipp tauchte hinter ihm auf, ließ das Tor unbewacht und kassierte den Anschlusstreffer zum zwei zu fünf.

»Frag nicht mich, *ihr* habt sie eingeladen.«

Markus schüttelte den Kopf.

»Das hier sollte unser Männerding bleiben.«

»Als ob sie euch stört.«

Er ging davon aus, dass seine Kumpels ihn nur aufzogen, aber beide sahen ihn wenig begeistert an.

»Muss ich dann gleich nach dem Spiel eine Aussage machen – oder wie?«

»Ihr übertreibt.«

»Können wir nicht mal in Ruhe Fußball spielen?«

Rauch konnte Philipps Gedanken nicht so recht folgen, war er doch auch nach dem gemeinsamen Abend im *Eckle* hellauf begeistert von ihr gewesen.

»Sie ist privat hier.«

»Klar. Dabei nimmt sie uns alle nur ein bisschen unter die Lupe.«

Rauch trat einen Schritt auf Philipp zu.

»Und wenn? Hast du was zu verbergen?«

»Spinnst du? Ich dachte nur, das hier wäre eben unser Ding.«

Markus nickte, als müsste er Philipp unterstützen.

»Eben ein Männerding.«

»Anna ist doch auch hier.«

»Anna ist was Anderes.«

Damit ging er zurück ins Tor und warf David den Ball zu. Für den Rest des Spiels vermied Philipp den Blickkontakt mit Benedikt, was diesen zwar irritierte, ihn aber auch nicht davon abhielt, sich wieder auf sein Spiel zu konzentrieren. Hagen hatte ihn schon einige Male wegen seiner Fußballerzählungen aufgezogen. Jetzt wurde es Zeit, zu beweisen, dass er gar nicht so untrainiert war, wie sie neulich noch behauptet hatte.

Die Pässe mit David funktionierten nach wie vor bestens, und auch Timo schien sich wieder auf ihn als Sturmpartner einzuspielen. Eine Tatsache, die Markus so gar nicht zu gefallen schien. Seine Zweikämpfe wurden immer ruppiger und schließlich säbelte er Rauch einfach unsanft von hinten um.

Es war wenig der Aufprall auf dem Boden, der Rauch nervte, als viel mehr die Sinnlosigkeit seines Fouls.

»Sag mal … spinnst du?«

»Komm, stell dich nicht so an, das war ein harmloses taktisches Foul.«

Rauch warf einen Blick auf sein Knie, das bei dem Sturz lädiert worden war. Sie hatten klare Regeln für Fouls, da es keinen Schiedsrichter gab, und meistens hielten sich alle daran. Es ging hier vor allem um den Spaß und nicht um potenzielle Kreuzbandrisse.

»Das nennst du harmloses Foul?«

»Mann oder Memme?«

Er reichte Rauch grinsend die Hand und zog ihn zurück auf die Beine.

»Oder hast du etwa Angst, dich vor deiner Frau Kollegin zu blamieren?«

Er zwinkerte Rauch schelmisch zu und machte sich dann wieder auf zum Mittelkreis. Rauch betrachtete sein Knie, dann sah er zu Hagen, die inzwischen ihre Sonnenbrille ins Haar geschoben hatte und ihre Handtasche auf dem Schoß wie ein treues Haustier fest an sich gedrückt hielt.

Zu seiner Überraschung lächelte sie.

Kapitel 57

Ein knappes fünf zu drei für die *Kombe Kickers*, die gerade in der zweiten Halbzeit ziemlich unkonzentriert durch das Spielgeschehen gestolpert waren. Rauch, verschwitzt und verwirrt, klatschte seine Mannschaftskameraden ab und folgte ihnen zum Rand, wo Anna zuerst Timo und dann ihm eine Wasserflasche reichte.

»Gar nicht übel für einen alten Mann.«

Auch wenn Benedikt nicht wirklich ‚alt' war, verstand er das liebevolle Necken seiner Tochter, denn neben Timo wirkte selbst ein fitter Rauch irgendwie behäbig.

»Du wirfst heute aber auch wieder mit Komplimenten um dich.«

»Im Ernst, Papa, das war eine gute Vorstellung.«

Rauch nickte und trank erstmal die ganze Flasche aus, bevor er sich zu Hagen drehte, die noch immer entspannt auf dem Boden neben seiner Tasche saß.

»Ich hätte nicht gedacht, dass du kommst.«

»Ich auch nicht.«

Sie sah zu ihm auf und schenkte ihm ein Lächeln, das er als Zeichen für einen Waffenstillstand ansah. Er ging neben ihr in die Hocke.

»Hast du deine Mailbox abgehört?«

»Habe ich.«

»Und?«

Sie zuckte die Schultern.

»Du hattest die Beziehung der beiden ja bereits vermutet.«

»Ja, aber wir hatten keine Beweise.«

»Wir wissen immer noch nicht, wer der Täter ist.«

Sie sah zurück zu den Männern, die sich über verschiedene Szenen im Spiel austauschten, manch ein Foul oder Tor noch mal analysierten und sich den Schweiß abwischten.

»Haben deine Jungs inzwischen eine DNA-Probe abgegeben?«

»Noch nicht.«

Hagen sah wieder zu Rauch, der nur den Kopf schüttelte.

»Und ich werde sie nicht drängen. Solange wir keinen Wisch vom Staatsanwalt vorliegen haben, ist es freiwillig und ich kann sie nicht zwingen.«

»Wenn man nichts zu verbergen hat ...«

»Vielleicht wollen sie ihre Daten nicht in unserem Archiv wissen.«

»Ich wiederhole mich ungern, wenn sie nichts zu verbergen hätten ...«

Rauch hob die Hände.

»Okay, okay. Lass uns bitte nicht wieder streiten. Ich spreche mit ihnen. Okay?«

»Okay.«

Sie warf ihm ein Handtuch zu, und er war froh, für den Moment einer weiteren Auseinandersetzung entgangen zu sein. Mit dem Gesicht noch im Handtuch meinte er ein genuscheltes ‚*Entschuldige wegen vorhin*' zu vernehmen und blickte überrascht auf.

»Wie war das?«

Hagen lächelte etwas unsicher.

»Du hast mich schon verstanden.«

»Habe ich das?«

»Ben, bitte.«

Ihm fiel auf, wie müde sie aussah, obwohl sie sich etwas Make-up aufgelegt hatte. Es waren die Augenringe, die sie verrieten, und der traurige Blick, den er damals schon an ihr bemerkt hatte. Er tippte ihr sanft an die Schläfe.

»Viel los da drinnen?«

Sie nickte.

»Ich hätte meinen Ärger nicht an dir auslassen sollen, das war nicht fair. Wegen genau sowas sagt man uns Frauen nach, wir wären nicht für stressige Jobs geeignet. Weil wir zu schnell zu emotional reagieren und ich ...«

Sie brach ab, weil Rauch ihren Arm berührte.

»Entschuldigung angenommen.«

Das folgende Lächeln bügelte ein paar der neuen Fältchen um ihre Augen weg.

»Du sagtest etwas von einem Vorstellungstermin ...?«

Sophie nickte.

»Verrätst du mir, wohin du gehst, wenn du uns verlässt?«

Sie wollte gerade antworten, als Philipp ihn mit dem Fuß von der Seite anstupste.

»Ich störe eure Zweisamkeit nur ungern, aber ...«

Er deutete in Richtung der Tischtennisplatten, wo Bettina Koch mit einem Korb voller Lebensmittel auf der anderen Seite des Käfigs stand und ihn böse anfunkelte. Sie trug ein leichtes Sommerkleid, welches vielleicht ein wenig zu sommerlich für die frühlingshaften Temperaturen war, ihr aber ganz hervorragend stand, dazu flache Sandalen und ihren typischen roten Lippenstift. Die blonden Haare trug sie offen und ein bisschen vom Wind zerzaust. Sie sah aus wie jemand, der heute Abend ein Date hatte.

»Scheiße.«

Hastig stand er auf, schob sich an den Anderen vorbei und kam mit einem gequälten Lächeln auf sie zu.

»Entschuldige bitte, ich hatte total vergessen, dass wir heute ein Spiel hatten.«

Er konnte frisches Gemüse, eine Flasche Wein, Käse und ein paar Feigen in dem Korb erkennen, den Bettina bei sich hatte.

»Ich stehe wie bestellt und nicht abgeholt vor deiner Wohnung und muss mir von Frau Karol erklären lassen, dass du am Kombe bist.«

»Es tut mir leid.«

»Was macht *die da* denn hier?«

Die Art und Weise, wie sie es betonte, ließ Rauch wissen, dass sie keinesfalls von Anna sprach.

»Die Jungs haben sie eingeladen.«

»Die Jungs, ja? Wann denn?«

»Wir waren neulich im *Eckle* zusammen was trinken ...«

»Du warst mit ihr aus?«

»Was? Nein! Wir … ich …«

Rauch verlor jeglichen Sinn für Rhetorik, sobald er sich vor einer Frau für seine Unachtsamkeit rechtfertigen musste. Das war schon früher bei Laura so, inzwischen bei Bettina und immer wieder auch mal bei Sophie. Alle drei Frauen spielten so unterschiedliche Rollen in seinem Leben, was er ihnen aber nie so recht begreiflich machen würde können.

»Bettina, ich habe gerade wirklich viel um die Ohren und habe vergessen, dass wir heute zusammen kochen wollten.«

»Von gestern auf heute vergessen?«

Er machte sich eine gedankliche Notiz, sich endlich einen Kalender anzuschaffen. Auch wenn er sicher war, genau das heute Abend schon wieder vergessen zu haben.

»Der Fall hängt mir ziemlich nach.«

Das war keine Lüge, wenn auch nicht der wahre Grund dafür, dass er sein Treffen mit ihr vergessen hatte. Doch ihre Gesichtszüge wurden wieder etwas weicher, als sie ihn eine Weile studierte. Er wusste, dass er im Moment nicht den besten Eindruck machte, verschwitzt, mit zerzausten Haaren und von der Anstrengung eines Fußballspiels gerötetem Gesicht.

»Bleibt Anna zum Essen?«

Gerade noch mal die Kurve gekriegt.

»Ja, sie bleibt bis Freitag.«

Bettina nickte, warf einen Blick in den Korb und lächelte dann wieder so strahlend, wie er es von ihr gewohnt war.

»Ich habe genug für uns alle eingepackt.«

Sie stellte sich auf die Zehenspitzen und drückte Rauch einen Kuss auf die Lippen.

Kapitel 58

Anna und Bettina schnippelten das Gemüse in der Küche, während Rauch den Wein entkorkte und Timo dabei zusah, wie er den Salat wusch. Ein bisschen fühlte es sich an wie eine echte Familie.

Eine *normale* Familie.

Bis er ins Esszimmer sah, wo Sophie den Tisch deckte. Ihre Anwesenheit hatte bei Bettina nicht gerade für einen Begeisterungssturm gesorgt, aber es war Anna gewesen, die Sophie eingeladen hatte. Also waren sie alle zusammen zu Rauch nach Hause gegangen.

»Wir haben eine Gabel zu viel.«

Sophie hielt sie wie eine Tatwaffe zwischen den Fingern und Rauch nickte in Richtung Küchenschrank.

»Einfach zurücklegen.«

Bevor Sophie sich in Bewegung setzen konnte, warf Bettina ihr einen scharfen Blick zu.

»Oder wir lassen sie draußen. Wer weiß, wen noch alles zum Essen kommt?«

Rauch atmete schwer ein und bekam ein aufmunterndes Lächeln von Timo, der irgendwie für ihn Partei ergriffen hatte. Nach dem Motto: Wir Männer müssen zusammen halten.

Jetzt schon meinte Rauch die Kopfschmerzen zu spüren, die ihn im Laufe des Abends sicher noch zunehmen würden. Schnell goss er einen großzügigen Schluck Pinot Noir in ein Weinglas und brachte es Bettina, die gerade Serrano Schinken in den Salat schnitt.

»Habe ich mich schon entschuldigt?«

Sie sah nicht zu ihm, hob den Schinken unter den Salat, der außerdem mit Tomaten, Pinienkernen und roten Zwiebeln garniert war.

»Doch, aber ich weiß noch nicht, ob ich dir bereits vollständig verziehen habe.«

»Sophie ist übrigens Vegetarierin.«

Er deutete auf den Schinken im Salat, was Bettina mit einem Augendrehen kommentierte, nach dem restlichen Serrano griff und ihn in die Schüssel kippte. Zufrieden wischte sie sich die Hände an einem blau-weiß karierten Küchentuch ab und griff nach dem Weinglas – alles ohne Rauch anzusehen.

»Sie ist nur eine Kollegin, Bettina.«

»Eine anhängliche Kollegin.«

»Eine gute Kollegin.«

Sie gönnte sich einen Schluck Wein und Rauch hoffte, der seidige, sinnliche Geschmack würde ihre Eifersucht herunterspülen.

»Okay. Eine *gute* Kollegin. Aber eine, die ich nicht mögen muss, oder?«

»Es wäre leichter, wenn du ihr eine Chance geben würdest.«

»Wieso denn das?«

Sie sah ihn an und er wusste, mit der folgenden Antwort würde er keine Wogen glätten.

»Weil wir ein Team sind.«

Auch wenn er das gar nicht mehr so genau wusste. Denn wenn das Bewerbungsgespräch tatsächlich so gut gelaufen war, konnte Sophie schon Ende des Monats verschwunden sein.

Nach Hamburg.

Zu Kai.

In die Wohnung an der Alster.

Bei dem Gedanken hätte er Bettina am liebsten den Wein aus der Hand genommen, um einen Schluck zu nehmen.

»Beruflich könnt ihr machen, was auch immer ihr wollt. Privat ...«

Sie bohrte ihren Zeigefinger in Rauchs Brust.

»... will ich sie nicht so oft an deiner Seite sehen.«

»Wieso?«

Es war ihm nur so herausgerutscht und er konnte von Glück sprechen, dass das Messer auf der Anrichte außer Reichweite lag.

»Weil nur Platz für eine Frau in deinem Leben sein sollte.«

Verdammt.

»Natürlich.«

Verdammt.

Sie dachte, das mit ihnen beiden wäre jetzt irgendwie offiziell etwas Ernstes. Eine echte Beziehung. Der kalte Schweiß brach ihm aus und er lächelte nur nervös, nickte apathisch und verstärkte Bettina so nur noch mehr in ihrem Gefühl.

»Gut.«

Sie legte die Arme um seinen Hals und drückte sich an ihn, bemerkte nicht, wie er plötzlich erstarrt und ungelenk vor ihr stand.

Er mochte Bettina. Er mochte sie sehr. Aber wenn er an das Scheitern seiner letzten Beziehung dachte, war ihm nicht wohl dabei, sich vorzustellen, das ganze Chaos noch einmal zu erleben. Sicher, er war in einem Alter, da sollte man sich langsam, aber sicher mal für eine Beziehung entscheiden, aber bei seinem Beruf, bei der Arbeit ... wie sollte da ausreichend Platz für sowas wie die Liebe bleiben?

»Kann ich über Nacht hier bleiben?«

Sie nuschelte die Frage gegen seine Brust und auch wenn manche Nächte einsam waren, genoss er es im Großen und Ganzen, sein Bett, ja seine ganze Wohnung, für sich zu haben.

»Worüber hast du dich eigentlich mit Georg gestritten?«

Wie so oft, wenn er einer persönlichen Frage aus dem Weg gehen wollte, stellte er eine Gegenfrage. Möglich, dass das an seinem Beruf lag. Bettina löste sich nur minimal von ihm, stützte ihr Kinn auf seiner Brust ab und sah zu ihm auf.

»Was?«

»Du hast dich mit Georg gestritten. In der Turnhalle. Worüber?«

»Du kanntest ihn doch auch. Er war ein Arschloch.«

»Hat er was Unverschämtes gesagt?«

»Ist das hier ein Verhör?«

»Es ist eine Frage.«

Bettina musterte sein Gesicht und er spürte den minimalen Abstand, den sie zwischen ihre Körper brachte.

»Er sagte, der Gewinner kriegt Lisa oder mich, damit wir mal wieder durchgevögelt werden. Daraufhin habe ich ihm gesagt, was für ein Arschloch er ist und bin gegangen.«

»Und hast du ihn später am Abend noch mal gesehen?«

Bettina verdrehte die Augen.

»Wenn du nicht willst, dass ich eine Rolle in deinem Leben spielen soll, dann sag es mir. Aber verdächtige mich nicht eines Mordes, den ich nicht begangen habe!«

Das Klingeln des Telefons riss ihn aus seinen Gedanken, allerdings auch aus Bettinas Umarmung.

»Ben, dein Handy!«

Sophies Rufen aus dem Esszimmer führte nun dazu, dass Bettina die Arme vor der Brust verschränkte und ihn abwartend anfunkelte.

»Willst du nicht rangehen? Obwohl du Feierabend hast, obwohl wir kochen wollten, obwohl du es versprochen hast.«

Genau *das*.

Der Glaube, er hätte wirklich irgendwann Feierabend. Oder wirklich Urlaub. Ihre Hoffnung, er würde sie seinem Beruf vorziehen. Er zwang sich ihrem Blick auszuweichen und dem schrillen Klingeln seines Handys zu folgen. Sophie kam ihm auf halbem Weg entgegen, hielt das schreiende Telefon in ihrer Hand.

»Es ist Dörflinger.«

Sofort nahm er ab.

»Rauch?«

»Tut mir leid, Sie um die Uhrzeit noch mal stören zu müssen, aber ich dachte, das würden Sie vielleicht gerne wissen.«

»Worum geht es, Dörflinger?«

Sophie trat einen kleinen Schritt auf ihn zu, als wollte sie mithören, und Rauch drehte das Handy ein bisschen in ihre Richtung.

»Florian Wichtle.«

»Was ist mit ihm?«

»Er ist tot.«

Kapitel 59

Hagen parkte den Wagen an der selben Stelle wie neulich, nur das sich dort scheinbar alles verändert hatte. Polizeiautos mit Blaulicht, der Wagen von der KTU und mehrere Absperrbänder markierten den Tatort, um den ein weißes Zelt aufgebaut war, ein Versuch den wenigen Gaffern den Blick auf die Leiche zu versperren. Dörflinger sah sie kommen und eilte ihnen entgegen, bevor sie die Absperrung erreichen konnten.

»Gut, dass Sie da sind.«

»Wir brauchen die Kurzfassung.«

Rauch wollte immer so schnell wie möglich im Bilde sein, wenn er an einen Tatort kam, und Dörflinger, bewaffnet mit seinem Notizblock, war dafür bekannt, sich auf das Wesentliche zu konzentrieren.

»Er wurde von einem anderen Jogger gefunden, aber da war er schon tot. Erstochen, elf Stiche. Wir haben einige Fußspuren am Tatort, die Jungs von der KTU sind dran.«

Es hatte sich eingebürgert, von ‚den Jungs' zu sprechen, obwohl Sarah Fuchs meist ein Team aus drei Frauen und zwei Männern dabei hatte. Treffender wäre die Bezeichnung ‚die Leute von der KTU'. Aber jetzt war nicht der richtige Zeitpunkt, dieses Thema zu diskutieren.

»Die Musik vom Handy lief noch auf seinen Kopfhörern. Dr. Häberlin ist unterwegs.«

»Hat der Jogger irgendwas gesehen?«

»Nein. Am Parkplatz sind allerdings viele Reifenspuren, aber auch da sind wir dran.«

Rauch nickte, denn er wusste, dass Reifenspuren von großer Hilfe sein konnten. Falls der Mörder mit dem Wagen gekommen war. Dörflinger hielt das Absperrband nach oben, um Rauch und Hagen das Betreten des Tatorts zu erleichtern, fast so als würden sie einen Boxring betreten.

Das weiße Zelt, das eher auf eine Gartenparty stehen könnte, war immer ein Hinweis auf eine Gewalttat. Daran hatte sich Rauch inzwischen gewöhnt, auch wenn der Anblick einer Leiche zwischen den Plastikwänden ihn jedes Mal aufs Neue traf.

Florian Wichtle lag auf dem Rücken, das helle Sportshirt hatte sich im Burstbereich bereits dunkelrot gefärbt. Er trug kurze Sporthosen, teure Laufschuhe und hatte noch immer die kabellosen Kopfhörer in den Ohren. Um seinen rechten Oberarm war eine neongelbe Handytasche für Jogger und Sportler angebracht, in der sein Telefon steckte. Die Augen starrten an ihnen allen vorbei in Richtung der Wipfel jener Bäume, die den Joggingpfad umgaben.

»Er wusste es.«

Rauch sah irritiert zu Hagen.

»Was?«

»Er wusste, dass er stirbt.«

»Woher willst du das wissen?«

Sie deutete auf die Leiche.

»Er hat seinem Mörder ins Gesicht geschaut. Die Stiche sind im Brustbereich. Und er wusste, er wird aus der Sache nicht lebend rauskommen.«

»Bauchgefühl?«

Sie nickte. Rauch sah wieder zu Florian Wichtle, einem Mann in seinem Alter, gegen den er in der Jugend einige Male Fußball gespielt hatte, der sich aber nicht mehr an Rauch hatte erinnern können. Jetzt war er tot. Erstochen auf seiner Joggingrunde, die er früher wohl gerne mit seinem Lebenspartner gelaufen war.

Sarah Fuchs tauchte an Rauchs linker Seite auf.

»So schnell sieht man sich wieder.«

»Habt ihr was?«

»Einiges. Wir werten es aus und dann bist du der Erste, der es erfährt.«

»Danke.«

»Was ich dir jetzt schon sagen kann, wir haben wieder einen Frauenschuhabdruck gefunden.«

»Schuhgröße 39?«

Sie nickte, und Rauch beschlich das Gefühl, dass er diesmal nur zu genau wusste, wem der dazu passende Schuh gehörte.

»Was ist mit dem Handy?«

»Sobald wir alle Fingerabdrücke haben, schauen wir es uns an.«

Rauch warf einen schnellen Blick auf die Uhr und stellte fest, dass es schon nach neun war. Sarah deutete die Zeichen und nickte wieder.

»Wir machen eine Nachtschicht, keine Sorge.«

Damit machte sie sich wieder an die Arbeit und ließ Rauch bei Hagen und Dörflinger zurück, der sich an den Kommissar wandte.

»Dr. Häberlin müsste gleich hier sein.«

Er wusste, dass auch der Pathologe wohl andere Feierabendpläne gehabt hatte. Wieder blickte Rauch zu der Leiche.

»Was meinst du?«

Benedikt konnte fast spüren, dass Hagen bereits einen Gedanken verfolgte und wollte unbedingt wissen, welchen. Sie verschränkte die Arme, während er näher an sie heran rückte, als könnte er dann vielleicht ihre Gedanken hören.

»Ich weiß nicht. Erstochen. Erschlagen. Das macht keinen Sinn.«

»Du glaubst, die beiden Morde hängen nicht zusammen?«

»Doch. Das schon.«

Er kratzte sich am Hinterkopf und sah wieder zu der Leiche, die unverändert vor ihnen auf dem Boden lag. Es überraschte Rauch immer wieder, wie anders Menschen aussahen, wenn ihnen das Leben genommen worden war. Einige bekamen einen unschuldigen, fast kindlichen Gesichtsausdruck, andere blieben mit verzerrten Zügen zurück, als hätten sie dem Tod direkt ins Auge gesehen. Wichtle sah erschrocken, aber auch friedlich aus. Doch es tröstete Rauch nicht im Geringsten.

Er drehte sich abrupt zu Hagen, konnte den Anblick einfach nicht länger ertragen.

»Was hast du heute Abend noch vor?«
»Nichts, du bist der mit dem Date zuhause.«
Verdammt.
»Ich rufe an und sage, dass es noch etwas dauert.«
Sophie sagte nichts.
»Würdest du mich aufs Revier begleiten?«

Kapitel 60

Der dritte Kaffee schmeckte schlechter als der zweite, der auch schon nicht besonders gut gewesen war. Eigentlich trank Rauch ihn nur noch, um wach zu bleiben. Sophie, die ihm gegenüber auf der anderen Seite des Schreibtisches saß, blätterte durch die Akte, die inzwischen zu dem Fall Georg Daniels angelegt worden war. Die Müdigkeit stand ihr deutlich ins Gesicht geschrieben. Er wurde das Gefühl nicht los, dass sie sich im Kreis drehten. Rauch sah sich auf seinem Computerbildschirm die Fotos vom Tatort in Vaihingen an.

»Es gibt keine Ähnlichkeiten im Tatvorgang.«

»Aber eine deutliche Verbindung. Wichtle und Daniels hatten eine heimliche Affäre ...«

Rauch schüttelte den Kopf.

»Beziehung. Das war keine Affäre.«

»Ach?«

Er nickte, lehnte sich nach vorne und erinnerte sich an das Gespräch mit Wichtle. Genau hier.

»Daniels wollte seine Frau verlassen. Für Wichtle.«

Rauch erwartete eine Frage, aber als Sophie schwieg, fuhr er fort.

»Die drei Jahre Alibi mit dem Fitness-Studio? Für Wichtle. Die beiden waren im Urlaub, haben sich getroffen, wann immer sie konnten. Ich frage mich, wie es sein muss, so zu leben.«

»Wie?«

»Mit dieser Angst.«

Rauch schüttelte wieder den Kopf, weil er sich einfach nicht vorstellen konnte, wie Georg das all die Jahre geschafft hatte.

»Du bist zu Hause bei deiner Frau, die dich liebt ... und die du anlügst. Du spielst für alle eine Rolle, lebst aber nur für diese Wochen Gran Canaria mit dem Menschen, den du wirklich liebst.«

»Wie stellt man das an, ohne kaputtzugehen?«

»Er ist daran kaputtgegangen.«

Er reichte ihr den Kalender, aufgeschlagen auf einer der letzten Seiten.

»Was ist das?«

»Ich nehme an, eine Aufzählung oder Bewertung seiner Affären?«

Sie sah ihn mit zusammengezogenen Augenbrauen an.

»Er hat sich wohl mit anderen Männern getroffen.«

»Wie lange schon?«

Rauch wusste darauf keine Antwort und fragte sich, ob das heimliche Treffen mit Fremden nicht vielleicht schon im Jugendalter angefangen hatte. All die Lügen über die Beziehungen mit Georgs zahlreichen Freundinnen.

»Wann fängt man an, das perfekte Alibi zu basteln? Und wer könnte es auffliegen lassen?«

Hagen studierte die Initialen und die dazugehörigen Zahlen, kam aber offensichtlich auf kein Ergebnis.

»Die Frage sollte doch eigentlich lauten: Wer will dich deswegen umbringen?«

»Ich weiß. Die stelle ich mir auch.«

Sie wedelte mit dem Kalender in der Hand.

»Unerwiderte Liebe?«

»Und wieso auf dem Klassentreffen und nicht irgendwo auf einem Parkplatz, wo sie sich getroffen haben?«

»Was ist mit seiner Frau?«

»Du meinst, sie hat ihn umgebracht, weil sie es rausgekriegt hat?«

Sophie zuckte die Schultern, legte den Kalender zurück auf den Tisch und griff nach ihrer Tasse, in der sich kein Kaffee, sondern Tee befand.

»Menschen haben schon für weitaus weniger getötet.«

»Dafür war ihre Reaktion zu echt. Sie leidet noch immer unter seinem Tod.«

Rauch stützte den Kopf in die Hände, schloss die Augen und rief sich ihr letztes Gespräch mit Paula Daniels noch einmal in Erinnerung.

Das Chaos auf dem Couchtisch, die Unordnung in der ganzen Wohnung und in Paulas Gesicht. Der leere Blick, die fahrigen Antworten und überhaupt alles an ihr. Er stellte die Frage laut in den Raum:

»Wer hat die Seiten aus dem Kalender gerissen?«

»Welche Seiten?«

Er öffnete die Augen, Sophie saß unverändert auf ihrem Platz und beobachtete ihn irritiert.

»Ich habe vergessen, wieviel du verpasst hast.«

Es sollte nicht vorwurfsvoll klingen, aber er hatte das Gefühl, sie verloren Zeit, wenn er ihr alles noch einmal erklären musste. Allerdings wusste er auch, dass sie noch mehr verlieren würden, wenn sie jetzt wieder stritten.

»Kurzfassung: die Einträge, die mit Wichtle zu tun hatten, wurden herausgerissen. Und ich weiß nicht, ob Georg das getan hat, oder …«

»Oder seine Frau.«

»Wieso trägst du Termine in einen Kalender ein, von denen du nicht willst, dass jemals jemand davon erfährt?«

»Weil du nicht davon ausgehst, dass jemand den Kalender findet.«

Rauch nickte.

»Korrekt.«

»Aber was, wenn ihn doch jemand fände.«

»Deine dich liebende Ehefrau, zum Beispiel.«

»Während sie eigentlich was ganz Anderes sucht.«

»Deine Anmeldung bei einem Fitness-Studio, zum Beispiel.«

»Und weil sie nicht will, dass es jemals jemand anderes mitkriegt …«

»Oder sie die Wahrheit über ihren Mann glauben muss …«

»Reißt sie die Seiten raus.«

Rauch zog die Tastatur auf dem Tisch zu sich ran und öffnete eine Datei auf seinem Rechner.

»Das solltest du dir übrigens auch mal anschauen.«

Sophie stand auf und kam auf seine Schreibtischseite, lehnte sich auf Rauchs Bürostuhl und sah sich das Video der Weihnachtsfeier an.

»Hast du das von Jacobs?«

»Von Frederike.«

Rauch übersprang den Anfang, ersparte Hagen und auch Daniels die ganze Blamage. Als das Video sich dem Ende entgegen neigte und Paula Daniels ihren kleinen Auftritt hatte, beugte Sophie sich näher an den Monitor, betrachtete ihr Gesicht, bat Rauch einige Male, zurückzuspulen.

»Sie wusste es.«

»Bauchgefühl?«

»Wo war sie, während ihr Mann mit einem anderen Mann im Urlaub war? Hat sie sich nie gewundert?«

»Sag du es mir.«

»Wenn sie den Kalender gefunden hat, von dem ich ausgehe, dass Georg Daniels ihn gut versteckt gehalten hat, was hat sie dann noch gefunden?«

»Gute Frage.«

»Die sollten wir ihr stellen.«

Doch noch bevor er aufstehen konnte, klingelte sein Telefon. Selten war Rauch so schnell am Apparat gewesen.

»Ja?«

»Wir haben noch nicht viel, freu dich also nicht zu früh.«

»Ich nehme alles, was du mir anbietest, Sarah.«

»Okay. Wir haben einen interessanten Anruf auf seinem Handy. Der letzte eingegangene Anruf, um genau zu sein.«

»Von wem?«

»Georg Daniels' Handy.«

Kapitel 61

Hagen kannte den Weg zum Haus der Daniels inzwischen ziemlich gut und verzichtete darauf, das Navi anzustellen oder Rauch auf dem Beifahrersitz nach Richtungsangaben zu fragen. Sie kannte sich auf Stuttgarts Straßen inzwischen immer besser aus. Vielleicht ein Zeichen dafür, dass sie sich langsam, aber sicher auf die Stadt einließ.

Rauchs Handy klingelte und seine Vermutung, wer der Anrufer sein könnte, bestätigte sich, als Häberlins Name auf dem Display erschien.

»Thomas.«

»Benedikt.«

Amüsant, dass die Nennung der Vornamen des Gesprächspartners zwischen ihnen eine anerkannte Begrüßung war.

»Was hast du für mich?«

»Du weißt, dass ich ihn mir gerne etwas gründlicher angesehen hätte, bevor ich irgendwelche Theorien mitteile.«

»Ich will keine genauen Fakten, mir reichen erste Anhaltspunkte.«

»Er wurde erstochen. So wie die Einstichwunden liegen, war sein Angreifer kleiner, ein Rechtshänder. Das Opfer muss sich gewehrt haben, einige der Schnittwunden am Oberkörper deuten auf einen Kampf hin. Zumindest ein Handgemenge. Glück für den Angreifer, Pech für das Opfer.«

»Der Kampf?«

»Ja. Ein Stich ging direkt zwischen den Rippen durch, das war im wahrsten Sinne des Wortes der Todesstoß.«

Rauch versuchte, sich das alles zu merken, so ganz ohne Notizbuch, das er zuhause auf dem Küchentisch hatte liegen lassen.

»Das Messer war handelsüblich, das findest du sicherlich in jedem Haushalt.«

»Glatte Klinge?«

»Nein, eher eine Art Brotmesser.«

»Danke.«

»Morgen will ich ihn mir in aller Ruhe vornehmen. Gründlich. Dann weiß ich vielleicht mehr.«

Es klang fast wie ein Versprechen, tatsächlich noch etwas zu entdecken, was Rauch bei den Ermittlungen irgendwie weiterhelfen konnte. Doch Rauch hegte so seine Zweifel, dass es eine Verbindung zwischen den Morden gab. In seinem Kopf bekam er die beiden Morde noch immer nicht einem einzigen Täter zugeordnet. Nachdem er aufgelegt hatte, bemerkte er, dass Hagen ihn noch immer ansah.

»Wieso bringst du erst deinen Mann, den du so sehr liebst, und dann seinen Liebhaber um? Wieso nicht einfach nur den Liebhaber?«

»Genau das frage ich mich auch.«

An der nächsten roten Ampel drehte sie sich deutlicher zu ihm, er konnte ihren angespannten Ausdruck im schwachen Licht der Ampel sehen.

»Kais Frau. Sie weiß von mir.«

Rauch wusste nicht so recht, was er auf den plötzlichen Themenwechsel antworten sollte und blieb einfach stumm. Offensichtlich war das die richtige Reaktion.

»Sie hat ihn zur Rede gestellt und er hat ihr versichert, dass unsere Affäre vorbei ist.«

»Weiß sie von *dir* oder nur von einer anderen Frau?«

»Das hat Kai nicht gesagt.«

»Also ist es jetzt vorbei?«

Er wusste, wieso er so viel Hoffnung in die Frage legte. Wenn sie ihre Affäre mit Kai Berthold beendete, würde sie dann in Stuttgart bleiben?

»Er hat mich angerufen und gesagt, dass er am Wochenende noch mal in Stuttgart ist. Da würde er mich gerne sehen.«

Rauch zog eine Augenbraue nach oben, aber Sophie schüttelte sofort den Kopf.

»Um zu reden.«

»Wenn ich mich nicht irre, hat diese Affäre auch genau so angefangen. Ihr wolltet nur reden.«

»Diesmal ist es anders.«

Wie oft hatte er diesen Satz schon gehört? Rauch konnte nur hoffen, dass dem wirklich so war. Es fiel ihm schwer, Kai Berthold, auch wenn er ihn nur wenige Male getroffen hatte, zu vertrauen. Er war der typische erfolgreiche Mann, der immer das bekam, was er wollte. Und er wollte Sophie. Eine Tatsache, die er ihm zwar eigentlich nicht verübeln konnte, es aber dennoch tat.

»Wenn du das sagst.«

Sie nickte entschlossen und lächelte, just in dem Moment sprang die Ampel auf grün, was Rauch an dem Farbwechsel auf ihrem Gesicht bemerkte. Er musste daran denken, wie glücklich sie an manchen Tagen wirkte und wie traurig an anderen. Wie sie behauptet hatte, dass Kai ihr gut tat und wie er es manchmal auch wirklich tat.

»Hauptsache, dir geht es gut mit der Entscheidung.«

Darauf antwortete sie nicht, konzentrierte sich wieder auf die Straßen und ließ Rauch mit seinen Zweifeln auf dem Beifahrersitz allein.

Kapitel 62

Das Haus lag vollständig im Dunkeln, die Rollläden der Wohnung waren alle heruntergelassen, was allerdings nicht viel zu bedeuten hatte. Rauch drückte die Klingel nun bereits zum dritten Mal, und Dörflinger, der ihnen mit zwei Kollegen gefolgt war, warf einen Blick auf die Uhr. Es war spät, aber nicht zu spät für einen überraschenden Besuch der Polizei.

»Was, wenn sie nicht da ist?«

Rauch schüttelte den Kopf und drückte die Klingel erneut, diesmal um einiges länger. Endlich ertönte der Türöffner und sie betraten das Haus. Als sie an der richtigen Wohnung angekommen waren, öffnete Paula Daniels die Tür. Ihre Überraschung über den nächtlichen Besuch schien sich allerdings in Grenzen zu halten.

»Kommissar Rauch, ich hätte wissen müssen, dass Sie es sind …«

»Ich hoffe, wir haben Sie nicht geweckt?«

Frau Daniels zuckte nur gleichgültig mit den Schultern. Sie wirkte nicht so, als ob sie wüsste, ob Tag oder Nacht war – oder als ob es sie interessierte.

»Ich schlafe ohnehin gerade sehr schlecht. Kommen Sie rein.«

Auch der Anblick der uniformierten Beamten schien sie nicht zu beeindrucken, sie ließ alle in ihre Wohnung, wartete bis auch Dr. Hagen durch die Tür getreten war und schloss sie dann. Statt wie sonst ins Wohnzimmer zu gehen, bog Rauch diesmal in die Küche ab.

»Möchten Sie etwas trinken?«

Sollte sie etwas zu verheimlichen haben, ließ sie es sich jedenfalls nicht anmerken und trat an ihm vorbei zu dem silbernen Kühlschrank, der so aussah, als könne er auch Kaffee kochen und Wäsche waschen. Auf der Anrichte neben einem Metallkorb mit inzwischen gänzlich erbraunten Bananen stand eine halbvolle Flasche Wodka, doch sie machte keine Anstalten, sie zu verstecken oder wegzuräumen.

»Nein, danke. Aber wir haben ein paar Fragen an Sie.«

Rauch musterte sie, wie sie in einem weinroten Hausanzug und einem abgewetzten blauen Morgenmantel vor ihm stand. Sie sah inzwischen aus, als hätte sie sich halbiert. Konnten Menschen wirklich so schnell so viel Gewicht verlieren? Fraß die Trauer einen von innen auf?

»Und dafür brauchen Sie Ihre Kollegen?«

Sie nickte zu Dörflinger und den anderen, die noch im Türrahmen standen.

»Wo waren Sie heute Abend?«

»Hier.«

»Die ganze Zeit?«

»Ja.«

»Hat Sie jemand gesehen?«

»Wie Sie wissen, lebe ich jetzt alleine.«

Sie hatte kein Alibi.

»Wieso fragen Sie?«

Rauch sagte nichts, kam weiter in die Küche, ging am Herd und dem Waschbecken vorbei, sah sich um und suchte nach einem Hinweis. Auch wenn er nicht genau wusste, wie der aussehen konnte.

»Sagt Ihnen der Name Florian Wichtle etwas?«

Er stellte die Frage mit dem Rücken zu ihr um, weil er ihre Reaktion nicht sehen musste. Es reichte vollkommen, wenn Hagen das tat. Es dauerte einen kleinen Moment, bis sie antwortete.

»Möglich. Aber ich weiß nicht mehr genau, in welchem Zusammenhang.«

Jetzt erst drehte er sich wieder zu ihr, sah aber an ihr vorbei zu seiner Kollegin. Kein Nicken, kein Kopfschütteln, es reichte ihr Blick und Rauch verstand.

»Im Zusammenhang mit Ihrem Mann.«

Wieder zögerte Daniels.

»Möglich.«

»Er wurde heute Abend ermordet.«

Diesmal blieben ihre verweinten Augen stur und ausdruckslos auf Rauch gerichtet.

»Aha.«

»Er wurde erstochen.«

»Mhm.«

Sie verschränkte die Arme vor der Brust, baute ein Schutzschild auf.

»Sind Sie Rechtshänderin, Frau Daniels?«

Sie nickte, zog den Morgenmantel noch etwas enger um ihren schmalen Körper.

»Und wissen Sie, wo sich das fehlende Messer befinden könnte?«

Rauch deutete auf den Messerblock aus dunklem Holz, welcher neben der Kaffeemaschine stand. Sie folgte seiner Bewegung, starrte auf den Block und Rauch meinte, ein kurzes Zucken in ihrem Gesicht bemerkt zu haben.

»Vermutlich im Geschirrspüler.«

Rauch griff nach der Klappe des Spülers.

»Darf ich?«

Sie nickte, aber ihr Blick huschte zu Hagen und dann zu Dörflinger. Als Rauch seine Inspektion beendet hatte, schüttelte er den Kopf.

»Hier ist es nicht. Sonst noch eine Idee?«

»Nein, vermutlich habe ich es verlegt.«

»Ein Messer.«

»Ja. Manchmal verlege ich Dinge. Sowas passiert.«

Rauch wusste, dass ein fehlendes Messer nicht reichte, um sie aufs Revier zu laden oder um sie sehr viel länger mit Fragen zu belästigen. Ein Seitenblick zu Hagen genügte und sie setzte ihr professionelles Lächeln auf.

»Frau Daniels, es wäre wirklich wichtig, dass Sie uns nicht anlügen.«

»Wieso denken Sie, dass ich lüge?«

Hagen sagte nichts, sah sie einfach nur an, wartete.

»Herrgott, haben Sie noch nie etwas verlegt?«

»Wo waren Sie letztes Jahr vom 10. bis zum 21. Juni?«

Diese Frage traf Frau Daniels unvorbereitet.

»Nun, da müsste ich nachsehen.«

»In einem Kalender?«

Ihr bisher recht blasses Gesicht wurde immer röter, ihr Blick huschte von Hagen zu Rauch und wieder zurück.

»Vermutlich war ich mit meiner Schwester im Urlaub. Wir fahren oft zusammen weg.«

»Ohne Ihren Mann?«

»Ja. Er liegt gerne am Strand, ich schaue mir lieber die Sehenswürdigkeiten an.«

»Waren Sie schon einmal gemeinsam im Urlaub?«

»Natürlich.«

»Auf Gran Canaria?«

Ihr linkes Auge zuckte, sie griff sich an die Stirn, als müsse sie darüber nachdenken oder eine besonders hartnäckige Migräne verscheuchen.

»Zu Beginn unserer Beziehung, ja.«

»Bevor Sie verheiratet waren?«

Ihr Geduldsfaden riss und sie funkelte Hagen wütend an.

»Es ist schon spät, ich lasse Sie in mein Haus und Sie stellen mir Fragen über Dinge, die unendlich lange her sind?«

»Ja.«

Die Ruhe in Sophies Stimme machte Frau Daniels nur noch wütender.

»Dann muss ich Sie bitten zu gehen.«

Rauch wusste, dass sie ihrem Wunsch Folge leisten mussten. Und dann hätte sie genug Zeit, das Messer, das sich vielleicht noch irgendwo in diesem Haus befand, verschwinden zu lassen. Genau wie die entfernten Blätter aus dem Kalender – falls sie das nicht bereits getan hatte.

»Wir gehen sofort. Eine Sache noch.«

»Was denn noch?«

Hagen sah zu Dörflinger hinüber, der sofort wusste, was zu tun war, sein Handy aus der Tasche zog und eine vorhin eingespeicherte Nummer wählte.

Die folgenden Sekunden vergingen wie zähe Minuten, die unendlich lange Stunden füllten. Eine Ewigkeit verging, in der sich die Stille in der Küche ausbreitete, bis kein Laut mehr zu hören war.

Bis ein Telefon klingelt.

In der Schublade neben Rauch.

Paula Daniels schloss die Augen, als wollte sie nicht mitansehen, was jetzt passierte. Rauch öffnete die Schublade, schob einige Kochbücher zur Seite und fischte ein Handy heraus, das, befreit aus seinem Versteck, fröhlich klingelte.

»Wessen Handy ist das, Frau Daniels?«

Sie wusste, dass es keinen Sinn machte, noch eine Lüge auszusprechen.

»Georgs.«

»Sie haben uns doch sein Handy bereits ausgehändigt.«

»Es ist sein Ersatzhandy.«

Kapitel 63

Auch nach all den Jahren hatte sich Hagen noch nicht so recht an das Gefühl gewöhnt, jemanden zu verhaften. Es war eine Ewigkeit her, dass sie es selbst getan hatte. Damals, als sie noch bei der Streife war. Bevor man ihr Talent entdeckt und sie die Karriereleiter nach oben gezerrt hatte.

Zu ihrer Erleichterung verzichtete Rauch darauf, Handschellen anlegen zu lassen, wie es manche ihrer Kollegen taten, als wäre es eine Art Machtdemonstration. Er bat Paula einfach, sie auf das Revier zu begleiten, und sie hatte stumm genickt, nur darum gebeten, sich noch umziehen zu dürfen. Hagen folgte ihr ins Schlafzimmer, das ein bisschen so aussah, als hätte sich jemand durch alle Schubladen, Schränke und Unterwäsche gewühlt.

»Haben Sie etwas Bestimmtes gesucht?«

Paula antwortete nicht direkt auf Hagens Fragen, zog in aller Ruhe den Morgenmantel aus und behielt ihn eine kleine Weile in der Hand.

»Er trug ihn immer am Wochenende, wenn wir zusammen gefrühstückt haben.«

Sofort sammelten sich Tränen in ihren Augen, sie drückte ihr Gesicht in den blauen Stoff und weinte. Hagen ließ ihr einen Moment mit ihrer Trauer und sah sich etwas um.

»Was haben Sie gesucht, Paula?«

Zum ersten Mal nannte Sophie sie bei ihrem Vornamen, verzichtete auf das Offizielle und hoffte, somit eine Art Vertrautheit zu schaffen.

»Seine Anmeldung für das Fitness-Studio.«

Sie legte den Morgenmantel langsam und sehr ordentlich zusammen, ging auf die andere Seite des Bettes und legte ihn auf dem weißen Kissen ab.

»Im Schlafzimmer?«

Es fiel ihr schwer, sich eine Anmeldung in der Sockenschublade versteckt vorzustellen. Dennoch lag auch diese Schublade auf dem Boden, darum verteilt verschiedene Sockenpaare.

»Ich habe überall gesucht.«

»Haben Sie die Anmeldung denn gefunden?«

Sie nickte.

»Die und vieles mehr.«

Sanft strich sie mit den Fingern über den Stoff des Mantels.

»Den Kalender auch. Er hatte dort alle Termine eingetragen, die wichtig waren. Alle, von denen ich nichts erfahren sollte. Die er mit *ihm* ausgemacht hatte.«

Sie konnte den Namen Florian Wichtle nicht aussprechen.

»Dann habe ich sein Handy gefunden. In seinem Büro.«

Sie schloss kurz die Augen, als könne sie so alle Erinnerungen fernhalten.

»Mit all den widerlichen Nachrichten.«

Sie drehte sich unvermittelt zu Hagen um.

»Sind Sie verheiratet, Frau Hagen?«

Sophie schüttelte den Kopf.

»Gut. Heiraten Sie nie. Ich habe mich Hals über Kopf in Georg verliebt. Beim ersten Treffen. Er war so aufmerksam, so charmant. Er wusste, dass er mir imponierte und brachte mich nach Hause, lieh mir seine Jacke, hörte zu.«

Ein Lächeln erschien auf ihrem sonst ausdruckslosen Gesicht.

»Ich wusste, mit diesem Mann möchte ich den Rest meines Lebens verbringen.«

Sie blickte sich im chaotischen Schlafzimmer um, in dem es sicher nicht schon immer so ausgesehen hatte und in dem sie Nacht für Nacht neben ihrer Liebe eingeschlafen war.

»Ich wusste es, wissen Sie?«

Obwohl sie mit Hagen sprach, blickte sie durch sie hindurch.

»Seine Vorlieben. Seine Ausreden. Ich habe es immer irgendwie gewusst. Hätte ich den Mut gehabt, hätte ich ihn gefragt. Aber ich hatte Angst vor der Antwort, der Bestätigung, dass ich nie das sein konnte, was er wollte.«

Sie blinzelte.

»Aber es war mir egal. Er hat mich geliebt.«

Hagen nickte, ermutigte sie damit zum Weiterreden.

»Manchmal war er abends länger weg. Ich wusste, dass er sich mit Männern traf.«

Sie lächelte traurig, wischte sich die Tränen von der Wange und schüttelte den Kopf.

»Aber wenn es das war, was er brauchte, um mich nicht zu verlassen, dann habe ich es hingenommen. Es waren ja schließlich keine anderen Frauen.«

Hagen versuchte, den Unterschied dabei zu finden, versuchte sie zu verstehen und dennoch die nötige emotionale Distanz zu Paula Daniels zu wahren, auch wenn es ihr schwer fiel.

»Aber eine Beziehung zu führen, während wir doch verheiratet waren? Wieso hat er mir das angetan? Ich habe ihn so sehr geliebt. Sex mit Männern, das konnte ich ihm nicht bieten. Aber Liebe? War nicht mal meine Liebe genug? Wenn ich ihn vielleicht noch mehr geliebt hätte, wäre er dann geblieben?«

»Sie dürfen sich deswegen keine Vorwürfe machen.«

Hagen schüttelte sachte den Kopf und Frau Daniels ließ sich auf das Bett sinken, sah sich um, und Sophie konnte nur erahnen, welche Erinnerungen ihr jetzt durch den Kopf gingen.

»Er hat mir Georg weggenommen.«

»Haben Sie ihn deswegen umgebracht?«

Sie nickte, den leeren Blick auf ein Foto auf dem Nachtkästchen gerichtet.

»Er hat mir meinen Georg weggenommen. Stück für Stück.«

Hagen ging durch den Raum auf sie zu, nahm neben ihr Platz und berührte sanft ihre Schulter.

»Sie sollten sich umziehen, wir müssen los.«

»Komme ich dafür ins Gefängnis?«

Hagen kannte die Antwort darauf nicht, hatte aber eine sehr deutliche Vermutung dazu. Sollte sie die Tat noch einmal auf dem Revier zugeben, war ihre Zukunft ziemlich sicher besiegelt.

»Das entscheidet der Richter, nicht wir.«

Paula griff nach Hagens Hand, klammerte sich wie eine Ertrinkende daran.

»Aber Sie verstehen mich doch, oder? Er hat ihn mir weggenommen! Niemand darf einer Frau ihren Mann wegnehmen.«

Hagen hatte Schwierigkeiten, dem glühenden Blick standzuhalten.

Kapitel 64

Paula Daniels saß, mit einer Tasse Kaffee in der Hand, im Verhörzimmer und starrte vor sich hin. Die ganze Fahrt über hatte sie nicht ein Wort gesprochen, keine Fragen gestellt, nicht nach ihrem Anwalt verlangt und war den Polizisten schließlich in diesen Raum, der an Kühle kaum zu übertreffen war, gefolgt.

Zu Beginn seiner Karriere hatte Rauch sich gefragt, ob das Absicht war, um die Verdächtigen zu zermürben. Bei Frau Daniels funktionierte es jedenfalls nicht, denn vor gut fünfzehn Minuten hatte Rauch Datum und Namen der Anwesenden auf das Band gesprochen, das alles aufnahm. Doch Frau Daniels schwieg und starrte.

Hagen, die neben Rauch saß, zuckte fast zusammen, als er die Stille mit der ersten Frage durchschnitt.

»Woher wussten Sie von dem Verhältnis Ihres Mannes?«

Rauch gab sich Mühe, nicht von *Beziehung* zu sprechen, weil sie das noch mehr aufgewühlt hätte, auch wenn wohl alle wussten, dass es genau das gewesen war.

»Die Nachrichten auf dem Handy, dazu die Einträge in seinem Kalender.«

»Wo haben Sie die Sachen gefunden?«

»Mir wurden die persönlichen Dinge aus seinem Büro übergeben.«

Sie machte eine Pause, drehte die Tasse vor sich am Henkel leicht hin und her.

»Es war auch ein kleiner Schlüssel dabei. Ich wusste, dass er zu seinem Aktenschrank in seinem Arbeitszimmer bei uns zu Hause gehörte.«

»Und was haben Sie dort gesucht?«

Sie hob den Blick zum ersten Mal und sah zu Rauch, als wäre das alles seine Schuld.

»Die Anmeldung für das Fitness-Studio.«

Er nickte knapp.

»Und was haben Sie dort gefunden?«

»Den Kalender, das Handy, einige Buchungsbelege und Kontoauszüge. Allerdings nicht von unserem Konto. Er hatte ein eigenes, wie ich jetzt weiß. Einige Fotos und andere Dinge, von denen ich ebenfalls nichts wusste.«

»Sie wussten nichts von dem Konto?«

»Georg hat sich immer um alles gekümmert, ich sollte mir keine Sorgen machen. Nicht ums Geld und auch um sonst nichts.«

Sie lachte kurz auf und schüttelte den Kopf, bevor sie einen Schluck von dem Kaffee nahm, der inzwischen längst kalt sein musste.

»War das Handy eingeschaltet?«

Sie schüttelte den Kopf.

»Woher kannten Sie dann die PIN?«

»Ich mag in Ihren Augen nur die einfache Ehefrau sein, die der großen Lüge aufgesessen ist, aber Sie irren sich, Herr Rauch. In seinem Kalender hatte er den Geburtstag von ...«

Sie schnaubte verächtlich.

»... diesem Mann eingetragen. Nachdem es weder Georgs Geburtstag noch unser Hochzeitstag war, habe ich mein Glück mit diesem Datum versucht.«

Das Handy, welches Georg Daniels wie eine Tür zu einem anderen Leben benutzt hatte, musste schreckliche Wunden in Paulas Herz gerissen haben. Jetzt lag es in einer Plastiktüte einige Türen weiter und würde morgen schon wie bei einer Technikobduktion untersucht werden. Jeder Anruf, jede Nachricht, einfach alles mussten sie sezieren.

»Er war mit diesem Mann im Urlaub. Mir hat er gesagt, er wäre geschäftlich unterwegs. Stattdessen hat er sich diesem Mann hingegeben!«

Die Tränen in ihren Augen waren nicht zu übersehen, und Hagen übernahm ab hier, gab Rauch eine Pause sich all die Dinge zu notieren.

»Uns ist bewusst, dass diese Entdeckung für Sie schrecklich gewesen sein muss.«

Sophie lächelte Frau Daniels mitfühlend an.

»Was haben Sie getan, nachdem Sie davon erfahren hatten?«

»Ich wollte ihn umbringen!«

»Wen?«

»Georg!«

Rauch sah von seinem Notizbuch hoch, als Paula weitersprach.

»Aber mir war ja jemand zuvor gekommen. Ich hatte so viele Fragen. Und immer wieder tauchte dieser Name auf. Die Nachrichten, die sie sich geschrieben haben, sie sind so voller ...«

Sie suchte das passende Wort und musste dann resigniert feststellen, dass sie es schon kannte. Tränen liefen ihr über die Wange.

»... voller Liebe. Er schrieb, wie sehr er ihn vermisst, wie sehr er sich auf den Urlaub freut, wie wohl und geborgen er sich bei ihm fühlt. Von mir sprach er immer nur als ‚*sie*'. Als hätte ich keinen Namen!«

Jetzt versteckte sie ihr Gesicht und ihre Tränen hinter den Händen, ihre Schultern bebten und Rauch wechselte einen schnellen Blick mit Hagen. Es war spät, sie alle waren müde, aber sie brauchten ihr Geständnis auf Band, wenn sie zumindest den Mord an Florian Wichtle abschließen wollten.

»Was haben Sie dann getan?«

Sie weinte noch immer, sprach zitternd weiter.

»In den Nachrichten sprachen Sie immer von dem Treffpunkt in Vaihingen. Also bin ich hingefahren. Es war wohl die übliche Zeit. Ich habe gewartet, bis ein Wagen kam. Ich wusste ja, wie dieser Mann aussieht, von den gemeinsamen Fotos. Aber ich habe versuchte ihn durch Georgs Augen zu sehen. Und obwohl ich wusste, dass er es war, wollte ich sichergehen.«

»Sichergehen?«

Sie nickte.

»Ich rief seine Nummer an, von Georgs Handy. Er blieb stehen, checkte sein Telefon und es war, als würde er einen

Geist sehen. Da wusste ich ganz sicher, dass es der Richtige ist.«

Jetzt zitterten auch ihre Hände, die sie kaum noch unter Kontrolle halten konnte.

»Ich bin aus dem Wagen auf ihn zu und er hat mich erkannt, wollte sich erklären, dann hat er das Messer gesehen.«

»Sie haben das Messer von zuhause mitgenommen?«

»Ja.«

»Warum?«

»Weil ich ihm wehtun wollte. So, wie er mir wehgetan hat.«

Durch den Tränenschleier in ihren Augen sah sie zu den beiden hinüber und klang mit einem Mal wie ein kleines Kind, das verloren zurückgeblieben war.

»Er hat ihn mir doch weggenommen. Also habe ich zugestochen. Immer und immer wieder.«

Sie nickte.

»Es war das Richtige.«

Das war es wohl kaum, aber es war nicht Rauchs Aufgabe, ihr das jetzt mitzuteilen.

»Wo ist das Messer jetzt?«

»Ich habe es in einen Mülleimer geworfen. Vor der Auffahrt auf die Autobahn.«

Sie würden sofort eine Streife schicken, um die Tatwaffe so schnell wie möglich zu finden. Möglich, dass Dörflinger, der draußen das Gespräch mithörte, bereits alles veranlasste.

»Jetzt ist es endlich vorbei.«

Sie klang matt, so matt, wie alle sich fühlten. Trotzdem musste Rauch die folgende Frage stellen.

»Haben Sie Ihren Ehemann ebenfalls ermordet?«

»Ich habe ihn so sehr geliebt. Ich tue es noch immer.«

Und Rauch glaubte ihr.

Kapitel 65

Rauch schob die Wohnungstür so leise wie nur möglich auf und lauschte ins Innere hinein. Es war ruhig, was für diese Uhrzeit nichts Ungewöhnliches war, aber wenn Anna da war, standen die Chancen ganz gut, dass sie vor dem TV-Gerät auf der Couch im Wohnzimmer eingeschlafen war. Und tatsächlich konnte er das flimmernde Licht des Fernsehers sehen, als er den Schlüssel in die Schale auf dem Schränkchen neben der Tür legte und die Schuhe auszog. Er war bedacht darauf, so wenig Lärm wie möglich zu machen, doch als er ins Wohnzimmer kam, erblickte er eine wache Anna auf der Couch, die nach der Fernbedienung griff, als sie ihn sah.

»Da bist du ja endlich.«

Sie drehte den Ton noch etwas leiser und Rauch betrachtete seine Tochter, wie sie in einem dunkelroten Pyjama in eine Decke gewickelt auf der Couch saß. Mit offenen Haaren, ohne Brille und Make-up sah sie so viel jünger aus als es ihr lieb war. Er genoss den Anblick einen kurzen Moment lang, erinnerte sich an das kleine Mädchen, das aus großen Augen zu ihm hinaufgeblickt hatte. Sie klopfte auf den Platz neben sich und er kam mit müden Schritten auf sie zu.

»Fall gelöst?«

Er schüttelte den Kopf und sah zum Fernseher, der inzwischen fast stumm vor sich hin flimmerte. Er musste schmunzeln.

»Affendoku?«

Anna schüttelte den Kopf.

»Schimpansen!«

Wie war es möglich, dass da draußen all die schrecklichen Dinge passierten, mit denen er sich Tag für Tag beschäftigte, und hier drinnen seine Definition von Frieden auf ihn gewartet hatte? Seine Tochter auf der Couch, die eine Jane-Goodall-Dokumentation auf Netflix anschaute?

»Bettina ist schon weg.«

Sie sagte es ganz sachlich, als wäre es keine große Sache.

»Sie hat echt lange gewartet, aber sie muss morgen früh raus.«

»War sie sauer?«

Anna lehnte den Kopf an die Couch und sah ihren Vater aus großen Augen an.

»Was denkst du denn?«

»Richtig sauer?«

»Jap.«

Rauch fuhr sich über das Gesicht und fragte sich, was er wohl diesmal anstellen musste, um sie wieder zu besänftigen.

»Timo hat sie nach Hause gebracht.«

Überrascht drehte er sich zu ihr.

»Hat er?«

»Klar. Um die Uhrzeit wollte er sie nicht alleine durch die Straßen wandern lassen.«

Timo, der Gentleman.

»So, so.«

Sein Blick fiel auf ein altes Schwarz-Weiß-Foto, das er schon lange nicht mehr angesehen hatte. Anna folgte seinem Blick und bemerkte dann ganz ertappt, dass sie es noch nicht wieder weggeräumt hatte.

»Hast du den Fotokarton ausgeräumt?«

Er nahm das Foto und betrachtete die jungen Gesichter, die sich verliebt am Café-Tisch an einem Sommertag ansahen. Ihr Gesicht war zeitlos schön, als wäre sie aus einem Pariser Modemagazin entsprungen, ihr Lachen galt nur ihm und einer besonders geistreichen Bemerkung, die er wohl gemacht hatte. Ihre Haare trug sie offen, was sie inzwischen immer seltener tat.

»Mama war unfassbar hübsch, nicht wahr?«

Rauch konnte nur nicken, denn alles andere wäre eine Lüge gewesen. Sein eigenes Gesicht war schmaler, weniger markant, der Dreitagebart noch nicht in seiner vollen Blüte, aber sein Blick war schon damals aufmerksam und neugierig.

»Schon selten sowas.«

Rauch riss seinen Blick von dem Foto los und sah fragend zu seiner Tochter, die ihre Schönheit von ihrer Mutter geerbt hatte, auch wenn sie selbst das noch nicht so sah.

»Was ist selten?«

»Ein Foto von euch beiden, auf dem ihr gemeinsam lacht.«

Ihre Worte trafen ihn zutiefst.

»Unsinn, es gibt viele Fotos von unserem Sommer in Frankreich, da haben wir oft gemeinsam gelacht.«

Eine ganze Schuhschachtel voll, weil man damals noch die Filme zum Entwickeln brachte.

»Ja, einen Sommer lang.«

Sie seufzte und rutschte tiefer ins Sofakissen.

»Wir hatten tolle Zeiten, deine Mutter und ich.«

»Hast du sie geliebt?«

»Natürlich.«

»Liebst du sie noch immer?«

Was für ein Timing für solche Fragen.

»Ja, in gewisser Weise schon.«

Laura würde immer einen Platz in seinem Herzen haben. Sie hatte ihm Anna geschenkt und viele wunderschöne Erinnerungen. Bevor es kompliziert wurde und es immer häufiger Vorwürfe als Pommes zum Abendessen gab. Anna lächelte zufrieden und wechselte das Thema.

»Und? Habt ihr den Fall gelöst?«

»Nein.«

Das war die Wahrheit. Er konnte Anna nicht anlügen. Das hatte Laura ihm damals im Übrigen auch vorgeworfen. Wieso er sich nicht mehr Mühe gab und vor seiner damals noch jungen Tochter nicht mal ein bisschen flunkern konnte, wenn sie ihn nach seiner Arbeit fragte. Aber Rauch fand einfach, dass es nicht der richtige Weg war, wenn er seiner Tochter ins Gesicht log, nur um sie vor der Realität vor ihrer Haustür zu beschützen. Er hatte versucht, andere Wege dafür zu finden.

»Um ehrlich zu sein, ist gerade alles etwas komplizierter geworden.«

»Aber du schnappst den Mörder noch, oder?«

Auch wenn sie schon sechzehn sein mochte, und auch wenn sie glaubte, sich mindestens wie achtzehn zu benehmen, wie sie jetzt ihren Vater ansah, kam sie ihm nicht älter vor als sechs. Papa, der Superheld, der alle bösen Jungs stellte.

»Ich versuche es.«

Sie ließ ihren Kopf an seine Schulter rollen und schloss die Augen.

»Ich weiß, dass du es schaffen wirst.«

Blieb man eigentlich für immer der Held für die eigenen Kinder oder erfahren sie eines Tages die Wahrheit?

»Woher?«

»Du bist eben unser Commissario Brunettile.«

Rauch legte den Arm um Anna und drückte sie kurz an sich. Er hatte viel verbockte, und trotzdem glaubte sie noch immer an ihn. Zumindest als Polizist.

»Weil ich ja jetzt die ganze Nacht aufgeblieben bin, um auf dich zu warten ...«

Er fuhr sich über das Gesicht, ahnte, was folgen würde.

»Hm?«

»... könnte ich morgen vielleicht zuhause bleiben?«

»Und nicht zur Schule gehen?«

»Ich musste doch auf dich warten und schauen, ob du okay bist.«

»Du hättest auch ins Bett gehen können.«

»Und die Affendoku verpassen? Niemals.«

»Die läuft auf Netflix. Die rennt nicht weg.«

»Papa ...«

Er sah zu ihr runter, wie sie in ihrem liebevollen Klammergriff an ihm hing.

»Wieso willst du nicht in die Schule?«

»Weil Schule nervt.«

»Dann geht es dir so wie 80% der anderen Schüler. Und die gehen auch alle hin.«

»Ich könnte nach dem Schuljahr abgehen und ...«

Rauch machte sich aus der Umarmung los und sah sie schockiert an. Ungeachtet der Uhrzeit war er hellwach.

»Abgehen?«

»Klar. Ich muss das Abi nicht machen.«

»Sagt wer?«

Laura hätte ihn doch sicher bei so einem wichtigen Thema zumindest zu seiner Meinung befragt, oder? Hatten sie nicht die Abmachung, dass sie sich bei solchen Dingen absprachen?

»Timo hat auch nur Mittlere Reife und …«

»Timo?«

Sie nickte.

»Und er hat jetzt sein eigenes Business.«

»Business?«

Anna nickte wieder nur.

»Anna, du wolltest doch immer Medizin studieren.«

»Ja, aber, ich meine, das Studium ist sicher nicht einfach.«

Noch immer hoffte er, sie würde ihn gleich auslachen, weil er auf diesem dummen – und so offensichtlichen – Scherz hereingefallen war. Doch sie sah ihn ernst an.

»Ich könnte auch eine Ausbildung machen und einfach schon früher Geld verdienen. Dann könnte ich mir auch früher eine eigene Wohnung suchen und …«

Rauch winkte hektisch ab.

»Stopp. Hast du darüber mit deiner Mutter gesprochen?«

»Ehrlich gesagt, dachte ich, spreche ich erstmal mit dir.«

Er griff sich an die Stirn, versuchte die drohenden Kopfschmerzen aufzuhalten. Good Cop, bad Cop. Manche Dinge änderten sich offensichtlich nie. Anna tätschelte kurz seinen Oberschenkel.

»Kein Stress, Papa. Ist nicht die richtige Uhrzeit für dieses Gespräch.«

Unvermittelt stand sie auf, drückte ihm einen Kuss auf die Wange und grinste.

»Ich geh' schlafen. Morgen ist Schule und du musst einen Mörder fassen.«

Sie konnte doch nicht einfach so das Thema auf den Tisch bringen und ihn dann damit in der Luft hängen lassen. Bevor sie sich in Richtung Gästezimmer aufmachen konnte, erlangte er seine Fassung wieder.

»Anna.«

Sie blieb im Flur stehen, sah zu ihm – und er hatte das Gefühl, sie langsam, aber sicher zu verlieren.

»Wir reden morgen, okay?«

»Klar.«

Dann ging sie in das Zimmer, und Rauch blieb mit einem Kopf voller Fragen und wirren Gedanken auf der Couch zurück. Eine kleine Weile betrachtete er noch das Foto von Laura und sich aus glücklichen Tagen. Was hatte sich nur alles verändert?

Doch dann legte sich die bleierne Müdigkeit auf seine Schultern, und der Weg in sein eigenes Bett kam ihm plötzlich unendlich weit vor. Er streckte sich auf der Couch aus, deckte sich mit der Decke, die Anna zurückgelassen und vorgewärmt hatte, zu und schloss die Augen.

Morgen würde alles besser werden.

Kapitel 66

Sein Nacken schmerzte mehr als sonst, wenn er morgens in den neuen Tag blinzelte. Möglich, dass seine verdrehte Schlafposition etwas damit zu tun hatte. Ihm war die Decke bis zur Wade heruntergerutscht, eines der Kissen lag auf dem Boden und überhaupt war alles nicht am richtigen Platz. Die Couch lieferte also keinen adäquaten Ersatz für sein Bett. Ein Königreich für einen Physiotherapeuten. Langsam streckte er sich, zählte zwei weitere schmerzende Muskelpartien und richtete sich schließlich auf.

Auf dem Couchtisch stand eine Tasse mit Kaffee, daneben eine handschriftliche Notiz von Anna.

‚Wollte dich nicht wecken, bin in der Schule (siehst du!!). Bis heute Abend! □ *'*

Er musste lächeln.

Bis ihn die Erinnerungen an die gestrigen Ereignisse sintflutartig überfielen. Wieder sah er das leblose Gesicht von Florian Wichtle, dazu das Blut auf dessen T-Shirt, Paula Daniels leerer Blick ...

Gerade, als er aufstehen wollte, klingelte sein Handy, und noch bevor er den Namen des Anrufers erkennen konnte, spürte er dieses miese Gefühl in seiner Magengegend.

»Rauch?«

Es klang fast zweifelnd, als wäre er sich nicht sicher, seinen korrekten Namen ausgesprochen zu haben.

»Stimmt das, was in den Zeitungen steht?«

Es dauerte einen Moment, bis Rauch a) die Stimme einer ihm bekannten Person zugeordnet hatte und b) verstand, worauf sich die Frage bezog.

»Guten Morgen, Markus.«

»Guten Morgen? In welcher Zeitzone lebst du, Ben? Es ist schon fast Mittag.«

Ein Blick auf die Uhr ließ ihn wissen, dass nicht nur der von Anna für ihn abgestellte Kaffee inzwischen kalt sein durfte, sondern er auch gnadenlos verschlafen hatte.

»Was steht denn in den Zeitungen?«

»Georg war schwul?«

Rauch rieb sich die Augen. Eigentlich hatte er nicht vorgehabt, diese Infos zu diesem Zeitpunkt der Ermittlungen an die Öffentlichkeit dringen zu lassen. Um ehrlich zu sein, sah er gar keinen Grund, diese Info überhaupt zu teilen.

»Möglich.«

»Und seine Frau hat ihn umgebracht?«

Mühsam erhob er sich von der Couch, die ihm von Tag zu Tag etwas durchgesessener vorkam, und schlurfte in Richtung Küche.

»Wer schreibt so einen Unsinn?«

Er füllte die Kaffeemaschine neu, klemmte sich das Handy dabei ungeschickt zwischen Schulter und Ohr, griff nach der Milch im Kühlschrank und stellte überrascht fest, dass sich mehr als nur ein Joghurt und ein paar abgelaufene Salatsoßen im Inneren befanden. Anna hatte gestern alles eingekauft, was normale Menschen eben so im Kühlschrank hatten. Käse, Wurst, Gemüse, irgendwas, das nach Tofu aussah, und Salat. Lächelnd goss er sich Milch in die Tasse.

»Alle Onlineausgaben sind voll davon. Stimmt es? Hat eure CSI Abteilung sie anhand von DNA-Spuren überführt? Oder war es eure Profiler Hagen?«

Er würde sich nie daran gewöhnen, wie seine Freunde und Bekannten Begriffe aus amerikanischen Crime-Serien übernahmen und auf seinen beruflichen Alltag übertrugen.

»Die Ehefrau hat ihn nicht umgebracht. Stand der Ermittlungen jetzt.«

»Aber du schließt es nicht aus?«

»Arbeitest du jetzt für die Zeitung oder wieso fragst du mich aus?«

»Ich bin nur schockiert, dass er schwul gewesen sein soll.«

Er fragte sich noch immer, wie diese Information an die Öffentlichkeit – wohl eher an die Presse – geraten war. Sie hatten kein neues Statement verfasst oder veröffentlicht. Jemand musste also gequatscht haben.

»Könntest du mir einen Gefallen tun, Markus?«

»Hm?«

»Glaub bitte nicht alles, was diese sensationsgeilen Journalisten schreiben, ja?«

Er konnte Markus am anderen Ende fast schon nachdenken hören und unterbrach die Vorbereitungen für sein reichlich verspätetes Frühstück.

»Der Artikel ist von Laura.«

»Verstehe.«

Rauch lehnte sich gegen die Anrichte und sah sich in der blitzblank sauber geputzten Küche um. Da, wo gestern noch Chaos herrschte, lag heute alles an seinem Platz, keine Überreste vom Abendessen. Entweder Bettina oder Anna hatten hier noch aufgeräumt, während er unterwegs gewesen war.

»Hör mal, kann ich dich später zurückrufen, Markus?«

»Sicher. Klar. Bis dann.«

Markus war offensichtlich froh, aus diesem unangenehmen Gespräch entlassen zu werden. Rauch ging zurück ins Wohnzimmer, wo er das alte Bild von sich und Laura auf dem Wohnzimmertisch fand. Er wählte ihre Nummer, das Foto noch immer in seiner Hand. Es klingelte vier oder fünf Mal und er befürchtete schon, sie würde seinen Anruf nicht annehmen.

»Hallo?«

Sie klang, wie so oft in letzter Zeit, gehetzt.

»Woher hast du die Informationen zu Georg Daniels?«

»Ben ...«

»Komm mir jetzt nicht mit ‚Ben'. Woher du die Infos hast, will ich wissen!«

Seine Stimme klang angespannt, und er war sich sicher, dass sie das hatte kommen sehen, als sie irgendwann gestern Nacht oder heute früh diesen Artikel getippt hatte.

»Ich kann meine Quellen nicht verraten und das weißt du.«

»Du kannst aber meine Ermittlungen erschweren, ja?«

»Ach komm, ich bitte dich! Früher oder später hättet ihr das doch sowieso öffentlich gemacht.«

»Hätten wir das?«

Sein Blick fiel auf das Foto, welches er noch immer in der Hand hielt. So verliebt, wie sie ihn damals angelächelt hatte, so wütend klang sie jetzt direkt an seinem Ohr.

»Ich weiß, dass wir so unsere Probleme haben, Ben, aber das hier hat nichts damit zu tun, also mach es nicht zu etwas Persönlichem, ja? Ich habe meinen Job gemacht. Und hättest du mir die Infos zukommen lassen, hätte ich nicht selber recherchieren müssen.«

Er schüttelte so entschlossen den Kopf, dass das verliebte Pärchen auf dem Foto fast vor seinen Augen verschwamm.

»Bullshit, Laura. Du hast damals Journalismus studiert, weil du es anders machen wolltest. Besser. Du wolltest keiner von diesen Journalisten werden, denen das Schicksal der Personen egal ist. Du wolltest es besser machen!«

Und die junge Frau auf dem Foto erinnerte ihn so deutlich daran, wie sie damals sogar noch hochschwanger über ihren Büchern gesessen und gelernt hatte. Während er sein Jura-Studium aufgegeben hatte, hatte sie ihren Traum mit einer beeindruckenden Sturheit durchgezogen.

»Ich hoffe, du bist stolz auf dich, Laura.«

Damit beendete er das Gespräch und warf das Foto zurück auf den Couchtisch.

Kapitel 67

Weindl, heute mit einer tiefen Falte zwischen den Augenbrauen, las den Bericht, den Rauch zum Fall Wichtle geschrieben hatte, in aller Ruhe durch, während er ihr gegenüber saß. Die Brille mit der dicken schwarzen Fassung, die gerade in Mode war, stand der Frau auf der anderen Seite des Schreibtisches ausgesprochen gut, der ernste Blick hinter den Brillengläsern hingegen ließ ihn nervös werden.

Als sie die Lektüre beendet hatte, nahm sie die Brille ab und ihre klaren Augen richtete sich auf ihn.

»Sehen Sie eine Verbindung zwischen den zwei Morden?«

»Ja. Ich denke, der Mord an Herrn Wichtle, war sicherlich durch die Affäre zwischen ihm und Herrn Daniels motiviert. Allerdings gehen wir davon aus, dass sie nicht vom selben Täter ausgeübt worden sind. Frau Daniels hat, meiner Meinung nach, ihren Mann nicht ermordet.«

Weindl nickte, strich sich eine Strähne ihrer blonden Haare aus dem Gesicht und lehnte sich zurück.

»Wer hat die Presse informiert?«

Rauch zuckte wahrheitsgemäß mit den Schultern.

»Das weiß ich leider nicht.«

Natürlich wusste Weindl, wer Laura Böhm – sie hatte wieder ihren Mädchennamen angenommen – war und in welcher Beziehung sie zu Rauch stand.

»Also tappen wir nach wie vor im Dunkeln?«

»Ja. Noch.«

»Stimmt es denn, was über das Opfer im Netz steht?«

Rauch nickte.

Manchmal war es ihm lieber, wenn billige Lügen verbreitet wurden, das behinderte die Ermittlungen nicht zwingend. Stand aber zu einem ungünstigen Zeitpunkt die Wahrheit im Internet, konnte der Täter ihnen einen Schritt voraus sein.

»Sorgen Sie dafür, dass nicht noch mehr Details nach draußen dringen. Und suchen Sie weiter.«

Sie klappte die Mappe mit dem Bericht zu und schob ihn zur Seite.

»Der Anwalt von Paula Daniels wird wohl auf ‚nicht zurechnungsfähig' plädieren.«

»Aber sie hat den Mord gestanden.«

»Allerdings nimmt sie seit dem Tod ihres Mannes auch sehr starke Medikamente. Es wird ein medizinisches und ein psychiatrisches Gutachten erstellt.«

»Dann würde sie vielleicht nicht ins Gefängnis kommen.«

»Aber sicherlich in eine Klinik.«

»Sie hat ihn mit elf Stichen getötet. Das ist Mord.«

Weindl nickte.

»Wir werden es erfahren. Bis dahin ...«

»Suchen wir weiter nach Daniels' Mörder.«

Er wollte schon aufstehen.

»Sagen Sie, Rauch, wie geht es eigentlich Hagen?«

Die Frage erwischte Rauch unvorbereitet, und es gelang ihm nicht zu verbergen, dass auch er immer wieder darüber nachdachte. Weindl lächelte und beugte sich nach vorne.

»Ich weiß, Sie arbeiten nicht nur gut, sondern auch gerne mit ihr zusammen.«

Rauch nickte automatisch, es wäre lächerlich gewesen, das abzustreiten.

»Das LKA hat ihr einen Vollzeitjob angeboten, aber sie hat abgelehnt.«

»Das wundert mich nicht.«

Weindl nickte langsam.

»Ich hatte auch die Befürchtung, es wäre zu früh.«

»Ich bin froh, dass sie überhaupt wieder arbeitet.«

Weindl musterte Rauchs Gesicht, und dieser hatte alle Mühe, nicht besorgt zu wirken.

»Was haben Sie als Nächstes vor?«

Obwohl sie mit dieser Frage wieder zum Fall Daniels zurückkehrte, veränderte sich ihr prüfender Blick nicht im Geringsten. Rauch räusperte sich.

»Nun, ich würde mir gerne seine Wohnung noch mal etwas genauer ansehen. Und Frau Jansen überprüft einige Dinge, deren Zusammenhänge wir noch nicht ganz entschlüsselt haben.«

Zumindest würde sie das gleich tun, sobald er die Möglichkeit bekäme, sie darum zu bitten.

»Fuchs wertet noch einige der Spuren vom Tatort aus. In einer Schulsporthalle etwas Verwertbares zu finden, erweist sich als äußerst schwierig.«

»Gut. Bleiben Sie dran und halten Sie mich weiter auf dem Laufenden.«

Sie reichte ihm die Mappe zurück und entließ ihn zurück in die Arbeit. Sein erster Gang führte ihn direkt auf die Kommandobrücke von Frau Jansen, die zu seiner Überraschung heute eine Brille trug. Als er eintrat, sah sie lächelnd auf, ganz so, als hätte sie nur auf ihn und eine neue Herausforderung gewartet.

»Sie tragen eine Brille?«

Fast so, als hätte sie es vergessen, griff sie sich an das Gestell und wiegte dann nachdenklich den Kopf.

»Ich weiß noch nicht. Was denken Sie, Herr Kommissar? Macht es mich seriöser? Nehmen Sie mich jetzt ernster?«

Rauch, wenn auch irritiert von der Frage, sah sich Frau Jansen genauer an und stellte fest, dass sie auch in Annas Einhorn-Onesie im Revier auftauchen könnte und er nie auch nur eine Sekunde lang an ihrer Integrität gezweifelt hätte.

»Wer hat behauptet, wir würden Sie nicht ernst nehmen?«

Ihr Lächeln veränderte sich nur minimal, aber Rauch bemerkte eine Verletzlichkeit, die ihm bisher entgangen war. Er schloss die Tür hinter sich und kam auf den Schreibtisch zu.

»Wer hat Ihnen gesagt, dass Sie nicht seriös genug wären?«

»Ach, das war nur so ein blöder Kommentar ...«

Sie machte eine wegwerfende Handbewegung und schnappte sich Block und Stift, bereit, eine Aufgabe aufzuschreiben, aber Rauch wollte sie nicht so einfach davonkommen lassen. Er stützte sich auf den Schreibtisch und beugte sich zu ihr runter.

»Wenn Ihnen das nächste Mal jemand sagt, Sie sollten etwas an Ihrem Aussehen oder Auftreten verändern, dann ignorieren Sie es bitte.«

»Wieso?«

»Weil Sie, so wie Sie sind, genau richtig sind. Wenn Sie eine Brille tragen oder eine Dauerwelle wollen, dann machen Sie das. Aber nicht, weil jemand, der sich von Ihnen, Ihrem Auftreten, Ihrer Intelligenz oder Ihrer Integrität eingeschüchtert fühlt, es Ihnen vorschlägt.«

Ihr Lächeln wurde wieder breiter, erreichte ihre Augen und sie setzte sich aufrecht hin.

»Sie mögen die Brille also?«

»Ich finde, Sie können alles tragen.«

Und ganz kurz durfte Rauch einen Blick auf Frederike Jansen erhaschen, die nicht das Pokerface der IT-Expertin des Reviers trug, sondern das Gesicht des Menschen dahinter.

»Was kann ich für Sie tun?«

Mit einem Augenaufschlag wechselte sie zurück in dem Berufsmodus und tippte dreimal mit dem Stift auf das Papier. Rauch nickte langsam, ging geistig noch mal an den Tatort zurück. Was hatten sie womöglich übersehen?

»Rufen Sie bei der Autovermietung Junker an, fragen Sie, ob Georg Daniels dort jemals einen Wagen gemietet hat. Vollkommen egal, ob letzte Woche oder letzten Monat, letztes Jahr ...«

Jansen nickte und machte sich Notizen, während Rauch alles aussprach, was ihm in den Sinn kam.

»Haben wir sein Zweithandy schon gecheckt?«

»Wir sind dabei. Er hat keine Namen gespeichert, nur einige Initialen, sonst alles nur Nummern. Das dauert etwas.«

Rauch nickte, hatte das schon befürchtet.

»Trotzdem, alles checken, bitte.«

Das musste sich Jansen offenbar nicht mehr notieren.

»Mailverkehr?«

»Noch nichts Neues.«

»Hat sich Fuchs schon gemeldet?«

»Nur wenige Fingerabdrücke sind verwertbar, im Archiv keine Übereinstimmung, sie suchen weiter.«

Rauch rieb sich die Schläfen, fragte sich, wo sie noch überall etwas übersehen hatten?

»Checken Sie noch mal seinen Kalender, können wir die Initialen irgendwie den Nummern im Handy zuordnen?«

»Ich schaue es mir noch mal an.«

»Alles, was er dort vermerkt hatte, müssen wir prüfen.«

Sie nickte erneut, während sie sich alles artig aufschrieb, bereit sofort mit der Arbeit loszulegen, sobald er ihr Büro verließ. Als Rauch nichts mehr sagte, sondern konzentriert Löcher in die Luft starrte, weckte sie ihn aus seinem Gedankenarchiv.

»Sobald ich bei der Handyauswertung etwas finde, melde ich mich – und jetzt los, suchen Sie den Täter.«

Kapitel 68

Wieder ein Mord in Stuttgart

Ein Jogger, mit elf Messerstichen getötet, wurde blutüberströmt in Vaihingen nahe dem Trimm-dich-Pfad aufgefunden. Auch wenn die Polizei eine Verdächtige bereits gestern Nacht verhaftet hat und eine Verbindung zu dem kürzlich in der Turnhalle des Paul-Richter-Gymnasiums ermordeten Georg D. abstreitet, scheinen die beiden Mordfälle miteinander verbunden.

Wie inzwischen bekannt, handelte es sich beim ersten Opfer um einen homosexuellen Mann, der wohl …

Hier brach Rauch ab und überflog den Rest des Artikels nur noch grob, schüttelte den Kopf, als über fiktive Szenarien, wie die beiden Morde zusammenhängen könnten, spekuliert wurde. Was ihn aber noch immer am meisten enttäuschte war der Name der Verfasserin, der am Ende des Artikels genannt wurde. Er las ihn immer und immer, bis er schließlich das Browserfenster schloss.

»Es war die Ehefrau.«

Überrascht blickte er auf, nur um Krüger lässig im Türrahmen lehnend zu sehen. Er grinste auf seine überhebliche Art zu ihm hinunter.

»Wie bitte?«

»Es war die Ehefrau. Es sind immer die Frauen.«

Rauch, bemüht ruhig zu klingen, blickte wieder auf den Monitor, wo inzwischen nur noch das Hintergrundbild zu sehen war, in der Hoffnung, Krüger würde sich ebenso lautlos verziehen, wie er aufgetaucht war.

»Ich weiß, dass sie ihren Mann ermordet hat. Sie hat es nie abgestritten. Das kommt einem Geständnis nahe, oder?«

Rauch schüttelte den Kopf, suchte die passenden Worte, um Krügers Vermutung in einer angemessenen Weise zurückzuweisen ohne dabei ausfallend zu werden, und blieb doch stumm, griff nach einer Mappe, die schon einige Tage auf seinem Schreibtisch lag und seine Unterschrift oder ähnliches verlangte. Krüger sah das allerdings nicht als Zeichen für das Ende ihres Gesprächs an, sondern tat stattdessen einen weiteren Schritt in sein Büro.

»Sie brauchen ziemlich lange, um den Fall zu klären. Kann das sein?«

»Es ist noch nicht einmal eine Woche her.«

»Totschlag. Und Sie brauchen eine Fallanalytikerin. Das ist traurig.«

Rauch legte den Kugelschreiber mit Bedacht auf den Schreibtisch und lehnte sich weit in seinem Bürostuhl zurück.

»Haben Sie denn eine Tathypothese?«

Krüger, der scheinbar nur auf eine solche Einladung gewartet hatte, nickte und vermutete sich selbst offenbar selbst im Begriff, den Fall mit einer genialen Theorie zu lösen oder Rauch zumindest die Aufklärung maßgeblich zu erleichtern.

»Mord aus Eifersucht.«

Das war alles, was er sagte.

»Ach.«

Die Enttäuschung über Rauchs Reaktion, das Ausbleiben einer Konfettikanone und des rauschenden Beifalls stand Krüger ins Gesicht geschrieben.

»Ich bitte Sie, Rauch, wie lange machen Sie diesen Beruf schon? Die meisten Straftaten entstehen aus Emotionen, das sollten Sie inzwischen wissen.«

Krügers Arroganz brachte Rauch nur noch weiter auf die Palme, doch er griff nach seiner Kaffeetasse, nahm einen Schluck und hoffte, die Wut mit dem überzuckerten Koffeingetränk herunterzuspülen.

»Wenn Sie das glauben …«

Bewusst ließ er den Satz unvollendet in der Luft hängen, widmete sich wieder ganz seiner Tätigkeit und ignorierte Krüger, der sich jetzt vor Rauchs Schreibtisch aufbaute und räuspernd auf sich aufmerksam machte. Rauch las den Absatz des

Berichts fertig, ohne darauf zu achten, um was es in dem Text ging, bevor er wieder aufblickte.

»Ist sonst noch was, Krüger?«

»Sie glauben nicht, dass es die Frau war?«

Zufrieden stellte Rauch fest, dass sein Plan aufging und Krüger verunsichert war. Ruhig sprach er weiter.

»Es spielt ja keine Rolle, was *ich* glaube, oder?«

»Sie hätte genug Gründe, ihren Mann zu ermorden, da müssen Sie mir zustimmen, Rauch.«

»Ach ja. Hat sie das? Hat sie etwa gestanden? Hat sie uns vielleicht auch verraten, wo die Tatwaffe ist?«

»Nein.«

»Oder wieso sie zum Zeitpunkt des Mordes an ihrem Mann an zwei unterschiedlichen Orten gleichzeitig war?«

Krüger richtete sich die Krawatte – oder lockerte er sie, weil ihm das Atmen schwerfiel?

»Worauf spielen Sie an, Rauch?«

»Nun, ich gehe davon aus, Sie haben sich in die Akte zum Mordfall eingearbeitet?«

Krüger brachte eine Kopfbewegung zustanden die irgendwo zwischen Nicken und Kopfschütteln lag. Rauch musste sich ein Grinsen verkneifen.

»Sie hat für den Tatzeitpunkt ein Alibi, welches wir bereits geprüft haben. Sie war mit Freundinnen in der Stadtmitte essen, dann fuhren die Damen noch zu einem Absacker in die *Fou Fou Bar* am Wilhelmsplatz, danach teilten sie sich ein Taxi nach Hause.«

»Das könnte eine Lüge sein.«

»Sie wurde an den Orten gesehen, ihre Freundinnen haben das bestätigt, die Taxifahrt hat sie mit ihrer Kreditkarte bezahlt.«

»Möglich, dass sie den Mörder beauftragt hat.«

Rauch lehnte sich nach vorne, sein Blick war nun weder freundlich noch entspannt, sondern fest und kalt auf Krügers Gesicht gerichtet.

»Möglich. Und wenn ja, werden wir es aufklären. Vorausgesetzt, Sie lassen mich jetzt meinen Job machen.«

Krüger leckte sich über die Lippen, griff wieder nach der Krawatte, lockerte sie diesmal deutlich weiter und ging dann wieder in Richtung Tür. Doch bevor er Rauch endgültig alleine ließ, verlangsamte er seine Schritte noch einmal, blieb aber nicht ganz stehen und drehte sich auch nicht um.

»Schon mal dran gedacht, dass es einer Ihrer Freunde gewesen sein könnte, Rauch?«

Die Hoffnung, er würde auf die Frage keine Antwort erwarten, erlosch, als Krüger sich doch noch mal zu ihm drehte und fragend eine Augenbraue hob.

»Allerdings.«

»Und?«

»Sollte dem so sein, werden wir das rausfinden.«

Er wollte seinem Gegenüber nicht zeigen, wie schwer ihm das Aussprechen der Wahrheit fiel, aber es gelang ihm nicht, entspannt zu klingen. Krüger rechnete ihm offenbar zumindest diese Ehrlichkeit an, nickte und ließ Rauch mit jenem bedrückenden Gedanken endlich alleine.

Kapitel 69

»Und was genau suchen wir?«

Dörflinger, der hinter Rauch die Wohnung der Daniels betrat, sah sich bereits im Flur suchend um. Die Antwort auf die Frage war an sich einfach, wenn auch nicht leicht auszusprechen.

Irgendwas, was meine Kumpels entlastet und mir zeigt, wo ich den Mörder stattdessen suchen soll.

»Wenn ich das so genau wüsste.«

Rauch ließ den Blick durch den Flur wandern. An den Haken hingen noch immer Jacken, die darauf warteten, für einen Spaziergang oder einen weiteren Bürotag angezogen zu werden. Georg hatte deutlich weniger Schuhe zur Auswahl als seine Frau. Zwischen Turnschuhen fanden sich auch einige Pumps mit kleinem Absatz, die Art Schuhe, die Frauen trugen um nicht größer als ihr Mann zu sein.

»Alle Schuhe müssen mit.«

Dörflinger nickte und sah auf die stattliche Sammlung zu seinen Füßen.

»Glauben Sie, wir finden hier den Schuh, der zum Abdruck aus der Turnhalle passt?«

»Nein. Aber ich will es zumindest ausschließen können.«

Zusammen gingen sie ins Wohnzimmer, wo alles noch unverändert dalag.

»Das wird ein spaßiger Nachmittag.«

Rauch zog sein Jackett aus und legte es über die Stuhllehne.

»Frau Daniels hat vom Arbeitszimmer ihres Mannes gesprochen.«

Dörflinger nickte.

»Es liegt neben dem Schlafzimmer.«

»Gut. Sie suchen hier nach Buchungsbelegen oder Kontoauszügen, irgendetwas, das uns wissen lassen könnte, mit wem Georg Daniels in den letzten Monaten Kontakt hatte.«

»Wird gemacht.«

»Ich bin in seinem Büro.«

Wo er genau das Gleiche tun würde. Es wurmte Rauch, es sich eingestehen zu müssen, aber Krüger hatte den Finger in die Wunde gelegt. Sie hatten so viel Zeit damit verbracht, alle beruflichen Beziehungen zu untersuchen, weil Rauch es nicht wahrhaben wollte, dass unter Umständen doch einer aus ihrer Klasse der Täter sein konnte.

Aus seinem Freundeskreis.

Georgs Büro hatte eine überschaubare Größe. Ein Schreibtisch mit dem üblichen Heimcomputer, ein Drucker auf einem separaten Tisch, dazu ein kleiner Aktenschrank, den Frau Daniels bereits ausgeräumt hatte, ebenso wie die Schubladen des Schreitisches. Rauch nahm auf dem hochmodernen Schreibtischstuhl Platz und startete den Rechner. Der Monitor sprang an und zeigte zwei lächelnde Gesichter vor dem Eiffelturm in Paris. Paula Daniels sah so glücklich aus, dass Rauch fast damit rechnete, ihr Lächeln würde jede Sekunde den Bildschirm sprengen. Auch Georg lächelte, wenn auch nicht ganz so überzeugend.

Oder meinte er das jetzt nur zu erkennen, weil er die ganze Geschichte kannte?

Bevor er sich auf die Suche nach Wasauchimmer machte, saß er einfach nur so da. Versuchte sich in Georg hineinzuversetzen. Seine Frau in der Küche oder im Wohnzimmer, er hier bei der Arbeit. Wie gerne hätte er jetzt Frau Jansen hier gehabt, die mit wenigen Handgriffen diesen Computer geknackt hätte. Er würde dafür sorgen, dass sie ihn bekam, damit sie sich die Dateien ansehen konnte, die er selbst jetzt sicher nicht finden würde. Mit etwas Schwung brachte er den Stuhl näher an den Schreibtisch.

Hatte er von hier aus seine Treffen mit den anderen Männern arrangiert? Rauch stützte die Ellenbogen auf den Tisch und fragte sich, ob er den Mörder nicht vielleicht doch unter seinen wechselnden Affären finden würde. Mit einem entschlossenen Kopfschütteln verwarf er den Gedanken und legte seine Hand auf die Maus, ließ den Cursor über einige der Ordner auf dem Desktop schweben, bevor er sich für den mit dem Titel *Kanzlei* entschied. Alle Ordner hatten normale Namen, alle waren frei zugänglich, kein Passwort wurde erfragt, die Dokumente darin behandelten Fälle, Informationen, Gerichtsbeschlüsse.

Aus dem Wohnzimmer konnte Rauch Dörflinger hören, wie er sich durch Papier wühlte.

Georg hatte einen Kalender. Die Termine waren nicht in seinem Handy gespeichert, nein, er hatte sie aufgeschrieben. Auf Papier. Einfacher zu vernichten?

Mit einem Ruck stand Rauch auf und ging zum Aktenschrank, doch er war tatsächlich komplett leer. Um all die Papiere auf dem Boden durchzugehen, würden sie Tage brauchen. Hätte Paula nicht bereits entsorgt, was ihren Mann weiter mit Männern in Verbindung bringen konnte?

Der Papierkorb neben dem Schreibtisch war leer.

»Dörflinger?«

»Hm?«

»Wann wird hier der Müll abgeholt?«

»Keine Ahnung. Ich finde es raus.«

»Und stellen Sie die Mülltonne draußen sicher!«

Auch etwas, was Rauch sich nie hatte sagen hören wollen, als er vor Jahren beschloss, sich der Polizei anzuschließen.

»Suchen wir denn auch Müll?«

»Wir suchen alles.«

Dörflinger tauchte mit einer durchsichtigen Tüte voller Papier, Gemüseschalen und Joghurtbechern in der Tür auf.

»Umweltfreundliche Mülltrennung geht anders.«

Er fischte eine zerknüllte Zigarettenschachtel hervor und Rauch war erleichtert, als er die Latexhandschuhe an seinem Kollegen erkannte – die Spurensicherung würde es ihm danken.

»Sind die in Deutschland nicht verboten?«

Obwohl ihm die Verpackung der Gitanes-Zigaretten nicht vertraut war, wusste er sofort, welche Marke Dörflinger in der Hand hatte.

»Bitte für die KTU einpacken.«

Nickend drehte sich Dörflinger wieder um und verschwand im Wohnzimmer. Rauch hingegen stand noch immer ahnungslos im Büro, öffnete eine Schublade und zog sie so schwungvoll heraus, dass sie ihm fast entgegen fiel. Gerade so gelang es ihm noch, ihren Aufprall auf dem Boden zu verhindern, wobei er sie an sein Schienbein schlug.

»Verdammt ...«

Er stellte sie auf dem Boden ab und rieb sich einen Moment lang die schmerzende Stelle, bis etwas seine Aufmerksamkeit auf sich zog. Langsam ging er neben der Schublade in die Hocke und drehte sie um.

Ein Umschlag war mit Tesafilm auf die Unterseite der Schublade geklebt worden.

Vorsichtig entfernte er den Klebestreifen und drehte den Brief langsam um. Auch wenn er kein Graphologe war, hätte er viel Geld darauf gewettet, dass es die gleiche Handschrift wie in Georgs Terminkalender war.

Nur ein Name.

Paula.

Kapitel 70

Hagen hatte den Brief, der nun in einer Klarsichthülle steckte, inzwischen zum dritten Mal gelesen und sah erst jetzt wieder zu Rauch, der sie die ganze Zeit über nicht eine Sekunde aus den Augen gelassen hatte.

»Wow.«

Sie legte den Brief zurück auf den Schreibtisch und sah zu Rauch, der auf ihre Einschätzung wartete.

»Er wollte es wirklich durchziehen.«

Rauch nickte, lehnte sich vor und tippte auf das Datum am rechten oberen Eck.

»Vor knapp einem Jahr aufgesetzt.«

»Wissen wir, ob Fingerabdrücke drauf sind?«

»Falls ja, wird Fuchs uns darüber informieren.«

»Was, wenn Sie den Brief gefunden und gelesen hat?«

»Vor oder nach der Tat?«

»Davor.«

»Er entschuldigt sich.«

»Er gesteht ihr aber auch, dass er sie angelogen hat. Von Anfang an. Wie würdest du damit umgehen?«

»Wir könnten sie fragen.«

»Wir sollten sie fragen.«

»Und falls sie von dem Brief und seinem Geständnis noch nichts weiß?«

Rauch griff wieder nach der Klarsichthülle und las die ersten der emotionalen Zeilen noch einmal von vorne.

Liebe Paula,

Du weißt nicht, wie schwer es mir fällt, diese Worte zu schreiben. Schon jetzt weiß ich, wie weh ich dir damit tun werde. Wie sehr du mich hassen wirst. Und dennoch kann ich nicht anders.

Du sollst die Wahrheit erfahren, bevor andere Geschichten die Runde machen und du ihnen mehr Glauben schenkst als mir. Und du darfst nie daran zweifeln, dass ich dich geliebt habe. Nur nicht so, wie du es dir gewünscht hast. Dazu bin ich leider nicht in der Lage.

Wieso, das möchte ich dir in diesem Brief erklären. Von Angesicht zu Angesicht würde es mir nicht gelingen, weil ich nicht aushalten würde, dass du mich mit anderen Augen siehst.

Wieder sah er zu Hagen.

»Was, wenn sie jemanden beauftragt hat? Jemanden, der rein gar nichts damit zu tun hat? Jemand, der es für Geld getan hat ... ?«

»Unwahrscheinlich.«

»Wieso?«

»Wenn du als Auftragsmörder jemanden aus dem Weg schaffen sollst, verlässt du dich dann darauf, dass eine passende Tatwaffe irgendwo vor Ort vorhanden ist? Wieso der Pokal? Wieso nicht ... ich weiß nicht ... ein Messer, eine Pistole, ein Kabel.«

»Dieser Scheißpokal.«

»Ihr habt ihn noch nicht gefunden?«

»Nein. Die Kollegen von der KTU haben alles auf den Kopf gestellt, aber der Pokal ist wie vom Erdboden verschluckt. Auch die Umgebung wurde abgesucht, alle Mülleimer, jeder Busch. Nichts.«

»Habt ihr bei ihnen in der Wohnung noch etwas gefunden?«

»Gitanes.«

»Die waren auch am Tatort.«

Er nickte.

»Allerdings nicht mit Georgs DNA.«

»Wissen wir, wer die geraucht hat?«

Er schüttelte resigniert den Kopf und verschränkte die Hände hinter dem Kopf, starrte an die Decke, als würde er dort alle Antworten finden.

»Möglich, dass die Tatwaffe sich noch immer im Besitz des Täters befindet.«

Hagen dachte nur laut nach, aber Rauch war interessiert an ihren Gedanken und sah zu ihr hinüber, ohne seine Position zu verändern.

»Oftmals, wenn Leute im Affekt solche Dinge tun, sind es keine kaltblütigen Mörder, die alles genau geplant haben. Viele fühlen sich danach noch immer schuldig, spielen sogar mit dem Gedanken, sich zu stellen. Normalos. Wie du und ich.«

»Wir sind vielleicht nicht das beste Beispiel für Normalos.«

Sie schnitt eine kurze Grimasse, auch wenn sie ihm eigentlich Recht geben wollte, und sprach dann weiter.

»Was ich damit sagen will, wir sollten nicht ausschließen ...«

Sie machte eine ausladende Handbewegung und sah ihn abwartend an, aber er wollte den Satz nicht für sie beenden.

»Dass?«

»... es einer aus dem engeren Freundeskreis war.«

»Georgs Freundeskreis?«

Ihr Kopfschütteln war kaum merklich, ebenso die Veränderung in ihrem Blick.

»Aus *deinem* Freundeskreis.«

Er atmete schwer aus.

»Hast du etwa mit Krüger gesprochen?«

»Wieso sollte ich?«

»Weil er eine ganz ähnliche Vermutung hat.«

»Was ich dir jetzt sagen werde, Benedikt, wirst du nicht gerne hören.«

»Hm?«

»Krüger könnte Recht haben.«

Bevor er etwas erwidern konnte, sprach sie schnell weiter.

»Er hat den Abstand, der dir vielleicht fehlt, und er ist kein schlechter Ermittler.«

Jedes einzelne Wort traf Rauch mitten in sein Egozentrum und es tat weh. Nicht, weil er es nicht glauben wollte, sondern weil er wusste, dass sie Recht hatte.

»Und vielleicht muss ich bei der Gelegenheit noch etwas anderes beichten ...«

Sie warf einen Blick zur Tür, als wollte sie sicher gehen, dass sie niemand bei dieser Beichte überraschte.

»Ich habe entweder etwas sehr Schlaues oder etwas unfassbar Dummes getan.«

Kapitel 71

»Du hast was?«

»Ich weiß, es ist illegal!«

»Du hast DNA-Proben von meinen Kumpels geklaut?«

Wäre es Hagen nicht irgendwie unangenehm gewesen, hätte er wetten können, sie nickte stolz.

»Es war so einfach. Ihr wart so im Fußballspiel versunken, die Sporttaschen lagen offen neben uns, also haben wir ...«

»*Wir*?«

Jetzt sah sie ertappt zu ihm hinüber und lehnte sich automatisch etwas zurück, um zusätzlich Abstand zwischen sich und den wütenden Rauch zu schaffen.

»Anna hat mir möglicherweise assistiert.«

»Du hast meine minderjährige Tochter in diese illegale Aktion reingezogen?«

»So wie du es sagst, klingt es wirklich schlimm.«

»Sophie, dafür können wir einen Haufen Ärger kriegen!«

»Genau genommen nur ich. Und noch weiß es ja keiner. Ich verstehe einfach nicht, wieso sie ihre DNA nicht abgeben wollen, wenn sie doch nichts zu befürchten haben!«

Sie mochte mit dem Grundgedanken ja Recht haben, aber Rauch griff sich an den Kopf, schloss die Augen und hoffte, alles würde mehr Sinn machen, wenn er sie wieder ansah.

»Weil es *ihre* DNA ist!«

»Es ist ja nicht so, als würde ich damit Klonexperimente machen ...«

Er wünschte sich einen Kaffee herbei, schaffte es aber nur, überrumpelt von all diesen neuen Infos, schwer auszuatmen.

»Technisch gesehen habe ich mir nur ein paar Socken geliehen.«

»Entwendet.«

»Geliehen.«

»Geklaut.«

»Wie auch immer, Sarah untersucht das alles. Wenn wir ein Match mit der DNA vom Tatort haben …«

»Natürlich werden wir das haben! Die Jungs haben mit dem Opfer Fußball gespielt, Zigaretten geraucht, Bier getrunken …«

»Wenn das alles war, was sie getan haben, wieso haben sie dann solche Angst?«

Rauch zögerte kurz, sah sie an, um zu erfahren, was sich hinter ihrer Vermutung wirklich verstecken könnte, und schüttelte schließlich den Kopf.

»Es ist dir schon klar, dass deine geklauten Proben niemals als Beweismaterial zugelassen werden, oder?«

»Wenn wir einen Treffer haben, holen wir uns eine echte DNA-Probe.«

»Du hast das alles schon genau durchgeplant, nicht wahr?«

Hagen nickte entschlossen, bevor sie sich erklärte.

»Paula Daniels hat ihn nicht getötet, da bin ich mir sicher. Sie hat ihn geliebt und hätte alles für ihn getan. Sie ist dazu nicht fähig. Egal, ob sie den Brief gelesen hat oder nicht.«

»Sie hat zumindest Florian Wichtle ziemlich kaltblütig umgebracht.«

»Du weißt, was ich meine.«

So sehr Rauch sich wünschte, den richtigen Täter zu finden, die Vorstellung es könnte sich dabei tatsächlich um einen seiner Freunde handeln, setzte ihm zu.

»Wenn wir keine Übereinstimmung kriegen, tappen wir eben weiter im Dunkeln. Dann darfst du mich auch gerne verrückt nennen oder mich wegen DNA-Klau anzeigen. Aber …«

Sie brach ab, wartete, bis ihr Kollege sie endlich wieder ansah. Doch es vergingen Minuten, bis Rauch den Mut aufbrachte und zu ihr blickte.

»Sie waren alle so nervös, als ich mit euch in der Kneipe war. Sie waren auch nervös, als ich zum Fußballspiel kam.«

»Weil sie dich mögen.«

»Deswegen ist man nervös?«

»Du bist eine attraktive Frau, sie wollten dir imponieren und einen guten Eindruck hinterlassen.«

Hagen schüttelte leicht amüsiert den Kopf.

»Netter Versuch, Ben. Aber ich weiß, wie Leute sich verhalten, die etwas zu verheimlichen haben. Machen wir uns nichts vor. Es war kein geplanter Mord, niemand Fremdes, der mal eben so durch Zufall in diese Turnhalle gestolpert ist.«

»Wie sieht deine Tathypothese aus?«

»Taten wie diese entstehen meistens aus persönlichen Konflikten heraus.«

»Beziehungstat?«

Hagen nickte.

»Was ist passiert? Daniels wurde erschlagen. Warum ist es passiert?«

»Weil er sich mit jemandem gestritten hat?«

Sophie nickte nur ansatzweise.

»Es war jemand, den er kannte. Und damit ziemlich sicher auch jemand, den du kennst. Und das macht es schwer, ich weiß.«

Weindl vertraute ihm. Sie hatte ihm den Fall trotz Krügers Zweifeln gegeben, und er wusste, dass er sie besser nicht enttäuschen sollte.

Er atmete tief durch. Freunde hin oder her, er war als Polizist dazu verpflichtet, einen klaren Kopf und objektiven Blick auf den Fall zu bewahren.

»Okay. Wir lassen das von Sarah checken. Aber wenn nichts dabei herauskommt, dann will ich ihre Daten so schnell wie möglich aus der Datenbank gelöscht haben …«

Sophie hob die Hand, als würde sie gleich einen Schwur leisten wollen.

»Versprochen. Und alles auch schon längst mit Sarah geklärt.«

»Vergiss nicht, ihr zu sagen, dass die Sache *top secret* ist. Und illegal.«

»Keine Sorge, das weiß sie schon.«

»Ein Teil von mir wünscht sich, dass du daneben liegst und ich dir danach dafür die Hölle heiß machen kann!«

Sophie Hagen setzte zu einem Lächeln an und lehnte sich an den Schreibtisch.

»Und der andere Teil?«

»Der wünscht sich, dass wir den Täter endlich finden.«

Kapitel 72

»Kommissar Rauch?«

»Hm?«

Dörflinger stand formatfüllend im Türrahmen und wartete auf eine Reaktion seines Chefs, der aber so vertieft in den Bericht der Forensiker war, dass er das Auftauchen des Polizisten nach einer Sekunde schon wieder vergessen hatte.

»Da will Sie jemand sprechen.«

»Kann das nicht jemand anderes übernehmen?«

Rauch sah nur kurz auf, tippte auf den Bericht in seiner Hand und stockte dann, als er den nervösen Blick in Dörflingers Gesicht bemerkte.

»Ich denke, das wollen Sie selbst übernehmen.«

»Was ist los?«

»Ein gewisser Philipp Stettner möchte eine Aussage machen.«

Rauchs Herz rutschte aus seiner Brust und er wartete auf eine logische Auflösung, die Dörflinger sicher gleich liefern würde, aber der blieb stumm.

»Hat er gesagt, um was es geht?«

»Er möchte ein Geständnis machen.«

»Ein Geständnis?«

Seine Stimme klang erstaunlich schrill und hoch, als er diese überraschenden Nachrichten bekam.

»Vielleicht kommen Sie lieber gleich mit. Er ist im Vernehmungszimmer drei.«

Rauch stand so schwungvoll auf, dass ihm fast ein wenig schwindelig wurde, zumindest schien sich der Fußboden unter ihm zu bewegen. Er griff wieder nach dem Schreibtisch und fing seine Schlagseite auf.

»Alles okay?«

»Ja. Ich komme sofort.«

Dörflinger verstand die Aufforderung und verließ das Büro, ließ die Tür hinter sich allerdings offen. Rauch, noch immer auf den Schreibtisch gestützt, blinzelte einige Male und diesmal blieben die Dinge an ihrem Platz. Er wagte einen Schritt vom Tisch weg und testete sein Gleichgewicht.

Phillip wollte ein Geständnis ablegen.

Ja, das klang nach ihm. So sprach man in den Serien, die er mochte. Das taten die Helden in den 80er-Jahre-Krimiserien, die sie zusammen geschaut hatten.

Und doch passte es so gar nicht zu ihm. Ausgerechnet Philipp. Kopfschüttelnd durchquerte er sein Büro und holte an der Tür noch mal tief Luft.

Was hätte er dafür gegeben, dass Hagen jetzt an seiner Seite wäre.

Noch nie war ihm der Weg von seinem Büro über den Flur zu den Treppen so lang vorgekommen. Jeden seiner Schritte hörte er unnatürlich laut von den Wänden widerhallen. Nur zur Sicherheit hielt er sich nah an der Wand, falls er ein bisschen Halt brauchen würde.

»Sie sehen ein bisschen blass aus.«

Krüger kam ihm auf den Treppen entgegen, aber Rauch nahm ihn nur sehr schemenhaft war, nickte und war fast froh, gegen Frederike Jansen zu prallen. Sie griff sofort nach seinem Unterarm, ihr Blick richtete sich besorgt auf sein Gesicht.

»Muss ich mir Sorgen machen?«

Er wollte ihr ein beruhigendes Lächeln schicken, doch stattdessen zuckten seine Schultern wie von selbst. Das schien zu genügen, denn sie nickte, hakte sich bei ihm unter und ging mit ihm die Treppen weiter nach unten. Alles unter den neugierigen Blicken von Krüger, der oben am Treppenabsatz stehen geblieben war und alles beobachtete.

»Raum drei.«

Als wäre das Erklärung genug, verstand Jansen und führte ihn sicher bis zur genannten Tür, ließ ihn dann erst los und überprüfte, wie er sich so hielt.

»Sie sollten mal wieder schlafen.«

Es fehlte nur noch, dass sie auf seine Augenringe deutete, aber stattdessen lächelte sie ihm aufmunternd zu.

»Oder essen. Soll ich Sophie anrufen?«

»Die hat schon Feierabend.«

»Ich habe das Gefühl, sie würde herkommen, wenn ich sie anrufe.«

»Nicht nötig.«

Er schob nun alle düsteren Gedanken von sich, nahm wieder Haltung an und schob sich sanft an Jansen vorbei, nicht ohne ihr noch ein leises 'danke' mit auf den Weg zu geben.

Er nahm kaum wahr, welcher Kollege ihm das Klemmbrett reichte, auf dem er seinen Namen eintrug. Dann drückte er die Klinke der Tür herunter und sah jetzt einen seiner ältesten und besten Freunde auf einem schlichten Stuhl an einem noch schlichteren, im Boden verankerten Tisch sitzen.

»Ben, Gott sei Dank!«

Er wollte aufstehen, aber Rauch hielt ihn mit einer Handbewegung davon ab. Die Schritte zur anderen Seite des Tisches, wo er sich einen Stuhl heran zog und schließlich ebenfalls Platz nahm, kamen ihm schleppend vor. Rauch musterte Philipps Gesicht. Er war blass, die Augenringe hätten jedem Panda Konkurrenz machen konnten und sein verzweifelter Blick passte nicht zu dem sonst immer lebensfrohen Philipp. Er sah ein bisschen so aus wie Rauch selbst, wenn er jetzt einen Blick in den Spiegel geworfen hätte.

»Warum bist du hergekommen?«

Philipp fuhr sich über das Gesicht, zuckte die Schultern und warf dann einen Blick auf seine Armbanduhr. Er trug einen grauen Pullover und Jeans, er konnte also nicht auf dem Weg zur Arbeit gewesen sein.

»Ich wollte heute eigentlich arbeiten gehen, so wie immer. Aber ich hatte das Gefühl, krank zu werden. Also habe ich angerufen und gesagt, dass ich mich nicht gut fühle.«

Er knetete seine Hände als wären sie nur ein Klumpen Gummi.

»Ich konnte nicht mehr richtig schlafen und habe mich ständig gefragt, wie ich es erklären soll.«

Rauch, froh darüber, wieder Herr seiner Sinne zu sein, starrte ihn an. Nachdem er von Georg Daniels' Doppelleben, erfahren hatte, stellte Rauch sich immer häufiger die Frage, wie gut man Menschen wirklich kannte. Wer spielte ihm vielleicht etwas vor? Wer sagte wann die Wahrheit? Wer log, um sich selbst zu schützen?

Und wer war ein Mörder?

»Wie du was erklären sollst?«

Er spürte, wie sich Schweißperlen auf seiner Stirn bildeten. Lächerlich, er führte solche Befragungen schon länger, als es ihm lieb war. Er war ein Profi. So eine emotionale Reaktion passte nicht zu ihm. Er lehnte sich weiter nach vorne, stützte die Ellenbogen auf den Tisch und schaltete wieder in seinen Berufsmodus. Er drückte die Taste des Aufnahmegeräts, sprach zuerst das Datum und die Uhrzeit auf, dann nannte er die Namen der Anwesenden.

»Was genau wollen Sie uns erklären, Herr Stettner?«

Vor ihm saß nicht mehr Philipp, dem er damals die He-Man-Figur kaputt gemacht hatte, nicht mehr der Junge, dessen großes Fußballeridol Jürgen Klinsmann gewesen war. Vor ihm saß Herr Philipp Stettner, der jetzt vielleicht gleich den Mord an Georg Daniels gestehen würde.

»Ich dachte, vielleicht merkt es ja keiner. Ich meine, wir hatten alle ein bisschen viel getrunken. Du ja auch!«

Philipp merkte sofort, dass dieser Kommentar nicht besonders passend war, auch wenn er der Wahrheit entsprach.

»Sie haben also zu viel getrunken?«

Philipp nickte.

»Ja. Aber so ein Jubiläum ist ja nur einmal und ich dachte, was soll schon passieren?«

Ein hilfloses Achselzucken und Rauch wartete angespannt auf das Geständnis, von dem er nicht sicher war, ob er es wirklich hören wollte.

»Wir wollten Fußball spielen, halt wie früher immer. Du weißt schon.«

Rauch nickte.

»Und er hat gefragt ...«

»Wer *er*?«

Philipp war deutlich irritiert, wie professionell sein Freund ihm jetzt gegenüber saß und endlich verstand er, dass das hier kein Gespräch unter Freunden mehr war. Er nahm eine aufrechte Haltung an und räusperte sich.

»Georg Daniels.«

»Was hat Herr Daniels gefragt?«

»Worum wir spielen. Weil, es müsste einen Preis oder so geben.«

»Und haben Sie einen Preis vereinbart?«

»Lisa war dabei. Und Bettina ... Koch.«

Ab jetzt konnte er Rauchs Blick nicht mehr standhalten, sah auf seine Hände, die er im Schoß gefaltet hielt.

»Lisa?«

»Lisa Gärtner.«

Sofort erinnerte Rauch sich an die freche Lisa von früher mit ihrer wilden Frisur, den Sommersprossen und flotten Sprüchen, mit denen sie die Jungs alle auf Abstand gehalten hatte und dennoch – oder gerade deswegen – von allen heimlich bewundert worden war. Sie hatten sich am Abend des Klassentreffens nur flüchtig unterhalten, aber sie schien sich nicht verändert zu haben.

»Was ist dann passiert?«

»Georg hatte vorgeschlagen, der Gewinner würde sie bekommen, also die Frauen.«

Ein Spruch, der nichts weiter als ein zusätzliches Ablenkungsmanöver von und für Georg darstellte. Bettina hatte ihm gestern schon von dieser Sache erzählt.

»Und weiter?«

»Ich fand den Spruch daneben und habe ihm das auch gesagt. Also hat er mich herausgefordert, ich solle eine andere Trophäe besorgen. Und das habe ich dann auch gemacht.«

Rauch wusste auch das bereits, und zwar von David, ließ Philipp aber einfach weitersprechen.

»Ich habe die Vitrine in der Aula aufgeknackt und habe den BaWü-Schulligapokal geklaut.«

Er sah für weniger als eine Sekunde zu Rauch.

»Sorry dafür.«

»Wo ist der Pokal jetzt?«

»Georg hatte ihn zuletzt.«

»Also hat er gewonnen?«

»Seine Mannschaft, ja. Und dann hat er ganz großkotzig rumgequatscht und seinen Arsch …«

Er sah auf das Aufnahmegerät, an dem noch immer die kleine rote Birne leuchtete.

»… seinen nackten Hintern gezeigt. Fragte, ob Lisa das scharf machen würde und so Zeug. Wir haben ihm nicht richtig zugehört, und da wurde er wütend. Hat Lisa ziemlich dumm angemacht und ich habe ihm gesagt, er soll sich seine Machosprüche sonst wohin stecken.«

»Sie haben sich also gestritten?«

»Na ja, es war eher so ein Austausch von Beleidigungen.«

»Kam es zu Handgreiflichkeiten?«

»Nein!«

Rauch brauchte das auf Band, für alle Fälle.

»Was haben Sie dann getan?«

Philipp schwieg einen Moment lang, holte dann tief Luft und sah dann wieder zu seinem Freund, der ihm als Kommissar gegenüber saß.

»Ich habe überall gelesen, dass DNA gefunden wurde und ich weiß, dass ich ziemlich sicher, ziemlich deutlich DNA am Tatort hinterlassen habe. Und das kann mir jetzt noch jede Menge Ärger einbringen.«

»Und wieso sind Sie sich so sicher, dass wir DNA von Ihnen am Tatort finden werden?«

Er öffnete den Mund, wollte antworten, schüttelte dann aber den Kopf, als wollte er die Worte noch einmal neu sortieren.

»Weil ich an dem Abend Sex in der Turnhalle hatte.«

Das Kondom.

Rauch war dabei, die logisch folgende Frage zu stellen, als Philipp ihm zuvor kam.

»Mit Lisa Gärtner.«

Während Philipp jetzt vor ihm zu einem Häufchen Elend zusammenschmolz, hätte Rauch am liebsten jubelnd die Faust in die Luft gereckt.

»Haben Sie Georg Daniels mit dem Pokal angegriffen?«

Philipp riss erschrocken die Augen auf.

»Was? Nein! Ich habe Saskia betrogen, Ben.«

Möglich, dass das für Philipp im Moment noch schlimmer als ein Mord war, aber Rauch lehnte sich entspannt in seinen Stuhl zurück, stoppte die Aufnahme und grinste.

»Du bist so ein Idiot.«

Aber zumindest kein Mörder.

Kapitel 73

Rauch starrte auf die Namen, die er in sein Notizbuch gekritzelt hatte. Namen seiner Freunde.

Die Erleichterung darüber, dass Philipp einfach nur einen persönlichen Fehler unter Alkoholeinfluss begangen, aber keinen Mord ausgeübt hatte, war noch immer in seinem Körper zu spüren. Wenn Lisa allerdings auch in der Turnhalle gewesen war, hatte sie vielleicht etwas gesehen. Oder gehört.

Auf dem Computermonitor vor sich hatte er die Homepage ihres Yogastudios geöffnet.

Lisa Gärtner bot von Mutter-Kind-Yoga bis hin zur Ayurveda-Massage alles an. Ihr lächelndes Gesicht begrüßte die Besucher der Homepage von einem kreisrunden Foto im Abschnitt ‚über mich'. Dort erzählte sie etwas über ihre Ausbildung, ihren Werdegang – inklusive Ausbildung in Indien – bis hin zu ihrer Lieblingsmusik alles, was potenzielle Kunden interessieren könnten.

Hübsch war sie noch immer.

»Störe ich?«

Hagen tauchte im Türrahmen auf, als Rauch gerade gedankenverloren am Bleistift kaute. Er riskierte einen Blick auf die Uhr.

»Was machst du denn hier?«

»Frederike meinte, ich sollte mal nach dir sehen. Also, störe ich?«

»Du störst nie.«

»Das sagst du nur, weil du das hier riechen kannst, oder?«

Rauch legte den Bleistift zur Seite, unterbrach seine Gedankenspiele und konzentrierte sich ganz auf Hagen, die die Tür hinter sich schloss.

»Sowas tue ich nur für dich, ich hoffe, das weißt du.«

Sie kam, mit einer Papiertüte in der Hand, auf ihn zu. Jetzt konnte er den verlockenden Duft, der sein Büro plötzlich vollständig ausfüllte, wahrnehmen.

»Ich könnte dir einen Vortrag über übermäßigen Fleischkonsum halten.«

Sie stellte die Tüte auf seinem Schreibtisch ab.

»Aber du hast heute schon genug um die Ohren.«

»Also verschieben wir es?«

Sie nickte, zog sich einen Stuhl zurecht und nahm Platz.

»Lass es dir schmecken.«

Er zog die Tüte näher zu sich und warf einen Blick ins Innere.

»Ich dachte, ich soll etwas mehr auf meine Ernährung achten?«

Sie schlug die Beine übereinander und funkelte ihn neugierig an.

»Ziehst du mich etwa auf, weil ich mir Sorgen um deine Gesundheit mache?«

Er nahm den Burger aus der Tüte, öffnete eine Schublade und fischte einige Servietten, die er über die Jahre gesammelt hatte, hervor.

»Niemals.«

Er legte den saftigen Burger, der dem Geruch nach nur vom *Udo Snack* stammen konnte, auf die ausgebreitete Serviette.

»Also, was hast du inzwischen rausgefunden? Und ja, du darfst auch mit vollem Mund antworten.«

»Wie großzügig von dir, Sophie.«

Er nahm einen großen Bissen, versuchte soviel wie möglich vom Salat, der Tomate, dem Käse und dem Fleischpatty auf einmal abzubeißen und sah dann, mit soßenverschmierten Mundwinkeln zu Hagen, die der Szene amüsiert folgte.

»Du kannst ja richtig sexy sein, Ben.«

»Danke.«

Er kaute etwas zu hastig, was dem Hunger geschuldet war, und schluckte, bevor er auf den Notizblock vor sich tippte.

»Lisa Gärtner.«

»Wer?«

»Philipp hatte in der Turnhalle einen One-Night-Stand. Das hat er mir heute gestanden. Weil er Angst hatte, dass wir seine DNA am Tatort eines Mordes finden.«

»Das Kondom.«

»Genau.«

»Und hat sich schon jemand mit dieser Lisa unterhalten?«

»Nicht, dass ich wüsste.«

Wieder biss er ab, kaute, sprach weiter.

»Vielleicht sollten wir das gemeinsam tun. Möglich, dass sie – nach allem, was Georg so in ihre Richtung gesagt hat – nicht sein größter Fan war.«

»Ziemlich sicher sogar.«

Er wollte schon aufstehen, als sie die Hand hob und auf den Burger deutete.

»Iss erst fertig. Soviel Zeit muss sein.«

Er wusste, dass es keinen Sinn machte, ihr zu widersprechen und war ihr dankbar, dass sie manchmal als sein besorgter Aufpasser fungierte. Sie schwiegen eine kleine Weile, während Rauch aß.

»Muss ich mir Sorgen um dich machen, Ben?«

»Weil ich nicht esse?«

»Frederike sagte, du sahst nicht gut aus.«

Er legte das letzte Burgerstück zurück auf die Serviette und sah sie an.

»Du hattest Recht. Ich habe so große Angst davor, dass es einer meiner Freunde ist, dass ich an all den anderen Ecken suche. Wer weiß, was ich vielleicht schon alles übersehen habe?«

»Sei nicht zu streng mit dir.«

»Ich brauche dich hier, Sophie. Du bist meine Autokorrektur. Du bringst mich auf Kurs und erinnerst mich daran, einen klaren Kopf zu behalten.«

»Ben …«

»Verlässt du uns wirklich, ja?«

Lange genug hatte er dieses Thema nicht angesprochen, aber Rauch spürte in sich die wachsende Panik darüber, dass sie wirklich weggehen könnte. Als sie nickte, meinte er, ein verdächtiges Knacken in seinem Brustkorb zu hören.

»Zurück nach Hamburg?«

Sie ließ ihn warten. Und ein bisschen hoffen.

»Nein.«

»Weiter weg oder näher dran?«

Sie erlaubte sich ein Lächeln, schüttelte den Kopf und deutete auf den Burgerrest.

»Isst du auf oder bin ich umsonst hierhergekommen?«

»Antwortest du oder muss ich weiter bangen?«

»Bangen?«

Ein sensibles Thema, und er wusste nicht genau, wie er es anpacken sollte.

»Nun, es wäre nicht ...«

Er wollte sie nicht vor den Kopf stoßen, aber er wollte wissen, wie es um ihre gemeinsame berufliche Zukunft stand.

»Es wäre nicht das erste Mal, dass du einfach verschwindest.«

»Aha.«

Ihr Lächeln war nicht mehr zu sehen, die professionelle Maske kehrte zurück, selbst ihre Körperhaltung hatte sich blitzschnell verändert.

»Nun, wenn du es so genau wissen musst, nein, ich verschwinde nicht einfach wieder. Und nein, ich gehe nicht zurück nach Hamburg. Aber du weißt, dass ich nicht mehr Vollzeit als Fallanalytikerin arbeiten kann.«

Das wusste er, sprach es nur nicht mehr an. Er wusste auch, dass sie das hier eigentlich nur für ihn tat.

»Ich werde Teilzeit in der Fahrfluss-Klinik arbeiten. Als Psychologin. Immerhin habe ich das mal studiert.«

»Du gehst an eine Klinik hier in Stuttgart?«

»Ja, drei Tage die Woche.«

Wäre nicht der Tisch zwischen ihnen gestanden, er hätte sie wahrscheinlich umarmt. Aber seine Stimme verriet auch so die Freude über diese Information.

»Du hörst also nicht auf?«

»Nein. Ich trete nur kürzer.«

Und er wusste, warum, nickte, ohne sie daran zu erinnern, was damals in Hamburg passiert war. Aber das erleichterte Lächeln konnte er nicht verstecken.

»Gut. Das ist sehr gut.«

Was allerdings eine absolute Untertreibung war.

»Wie schön, dass ich deinen Segen habe.«

»Ich freue mich, weil du uns erhalten bleibst.«

Er schob sich das letzte Stück des Burgers in den Mund und stand auf.

»Fertig.«

»Also auf zu Lisa Gärtner?«

Er nickte, schnappte sich sein Jackett und eilte zur Tür, um sie für Hagen aufzuhalten. So, wie er es immer tat.

»Danke, Sophie.«

»Für den Burger? Den stelle ich dir in Rechnung.«

Sie wollte augenzwinkernd an ihm vorbei, als er ihre Hand ergriff.

»Nein. Danke fürs Bleiben.«

Sie drückte seine Hand.

»Ich kann dich doch nicht alleine lassen.«

Kapitel 74

»Es riecht gar nicht nach Opium.«

Rauch stand neben Hagen im Eingangsbereich des Yoga-Studios im Stuttgarter Westen und schnüffelte wie ein Drogenspürhund.

»Wieso sollte es nach Opium riechen?«

»Räucherstäbchen und so.«

Hagen verdrehte kurz die Augen.

»Ich liebe es, wenn du in dämlichen Klischees denkst.«

Er zuckte nur entschuldigend die Achseln.

»Ich dachte, das wäre eben so.«

»Weil du noch nie beim Yoga warst.«

»Du etwa?«

Sie warf ihm einen vielsagenden Blick zu und er musste grinsen.

»Siehst du, genau deswegen brauche ich dich.«

Sie wurden unterbrochen, als Lisa durch die Tür kam und überrascht stehen blieb.

»Ben?«

»Hallo, Lisa.«

»Mensch, wie schön dich wiederzusehen. Aber der Kurs fängt aber erst in einer Stunde an!«

Sie trug graue Leggins und ein weinrotes Top, welches locker an ihrem Körper hing.

»Oh, nein, nein. Wir sind beruflich hier.«

Er deutete auf Hagen.

»Das ist meine Kollegin Dr. Sophie Hagen, wir sind wegen des Mordes an Georg hier.«

»Oh.«

Ihr Lächeln verlor etwas an Glanz, ihr Blick zeigte jetzt Neugier, aber auch Vorsicht, als sie die beiden ins Innere des Yoga-Saals bat.

»Ich habe leider keine Stühle, aber wenn ihr euch eines der Kissen holen wollt ...«

Sie nickte zum Stapel großer goldener Kissen, der neben einem ganzen Stapel roter und blauer Yogamatten lag, und nahm selber auf einer solchen Matte Platz, als wollte sie gleich mit einer Meditation beginnen.

»Was kann ich für euch tun?«

Hagen fiel der Schneidersitz überraschend leicht, während Rauch etwas ungelenk einige Mal die Position ändern musste, bis auch er bequem saß.

»Wir haben einige Fragen an dich. Es geht um den Abend in der Turnhalle.«

Sie nickte wissend, auch wenn sie nichts sagte. Rauch wollte nicht unbedingt gleich von Philipps Besuch bei der Polizei erzählen. Sophie übernahm, wofür er ihr einmal mehr dankbar war.

»Wir haben einige Fingerabdrücke in der Turnhalle gefunden und wollten nun wissen, ob Sie sich zur Zeit des Fußballspiels ebenfalls in der Halle aufgehalten haben.«

»Das habe ich, ja. Eigentlich interessiert mich Fußball nicht, aber die Jungs ... na ja.«

»Verstehe. Und ist Ihnen irgendwas Merkwürdiges aufgefallen? An Herrn Daniels oder einem anderen der Anwesenden?«

Sie dachte noch einen kurzen Moment lang über die Frage nach und sah dann schließlich kurz zu Rauch, als wollte sie herausfinden, was er schon wusste.

»Die Stimmung war sehr gelöst, ein bisschen albern. Und ziemlich testosterongeschwängert.«

»Soll heißen?«

»Die Jungs wollten mich beeindrucken, meine Aufmerksamkeit bekommen. So wie früher.«

»Auch Georg Daniels?«

»Alle.«

»Wir haben gehört, dass Herr Daniels einen recht unangebrachten Wetteinsatz vorgeschlagen hat.«

Das zumindest hatte Philipp behauptet, und so hatte Rauch es Hagen auf der Fahrt hierher erzählt.

»Hat er.«

»Würden Sie es für uns wiederholen?«

Rauch hatte den Eindruck, sein linkes Bein würde einschlafen, während Lisa darüber nachdachte, ob und wie sie auf Hagens Frage antworten würde. Möglichst unbemerkt veränderte er seine Sitzposition ein bisschen, was Lisa nicht entging und sie mit einem Grinsen quittierte.

»Stell dir vor, jemand würde dich direkt an deinem Scheitel nach oben ziehen.«

Sie stand auf, kam zu Rauch, der nicht so genau wusste, was sie von ihm verlangte, legte ihre Hand an seinen unteren Rücken, die andere auf seine Brust.

»Hier strecken, hier einatmen.«

Hagen entging die plötzliche Nähe zwischen den ehemaligen Klassenkameraden nicht, dennoch brachte sie das nicht aus dem Tritt, und so wiederholte sie ihre Frage an Lisa.

»Würden Sie Daniels Angebot für uns noch mal wiederholen?«

Rauch atmete tief ein, spürte, wie sein Brustkorb sich weitete und seine Schultern lockerer wurden. Vor allem aber spürte er Hagens Blick auf sich, ebenso wie Lisas Nähe. Ihr lächelndes Gesicht war nah an seinem.

»Atmen, Ben.«

Genau das versuchte er, aber niemand hatte ihn vorgewarnt gesagt, dass Atmen im Schneidersitz zwischen diesen zwei Frauen so schwer sein konnte.

»Sehr gut. Entspann dein Gesicht.«

Wie um alles in der Welt entspannte man sein Gesicht?

»Und zu Ihrer Frage.«

Lisa ließ ihren Blick von Rauch zu Hagen wandern, das Lächeln blieb unverändert.

»Georg hatte vorgeschlagen, die Gewinnermannschaft würde mich und Bettina kriegen. Es stünde dem Gewinner frei uns – ich zitiere – durchzuvögeln.«

Sie sah wieder zu Ben, der inzwischen seine Augenbrauen entspannt hatte.

»Du weißt, wie er war. Wir Frauen waren immer nur dafür gut.«

Zu gerne hätte er ihr widersprochen, erklärt, dass das alles nichts weiter als Teil einer riesigen Lebenslüge war, aber er blieb still und atmete tief weiter.

»Wie haben Sie darauf reagiert?«

Zum Glück war Hagen noch nicht tiefenentspannt und konnte die Befragung weiterführen.

»Entgegen aller Annahmen, dass wir Yogis total relaxt auf alles reagieren, habe ich ihm gesagt, er könne sich sein scheiß Gequatsche sparen.«

»Hat er Sie zu einem späteren Zeitpunkt noch mal angesprochen?«

Sie zögerte.

Ihr Druck auf Rauchs unteren Rücken wurde etwas fester, aber er war sich nicht sicher, ob sie es beabsichtigt hatte. Er jedenfalls bemerkte es deutlich.

»Nein.«

»Haben Sie ihn an dem Abend noch mal gesehen?«

»Nein.«

Damit ließ sie von ihm ab, stand wieder auf und warf einen Blick auf die Uhr.

»Wenn das dann alles war, ich muss mich auf den Kurs vorbereiten.«

Hagen lächelte freundlich und stand ebenfalls auf.

»Selbstverständlich.«

Nur Rauch blieb sitzen, genoss noch einen letzten Moment lang die Tiefenentspannung und war sicher, dass Lisa nicht die ganze Wahrheit erzählt hatte.

Kapitel 75

Noch bevor sie den Wagen erreichten, warf Hagen ihm einen fragenden Seitenblick zu, den er nur mit einem Nicken beantwortete.

»Sie lügt.«

»Die Frage ist nur: wobei?«

Hagen ging um das Auto herum und wartete einen Moment, bevor sie auf die Fernbedienung drückte, die die Türen öffnete.

»Wieso lügen alle?«

»Weil sie etwas verheimlichen wollen.«

Rauch hatte es satt, Ausreden für seine Freunde und Bekannten zu finden. Sie logen ihm ins Gesicht, erfanden Geschichten und erschwerten ihm seinen Job. Langsam, aber sicher, wurde er sauer.

Hagen warf einen Blick auf die Uhr, was Rauch nicht entging.

»Noch einen Termin?«

»Ja. Aber ich kann dich auf dem Weg dorthin auf dem Revier absetzen, wenn du willst.«

Es klang verlockend, aber er schüttelte dennoch langsam den Kopf.

»Ich denke, ich laufe.«

»Weil du nachdenken musst?«

»Du weißt doch ...«

»... traue keinem Gedanken, der dir im Sitzen kam. Ich weiß, ich weiß.«

Tatsächlich brauchte er ein paar Minuten für sich, um die Dinge zu sortieren, die in seinem Kopf noch keinen Sinn ergaben.

Hagen öffnete die Autotür und wollte gerade einsteigen, als er sich die Frage doch nicht verkneifen konnte.

»Kai?«

Sie musste ihm hoch anrechnen, dass er es zumindest schaffte, den Namen ohne Anführungszeichen auszusprechen. Sie wusste ja nicht, welche Überwindung ihn das kostete.

»Ja.«

Sie sah ihn nicht an, wartete ab, ob er noch einen weiteren Kommentar hinterher schob.

»Ich wünsche euch einen schönen Abend.«

Ihr Lachen klang erstaunlich hohl, und endlich ließ sie ihren Blick doch noch zu ihm wandern.

»Sicher. Er wird mir erklären, wie schwer es ihm fällt, zurück nach Hamburg zu gehen, mich nicht wieder zu sehen, dann wird er irgendwas von wegen Freunde sagen und zurück zu seiner Frau gehen.«

Rauch verschränkte die Arme auf dem Autodach und stützte sein Kinn auf den Händen ab.

»Und was wirst du antworten?«

Offensichtlich hatte sie sich darüber schon Gedanken gemacht, denn eine Weile lang hing ihr Blick irgendwo in der Ferne fest, bevor sie wieder zu Rauch sah.

»Ich werde ihm sagen, dass er das Richtige tut und wir das schon viel früher hätten beenden sollen.«

Er musste ihr nicht sagen, dass das gelogen war. Das wusste sie selber nur zu gut, und so nickte er nur, stieß sich vom Wagen ab und machte einen Schritt zurück.

»Wir sehen uns dann morgen?«

Sie winkte nickend, bevor sie einstieg und den Motor startete. Rauch wartete noch, bis die Rücklichter hinter der nächsten Ecke verschwunden waren und drehte sich dann noch Richtung Yoga-Studio um. Irgendwo da drinnen saß Lisa im Lotussitz und dachte vielleicht darüber nach, was an dem Abend von Georgs Tod passiert war.

Darüber, was sie gehört oder gesehen hatte und worüber sie nicht sprechen wollte.

Rauch warf einen Blick auf die Uhr und entschied sich dafür, nicht mehr im Revier vorbeizuschauen, sondern sich auf den Heimweg zu machen. Anna war bestimmt schon zu Hause, und ein Abend mit seiner Tochter und einer Netflix-Serie klang tatsächlich nach einer angenehmen Abwechslung zu dem Chaos in seinem Kopf, mit dem er sich jetzt ansonsten beschäftigen würde.

Kapitel 76

»Ich bin zu Hause, wer noch?«

Das wollte er bereits immer mal sagen. Auch wenn er schon Annas Gesicht vor sich sehen konnte, wie sie ihm erklärte, dass das total uncool und peinlich sei.

Rauch warf den Schlüssel in die Schale neben der Tür und horchte in die Wohnung.

Es kam keine Antwort.

»Anna?«

Er ging durch den Flur ins Wohnzimmer, wo die Spuren des chaotischen Starts in den Tag verschwunden waren. Aufgeschüttelte Kissen, zusammengefaltete Decke und nur das Foto lag unverändert neben zwei benutzten Gläsern auf dem Couchtisch, daneben ein Zettel. Automatisch griff Rauch nach seinem Handy, um zu checken, ob er womöglich eine Nachricht seiner Tochter verpasst hatte, aber dem war nicht so. Anna, der instagramsüchtige Teenager, war im Herzen eben doch ein bisschen oldschool, was ihm ein Lächeln aufs Gesicht zauberte.

Anna Handy

Hi Papa, bin noch mit Timo und
Michaela auf der Karlshöhe,
mach dir keine Sorgen, bis später.

Soviel also zu seinem Plan, heute mit ihr zu Abend zu essen und eventuell das Gespräch von gestern Nacht zum Thema Schule noch mal aufzugreifen.

Es war noch nicht zu spät, um eine eigene Abendplanung zu machen. Hagen war jetzt bestimmt schon mit Kai im Restaurant oder daheim, um *das* Gespräch zu führen. Ob sie es wirklich übers Herz brachte, sich endgültig von ihm zu verabschieden? In der Vergangenheit hatten sie es ja schon einige Male versucht, und doch tauchte er immer wieder zu den unpassendsten Zeiten in ihrem Leben auf.

Rauch beschloss, den Abend nicht alleine zu verbringen, wechselte von Hemd, Krawatte und Jackett zu T-Shirt und Jeans, schrieb Anna ebenfalls eine Nachricht – allerdings via WhatsApp – und ließ sie wissen, dass er noch auf ein Bier ins *Eckle* ging.

Auf der Treppe traf er Frau Karol, die wohl gerade in die Abendrunde mit ihrem Hund startete und sich über die Begleitung freute. So gern er seine Nachbarin auch mochte, wenn sie einmal angefangen hatte zu reden, entkam man ihr nicht so schnell. So auch jetzt. Die Tatsache, dass der Hund an wirklich jeder Hausecke riechen musste, bot seinem Frauchen mehr Zeit, Rauch mit mehr Klatsch aus dem Viertel zu versorgen, als ihm lieb war.

»Und dann hat mir Frau Schweizer noch verraten, dass diese Familie aus der Zellerstraße wohl den ganzen Hausmüll oben am Anlägle rausschmeißt.«

»Das ist natürlich ärgerlich.«

An der letzten Ecke hatte sie sich bei ihm untergehakt, weil ihr operiertes Knie nicht mehr so recht mitmachte, und somit hatte sie ihn jetzt endgültig in ihrer Gewalt. Eine spontane Verabschiedung war nicht mehr möglich.

»Und wissen Sie, Herr Rauch, da stapelt sich ja inzwischen der ganze Müll. Jetzt haben sie auch noch Liegestühle hingeschmissen.«

Rauch nickte, weil er den Anblick nur zu gut kannte. Kaum hatte man den Müll entsorgen lassen, war es nur eine

Frage der Zeit, bis wieder jemand Sperrmüll und anderen Unrat hinstellte.

»Könnten Sie sich nicht darum kümmern?«

Die ältere Dame sah zu ihm hoch und lächelte so hoffnungsvoll, dass er es nicht übers Herz brachte, zu erklären, dass er genau genommen gar nicht dafür zuständig war. Stattdessen tätschelte er ihre Hand und nickte.

»Ich lasse es die Kollegen wissen.«

»Es ist so schön, dass es noch Menschen wie Sie gibt, Herr Rauch. Ich erinnere mich ja noch daran, wie Sie …«

Und schon gab sie einen neuen Schwung Erinnerungen an damals zum Besten. So war das eben, wenn man fast sein ganzes Leben in einer Stadt – und dort mehr oder weniger in einem Viertel – verbracht hatte. Die Leute kannten immer Geschichten. Auch und vor allem die Episoden, die man am liebsten vergessen würde.

»Schauen Sie doch nur, wie das aussieht!«

Sie hatten inzwischen das Anlägle, das zwischen zwei Kinderspielplätzen lag, erreicht, und tatsächlich musste Rauch ihr Recht geben.

»Das macht doch keinen schönen Eindruck!«

»Nein, Frau Karol, das macht es nicht.«

Pizzakartons, leere Bierdosen sowie einige gut gefüllte Hausmüllsäcke lagen neben einem umgekippten Stuhl ohne Sitzfläche und dem erwähnten Liegestuhl.

»Ich werde gleich morgen …«

Dann fiel sein Blick auf etwas Silbernes zwischen den Säcken und er ließ den Arm seiner Begleitung los, machte einige Schritte auf die Müllhalde zu und ging in die Hocke.

»Vorsicht, Herr Rauch, da machen auch immer viele Hunde hin und die Besitzer halten es nicht für nötig, das wegzumachen.«

Aber das interessierte Rauch nicht, er hatte schon sein Handy gezückt und eine Nummer gewählt. Nach dem zweiten Klingeln meldete sich eine vertraute Stimme und er übersprang die Vorstellung und kam direkt zum Punkt, ohne den Blick vom Müll vor ihm zu nehmen.

»Schicken Sie einen Streifenwagen zum Anlägle in der Tulpenstraße und informieren Sie Fuchs, dass ich Sie so schnell wie möglich hier brauche.«

Er schob einen der Müllsäcke vorsichtig zur Seite, um einen besseren Blick auf den Pokal zu bekommen.

»Sagen Sie ihr, ich habe wohl die Tatwaffe im Fall Georg Daniels gefunden.«

Kapitel 77

»Du hast mich noch erwischt, ich wollte gerade zur Tür raus wollte.«

Sarah Fuchs kam mit schnellen Schritten auf Rauch zu, der mit Hilfe von Frau Karol und ihrem Hund den Fundort so gut wie möglich bewacht hatte. Nur zwei Teenager, kaum älter als Anna, wollten auf der Parkbank neben dem ganzen Müll entweder ihr erstes oder ihr letztes Date verbringen, standen jetzt aber in einiger Entfernung mit den Handys am Ohr und beobachteten das ganze Treiben neugierig.

»Tut mir leid, deinen Feierabend zu ruinieren.«

Fuchs zog sich weiße Latexhandschuhe über und schüttelte den Kopf.

»Ruinieren? Ich bitte dich, Ben. Du machst ihn erst spannend. Wie hast du den Pokal gefunden?«

»Würdest du mir glauben, wenn ich behauptete, ein brillanter Kriminologe zu sein?«

Sarah legte den Kopf schief und musterte ihn amüsiert.

»Würde ich. Verrätst du mir trotzdem die Wahrheit?«

Er deutete zu Frau Karol, die einem Polizisten gerade erzählte, was ihr noch so alles aufgefallen war, und Fuchs nickte.

»Es muss toll sein, Benedikt Rauch zu sein.«

»Wieso denn das?«

Sie zeigte auf den Pokal, an dem sich bereits zwei ihrer Kollegen zu schaffen machten.

»Deine Freunde, Bekannten und Nachbarn versorgen dich mit den nötigen Infos, du setzt sie zu einem großen Puzzle zusammen und – *zack!* – Fall gelöst.«

»Es schadet zumindest nicht, hier und da ein paar Augen und Ohren zu haben.«

Fuchs betrachtete den erdigen Boden um den kleinen Mülleimer etwas genauer.

»Vielleicht finden wir die passenden Schuhabdrücke. Hier sind einige vielsprechende dabei.«

»Und was auch immer in diesen Mülltüten ist …«

»Sammeln wir natürlich auch ein.«

»Ich wäre dir ausgesprochen dankbar, wenn du mir nach deiner Analyse schnell die nötigen Infos gibst. Ich muss nämlich noch *zack!* einen Fall lösen.«

Sie grinste, sah aber nicht mehr zu ihm.

»Du kriegst alles, was wir haben.«

Damit wandte er sich vom Fundort ab und wollte gerade zu Frau Karol zurück, die natürlich hören wollte, wobei sie da eigentlich gerade geholfen hatte, als Fuchs noch etwas einfiel.

»Ach Ben, wir haben übrigens eine Übereinstimmung.«

»Das dachte ich mir schon.«

»Wirklich? Und weißt du auch schon, wo wir seine DNA gefunden haben?«

Er machte schnell wieder ein paar Schritte auf sie zu, denn er wollte vermeiden, dass Frau Karol – die vielleicht etwas langsam zu Fuß war, deren Ohren aber selbst Hundepfeifen wahrnahmen – hiervon erfuhr und es vielleicht im Viertel verbreitete.

»Ich kann es mir denken …«

»Das benutzte Kondom.«

»Ja, er hat es gestanden.«

»Ach wie schade. Ich dachte, ich kann endlich mal *Gossip* an den Mann bringen.«

Sie klopfte Rauch freundschaftlich auf die Schulter.

»Aber keine Sorge, wir behalten das natürlich für uns.«

Er beugte sich zu ihr und drückte ihr einen Kuss auf die Wange.

»Du bist die Beste.«

»Danke. Und jetzt nimm deine Elefantenfüße von meinem Tatort.«

Mit erhobenen Händen macht er sich davon und zog Frau Karol mit sich in die andere Richtung, bevor diese zu viele Fragen stellen konnte.

»Die Kollegen kümmern sich um den ganzen Müll.«

»Herr Rauch, ich sage ja, ich bin so froh, dass Sie sich darum gekümmert haben. Sonst hätte das da doch wieder Wochen rumgestanden.«

Und während er nickte und sie zurück nach Hause begleitete, stellte er sich immer wieder die Frage, wie lange der Pokal da schon unbemerkt im Müll gelegen hatte.

Kapitel 78

Ein Glas Eistee und einigen Maultaschen später entließ Frau Karol den satten Rauch zurück in die Freiheit, und dieser hatte inzwischen zwei bis acht weitere Fragen zum Fall, die er mit purer Gewalt in den hinteren Teil seines Gehirns verschoben hatte, um stattdessen seiner Nachbarin dabei zuzuhören, wie sie über die gute alte Zeit sprach.

Jetzt stürmte er die Treppen nach unten, das Mobiltelefon in der Hand, und wählte Hagens Nummer.

Erst, als der die Haustür unten aufdrückte, nahm sie ab.

»Hagen?«

»Sophie, ich weiß, ich habe ein mieses Timing, aber du wirst nicht glauben, was wir gefunden haben …«

Rascheln im Hintergrund – es klang wie eine Bettdecke –, sie hielt die Sprechmuschel zu, es wurde geflüstert und Rauch erkannte die Stimme trotz des Schalldämpfers. Automatisch verlangsamte er seine Schritte, bis er schließlich stehen blieb.

»Ich störe hoffentlich nicht …?«

»Kannst du eine Sekunde dranbleiben?«

»Sicher.«

Mit dem Handy schlug er sich kurz an die Stirn und verfluchte sich dann, weil er nicht länger nachgedacht hatte.

»So, entschuldige, ich bin ganz Ohr. Was habt ihr gefunden?«

»Den Pokal.«

Seine Stimme klang monoton, fast schon kühl, als er sich an die schmerzende Stelle an seinem Kopf griff.

»Die Tatwaffe?«

»Ich gehe davon aus. Sarah checkt alles.«

»Aber wo …?«

»Genau deswegen rufe ich an.«

Er war bis runter zur Immenhofer Straße gelaufen, wo eigentlich Tempo vierzig galt und doch die ganzen Autos mit siebzig über die schmale Straße bretterten, als wäre es der Stadtkurs vom Monaco Grand Prix.

»Aber vielleicht besprechen wir das alles morgen früh.«

»Was? Nein. Sag mir, wo ihr ihn gefunden habt.«

Er drückte den Ampelknopf und wartete. Manchmal sprang die Ampel dann sofort auf grün, aber oft musste er auch warten, weil irgendwo unten am Marienplatz gerade ein Bus losfuhr. Er hatte das noch nie so recht verstanden, aber jetzt war er für die zusätzliche Wartezeit dankbar.

»Ben, bist du noch dran?«

Er nickte.

»Hallo?«

»Ich wollte euer *Gespräch* nicht stören.«

Jetzt war sie es, die schwieg.

Eigentlich hätte es ihn nicht überraschen sollen. So lief es bei den beiden doch immer.

»Du störst nicht.«

Ihre Stimme hatte diesen professionellen Unterton angenommen, den sie sonst bei Krüger und Co., aber selten bei ihm anwandte.

»Der Fundort kann wichtig sein, also, wo?«

»Am Anlägle ein paar Straßen von der Schule entfernt. Da werfen Leute schon seit Jahren ihren Müll ab. Und da lag er, einfach dazu geworfen.«

»Wie lag er da?«

»Zwischen zwei Mülltüten.«

»Versteckt oder offen?«

»Weder noch. Es sah nicht so aus, als ob sich jemand viel Mühe gemacht hätte, ihn zu verbergen. Es gäbe dort bessere Möglichkeiten, ihn zu verstecken.«

»Das denke ich mir.«

Die Ampel sprang endlich auf grün und Rauch setzte sich wieder in Bewegung, hoffte, im Gehen die Bilder in seinem Kopf loszuwerden.

»Und was denkst du dir noch so?«

»Es passt zu meiner Theorie. Ich gehe nämlich nicht davon aus, dass er bereits in der Tatnacht dahin gebracht wurde. Vermutlich erst später. Der Täter ist nervös geworden.«

»Aber wieso so nah in der Gegend der Schule? Wieso nicht einfach in den Neckar werfen? Da taucht er doch nie wieder auf.«

Es klang so, als ob Hagen eine Tür hinter sich geschlossen hatte.

»Weil das zu umständlich wäre. Die Person wollte es schnell entsorgt haben.«

»Wollte sie erwischt werden?«

»Möglich.«

»Wieso?«

»Vielleicht, weil der Druck zu groß wird? Vielleicht, weil ihr der Mut fehlt, um sich zu stellen?«

»Weil ihr bewusst wird, dass sie einen Fehler gemacht hat?«

Rauch wich einer Frau mit zwei Hunden aus und überquerte den Zebrastreifen, das Handy noch immer am Ohr. Doch Hagen ließ sich von der Doppeldeutigkeit der Frage nicht aus der Spur bringen, sprach einfach weiter.

»Wenn Sarah rausfindet, dass es sich um die Tatwaffe handelt, könnten wir dem Täter auf der Spur sein.«

»Gut. Und sie hat bestätigt, dass es Philipps DNA an dem Kondom ist.«

»Und so, wie Philipp nervös geworden ist, dürfte es auch unserem Täter ergehen. Vielleicht sollten wir mit dem Fund an die Öffentlichkeit.«

»Sobald wir uns sicher sind, dass es auch die Tatwaffe ist, setze ich die Pressemitteilung auf und gebe sie raus.«

Hoffentlich bevor Laura sich wieder ein paar zusätzliche Informationen über ihre geheime Quelle ziehen konnte.

»Dann sehen wir uns morgen?«

»Natürlich. Wie immer.«

»Einen schönen Abend noch, Sophie.«

Er wollte schon auflegen.

»Ben?«

»Hm?«

»Und ja, ihr ist bewusst, dass sie einen Fehler gemacht hat.«

Noch bevor er fragen konnte, was genau sie damit meinte, hatte sie das Gespräch bereits beendet.

Kapitel 79

Die Kneipe war voll besetzt, Rauch nickte einigen Gästen zu und bestellte an der Theke sein Bier, bevor er sich die Zeit nahm, nach vertrauten Gesichtern zu suchen. An ihrem Stammplatz am Fenster saß ein ziemlich nachdenklicher David, der ihn entweder nicht bemerkt hatte oder den Blickkontakt bewusst vermied. Rauch beobachtete seinen Freund einen Moment lang, der stur auf sein Handy starrte, und entschied sich schließlich trotzdem, ihm Gesellschaft zu leisten. Erst als er an seinem Tisch zum Stehen kam, sah David auf.

»Ist hier noch frei?«

»Solange Gillian Anderson nicht auftaucht, gehört der Platz dir.«

»Für sie räume ich das Feld bei Bedarf natürlich ausgesprochen gerne.«

Er zog den Stuhl zurück und nahm Platz.

»Feierabend oder Fragerunde?«

Rauch traf die Frage, aber er hatte für heute genug von dem Fall und wählte ein Lächeln als Antwort.

»Feierabend.«

»Gut, es ist nämlich schon genug Mist deswegen passiert.«

So gerne er nachfragen wollte, zunächst nahm er einen Schluck Bier und hoffte, dass David von sich aus, ganz ohne Fragen seinerseits, mit der Sprache rausrücken würde. Und er wurde nicht enttäuscht.

»Ich dachte ja, ihr behandelt solche Themen diskret auf dem Revier. Jetzt hat Saskia Philipp rausgeschmissen, weil sie Wind von der Nummer mit Lisa bekommen hat.«

David funkelte seinen Kumpel an, aber Rauch hatte tatsächlich keine Ahnung, wer eine solche Information weitergegeben haben konnte.

»Jetzt wohnt er erstmal bei mir und hofft, dass Saskia wieder runterkommt.«

»Meinst du nicht, dass er an der Situation auch ein bisschen selber schuld ist?«

David wollte ihm nicht Recht geben, konnte aber auch nicht widersprechen und so schwiegen sie sich an.

»Alles beschissen gelaufen. Ich gehe nie wieder auf ein Klassentreffen.«

»Nun, das nächste wäre erst in zehn Jahren, wenn wir Dreißigjähriges haben, und ich hoffe mal, dass es dann anders laufen wird.«

»Möglich. Aber ich werde nicht hingehen. Und du solltest das auch nicht!«

Er zeigte mit dem ausgestreckten Zeigefinger auf Rauch.

»Wieso? Glaubst du, mich streckt jemand mit dem Pokal hinterrücks nieder?«

»Philipp wird dir mit Sicherheit vorerst aus dem Weg gehen, das steht fest.«

»Wieso? Ich habe ihm doch nichts getan.«

»Er hatte wohl angenommen, dir vertrauen zu können.«

Rauch lehnte sich etwas nach vorne.

»Wenn er mir vertraut hätte, wieso rückt er mit der Wahrheit erst raus, wenn Infos in der Presse stehen? Wir sind Freunde. Er hätte es mir sagen können, dann hätte er nicht aufs Revier in ein Vernehmungszimmer kommen müssen, wo jeder denken konnte, er wolle den Mord an Georg Daniels gestehen.«

»Du denkst also wirklich, es war einer von uns?«

Auch auf die Gefahr hin wie Krüger oder Hagen zu klingen, nickte er.

»Ich schließe es nicht aus.«

David schüttelte den Kopf.

»Ich fasse es nicht. Wir sind deine besten Kumpels!«

All die Jahre, in denen Rauch bereits als Kommissar arbeitete, hatten seine Freunde ihn bewundernd angesehen und neugierig Fragen gestellt. Wann auch immer er einen Fall gelöst hatte, hielten sie ihn für eine Art Held, der in der Zeitung stehen sollte. Doch kaum betrafen seine Ermittlungen ihren

Freundeskreis, reagierten sie wie die meisten Menschen, wenn die Polizei unangenehme Fragen stellte.

»Du kennst uns seit der Schule und glaubst, wir bringen jemanden um?«

»Wo steckt eigentlich Markus?«

»Familienprobleme, er bleibt heute Abend daheim.«

»Oder geht er mir etwa auch aus dem Weg?«

»Auch denkbar.«

»Wenn ihr alle nichts zu verheimlichen habt, wieso kommst du dann morgen nicht aufs Revier und gibst eine DNA-Probe ab?«

»Wieso bis morgen warten?«

Er schob ihm sein halb leeres Glas über den Tisch zu und verschränkte die Arme vor der Brust.

»Da sind doch sicher genug Spuren dran, oder? Kannst du mich dann ausschließen und dich wieder normal verhalten?«

»David, ich verstehe nicht, wo genau das Problem liegt? Ich mache nur meinen Job.«

David stand so ruckartig auf, dass er mit dem Stuhl an der Wand hinter ihm anstieß.

»Gut. Dann mach deinen verdammten Job, Kommissar Rauch. Vergiss dabei nur nicht, dass wir keine Verdächtigen, sondern deine Freunde sind.«

Ohne einen weiteren Kommentar stapfte er wütend davon und ließ einen reichlich verwirrten Rauch alleine am Tisch zurück, der ihm nachsah, bis David an der Theke bezahlt und dann die Kneipe verlassen hatte. Erst dann wanderte sein Blick zurück auf das Glas auf dem Tisch. In seiner Hosentasche fand er ein unbenutztes Taschentuch, drehte es eine Weile in seiner Hand, bis er es ums Glas wickelte. Entschlossen kippte er den kleinen Rest Bier in die Blumenvase auf dem Fensterbrett neben sich und ließ das Glas dann in seine Jackentasche verschwinden.

Dabei kam er sich wie ein Verräter vor.

Kapitel 80

Er musste eingenickt sein, denn als er den Schlüssel im Schloss hörte, fuhr er erschrocken auf, zerrte sich dabei den Nacken und stellte fest, dass der Fernseher noch immer flimmerte und eine Wiederholung einer deutschen TV-Serie lief. Er rieb sich die Augen, warf einen Blick auf die Uhr und konnte nicht fassen, dass es schon so spät war.

Annas Versuch, auf Zehenspitzen so leise wie möglich durch die Wohnung zu schleichen, scheiterte im Wohnzimmer, wo sie ihren Vater – mehr oder weniger wach – auf der Couch sitzen sah.

»Hi.«

»Hi?«

»Ich weiß, es ist später geworden, als ich geplant hatte.«

»Es ist nach ein Uhr.«

»Wir haben uns verquatscht.«

Sie hatte nicht mal ein schlechtes Gewissen, stand einfach nur glücklich lächelnd, mit einer Jeansjacke, die ihr viel zu groß war, und glasigem Blick vor ihm.

»Was soll das, Anna?«

»Timo hat mich heim gebracht, ich bin also nicht alleine durch die Stadt gelaufen.«

»Timo.«

Rauch hatte nicht angenommen, dass ihr Lächeln noch breiter werden konnte, aber alleine die Nennung seines Namens zog Annas Mundwinkel noch weiter nach oben.

»Ja, Timo.«

»Das gibt Ärger.«

»Ach, Papa ...«

»Nein. Das gibt Ärger. Wir haben einen Deal, Anna. Einen, für den mich deine Mutter erwürgen würde. Aber weil ich dir vertraue, habe ich dir diese Freiheit gegeben.«

»Ob Mitternacht oder ein Uhr, wo ist da der Unterschied?«

»Sechzig Minuten, um genau zu sein.«

Rauch stemmte sich von der Couch hoch und kam langsam auf seine Tochter zu, die keine Anstalten machte, ihm auszuweichen. Sie wusste, was er suchte: Anzeichen dafür, dass sie getrunken oder geraucht hatte.

»Wir reden morgen darüber. Ich bin jetzt zu müde und zu wütend.«

»Wütend? Auf mich?«

Sie spielte die Unschuldige – und Rauch hatte zu viele solcher Gespräche geführt, wenn auch nicht mit seiner Tochter, um sich jetzt darauf einzulassen.

»Anna, wir reden morgen.«

Er schob sich an ihr vorbei und machte sich auf den Weg in sein Schlafzimmer, weil eine weitere Nacht auf dieser Couch Gift für seinen Rücken gewesen wäre.

»Du darfst gar nicht sauer sein, Papa. Weißt du, wie oft ich auf dich gewartet habe, weil du zum Abendessen oder so zu Hause sein wolltest?«

»Auch darüber können wir morgen gerne reden.«

»Klar, weil du morgen pünktlich Feierabend machst!«

Etwas in ihrer Stimme hatte sich verändert, und er blieb im Flur stehen, hielt sich am Türrahmen fest und drehte sich zögernd zu ihr um. Es mochte an der Jacke liegen, aber sie sah furchtbar klein aus, wie sie da im Wohnzimmer stand und ihn anfunkelte.

»Weil jemals irgendwas wichtiger wäre als deine scheiß Arbeit!«

»Anna …«

»Nein! Wenn du reden willst, dann reden wir. Du gehst, sobald das Telefon klingelt. Du lässt alles liegen und stehen, sobald du das Wort ‚Mord' hörst, weil es für dich wichtiger ist, einen blöden Fall zu lösen, als zu hören, wie es mir geht, was in der Schule läuft oder in wen ich gerade verliebt bin!«

»Verliebt?«

»Und genau deswegen hat Mama dich damals verlassen!«

Das glaubte sie, weil es die Geschichte war, die ihre Mutter ihr erzählt hatte. Nicht zwingend, weil es die Wahrheit war, aber Rauch schluckte die bitteren Worte – und den dazugehörigen schalen Geschmack – runter und unterbrach sie nicht.

»Hast du Bettina angerufen?«

Ein rasanter Themenwechsel, der ihn fast aus der Kurve schleuderte. Anna verschränkte die Arme vor der Brust.

»Sag schon, hast du daran gedacht, sie anzurufen und dich zu entschuldigen, weil du mit Sophie einfach so abgehauen bist?«

Bettina. Die hatte er tatsächlich total vergessen.

»Nein.«

»War sowas von klar. Du brauchst echt dringend einen Terminkalender.«

»Möglich, dass ich mich manchmal in meinem Job verliere, aber ...«

Er hoffte, sie würde etwas sagen, einen weiteren Vorwurf abfeuern, aber Anna sah ihn einfach nur abwartend an.

»... aber ...«

Es war nicht so, dass er die richtigen Worte suchte. Viel mehr sammelte er den Mut, um sie auszusprechen.

»Aber was?«

Er zuckte die Schultern.

»Aber das ist alles, in dem ich gut bin.«

Eine Tatsache, die ausgesprochen noch härter klangen als noch in seinem Kopf. Anna kam auf ihn zu und blieb direkt vor ihm stehen.

»Vielleicht wärst du ja auch noch bei was anderem gut. Wenn du es halt mal versucht hättest.«

Und dann ging sie weiter in ihr Zimmer.

Kapitel 81

Anna war schon weg, als er sich am nächsten Morgen in der Küche einen Kaffee machte. Heute konnte nicht mal der Anblick seines geliebten Fernsehturms seine Laune steigern. Auch der Kaffee schmeckte etwas fad.

Erst unter der Dusche konnte er das unangenehme Gefühl von gestern abwaschen. Er betrachtete gerade sein müdes Gesicht im Spiegel, als es an der Tür klingelte. Er streifte sich ein T-Shirt über und griff nach der Gegensprechanlage.

»Ja?«

»Ben ... ich bin es. Lisa.«

Lisa.

Sofort drückte er den Türöffner und wusste, er hatte zumindest noch ein paar Sekunden, bevor sie die Treppen in den vierten Stock erklommen hatte. Er schnappte sich eine Hose und schlüpfte so schnell wie möglich hinein, ließ die Socken auf dem Bett liegen und eilte zurück, um sie zu holen und just in dem Moment kam Lisa die letzte Stufe nach oben. Sie sah aus, als ob sie gerade vom Joggen kam, einzelne verschwitzte Haarsträhnen hingen ihr in die Stirn, die Kopfhörer steckten noch im Ohr und ihr beschleunigter Atem deutete darauf hin, dass sie entweder auf der Flucht oder beim Sport gewesen war.

»Hast du ein paar Minuten für eine alte Freundin?«

Er trat einen Schritt zur Seite und machte den Durchgang in seine Wohnung frei. Mit einem dankbaren Lächeln trat sie ein und wartete, bis er die Tür hinter ihnen schloss.

»Ich hoffe, ich störe nicht?«

Sie blickte auf seine nackten Füße und die noch feuchten Haare, aber er winkte nur ab. Solche Dinge waren jetzt nicht wichtig. Er deutete in Richtung Küche.

»Kaffee?«

»Hast du auch ein Wasser für mich?«

Sie folgte ihm und nahm am großen Holztisch Platz, während er ein Glas aus dem Schrank über der Spüle holte und ihren Blick in seinem Rücken spürte.

»Du weißt es, oder?«

Er füllte das Glas, bevor er sich umdrehte und antwortete.

»Ich weiß was?«

»Philipp.«

Mit einem Nicken stellte er das Glas vor sie auf den Tisch und setzte sich ihr gegenüber.

»Er hat es mir erzählt, ja.«

»Ich wusste, dass er eine Freundin hat. Es war nicht geplant. Es war alles so ... nostalgisch. Die alte Schule, die alte Clique, die alte Turnhalle ...«

Sie sah ihn nicht an, spielte mit dem Glas auf dem Tisch ohne daraus zu trinken.

»Georg und ich, wir waren früher ja mal zusammen. Erinnerst du dich?«

Rauch erinnerte sich zwar nicht aktiv an die beiden als Paar, aber Jule hatte ihm davon erzählt, also nickte er.

»Er hat viele gemeine Dinge über mich gesagt. Damals und auch am Samstag. Und ich habe in der Zeitung gelesen ...«

Erst jetzt fand ihr Blick den Rauchs.

»Stimmt es? War er homosexuell?«

Er nickte und sie lachte bitter auf.

»Jahrelang dachte ich, es lag an mir.«

»Was lag an dir?«

»Ich wollte damals mit ihm schlafen, weil ich jung und verliebt war. Georg war toll, und wenn wir alleine waren, da war er so anders. Wir konnten reden, wir hatten Gemeinsamkeiten. Ich dachte wirklich, das wäre die viel zitierte Liebe. Also habe ich mich vorbereitet und wollte ihn überraschen. Er war ein guter Küsser, aber bei allem anderen schien er irgendwie so ... verloren. Und irgendwie lustlos. Als hätte ihn mein Körper abgeturned.«

Sie schüttelte den Kopf, als fiele es ihr nicht gerade leicht, darüber zu sprechen. Auch nach all den Jahren nicht.

»Ich dachte immer, es war meine Schuld. Als wir uns dann getrennt hatten, erzählte er Mist über uns. Über mich. Er hat sich über meinen Körper lustig gemacht.«

Daran erinnerte sich Rauch tatsächlich noch. Auch wenn die Namen der Mädchen austauschbar waren, weil er über alle so gesprochen hatte. Je mehr er an die Zeit damals dachte, desto weniger mochte er sich selbst und wie er damals still genickt hatte.

»Vielleicht wollte ich es ihm jetzt heimzahlen. Und habe mit Philipp geschlafen.«

Das würde sein Freund natürlich nicht gerne hören, aber er musste es auch nicht erfahren.

»Idiotisch, ich weiß. Aber ... als ich zurück in die Turnhalle gegangen bin, um meine Tasche zu holen, da habe ich Geräusche gehört.«

»Geräusche?«

Rauchs Körper spannte sich an.

»Ja. Zuerst dachte ich, es wäre ein Streit oder so. Aber je näher ich kam, desto klarer wurden die Geräusche, und ich erkannte, dass Philipp und ich nicht die Einzigen waren, die an diesem Abend Sex hatten.«

»Hast du was gesehen?«

»Ja.«

Endlich nahm sie einen Schluck Wasser, und Rauch musste warten, bevor er die nächste Frage stellte.

»Georg?«

»Ja. Sie waren beim Mattenwagen.«

»Wer war noch da?«

»Das konnte ich nicht sehen. Aber es war ein Mann.«

»Bist du dir ganz sicher?«

»Wieso sollte ich lügen? Um ihm eins auszuwischen? Dann hätte ich es an dem Abend rumerzählt. Und glaub mir, das wollte ich. Aber ein kleiner Teil von mir hat gehofft, dass es stimmt. Dass er schwul ist und es nie an mir lag.«

Sie sah ihn aus feuchten Augen an und zuckte die Schultern.

»Es lag also gar nicht an mir?«

Rauch legte seine Hand auf ihre und drückte sie sanft.

»Nein.«

Sie wirkte so erleichtert, dass er zögerte, aber er musste die Frage einfach stellen.

»Hast du wirklich nicht gesehen, wer der andere Mann war?«

Sie schüttelte den Kopf.

»Ich habe ihn nur von hinten gesehen. Er trug ein blaues Hemd. Dann habe ich meine Tasche geschnappt und bin weggelaufen.«

Ein blaues Hemd.

»Glaubst du, es war einer von uns?«

Er wollte es abstreiten, es verneinen, den Kopf schütteln.

»Davon muss ich ausgehen.«

Er musste nur die Teile endlich richtig zusammensetzen.

Kapitel 82

Kaum im Revier angekommen, marschierte er direkt zu Frederike Jansen, die ihn – auch heute wieder mit Brille – zuerst lächelnd, dann jedoch mit gerunzelter Stirn empfing.

»Oh wow, miese Laune, Herr Kommissar?«

»Ist irgendwas bei der Suche hinsichtlich der Autovermietung rausgekommen?«

Sie nickte, besann sich dann eines Besseren, und schüttelte den Kopf.

»Ja. Also nein. Nichts. Georg Daniels hat dort keinen Wagen gemietet. Nicht in den letzten drei Monaten oder jemals davor. Also nie.«

»Okay. Dann fragen Sie noch mal nach, diesmal nach einem Philipp Stettner.«

Sie griff nach einem Kugelschreiber aus ihrer Stiftablage, ohne Rauch aus den Augen zu lassen.

»*Dem* Philipp Stettner?«

»Ja.«

»Okay. Sonst noch was?«

»Hat Fuchs sich schon gemeldet?«

»Nicht bei mir. Habe aber von dem Fund am Anlägle gehört. Die haben den ganzen Müll mitgenommen.«

»Sehr gut. Ich bin im Büro, falls Sie was finden.«

Sie salutierte kurz und schickte dann noch ein aufmunterndes Lächeln hinterher.

»Sie sind nah dran, Herr Kommissar. Ich habe es im Gefühl.«

Er nickte wie automatisch und verließ ihr Büro, ohne zuzugeben, dass er ihr Gefühl teilte. Als er die Tür zu seinem Büro aufschob, stand Hagen vor seinem Schreibtisch mit einer Mappe in der Hand. Sie sah auf, als er eintrat.

»Guten Morgen.«

Sie lächelte und er wollte es auch, aber er brachte nur eine kurze Grimasse zustande.

»Schlechte Laune?«

Ihre Stimme klang bemüht fröhlich, als wäre es nur ein weiterer Tag bei der Arbeit. Als wäre Sommer. Oder Urlaub.

»Geht so. Wir sind dran und ich werde das Gefühl nicht los, dass ich inzwischen schon sehen müsste, wie alles zusammenhängt. Ich müsste ihn schon haben. Aber …«

Er brach ab, weil er selbst nicht so genau wusste, was er sagen wollte.

»Schon was Neues von der KTU?«

»Fuchs meldet sich, sobald sie was hat.«

Er warf im Vorbeigehen einen Blick in die Mappe in ihrer Hand und nahm auf seinem Bürostuhl Platz, bevor er den Computer einschaltete.

»Ich habe noch mal darüber nachgedacht.«

Sie sagte nicht über was, studierte noch immer die Mappe in ihrer Hand.

»Das freut mich.«

»Also über den Fundort.«

»Ach.«

»Der Täter könnte aus deinem Viertel kommen.«

Rauch lehnte sich in den Stuhl zurück, verschränkte die Hände hinter dem Kopf, so wie er es oft tat, wenn er zuhörte.

»Grenzt das irgendwas ein?«

»Wieso sollte er von dort sein?«

»Du sagtest, da wird der Müll seit einer Weile schon einfach so abgestellt. Über dieses Wissen verfügte unser potenzieller Täter auch.«

»Was macht dich da so sicher?«

»Ich glaube nicht, dass er die Tatwaffe einfach so immer bei sich hatte und sie dann bei einer guten Gelegenheit weggeworfen hatte. Ich denke, er wurde nervös, wollte sie loswerden und wusste genau, wo. Aber ohne großes Aufsehen zu erregen. Dort werden ständig Dinge abgestellt.«

Er nickte, was sie zum Weiterreden animierte.

»Ein kleiner Spaziergang und …«

Sie machte eine wegwerfende Handbewegung.

»... Beweisstück A entsorgt. Niemand würde sich wundern, ihn dort zu sehen. Vielleicht auf dem Weg zur Arbeit, zum Bus oder nach Hause.«

»Noch wissen wir nicht, ob es sich bei dem Pokal um *unseren* Pokal handelte. Ich warte auf Sarahs Anruf, sobald sie was weiß. Aber vorher ...«

Er öffnete den Browser auf seinem Computer und loggte sich bei Facebook ein. Da Hagen von ihrer Position vor dem Schreibtisch nicht sehen konnte, was er tat, kam sie zu ihm und lehnte sich neben ihn an den Tisch.

»Was suchst du?«

»Jansen sei Dank bin ich wieder Mitglied in der Facebook-Gruppe zum Klassentreffen.«

Inzwischen hatte dort das Interesse nach Georgs Mörder etwas abgenommen, es wurden Fotos und Anekdoten von jenem Abend ausgetauscht.

»Lisa Gärtner war heute Morgen bei mir ...«

»Ist ihr doch noch was eingefallen?«

»Sie hat Georg wohl beim Liebesspiel mit jemandem beobachtet. Jemandem mit einem blauen Hemd.«

Er klickte auf die Fotos, die fröhlich in der Gruppe geteilt wurden, als wäre keiner ihrer Klassenkameraden erschlagen worden. Ohne auf die Gesichter zu achten, klickte er sich durch die Galerie, suchte ein blaues Hemd und hoffte, es nicht an Philipp zu finden.

Oder an David.

Doch auf dem Gruppenfoto mit seinen Jungs trug niemand irgendwas Blaues. David hatte ein rotes T-Shirt gewählt, Rauch selbst hatte ein dunkles T-Shirt getragen, Markus ein weißes T-Shirt und Philipp ein verwaschenes graues Sweatshirt. Seine Erleichterung war so deutlich zu spüren, dass Hagen ihm die Hand auf die Schulter legte.

»Tust du mir einen Gefallen, Ben?«

Er drehte den Kopf in ihre Richtung und bemerkte zu spät, wie nah sie bei ihm stand. Aber er zuckte nicht zurück.

»Hm?«

»Das nächste Mal gibst du einen Fall, der dir so nahe geht, an Krüger ab.«

»Was?«

Er hielt es zuerst für einen Scherz, aber ihr besorgter Gesichtsausdruck ließ ihn daran zweifeln.

»Es macht dich fertig, das kann jeder sehen.«

»Wieso zweifelt plötzlich jeder an mir?«

Sie berührte mit dem Handrücken seine Wange, fuhr mit dem Finger kurz über die Stelle unter seinem Auge.

»Niemand zweifelt an dir. Wir machen uns nur Sorgen um dich.«

Sie lächelte ihn traurig an und wieder wollte er widersprechen, behaupten, alles im Griff zu haben, wusste aber, dass es keinen Sinn machte. Bevor er etwas antworten konnte, klingelte das Telefon auf seinem Schreibtisch und er riss den Blick von Hagen los, griff nach dem Hörer und räusperte sich kurz.

»Rauch.«

»Du wirst nicht hören wollen, was wir gefunden haben.«

Er schloss einen Moment die Augen, spürte wieder Hagens Hand auf seiner Schulter.

»Übereinstimmungen?«

»Allerdings. Blut, nicht mehr viel, aber genug für uns. Es stammt von Georg Daniels.«

»Es ist also die Tatwaffe.«

»Ja. Wir haben einige Fingerabdrücke gefunden, allerdings nicht einen, mit dem wir wirklich was anfangen konnten.«

»Aber?«

»Aber Hautpartikel. Verschiedene.«

»Die könnten von überall sein.«

Die letzte Hoffnung.

»Ja, das dachten wir auch. Einige können wir nicht zuordnen, aber da ist eine Übereinstimmung mit der DNA aus dem Kondom von deinem Kumpel. Es tut mir leid, Ben.«

Kapitel 83

Das Landeskriminalamt befand sich in Bad Cannstatt, und genau dort war auch das kriminaltechnische Labor angesiedelt, in dem Sarah Fuchs ihrer Arbeit nachging. Nachdem Rauch und Hagen sich am Empfang gemeldet hatten, dauerte es nur ein paar Minuten, bis Sarah Fuchs sie abholte.

»Das ging aber flott.«

Rauch hatte Hagen überredet, den Wagen stehen zu lassen und stattdessen für die S-Bahn vom Hauptbahnhof nach Bad Cannstatt votiert. Die restliche Strecke waren sie zu Fuß gegangen. Wobei Hagen gewisse Schwierigkeiten hatte, mit Rauchs großen und vor allem schnellen Schritten mitzuhalten.

»Ich würde es gerne sehen.«

»Vertraust du uns nicht?«

»Doch, natürlich. Aber ich muss mir einfach zu hundert Prozent sicher sein.«

»Klar. Kommt mit.«

Sie folgten Fuchs die Treppe nach oben und einen langen Flur entlang. Sie führte sie durch eine Tür in einen Raum, in dem sich Frau Jansen ohne Zweifel wohl gefühlt hätte. Computer so weit das Auge reichte, riesige Bildschirme an den Wänden und dazu technischer Schnickschnack, den Rauch nicht so recht einordnen konnte. Musste er zum Glück auch nicht, er verließ sich gerne auf Fuchs' Fachwissen. Sie deutete auf eine der Mappen, die auf dem Schreibtisch lagen.

»Da steht alles drin.«

Hagen griff nach der Mappe, bevor Rauch dazu kam, und begann zu lesen.

»Ich weiß, dass er dein Kumpel ist, aber wir haben seine DNA und die vom Opfer an der Tatwaffe. Ich weiß nicht, wie viel deutlicher wir noch werden müssen.«

»Ich kenne ihn, verdammt noch mal. Er wäre nicht in der Lage, einen Mord zu begehen.«

»Was, wenn Georg ihn und Lisa beim Sex erwischt hat? Was ich über Daniels gehört habe, klang er wie ein ziemliches Großmaul.«

Hagen sprach mit ihm, ohne ihn dabei anzusehen, zu fasziniert war sie von Fuchs' Bericht.

»Vielleicht wollte er es brühwarm weitererzählen. Und im Affekt hat Philipp zum Pokal gegriffen und ...«

Sie ließ die Mappe zuklappen und sah zu ihrem Kollegen.

»Der Rest ist Geschichte.«

»Das hätte er mir gesagt.«

»So wie er dir von der Affäre erzählt hat?«

»Das ist etwas Anderes. Das geht mich – uns – nichts an. Aber einen Totschlag? Das hätte er mir gesagt.«

Hagen gab auf, reichte ihm die Mappe.

»Eine schöne Theorie, aber wenn es nicht dein Kumpel, sondern ein Fremder wäre, dann hätten dich die Dinge, die hier stehen, sofort überzeugt und du wärst schon längst mit einem Haftbefehl auf dem Weg, um ihn zu verhaften.«

Er wusste nur zu gut, dass sie Recht hatte.

»Irgendwas passt einfach nicht zusammen.«

»Verdammt noch mal, Ben! Es reicht jetzt!«

Sie deutete auf Fuchs, die auf einem Holzhocker ohne Lehne saß und die Szene stumm verfolgt hatte.

»Sarah, sag ihm bitte, dass die Beweislast erdrückend ist!«

»Ich bin ja sonst wirklich wahnsinnig gerne die Schweiz, wenn ihr beide euch streitet, aber Sophie hat Recht, Benedikt.«

Sie nannte ihn sonst nie Benedikt.

»Es liegt ein dringender Tatverdacht vor.«

»Und wieso sagt mein Bauchgefühl dann, dass etwas nicht stimmt?«

»Weil du das gerne glauben möchtest. Also. Beantragst du den Haftbefehl oder muss ich es machen?«

Er schüttelte noch immer den Kopf, sah zu Sarah.

»Was ist mit den Müllsäcken?«

»Die Jungs checken alles. Einige Klamotten, Essensreste, Schuhe, Kissenbezüge. Das dauert.«

»Okay. Gebt mir noch bis heute Mittag, wenn ich dann nichts habe, beantrage ich den Haftbefehl.«

»Ben, es ist nicht deine Aufgabe, seine Unschuld zu beweisen, verdammt noch mal!«

»Ich melde mich später.«

Er stieß sich vom Tisch ab und marschierte in Richtung Tür, ignorierte ihre Rufe und die Bitte zu bleiben.

»Verdammt noch mal, Ben!«

Er wollte, ja, er konnte es einfach nicht glauben. Und bevor er seinen Kumpel mit einem Haftbefehl aufs Revier schleifte, wollte er eine Sache noch klären.

Wenn er sich wirklich irren sollte, würde er zu all den Fehlern stehen, aber noch wollte er nicht aufgeben. Vollkommen egal, was die anderen sagten. Er kannte Philipp.

Zumindest hoffte er das.

Kapitel 84

Lisa Gärtner war reichlich überrascht, Rauch so schnell wiederzusehen und unterbrach ihren Yoga-Kurs für ihn, nachdem sie sein ernstes Gesicht gesehen hatte.

»Habt ihr ihn gefunden?«

»Noch nicht. Aber ich habe noch ein paar Fragen.«

»Die nicht warten konnten, wie ich sehe.«

Sie führte ihn am Arm aus dem Yoga-Saal wieder an den Empfang und schloss die Tür hinter ihnen.

»Was willst du wissen?«

»Bist du dir ganz sicher, dass es ein blaues Hemd war?«

»Absolut. Das Licht im Ballraum war an. Dunkle Haare, blaues Hemd. Mehr konnte ich nicht sehen, wie gesagt, ich bin dann schnell weg.«

Rauch wusste nicht, wieso er geglaubt hatte, sie würde ihre Geschichte ändern, nur weil er noch mal nachfragte.

»Sonst irgendwas?«

Lisa dachte angestrengt nach, während Rauch sie nicht aus den Augen ließ und auf ein kleines Wunder hoffte.

»Nein. Nur zwei Männer, Georg und eben das blaue Hemd.«

»Und wieso bist du noch mal zurück in die Turnhalle?«

»Das habe ich doch schon gesagt. Ich habe meine Handtasche dort vergessen.«

Rauch nickte.

»Nachdem Philipp und ich ... uns verabschiedet hatten, ist er direkt gegangen. In der Jungentoilette habe ich das Kondom weggespült und habe dann die Tasche geholt, um ebenfalls zu gehen. Ich wollte nicht länger bleiben ...«

»Du hast was?«

»Meine Tasche geholt!«

»Nein, davor!«

Er spürte, wie das Adrenalin durch seinen Körper schoss.

»Das Kondom entsorgt.«

»Aber ...«

Er schlug sich mit der flachen Hand gegen die Stirn, so stark, dass er kurz Sterne sah. Wie konnte er das übersehen haben? Warum um alles in der Welt war ihm das nicht schon vorher aufgefallen?

»Danke, Lisa. Wenn ich noch Fragen habe ...«

»Störst du wieder einen Kurs, schon klar.«

Er war schon fast zur Tür raus.

»Das nächste Mal musst du mitmachen.«

Er wollte lächeln, aber die Gedanken in seinem Kopf überschlugen sich in Lichtgeschwindigkeit und leiteten seine Schritte so schnell wie möglich zur nächsten S-Bahn-Station. Er musste zurück aufs Revier. Auf den Treppen runter zur Haltestelle Schwabstraße hing er bereits am Handy.

»Häberlin?«

»Hast du noch Daniels' Leiche?«

»Benedikt?«

»Ja, es ist dringend. Hast du noch Daniels' Leiche?«

»Da müsste ich nachschauen ... wieso?«

»Weil wir was übersehen haben.«

Zu seiner Enttäuschung kam die nächste Bahn erst in fünf Minuten.

»Übersehen?«

»Wie groß stehen die Chancen, dass du noch Spuren an seinem Körper finden könntest? Falls du ihn noch bei dir liegen hast?«

»Das kommt darauf an, was für Spuren du meinst.«

»Ich habe Anlass davon auszugehen, dass Daniels am Abend seines Todes Sex hatte.«

»Das habe ich doch schon ...«

»Mit einem Mann. Er war schwul.«

Schweigen am anderen Ende der Leitung. Rauch konnte nur hören, wie etwas auf einer Tastatur getippt wurde.

»Er ist noch bei uns, die Leiche wurde noch nicht freigegeben. Ich mache mich sofort an die Arbeit.«

Häberlin legte in dem Moment auf, als Rauchs S-Bahn einfuhr, und obwohl Rauch der Meinung war, dass man sich in Stuttgart auf die Öffentlichen verlassen konnte, war ihm der Weg zur Stadtmitte noch nie so lange vorgekommen. Als er die Treppen am Rotebühlplatz nach oben stieg, griff er nach seinem Handy und wählte Hagens Nummer, wurde aber von ihrer Mailbox vertröstet. Er hätte Jansen für die Information anrufen können, aber da er bereits auf die Theodor-Heuss-Straße abgebogen war und das Revier schon sehen konnte, entschied er sich, stattdessen seine Schritte zu beschleunigen.

Kaum betrat er das Gebäude, tauchte auch schon Dörflinger vor ihm auf und sein zerknirschter Gesichtsausdruck ließ Rauch wissen, dass er keine guten Nachrichten hatte.

»Es tut mir leid, ich habe versucht Sie zu erreichen ...«

»Was ist passiert?«

»Sie sind in Raum 3.«

»*Sie*?«

Ohne auf eine Antwort zu warten, setzte sich Rauch in Bewegung und wurde von Dörflinger verfolgt.

»Krüger hat ihn hergebracht.«

»Philipp?«

Dörflinger befürchtete wohl, als Bote der Nachricht Ziel von Rauchs Wut zu werden und hielt sicherheitshalber Abstand.

»Weindl hat ihm den Fall übergeben. Nachdem sie mit Hagen gesprochen hat.«

Mehr musste er nicht wissen. Er warf einen Blick auf die Uhr. Er hatte doch um etwas Zeit gebeten. Und er hatte gehofft, dass Hagen auf ihn warten würde.

»Es tut mir leid, ich habe gesagt, sie sollen auf Sie warten!«

Ohne zu klopfen oder sich anders anzumelden, öffnete er die Tür und musste sich zusammenreißen, um bei dem gebotenen Anblick nicht zusammenzuzucken.

Philipp saß auf dem gleichen Platz wie schon beim letzten Mal. Ihm gegenüber lehnte Krüger lässig auf seinem Stuhl, neben ihm saß Hagen.

»Ben!«

»Was soll das hier?«

»Kannst du ihnen bitte sagen, dass ich Georg nicht umgebracht habe?!«

Philipps Blick huschte nervös zwischen allen Anwesenden hin und her, bevor er hilfesuchend bei Rauch hängen blieb. Dieser trat an den Tisch. Krüger drehte sich zum Aufnahmegerät.

»Wir unterbrechen die Vernehmung um dreizehn Uhr vierundzwanzig.«

Dann drückte er auf den Knopf und drehte sich zu Rauch, der ihn wütend anstarrte.

»Ich muss Sie bitten, uns bei der Arbeit nicht zu stören. Wir vernehmen gerade einen Verdächtigen in einem Mordfall.«

»Sie vernehmen aber den Falschen.«

»Weindl scheint das anders zu sehen.«

»Wie bitte?«

»Sie wurden von dem Fall abgezogen, Rauch.«

Erst jetzt sah er zu Hagen, die ihren Blick auf die Akte vor sich gerichtet hielt.

»Wir klären das nachher.«

»Aber ...«

Krüger erhob sich von seinem Stuhl und trat direkt vor Rauch.

»Wir klären das nachher oder muss ich Sie noch mal daran erinnern, dass ich noch immer Ihr Vorgesetzter bin?«

Das Starrduell konnte über Stunden so weitergehen, aber Rauch nickte schließlich, sah zu Philipp, der total überfordert von der ganzen Situation am Tisch saß.

»Ich organisiere dir einen Anwalt.«

Damit drehte er sich weg und verließ das Verhörzimmer, allerdings ohne die Tür hinter sich zu schließen.

Kapitel 85

Möglich, dass der letzte Tritt gegen den Aktenschrank einen Zehenbruch nach sich zog. Aber das spielte im Moment keine Rolle. Dörflinger stand noch immer im Türrahmen, allerdings im sicheren Abstand zu Rauch und seinem Wutausbruch.

Erst als dieser sich beruhigt hatte, wagte sich sein Kollege einen Schritt weiter in das Büro vor.

»Soll ich mal schauen, welcher Anwalt in Frage käme?«

»Nein. Er braucht keinen Anwalt. Er war es nicht.«

»Glauben Sie das wirklich?«

»Dörflinger, ich weiß es.«

Er griff über den Tisch nach seinem Telefon und wählte die Nummer von Sarah Fuchs, die auch nach dem vierten Klingeln abnahm.

»Fuchs.«

»Sarah, du sagtest, die DNA vom Pokal passt zu der aus dem Kondom.«

»Korrekt. Sophie hat den Haftbefehl superschnell genehmigt bekommen.«

Aber er hörte ihr gar nicht wirklich zu.

»Und die aus dem Kondom passt zu Philipp Stettner?«

»Keine Ahnung, das hast du gesagt.«

Er stützte sich auf den Tisch.

»Was?«

»Ich habe keine Ahnung, wem welche DNA gehört.«

»Aber du hast doch die DNA-Proben von Sophie bekommen.«

»Ja, klar.«

»Standen da denn keine Namen drauf?«

»Nein. Sie sagte, es hat schnell gehen müssen. Ich habe drei Socken in drei Tüten bekommen.«

Er schloss die Augen. Sie hatten es nie überprüft. Er war immer davon ausgegangen, dass alles zusammenpasste. Aber genau *das* passierte, wenn man sich illegal DNA beschaffte. Er verfluchte sich innerlich für diese Schlampigkeit, die sie nicht nur Zeit gekostet hatte, sondern wohl auch den Falschen in Vernehmungszimmer drei gebracht hatte.

»Wir wissen also gar nichts.«

»Na ja, ich habe die Socken ja noch hier. Und zu der Socke in der zweiten Tüte passt die DNA aus dem Kondom. Zu einhundert Prozent.«

»Was für eine Socke ist es?«

»Warte, ich schau' nach.«

Wieso hatte Sophie das einfach so hingenommen? Wieso hatten sie es nicht überprüft? Wieder trat er mit dem Fuß aus, traf diesmal den Tisch und spürte den Schmerz in seinem großen Zeh.

»Ben, bist du noch dran?«

»Ja.«

»Okay, es ist eine weiße Sportsocke, rote Streifen und am Bund ist das VfB-Logo aufgestickt.«

Fast wäre ihm der Hörer aus der Hand gerutscht.

»Weißt du, wem sie gehört?«

Rauch wollte antworten, aber die Worte blieben ihm auf halber Strecke im Halse stecken.

»Benedikt?«

Die ernste Besorgnis in ihrer Stimme klang fremd in seinen Ohren. Es dauerte vermutlich nur Sekunden, aber es kam ihm wie Stunden vor, bis er wieder Herr seiner Gedanken und Gefühle war.

»Ich danke dir für die schnelle Bearbeitung, Sarah.«

Er richtete sich wieder auf, auch wenn er seinen Beinen noch nicht wieder völlig vertraute.

»Ist alles okay?«

»Ja. Bist du dir auch ganz sicher? Die VfB-Socke? Kein Zweifel?«

»Wir haben drei Durchgänge mit der PCR durchgeführt.«

In ihrer langjährigen Zusammenarbeit hatte sich Sarah Fuchs noch nie geirrt. Ihre Laborergebnisse waren unfehlbar und ihre Gründlichkeit bei der Spurensuche am Tatort suchte ihresgleichen. Unter anderen Umständen hätte sie eine solche Frage vielleicht gekränkt, aber sie ahnte, dass er einen triftigen Grund dafür hatte.

»Danke, Sarah.«

Damit legte er auf und drehte sich zu Dörflinger um, der noch immer mitten im Raum stand.

»Was hat sie gesagt?«

»Wir wissen jetzt, wer es war.«

Es gab nur einen VfB-Fan in seinem Freundeskreis.

Kapitel 86

Rauch hatte seinen Dienstplan nicht im Kopf, aber sie fuhren einfach auf gut Glück zu ihm nach Hause. Dörflinger saß am Steuer des Streifenwagens und vermied es, weitere Fragen zu stellen, nachdem Rauch bereits auf die ersten im Revier nicht geantwortet hatte.

Er fragte sich, wieso er es nicht bemerkt hatte? Wieso er es nicht in Betracht gezogen hatte und wie er jetzt damit umgehen sollte.

Er überlegte angestrengt, wieso Hagen ihm in den Rücken gefallen war?

Und er fragte sich ...

»Nummer 33 ist da drüben.«

Dörflinger deutete durch die Frontscheibe nach vorne. Rauch war so in Gedanken versunken, dass er gar nicht bemerkt hatte, wo sie waren. Die enge, zugeparkte Straße in seinem Viertel kam ihm heute fremd vor. Wie immer gab es auch jetzt keinen Parkplatz, und so schaltete Dörflinger das Blaulicht ein und stellte sich in eine Ausfahrt. Bevor er aussteigen konnte, klingelte Rauchs Handy. Er spielte mit dem Gedanken, den Anruf nicht anzunehmen, aber es war Häberlins Nummer aus dem Krankenhaus.

»Ja?«

»Es war mein Fehler. Ich nehme das selbstverständlich alles auf meine Kappe.«

»Was hast du gefunden?«

»Als ich die Leiche das erste Mal auf dem Tisch hatte, habe ich natürlich auch gecheckt, ob es Spuren einer sexuellen Aktivität gab, so wie ich auch den Mageninhalt – Hühnchen mit Reis – gecheckt habe.«

»Aber?«

»Aber ich bin nicht auf die Idee gekommen, mir seinen Analbereich genauer anzuschauen. Das war mein Fehler. Jetzt habe ich Spuren von einem Gleitgel gefunden. Unser Opfer hatte also Sex vor seinem Tod.«

Rauch öffnete die Tür und stieg aus dem Wagen.

»Wie lange vor seinem Tod?«

»Ich kann es zeitlich nicht mehr genau einordnen, weil zu viel Zeit vergangen ist. Entschuldige bitte, Ben.«

Wenn Thomas im Dienst war, nannte er ihn so gut wie nie ‚Ben'. Manchmal ‚Benedikt', aber immer bewahrte er eine gewissen professionelle, wenn auch freundschaftliche Distanz. Eine Distanz, die er jetzt offenbar vergessen hatte.

»Tage zuvor?«

»Nein. In der Nacht seines Todes. Aber wieviel Stunden davor, das kann ich nicht mehr sagen.«

Rauch fand sein Notizbuch in der linken Jackentasche, fischte es heraus, schlug es auf einer freien Seite auf, zückte den Kugelschreiber und notierte sich die neue Information, während er laut dachte.

»Spuren, die auf eine Vergewaltigung hindeuten?«

»Nein. Es waren keine Hämatome am Körper der Leiche. Jemand hätte ihn wohl festhalten müssen. Oder fesseln. Oder ihn beispielsweise mit K.O.-Tropfen außer Gefecht setzen. Aber wir haben keine Spuren davon im Körper gefunden. Es war einvernehmlicher Sex.«

Rauch nickte.

»Gleitgel. Wer hat einfach so Gleitgel auf einem Klassentreffen zur Hand? Wenn wir davon ausgehen, dass es spontaner Sex war.«

»War es das denn?«

Eine berechtigte Frage, die Rauch sich direkt notierte.

»Vielleicht hatte der Sexualpartner es dabei.«

»Einer von beiden war also vorbereitet.«

»Manche Kondome, die speziell für diese Art des Geschlechtsverkehrs gedacht sind, sind bereits mit Gleitgel versehen. Für gewöhnlich sind sie auch etwas dicker, es gibt verschiedene Fabrikate.«

Auch das schrieb sich Rauch auf.

»Es tut mir leid, dass ich so engstirnig war.«

»Was?«

Häberlin atmete tief durch, bevor er weitersprach.

»Ach, ich ärgere mich, weil ich davon ausgegangen bin, ein Mann hätte wenn, dann ja wohl Geschlechtsverkehr mit einer Frau gehabt.«

»Die meisten gehen noch immer davon aus.«

Rauch starrte auf sein Notizbuch, ließ die gesammelten Informationen noch mal durch seinen Kopf gehen, während Häberlin weitersprach.

»Männer lieben Männer, Frauen lieben Frauen. Und doch habe ich es übersehen, weil ich vom ‚klassischen Bild' ausgegangen bin, der noch immer als die Norm angesehen wird.«

Rauch blätterte einige Seiten in seinem Buch zurück, las sich noch einmal die bisherigen Fakten und Erkenntnisse durch.

»Wir haben 2019, da sollte ich aufgeschlossen genug sein, findest du nicht?«

Rauch nickte.

»Nicht nur du, Thomas. Nicht nur du.«

Dörflinger, der bereits zur Haustür vorgegangen war und die Namen an den Klingelschildern durchgelesen hatte, wartete dort auf Rauch. Aber dieser hatte noch einen weiteren Anruf vor sich. Kaum aufgelegt, wählte er die Nummer.

»Yoga-Studio Gärtner.«

»Lisa, ich bin es, Benedikt.«

»Ach, du willst also doch einen Kurs bei mir buchen?«

Er wünschte sich, über diesen kleinen Scherz lachen zu können.

»Von wem hattest du das Kondom für den Abend?«

»Ben …«

»Es ist relevant für die Ermittlungen. Und bringt Philipp hoffentlich aus der U-Haft.«

»Was?«

»Von wem hattest du das Kondom?«

Rauch ließ seinen Blick an der Hausfassade nach oben in den zweiten Stock wandern, wo er einen Schatten hinter dem

Vorhang erahnte, und kannte die Antwort, bevor Lisa sie aussprach.

»Von Markus.«

Kapitel 87

»Benedikt.«

Esther Allgöwer öffnete die Tür und bat Rauch und Dörflinger in die Wohnung. Sie trug eine graue Jogginghose und einen schlichten Pullover. Ihre Haare wirkten zerzaust und alles machte den Anschein, als hätte eine fiese Grippe sie erwischt.

»Entschuldige bitte, dass wir hier so unangemeldet auftauchen.«

Dörflinger, durch Größe und Uniform eigentlich nicht zu übersehen, hielt sich so unauffällig wie möglich im Hintergrund.

»Ist Markus da?«

»Nein, er wollte noch etwas einkaufen.«

Rauch nickte, sah sich in der Wohnung seines Freundes um und suchte einen Anhaltspunkt, der ihm bisher bei allen anderen Besuchen entgangen war. Doch es hatte sich nichts verändert. Die Familienfotos an der Wand über der Couch, das kleine Kruzifix über der Tür, die weißen Engelsfiguren auf dem Regal neben der Blu-Ray-Sammlung. Und natürlich auch die typischen Spuren eines Teenagers im Haus, die Rauch zu gut aus seiner eigenen Wohnung kannte. Ein klassisches Familienzuhause.

»Worum geht es denn?«

Sie versuchte sich an einem Lächeln, aber es überzeugte niemanden im Raum. Nicht mal sie selbst.

»Hast du ihn vom Klassentreffen abgeholt?«

Sie nickte.

»Er hatte zu viel getrunken.«

»Wo war er, als du ihn abgeholt hast?«

»Was meinst du?«

Rauch kam um den Couchtisch herum und Esther wich vor ihm zurück. Dabei kannten sie sich seit Jahren, hatten viele Geburtstage ihres Mannes gemeinsam gefeiert. Lea und Anna kannten sich von der Schule, auch wenn sie in unterschiedlichen Jahrgangsstufen waren, gingen sie doch auf dieselbe Schule.

»War er in der Aula?«

Sie runzelte die Stirn, nahm auf der Couch Platz und spielte mit ihren Händen.

»Ich weiß nicht genau. Ich musste ihn suchen.«

»Und wo hast du ihn gefunden?«

Hatte sie bis eben noch den Blickkontakt gehalten, sah sie jetzt nur noch stur geradeaus.

»Ich weiß nicht mehr genau.«

»Du weißt es nicht mehr?«

Rauch ging neben ihr in die Hocke.

»Es geht mir nicht so gut, Benedikt. Ich bin krankgeschrieben, vielleicht wartest du lieber, bis Markus nach Hause kommt.«

»Erkältung?«

»Krank.«

Er streckte langsam die Hand aus und berührte ihre Stirn mit der Handfläche. Sie hatte kein Fieber, auch wenn sie so aussah.

»Es geht mir einfach nicht gut.«

Rauch nickte langsam, legte seine Hand jetzt auf ihre, die zitternd auf ihrem Oberschenkel lag.

»Du solltest auf Markus warten.«

»Okay.«

Ein kurzer Blick zu Dörflinger, der die Aufforderung verstand und andeutete, er würde draußen warten. Falls Esther sein Verschwinden bemerkte, kommentierte sie es nicht. Allerdings war Rauch sich nicht sicher, was sie überhaupt noch wahrnahm. Als Dörflinger die Tür leise ins Schloss gezogen hatte, drückte er kurz ihre Hand.

»Was ist an dem Abend passiert?«

»Ich weiß nicht. Er hat angerufen, ich solle ihn abholen.«

Sie sah blass aus. Unausgeschlafen. Krank, aber nicht körperlich. Langsam hob sie den Blick und sah zu ihm hinüber.

»Er war so betrunken.«

Rauch blieb nichts anderes übrig, als ihr zu glauben, denn er selbst war früher gegangen, da war Markus zwar angetrunken, aber bei Weitem nicht schwer betrunken.

»So betrunken. Ich habe ihn noch nie so erlebt.«

Tränen sammelten sich in ihren Augen, sie spielte nervös mit der kleinen goldenen Kreuzkette um ihren Hals.

»Ich habe ihn kaum wieder erkannt.«

Alkohol veränderte Leute immer, brachte mitunter ihre hässlichste Seite zum Vorschein.

»Und da war dieser andere Mann …«

Sie brach ab, wandte den Blick ab und entzog Rauch ihre Hand.

»Du solltest wirklich mit Markus sprechen, ich weiß nicht, was ich sagen soll.«

»Du könntest mir die Wahrheit erzählen.«

»Ich kenne die Wahrheit nicht, Benedikt. Das, was ich gesehen habe, das kann nicht die Wahrheit gewesen sein.«

Sie schüttelte matt den Kopf und Rauch hatte eine ziemlich deutliche Ahnung, wieso sie es nicht wahrhaben wollte. Seine Stimme war nur ein Flüstern, als er die Frage stellte.

»Was hast du denn gesehen?«

Als sie sich wieder zu ihm drehte, waren die Tränen noch immer da, aber ihr Blick hatte sich verändert, brannte jetzt geradezu auf Rauchs Gesicht.

»Etwas, das nicht richtig ist.«

Unweigerlich musste er daran denken, wie Esther im Kirchenchor sang, wie sie Markus immer wieder in die Kirche mitnahm und wie stolz sie die Kommunion ihrer Tochter Lea im *Eckle* gefeiert hatten.

»Markus und ich sind seit fünfzehn Jahren verheiratet! Wir haben eine Tochter zusammen!«

Wieder schüttelte sie den Kopf, diesmal heftiger, als könnte sie damit die Wahrheit abwehren.

»Und dann tut er uns sowas an?«

Rauch unterbrach sie nicht in ihrer Verzweiflung, in die sich auch immer mehr Wut mischte, sondern ließ sie all ihre Gedanken aussprechen.

»Adam und Eva.«

Sie sah ihn an, als erwartete sie Zustimmung, aber Rauch war verwirrt.

»Adam und Eva, nicht Adam und Adam. Es ist einfach nicht richtig! Was, wenn Lea davon erfährt? Wie soll sie ihrem Vater jemals wieder ins Gesicht sehen?«

Sie hatte nicht bemerkt, wie laut ihre Stimme geworden war, aber Rauch kniete noch immer unverändert neben ihr, ließ sie ihre Wut ausleben.

»Was soll ich tun, wenn meine Freundinnen davon erfahren? Meine Eltern?«

»Was ist auf der Klassentreffen passiert, Esther?«

»Ich habe gesehen, wie...«

Der Ekel stand ihr ins Gesicht geschrieben, als sie versuchte, die Worte über die Lippen zu bringen.

»... wie sie sich geküsst haben. Auf die Lippen. Wie Mann und Frau. Sie haben mich nicht kommen hören, erst als ich sie angeschrien habe, lösten sie sich voneinander! Markus wollte mir alles erklären, aber wie kann man sowas erklären?«

Rauch zuckte die Schultern, weil er darauf keine Antwort hatte, die sie hätte hören wollen.

»Dann hat dieser andere Mann ...«

Wie kämpfte sie damit, die Wahrheit auszusprechen.

»... uns ausgelacht. Mich ausgelacht! Er hat schreckliche Dinge gesagt, Benedikt. Über Markus und mich. Alles Lügen, das weißt du, oder?«

Rauch nickte, weil er wissen wollte, was dann passiert war.

»Markus hat ihm gesagt, er solle den Mund halten, aber dieser widerliche Mann hat nur weiter gelacht, das hat Markus sehr wütend gemacht. Aber ich wollte nur noch nach Hause, ich habe ihn gebeten, mit mir nach Hause zu kommen. Vielleicht könnte er ja in eine Klinik oder so.«

»Eine Klinik?«

Sie nickte entschlossen.

»Man kann so etwas heilen.«

Und erst jetzt verstand Rauch, für wie schrecklich Esther das zwischen Markus und Georg empfunden haben musste. Sie hatten nie über solche Themen gesprochen, es hatte keinen Anlass dazu gegeben, aber sie jetzt so über Homosexuelle sprechen zu hören, weckte ein unangenehmes Ziehen in seinem Magen.

»Und was hat Markus gesagt?«

»Er hat den Pokal aufgehoben und ist diesem Mann hinterher gegangen ...«

Sie schüttelte sich kurz, fuhr sich mit den Händen über das Gesicht, dann durch die Haare, als wäre ihr jetzt erst aufgefallen, dass sie sich nicht hergerichtet hatte. Unvermittelt stand sie auf und wollte an Rauch vorbei in Richtung Küche, aber er verstellte ihr den Weg.

»Was hat er getan, Esther?«

Sie lächelte, als hätten sie eben nur über das Wetter oder Fußballergebnisse gesprochen.

»Wie unhöflich von mir, möchtest du etwas trinken? Kaffee oder Tee?«

Sie sah sich in der Wohnung um.

»Wo ist denn dein Kollege hin? Vielleicht möchte er auch etwas trinken.«

»Esther ...«

»Markus muss gleich hier sein.«

Und genau das befürchtete Rauch auch. Er musste es wissen, bevor sein Freund nach Hause kam. Er setzte alles auf eine Karte.

»Hast du den Pokal am Anlägle weggeworfen?«

Sie musste darauf nicht antworten. Die Panik in ihrem Blick, weil er davon wusste, war überdeutlich. Aber sie tat es dennoch.

»Ich habe alles von dem Abend weggeworfen. Ich wollte es nicht mehr im Haus haben. Am liebsten hätte ich alles verbrannt.«

»Esther, wir müssen dich um eine DNA-Probe bitten.«

Dann hörten sie den Schlüssel im Schloss und die Erleichterung übernahm die Kontrolle über Esthers Gesichtsmuskeln.

»Da ist er ja!«

Und tatsächlich betrat Markus mit einer Papiertüte voller Einkäufe die Wohnung; Dörflinger tauchte hinter ihm auf.

»Ben? Was zum Teufel ist hier los?«

Er stellte die Tüte achtlos im Flur ab und kam dann sofort zu seiner Frau, die sich in seine Umarmung flüchtete.

»Wir haben geredet.«

Markus nickte in Richtung Dörflinger, der noch immer im Flur wartete.

»Und musstest du gleich mit der ganzen Truppe anrollen?«

»Wir haben nur ein paar Fragen.«

»Worum geht es denn?«

Rauch wollte das Spiel nicht mitspielen, stemmte die Hände in die Hüften und sah seinen Freund einfach nur an. Es gab keine angenehme Art und Weise, wie er das hier hätte über die Bühne bringen können.

»Würdet ihr mich aufs Revier begleiten?«

Das Ehepaar tauschte einen Blick aus und Markus schüttelte den Kopf.

»Nein.«

»Markus ...«

»Nein.«

»Zwing mich nicht, dich verhaften zu lassen.«

»Ich komme mit. Sie bleibt hier.«

»Sie wird uns leider begleiten müssen.«

Markus löste sich vorsichtig aus der Umarmung seiner Frau und kam auf Rauch zu. Obwohl dieser genau wusste, dass es sich bei dem Mann vor ihm um einen seiner ältesten Freunde handelte, erkannte er ihn jetzt nicht wieder.

»Was willst du von ihr hören?«

»Sie kann bezeugen ...«

»Ich habe ihn niedergeschlagen.«

Es ausgesprochen zu hören, traf Rauch härter, als er erwartet hatte.

»Ich wollte ihn nicht umbringen, aber er hat meine Familie beleidigt. Da habe ich den Pokal genommen und zugeschlagen. Ich wollte ihn nicht umbringen, aber ich war ziemlich betrunken und habe einfach zugeschlagen.«

»Wieso?«

Markus fixierte Rauch genau.

»Weil er meine Ehefrau beleidigt hat.«

»Markus, wir wissen, dass ihr ...«

»Ich sage doch, wie es war. Er wurde ausfallend und ich habe zugeschlagen. Mehr ist nicht passiert.«

Er drehte sich zu Dörflinger, der inzwischen im Wohnzimmer stand.

»Haben Sie alles gehört? Ich habe ihn erschlagen. Im Affekt.«

»Ohne ein anderes Motiv?«

»Du willst hören, wie ich es sage?«

»Ich will die Wahrheit!«

Rauch griff nach Markus' Arm, aber dieser machte sich heftig von Rauchs Griff los und schubste ihn so gegen die Brust, dass er gegen die Wand hinter sich prallte.

»Ich habe Georg Daniels umgebracht, verstanden? Das ist die einzige Wahrheit, die du wissen musst.«

Kapitel 88

Dörflinger lenkte den Streifenwagen durch den zunehmenden Verkehr, Rauch saß neben Markus auf dem Rücksitz, Esther auf dem Beifahrersitz, allerdings machte sie nicht den Eindruck, dass sie irgendetwas von den Vorgängen um sie herum wahrnahm.

Markus, von einer plötzlichen Ruhe erfasst, sprach entschlossen und mit fester Stimme.

»Ist es Mord oder Totschlag?«

Eine gute Frage, die Rauch nicht zu beantworten hatte. Das würden Richter tun, er lieferte nur die Beweise.

»Das werden wir sehen. Ich tippe auf Totschlag.«

Markus nickte.

»Ich war betrunken, er wurde ausfallend gegenüber meiner Frau, es war eine Kurzschlussreaktion.«

Das hatte er inzwischen schon drei Mal erwähnt und Rauch hatte es schon beim ersten Mal gehört – ohne es wirklich zu verstehen.

»Wieso sagst du nicht die ganze Wahrheit, Markus?«

»Das tue ich doch.«

»Wir haben DNA-Spuren am Kondom gefunden. Georgs und deine.«

Markus starrte auf die Nackenstütze vor sich, schüttelte langsam den Kopf.

»Kannst du das nicht einfach raushalten?«

»Wie soll ich das anstellen? Beweismaterial verschwinden lassen?«

»Wieso nicht? Bei CSI Miami vertuschen sie ständig solche Sachen.«

Rauch legte den Kopf schief, fragte sich, ob sein Freund das ernst meinte.

»Ich wäre immer noch an der Wahrheit interessiert.«

Markus drehte sich ruckwartig zu ihm, suchte den direkten Blickkontakt.

»Esther ist im Kirchenchor, aktives Mitglied in der Gemeinde, sie arbeitet in der Kinderkirche mit. Du weißt doch, was los sein wird, wenn ...«

Er brach ab, schluckte hart und wählte dann einen neuen Ansatz.

»Lea ist vierzehn, Ben. Wenn das rauskommt, wird es für sie die Hölle.«

Jetzt hatte Rauch Mühe, den Blickkontakt zu halten.

»Das kann ich ihr nicht antun. Bitte, Ben. Ich war es, ich gebe doch alles zu, aber kannst du nicht ...«

»Das geht nicht, Markus. Es ist wichtiges Beweismaterial.«

»Du kriegst ein Geständnis, einen Täter, irgendwo anders wird es doch sicher auch noch DNA-Spuren von mir geben, oder?«

Am Pokal.

Rauch starrte ihn an, versuchte nicht einen seiner Freunde, sondern einen Täter in einem Mordfall in ihm zu sehen. Erschöpft von all seinen Gedanken lehnte Rauch den Kopf gegen die Lehne.

»Du verlangst von mir, dass ich eine Straftat begehe, Markus.«

»Ich bitte dich als Freund. Ich will meine Frau und meine Tochter schützen. Du würdest doch das Gleiche für Laura und Anna tun.«

Und obwohl er es abstreiten wollte, wusste er genau, dass sein Freund nicht ganz Unrecht hatte. Er musste an Anna denken, wie sie sich so schrecklich erwachsen fühlte, von der Schule abgehen und einen Job bei Timo anfangen wollte. Aber er wusste auch, dass sie mit all ihren Alltagsproblemen zu ihren Eltern ging. Sich in ihrer Umarmung sicher und geborgen fühlte.

Markus sah aus dem Seitenfenster, fischte eine Packung Zigaretten hervor und wollte sich eine anstecken, als Rauch sie ihm abnahm.

»Nichtraucherauto.«

Er betrachtete die blaue Packung, die genauso aussah wie die aus dem Mülleimer bei Georg Daniels zu Hause. Vorsichtig zog er eine der in gelbes Maispapier gewickelten Zigaretten hervor.

»Wo hast du die eigentlich her?«

»Aus Frankreich.«

»Wann warst du in Frankreich?«

»Im März. Das weißt du doch.«

Er erinnerte sich daran, dass sein Freund beruflich für ein paar Tage verreist gewesen war, aber er hatte vergessen, wohin.

»Zug?«

»Nein. Mietwagen.«

»Autovermietung Junker.«

Rauch sagte es mehr zu sich selbst als zu Markus, aber dieser antwortete dennoch.

»Woher weißt du das?«

Das spielte jetzt alles keine Rolle mehr. Markus war in Frankreich gewesen und hatte dort diese Zigaretten gekauft.

»Du hast gesagt, du warst nicht mit in der Turnhalle.«

»Ich habe gelogen.«

Und vermutlich war er es auch gewesen, der Georg die Gitanes gegeben hatte. Kurz sah er nach vorne zu Esther, senkte dann seine Stimme.

»Wie lange ging das schon mit euch?«

Markus wollte schon darauf antworten, entschied sich dann aber dagegen und blickte wieder aus dem Fenster.

»Er hat gesagt, er will es seiner Frau sagen. Und zwar alles.«

Rauch fiel der Brief an Paula Daniels wieder ein. Das geschriebene und doch nie offizielle Coming Out.

»Was *alles*?«

Markus' Augen funkelten wütend, als er seinen Freund jetzt ansah. Er würde es nie aussprechen, das wurde Rauch nun klar. Alles würde er behaupten, gestehen und zugeben. Nur das nicht.

»Ich bin nicht so. So wie er.«

»Ach …«

»Bin ich nicht! Nur wenn ich getrunken habe. Das waren Ausrutscher. Nichts weiter, ich weiß ganz genau, dass es falsch ist!«

»Falsch?«

Er nickte heftig.

»Georg wollte aber so leben. So richtig. Was, wenn das alles rausgekommen wäre?«

»Mit euch?«

»Ich habe einen großen Fehler gemacht. Einen riesigen Fehler. Aber dafür sollte nicht meine Familie bezahlen müssen. Ich stehe dafür gerade.«

Damit war für ihn das Thema beendet, er sah wieder nach draußen und ließ Rauch mit seinen Gedanken zurück, ob und wie er seinem Freund helfen konnte.

Kapitel 89

Rauch hatte beschlossen, bei Markus' Vernehmung nicht anwesend zu sein. Er konnte und wollte nicht zuhören, wie sein Freund den Mord an Georg Daniels für das Protokoll noch einmal gestand. Ab hier sollten andere übernehmen. Der Fall war geklärt, sein Part war zu Ende.

Jetzt saß er in seinem Büro, blätterte durch die Akte mit all den gesammelten Infos, den Puzzlestücken, die keinen Sinn gemacht hatten. Bis jetzt.

Markus und Georg hatten sich wohl schon früher immer wieder getroffen, so war Georg an die Zigaretten gekommen, die Markus in Frankreich gekauft hatte. Sein Name stand auf der Kundenliste, die Frau Jansen von der Autovermietung bekommen hatte. Er hatte am Abend des Klassentreffens in der Turnhalle mit Georg geschlafen. Was seine Frau wohl gesehen hatte. Ebenso wie Lisa Gärtner.

Zwei Menschen waren inzwischen tot.

Florian Wichtle, der nie erfahren würde, wieso sein Freund wirklich gestorben war.

Georg Daniels, der sich so lange hinter einer Fassade aus Lügen und Behauptungen versteckt und die Wahrheit an die Unterseite einer Schublade geklebt hatte.

Paula Daniels würde vor Gericht stehen und mit etwas Glück in einer Klinik einen langen Teil ihres Lebens verbringen und nicht ins Gefängnis kommen.

Und Markus? Der würde eine Haftstrafe absitzen müssen. Selbst, wenn sie ihn nicht wegen Mordes, sondern wegen Totschlags verurteilten, drohte ihm eine Haftstrafe von bis zu 15 Jahren.

All diese Dinge sorgten für Kopfschmerzen, und so legte Rauch die Mappe zur Seite, griff nach seinem Handy und spielte mit dem Gedanken, Anna anzurufen, um sich zu entschuldigen. Um ihr zu sagen, dass sie mit den meisten ihrer

Vorwürfe gestern Nacht Recht hatte und er nur anbieten konnte, es ab jetzt besser zu machen. Oder es zumindest zu versuchen.

Doch stattdessen scrollte er sich durch seine Fotogalerie. Irgendwann hatte Anna ihn dazu überredet, auch die Fotofunktion an seinem Handy zu nutzen. So war das eben, wenn man eine Teenagertochter hatte, dann lernte man sogar, wie man Selfies zu machen hatte. Doch jetzt löschte er einige Fotos, auf denen er grinsend in die Kamera schielte, behielt die wenigen, die ihn mit Anna zeigten.

Und dann war da noch Bettina.

Sie und er auf dem Klassentreffen. Wenn er es nicht besser wüsste, konnte man meinen, sie wären ein Paar. Gemeinsam lachten sie in die Kamera, umarmten sich, tauschten innige Blicke aus. Kein Wunder also, dass sie dachte, er hätte Interesse an einer ernsten Beziehung gehabt. Ohne darüber nachzudenken, was er ihr sagen wollte, wählte er ihre Nummer. Es klingelte eine Ewigkeit und er rechnete schon damit, an ihre Mailbox verwiesen zu werden.

»Ja?«

So wie ihre Stimme klang, hatte sie seinen Namen auf dem Display gelesen.

»Es tut mir leid.«

Ihre Beziehung schien darin zu bestehen, dass er sie versetzte und sich dann später telefonisch entschuldigte.

»Das dachte ich mir schon.«

Ihre Stimme machte der Arktis Konkurrenz.

»Es tut mir wirklich leid.«

»Weißt du, Ben, du bist ein guter Typ. Aber nichts für eine feste Beziehung. Alle haben mich gewarnt.«

Vermutlich hoffte sie, dass er sie unterbrach und um eine zweite Chance bat, aber das wäre nicht fair gewesen. Weil es nicht der Wahrheit entsprochen hätte.

»Es tut mir leid.«

Er klang schon wie ein Platte mit Sprung und rieb sich müde die Schläfen.

»Muss es nicht. Ich habe was Besseres als das hier verdient, Ben.«

Das Klicken beim Auflegen klang wie eine Ohrfeige. Und war wohl auch als solche gedacht. Er ließ das Handy sinken und sah wieder auf ihr Foto vom Klassentreffen auf dem Display. Sie hatte gut ausgesehen und für ein gemeinsames Foto posiert. In einem anderen Leben wären sie sicher ein schönes Paar. Bettina war es auch gewesen, die zu Beginn des Treffens ein Foto von ihm und seinen Freunden vor der Vitrine mit den Pokalen gemacht hatte. Er erkannte die Jungs von damals in den Gesichtern der Männer auf dem Foto wieder.

Philipp, der sich ein bisschen auf die Zehenspitzen stellte, um etwas größer zu erscheinen.

David, den Arm um Rauchs Schultern gelegt, als passte kein Blatt Papier zwischen sie – und ihre Freundschaft.

Und schließlich Markus, die Bierflasche in der Hand, das schräge Grinsen – und das blaue Hemd.

Rauch vergrößerte das Foto und erinnerte sich daran, wie Markus sich später beim Tanzen Bier über die Brust geschüttet hatte. Verdammt.

Es klopfte an der Tür, aber er konnte den Blick noch nicht von dem Bild lösen. Er wusste, dass es für eine ganze Weile das letzte Foto der ganzen Truppe war.

»Herein.«

Er sah nicht auf, erkannte aber an den Schritten, dass es sich um Hagen handeln musste. Er hätte ihre Schritte aus tausend Schritten herausgehört.

»Er hat alles gestanden.«

Mit verschränkten Armen blieb sie direkt vor dem Tisch stehen, aber er sah noch immer nicht auf.

»Es tut mir leid, dass ich …«

Sein fragender Blick unterbrach sie.

»Hm?«

»Ich hätte nicht …«

Sie schaffte es einfach nicht, den Satz zu beenden, und so ließ Rauch das Handy sinken, stützte die Ellenbogen auf den Tisch und schenkte Sophie seine ganze Aufmerksamkeit.

»Es tut dir leid, dass du mir in den Rücken gefallen bist? Oder dass du nicht auf mich gewartet hast? Oder meinem Gefühl nicht vertraut hast?«

»Ja.«

»Ja?«

»Alles davon, ja.«

Er war zu müde, um mit ihr zu streiten. Um mit überhaupt jemandem zu streiten.

»Hat man Philipp nach Hause gehen lassen?«

»Er ist noch beim Papierkram, aber dann kann er gehen.«

»Gut. Er hat genug durchgemacht.«

»Und du auch.«

Rauch winkte ab, lehnte sich wieder in den Stuhl zurück und schüttelte langsam den Kopf.

»Wieso tun Menschen dumme Dinge, Sophie?«

»Aus den verschiedensten Gründen.«

»Nenn mir welche.«

Hagen zog den zweiten Stuhl, der von niemandem so oft benutzt wurde wie von ihr, hervor und nahm Platz.

»Aus Wut. Aus Rache. Aus unerwiderter Liebe. Aus erwiderter Liebe. Aus Angst.«

»Ich dachte, wenn ich beweisen kann, dass es nicht Philipp war, würde ich mich besser fühlen. Aber die Wahrheit ist, ich wusste, es ist einer von ihnen. Ich wollte es nicht wahrhaben, aber ich wusste es. Die ganze Zeit.«

»Es tut mir wirklich leid, Ben.«

»Ist ja nicht deine Schuld.«

»Ich hätte früher mit Weindl sprechen sollen.«

Er wollte ansetzen, um etwas zu sagen, aber sie war schneller.

»Ich weiß, ich weiß. Du bist kein Richter oder Anwalt, aber dennoch. Du warst zu nah dran. Du warst befangen.«

»Und Krüger hätte es schneller geklärt?«

Sie sah ihn einfach nur an, wollte nicht antworten.

»Sag schon.«

»Möglich. Wir werden es aber nicht erfahren. *Du* hast aber den Täter gefunden.«

»Den Täter ...«

Rauch starrte einfach nur auf sein Handy, wo noch immer das Foto der alten Gang zu sehen war.

»Sarah sagt, sie haben einen Herrenanzug in den Mülltüten gefunden.«

»Und ein blaues Hemd.«

Sophie schien überrascht.

»Woher weißt du das?«

»Geraten.«

Er musste an Esthers Worte denken. Wie gerne sie seine Kleidung von dem Abend verbrannt hätte.

»Hat er dir verraten, wieso er es getan hat?«

»Aus Wut. Aus Rache. Aus unerwiderter Liebe. Aus erwiderter Liebe. Aus Angst. Such es dir aus.«

Er schob den Stuhl zurück, schnappte sich das Handy und stand auf. Hagen sah ihn überrascht an.

»Wo willst du hin?«

»Spazieren.«

»Brauchst du Gesellschaft?«

Er blieb kurz neben ihr stehen, lächelte zur ihr runter und verneinte dann mit einem kaum merklichen Kopfschütteln.

»Vielleicht ein anderes Mal, ja?«

»Sicher.«

Er berührte sanft ihre Schulter.

»Bis dann.«

Sie sah ihm nach, bis er durch die Tür gegangen war und wie er sich in Richtung Ausgang bewegte. Von der Welt um sich herum bekam er wenig mit, achtete kaum auf seine Schritte oder wem er ausweichen musste. Erst, als er gegen den Mann vor sich prallte, stellte er seinen Fokus wieder ein.

»Oh, sorry.«

Es war Philipp.

»Hi.«

»Alles okay?«

Eine dumme Frage. Wie ging es wohl jemandem, den die Polizei am Arbeitsplatz abgeholt hatte, weil sie ihn zu einer Vernehmung aufs Revier brachte. Inklusive Haftbefehl. Doch

Philipp setzte zu einem schiefen Grinsen an, welches ihm nicht so recht gelingen wollte.

»Das hier ...«

Er deutete um sich.

»... kann ich jetzt von meiner Bucket List streichen.«

»Es tut mir leid, ich wollte es verhindern.«

Die Freunde sahen sich an, aber etwas zwischen ihnen schien sich verändert zu haben.

»Ich sollte nach Hause gehen und im Büro anrufen, bevor die Gerüchteküche meinen Ruf ruiniert.«

»Klar. Mach das.«

Es fühlte sich merkwürdig an, sich so von Philipp zu verabschieden. Keine freundschaftliche Umarmung, nicht einmal die Hände reichten sie sich, er drehte sich einfach weg und ging in Richtung Ausgang – wo er kurz stehen blieb.

»Danke, Ben. Trotzdem.«

Dann war er weg – und Rauch war nicht sicher, wann sie sich das nächste Mal sehen würden.

Kapitel 90

Anna saß am Küchentisch, als Rauch nach Hause kam. Vor ihr lagen verschiedene Bücher, ein Schreibblock und ein Ordner. Die Stifte aus ihrem Mäppchen hatte sie neben sich gelegt. Eine Tasse Kaffee komplettierte die Szenerie, die Rauch irritiert in der Tür stehenbleiben ließ. Annas überraschter Blick wanderte von ihm zur Uhr und wieder zu ihm.

»Du bist doch nicht etwa schon zu Hause?«

»Du lernst doch nicht etwa für die Schule?«

Anna musterte ihren Vater, bevor sie langsam nickte.

»Stell dir vor, ich lerne Bio. Montag schreiben wir eine Klausur.«

»Kann ich helfen?«

Er warf den Schlüssel in die Schale und zog die Tür hinter sich zu.

»Bei Bio?«

Er zuckte die Schultern und warf einen Blick auf das aufgeschlagene Buch.

»Biologische Nischen.«

»Ökologie.«

»Klingt spannend.«

»Nur für Leute, die es nicht für die Schule lernen müssen, nehme ich an.«

Er ließ sich ihr gegenüber nieder und schielte in ihre Kaffeetasse.

»Kaffee zum Abend?«

»Du hast keinen Tee im Haus.«

»Das lässt sich ändern.«

Anna traute dem Frieden nicht so recht, überprüfte noch einmal die Richtigkeit der Uhrzeit und schlug das Buch dann schließlich zu.

»Okay, wieso bist du schon zu Hause?«

»Weil meine Tochter glaubt, mein Job wäre wichtiger, als zu erfahren, in wen sie gerade *verliebt* sei.«

»Aha.«

»Und das hier ist mein Versuch, sie davon zu überzeugen, dass mir nichts wichtiger ist als sie.«

»Aha.«

Er nickte, sie spielte mit dem Stift in ihrer Hand.

»Nun, deine Tochter möchte sich vielleicht auch entschuldigen. Dafür, was sie ihrem Vater gestern so alles an den Kopf geworfen hat.«

»Vielleicht?«

»Ziemlich sicher sogar.«

»Aha.«

Sie musste lächeln.

»Es tut mir leid, Papa. Ich war einfach sauer.«

»Ist schon okay. Du hattest ja nicht ganz unrecht.«

Sie sahen sich schweigend an, dann schlug Rauch das Biologiebuch wieder auf und erhob sich.

»Du warst noch nicht fertig mit der ökologischen Nische.«

Er war schon auf dem Weg in den Flur, als er sich noch mal zu ihr drehte.

»Pfefferminz?«

»Was?«

»Welchen Tee soll ich kaufen?«

Er fischte schon nach dem Schlüssel und wartete auf Annas Antwort, die ihn nur verdutzt ansah.

»Dein Ernst?«

»Absolut.«

»Zen Balance. Kriegst du im dm.«

Er hielt den Daumen in die Luft, war sich kurz nicht sicher, ob diese Geste nicht vielleicht schon seit den 90er-Jahren nicht mehr modern war, wurde dann aber von Anna erlöst, die ebenfalls den Daumen hob.

»Und vielleicht bringst du auch ein paar Donuts aus dem Rewe mit.«

»Zen Balance und Donuts. Ich beeile mich.«

Damit wollte er aus der Tür, blieb aber erneut stehen und wandte sich noch einmal zu Anna, die bereits wieder in ihrem Biobuch abgetaucht war und auf dem Bleistift herumkaute.

Markus hatte Recht. Er würde alles tun, um Anna zu schützen.

Mit nur vier Schritten war er bei ihr, beugte sich zu seiner Tochter runter und drückte ihr einen Kuss auf den Scheitel.

»Wow, wofür war das denn?«

Er wusste es nicht so genau. Oder wusste zumindest nicht, wie er es hätte formulieren sollen.

»Gönn deinem alten Vater einfach ein bisschen Sentimentalität, okay?«

Sie legte einen Arm um ihn und nickte.

»Okay.«

Die Erinnerungen des Tages holten ihn ein und er drückte sie fest an sich.

»Du weißt, dass du mir wichtiger bist als mein Job oder sonst was. Nicht wahr?«

»Klar.«

»Okay.«

Sie machte sich von ihm los und grinste frech zu ihm hoch.

»Zen Balance, Papa.«

»Und Donuts.«

Kapitel 91

Laura in seiner Wohnung zu sehen, weckte jedes Mal ein merkwürdiges Gefühl in seinem Magen. Es erinnerte ihn daran, wie sie mal ganz selbstverständlich hierher gehört hatte. Jetzt, mit Jacke und Tasche im Flur wirkte sie nur wie eine Besucherin, die sich nicht weiter ins Innere traute.

»Anna packt noch ihr restliches Zeug zusammen, sie ist gleich fertig.«

»Okay.«

Wenn man bedachte, dass sie noch immer einen Wohnungsschlüssel hatte, kam es ihm jetzt schrecklich albern vor, dass sie jetzt nur da herum stand.

»Willst du nicht reinkommen?«

»Ich bin doch schon drinnen.«

Er machte eine einladende Handbewegung und deutete in Richtung Wohnzimmer.

»Wieso so höflich? Willst du irgendwas von mir?«

»Ach Laura, dein Misstrauen ist immer wieder erfrischend.«

Er streckte die Hand nach ihr aus und tatsächlich nahm sie das Angebot an. Gemeinsam gingen sie ins Wohnzimmer, wo sie auf der Couch Platz nahmen.

»Aber du liegst nicht gänzlich daneben.«

Er griff nach dem Papier, das er gestern Nacht noch beschrieben hatte. Mit einer, für seine Verhältnisse, sauberen Handschrift.

»Was ist das?«

»Das ist die Pressemitteilung, die wir heute Nachmittag veröffentlichen werden.«

Sie überflog die Zeilen schnell und sah dann wieder zu ihm, das Misstrauen war noch immer nicht aus ihrem Blick gewichen.

»Und ich kriege sie jetzt schon?«

Er nickte und legte die Hände in den Schoß, wählte die nächsten Worte mit Bedacht.

»An eine kleine Bedingung geknüpft.«

»Wieso habe ich das kommen sehen?«

»Keine Fragen nach dem Motiv, das, was hier steht, ist alles, was interessiert. Halte die Frau und vor allem die Tochter so gut es geht aus dem ganzen Mist heraus.«

»Ben ...«

»Laura, das war nicht leicht für mich.«

Sie wusste, dass es ihm nahe gegangen war. Das konnte sie sehen, jetzt wo er direkt vor ihr saß. Sie mochten nicht mehr verheiratet sein, aber manche Gefühle würden für immer bleiben.

»Du willst, dass ich die Familie komplett raushalte?«

Er sah sie an, hoffte in ihrem Gesicht so etwas wie Verständnis zu finden.

»Ja. Wenn ihr als erste darüber berichtet, werden sich die anderen vielleicht anschließen und ...?«

»So funktioniert das nicht.«

»Es ist wichtig.«

»Wieso sollte ich das machen?«

Er atmete schwer aus.

»Weil ich dich darum bitte.«

Sie las den Text noch einmal genauer und Rauch versuchte, in ihrem Ausdruck zu lesen, was in ihr vorging. Schließlich faltete sie das Blatt Papier zusammen und ließ es in ihrer Handtasche verschwinden.

»Motiv: Rache oder Streit, Totschlag, kein geplanter Mord.«

»So war es.«

Laura nickte sie langsam.

»Das klingt unspektakulär genug, um es von der Titelseite zu halten.«

»Danke.«

»Wenn es dir so wichtig ist, wird es einen Grund geben.«

»Allerdings.«

Sie nickte, beendete das Thema und ihr Blick fiel auf das kleine Foto, welches noch immer auf dem Couchtisch lag. Amüsiert zog sie eine Augenbraue nach oben.

»Nostalgie?«

Sie griff danach und drehte es in ihrer Hand, als müsse sie sich erst daran erinnern, dass sie mal so ausgesehen hatten. Rauch wusste, dass es keinen Sinn machte, eine Lügengeschichte zu erfinden, weil seine Ex-Frau dazu neigte, ihn schnell zu durchschauen.

»Anna hat es gefunden und fand uns in jungen Jahren wohl recht attraktiv.«

Laura, noch immer das Foto betrachtend, lächelte sanft und sah ihrer jungen Version plötzlich wieder sehr ähnlich.

»Wir waren ja auch ein schönes Paar.«

»Ja. Was ist nur aus uns geworden?«

»Ach, tu nicht so. Wenn du mal wieder ausschlafen würdest, wärst du immer noch attraktiv, Ben.«

»Ja?«

»Mehr Komplimente kriegst du heute nicht mehr.«

»Wie schade.«

»Was ist schade?«

Anna, bepackt mit Rucksack und Sporttasche, tauchte hinter ihnen auf, hatte aber nur den Schluss der Unterhaltung gehört. Rauch, dem erst jetzt auffiel, wie vertraut sich das alles anfühlte, stand auf und brachte den nötigen Abstand zwischen Laura und sich.

»Schade, dass du schon wieder gehst.«

»Ich komme ja wieder.«

»Das will ich hoffen. Weißt du schon, wann?«

Anna und Laura tauschten einen Blick aus, dann verdrehten sie synchron die Augen und mussten lachen. Rauch kam sich wie ein ahnungsloser Außenstehender vor.

»Was ist so witzig?«

»Du brauchst wirklich einen Kalender.«

Er schob die Hände in die Taschen und machte sich eine weitere geistige Notiz, sich endlich irgendwo einen vermaledeiten Kalender zu besorgen. Laura drückte ihm einen Kuss auf die Wange und nahm Anna dann die Sporttasche ab.

»Wir sehen uns.«

Damit bewegten sie sich zur Tür, als Rauch ihnen folgte und dabei zusah, wie sie seine Wohnung – zumindest für den Moment – verlassen wollten.

»Laura ...?«

»Hm?«

»Du kannst das Foto sehr gerne behalten.«

Ertappt drehte sie sich zu ihm um und eine feine Röte überzog ihr Gesicht, bevor sie knapp nickte und das Foto – welches sie noch immer in der Hand hielt – in ihrer Jackentasche verschwinden ließ. Anna, die erahnte, um welches Foto es sich handelte, zwinkerte ihrem Vater zu.

»Bis bald, Papa.«

Kapitel 92

»Und wann kann ich mit Ihrem abschließenden Bericht rechnen?«

Weindl saß heute in einem schwarzen Pullover gegenüber, der sie – passend zum Blick – ausgesprochen streng aussehen ließ. Rauch hatte nicht Platz genommen, sondern stand – wie zum Rapport gebeten –, vor dem Tisch, die Hände hinter dem Rücken verschränkt.

»Montagmorgen liegt er auf Ihrem Tisch.«

Sie nickte.

»Krüger sagte, der Verdächtige, den er aufs Revier gebracht hatte, war unschuldig?«

»Absolut.«

Wieder nickte sie.

»Nun, ich bin gespannt darauf, den Bericht zu lesen.«

Da sie nichts weiter sagte, wandte sich Rauch in Richtung Tür, bevor ihm noch etwas einfiel.

»Dr. Hagen verlässt uns übrigens doch nicht.«

»Ach nein?«

Das erleichterte Lächeln auf Weindls Gesicht sprach Rauch aus dem Herzen.

»Nein. Halbtags in der Fahrtwasser-Klinik.«

»Sie geht allen Ernstes an die Klinik?«

»Ich war auch überrascht. Aber vielleicht glaubt sie, so etwas gutmachen zu können.«

»Ich wünsche es ihr.«

Weindl mochte Hagen, das war kein Geheimnis, und auch die Kollegen beim LKA versuchten alles, um sie langfristig an Stuttgart zu binden. Rauch, der Hagen vielleicht am besten kannte, wusste, dass man sie nie zu etwas zwingen würde können, von dem sie nicht überzeugt war. Da halfen nur Raum und Zeit, sie musste schon selbst entscheiden, ob sie bleiben wollte. Und für wie lange.

Er hoffte sehr, dass sie eine ganze Weile bleiben wollte.

»Das wäre dann alles.«

Rauch nickte, trat durch die Tür und zog sie hinter sich zu, als er Frau Jansen erblickte, die mit verschränkten Armen und einer kleinen grauen Mappe auf ihn wartete. Heute hatte sie die Brille wohl zu hause gelassen, dafür aber einen weiten hellblauen Pullover und eine Jeans mit verschiedenen Aufnähern an den Knien gewählt. Als er auf sie zukam, hellte sich ihr Gesicht auf.

»Was meinen Sie, seriös genug?«

»Absolut.«

Sie deutete den Flur entlang und setzte sich in Bewegung, Rauch an ihrer Seite.

»Was ich Ihnen jetzt gebe, haben Sie nicht von mir ...«

»Das versteht sich von selbst.«

Sie reichte ihm die dünne Mappe.

»Entscheiden Sie selbst, was Sie damit anstellen.«

Dabei klang sie ernster, als er es erwartet hatte, und das wiederum verwirrte ihn.

»Hat es etwas mit dem Fall Daniels zu tun?«

»Was? Nein, der ist doch durch.«

Vielleicht für sie. Er musste irgendwann wieder ins *Eckle* und sich dort seiner Clique – oder denen, die noch davon übrige waren – stellen.

»Gratuliere. Wieder ein Fall für den ‚Gelöst'-Stapel.«

Er versuchte sich an einem Lächeln, was ihm schwerer fiel, als er zugeben wollte. Jansen tippte auf die Mappe in seiner Hand.

»Streng vertraulich.«

Doch bevor er fragen konnte, machte sie sich über den Flur in Richtung ihres Büros auf und davon. Er spürte das Gewicht der Mappe in seiner Hand und beschloss, sie nicht in der Öffentlichkeit zu lesen. Also folgte er Frau Jansens Beispiel und marschierte, von der Neugier getrieben, in sein Büro.

Wo Hagen erwischt aufblickte, als er eintrat.

»Ben! Ich habe heute nicht mit dir gerechnet!«

»Ich wollte noch ein paar … was machst du da an meinem Schreibtisch?«

Sie versuchte ihm den Blick zu versperren, gab aber schließlich auf und trat einen Schritt zur Seite.

»Ein kleines Entschuldigungsgeschenk.«

Ein liebevoll in rotem Geschenkpapier mit silberner Schleife geschnürtes Päckchen lag neben seiner Tastatur auf dem Tisch.

»Es sollte eigentlich eine Überraschung sein.«

»Ein Geschenk?«

Außer an ihren Geburtstagen hatten sie sich noch nie etwas geschenkt. Nicht mal zu Weihnachten. Es passte nicht so recht zu ihr, aber sie nickte entschlossen.

»Ja. Ein Geschenk. Das machen Menschen, wenn sie sich entschuldigen wollen.«

»Du hast dich bereits entschuldigt. Und ich habe es bereits angenommen.«

Er ging um sie und den Schreibtisch herum und betrachtet das Geschenk, als wäre es ein Beweisstück, stupste es kurz an, um zu testen, ob es Geräusche von sich gab.

»Keine Sorge, es lebt nicht.«

»Das dachte ich mir schon, es sind schließlich keine Luftlöcher drinnen.«

»Falls ich es noch nicht gesagt habe …«

Sie wartete, bis sie seine Aufmerksamkeit wiederhatte.

»… gute Arbeit, Herr Kommissar.«

»Danke. Alles nur Bauchgefühl.«

»Das nächste Mal vertraue ich auch darauf.«

»Versprochen?«

Sie wiegte nachdenklich den Kopf.

»Nein. Aber ich werde es versuchen.«

»Ich erinnere dich daran.«

Sie wieder etwas entspannter lächeln zu sehen, fühlte sich gut an. Mit genau diesem Gefühl wollte er Hagen ins Wochenende verabschieden.

»Also, bis zum nächsten Fall.«

Er wusste nie so genau, wann der nächste Fall die nächste Zusammenarbeit verlangte, aber sie grinste wissend.

»Oder bis die Tage.«

Er nickte etwas irritiert, aber die Aussicht, sie bald wiederzusehen, klang verlockend.

»Okay ... bis die Tage also.«

Erst als Hagen das Büro verlassen hatte, legte er die Mappe auf den Tisch, ignorierte sie aber erst einmal und griff nach dem Geschenk. Es fühlte sich wie ein Buch an und er befürchtete schon, sie hätte wieder eines ihrer Selbsthilfebücher für ihn ausgesucht. ‚*Tiefschlaf in zwei Minuten*' oder ‚*Yoga für Anfänger*'.

Doch als er das Geschenkpapier aufriss, kam ein schwarzer Ledereinband zum Vorschein. Kein Titel, kein Autor, kein Roman. Er drehte es in seiner Hand und erkannte die eingestanzte Jahreszahl.

Er öffnete das Buch und musste lächeln.

Dieser Kalender gehört: Benedikt Rauch.

Er erkannte Sophies Handschrift sofort und blätterte durch die Seiten. Geburtstage seiner Kollegen und Familienangehörigen waren eingetragen, die Abholung des Gelben Sacks und die Spiele der *Stuttgarter Kickers*.

Aber nicht nur das.

Zweimal die Woche, dienstags und donnerstags, hatte sie mit rotem Filzstift ‚*Fit with Friends mit Sophie*' um neunzehn Uhr eingetragen. Dieser absurde Partnertarif, den sie bei den Ermittlungen zum Fall entdeckt hatten. Auch den hatte er bereits wieder verdrängt. Aber Sophie sorgte dafür, dass er ihre Sport-Dates sicher nicht vergaß. Lächelnd schlug er den Kalender wieder zu und legte ihn zur Seite, griff endlich nach der Mappe, die Jansen für ihn zusammengestellt hatte.

Er klappte sie auf und erkannte auf dem ersten Blatt den Namen *Timo Frederik Hannemann*.

Jansen hatte es nicht vergessen. Seine Bitte, alles über den Freund seiner Tochter in Erfahrung zu bringen.

Er dachte an Anna, wie sie ihm heute Morgen noch zugezwinkert hatte, wie sie gestern Abend mit ihm bei Zen Balance

Tea über Charles Darwin und ihre Meinung zur ökologischen Nische diskutiert hatte.

Wenn Jansen diese Mappe zusammengestellt hatte, dann stand hier alles über Timo, was man nur finden konnte. Dinge, die nicht mal Anna wusste.

Und vielleicht sollte sie genau diese Dinge selbst herausfinden.

Rauch klappte die Mappe ungelesen wieder zu und warf sie in den Mülleimer neben seinem Schreibtisch.

Zeit nach Hause zu gehen.

Danksagung

Mein großer Dank geht auch diesmal wieder zuerst an meine Familie. Mams, Danke für die Geduld mit mir bei den X Akten. Paps, endlich ein Krimi nur für dich.

Danke an Marc, meinem Partner-in-Crime, der mich bei diesem, wie jedem anderen Projekt, möge es noch so verrückt klingen, unterstützt. You're the Mulder to my Scully.

Danke an Thomas Lang, der zu Beginn dieser Reise wusste, dass ich es bis zum Ende schaffen würde. I did it, Forrester!
Musik und go

Danke an Anne Gellweiler für deinen Einsatz, dein Gespür für die richtigen Worte und deine Geduld mit Rauch und Hagen. Das werde ich dir nie vergessen!

Danke an Andrea und Steffi, die sich alle Versionen des Tathergangs und der Ermittlungen angehört und mitgedacht haben. Euer Input war für diesen Fall (und die kommenden) von unschätzbarem Wert.

Danke an meine „Karate an der Tastatur"-Gang, die seit Vlogmas die Entwicklung dieses Romans mit Begeisterung verfolgt haben. Ohne eure Kommentare, den Zuspruch und all die Freude hätte ich vielleicht hingeschmissen!

Danke an die Monkeys, an Pippa Pond, an Anne Freytag aka Puppe und an Dietmar & Katharina für die Unterstützung – immer.
Und ein dickes Danke an Pascal R. & Tanja P. für das Teilen ihres Fachwissens aus ihrer täglichen Polizeiarbeit mit mir.

Last, but never least: Danke an euch! An alle Leser, die mir auch bei diesem neuen Genre vertrauen und Kommissar Rauch eine Chance geben.